SAGITARIO CONTRA EL ZAR

INTY JOSE L. BURGOS

Order this book online at www.trafford.com
or email orders@trafford.com

Most Trafford titles are also available at major online book retailers.

Printed in the United States of America.

ISBN: 978-1-4269-5868-7 (sc)
ISBN: 978-1-4269-5867-0 (hc)
ISBN: 978-1-4269-5866-3 (e)

Library of Congress Control Number: 2011902947

Trafford rev. 03/17/2011

 www.trafford.com

North America & international
toll-free: 1 888 232 4444 (USA & Canada)
phone: 250 383 6864 ♦ fax: 812 355 4082

Nota aclaratorio del autor:

Esta obra hace referencia a lugares existentes pero no los describe con exactitud. Los hechos y personajes nacen de la imaginación, pero las técnicas y armamentos de ataques usados, son reales. Asumo la responsabilidad de cualquier error dentro de esta obra, ya que al escribirla no he requerido asistencia de nadie. El material está basado en los conocimientos adquiridos en una etapa de mi vida militar.

Inty

Una espada agitada en el aire, es sinónimo de lucha
Los cuerpos tendidos en el campo,
Son el resultado de una victoria.

Solo llegan a grandes,
Los hombres que no se dejan destruir por sus semejantes.

Tu enemigo lo creas tu mismo con tus propias acciones, no lo
Olvides a partir de ahí, tu eres la victima.

Cuando no tengas nada,
Busca la fuerza que Dios te da,
Con ella vencerás a todos.

Inty

CAPITULO I

"DIEZ AÑOS SIN RESPUESTAS"

Finca Sagitario, reconocida en toda la zona por la cría de caballos.

Noemí, después de comprar esa finca, se dedicó a criar los "pura sangre". El león del terror le había enseñado las virtudes de estos nobles animales y ella les dedicaba una especial atención encariñándose con ellos.

Sagitario, el esposo de Noemí, pasaba el día sumido en un letargo del cual no parecía salir nunca. Se dejaba ver poco y apenas le dirigía la palabra a los peones de la finca. Solo Nordiel, fruto de su relación con Noemí, lograba cautivar su atención.

Nordiel con sus nueve años de edad ya era conocido como busca pleitos, continuamente propinaba golpes a diestra y siniestra a otros alumnos de la escuela. Su padre, Sagitario, le puso de apodo "Taipán" que es el nombre de la serpiente mas venenosa que habita en Australia.

A Noemí no le agradó este sobrenombre para su hijo, enojada se lo hizo saber a Sagitario, quien con tranquilidad se limitó a decir:

—Sus ojos me recuerdan a alguien a quien también le puse un sobrenombre de animal.

Noemí no articuló frase alguna, no replicó, no hizo mas oposición al apodo, sabía ella que los ojos de su hijo Nordiel tenían el mismo color de los ojos de Jackniel, un hijo de Sagitario con Jackelin, a quien él apodó "el camaleón".

Todo pertenecía al pasado de Sagitario, un pasado que el no podía recordar y que solo en sueños, convertidos en pesadillas, quedaban vestigios.

Noemí se esforzaba en evitar que Sagitario recordara cualquier detalle de su pasado. Era la única forma de retenerlo junto a ella, en diez años había dominado la situación sin problemas, sin contratiempo alguno. Sagitario no se alejaba de la finca y cuando visitaba a la ciudad iba acompañado de ella. Desde hacia unos días Sagitario estaba cambiando, recorría la finca, mucho mas activo y en una ocasión ella descubrió un brillo en sus ojos que le hizo recordar al Sagitario de antes. Noemí sabía que había activado a Sagitario, días atrás habían desaparecido cuatro de los mejores ejemplares de pura sangre que ese año serían llevados a una subasta en Nueva York para ser vendidos para las carreras de caballo.

Se encontraba Noemí reunida con los dos administradores de la finca en busca de una explicación por la desaparición de los caballos.

—Nada señora Noemí, yo he recorrido mas de veinte millas alrededor de la finca y no he encontrado ni huellas de los cascos., dijo Martín Perry, el mas viejo de los administradores, hombre de baja estatura y de rostro arrugado, marcado por las largas jornadas bajo el sol Australiano.

—Yo tengo mis dudas sobre todo este asunto de los caballos perdidos, agregó mientras dirigía una mirada de reserva a Oscar Grove, el otro administrador de la finca. Oscar Grove, un hombre de seis pies de estatura, ancha espalda y sonrisa burlona reflejada en el rostro, que a todos dejaba entrever su baja calaña. Tenía fama en el pueblo por sus constantes peleas y los peones de la finca no replicaban a una orden suya. Noemí había contratado sus servicios por ser muy entendido en domar caballos. Fue entonces que llegó a la finca acompañado por cuatro amigos que rara vez se separaban de él.

Este día, repantigado en un sillón frente al buró de Noemí no quitaba Oscar su mirada del rostro de ella, sabía que detrás de esa belleza había más que una simple mujer, jamás se había atrevido a conquistarla, había él andado mucho mundo y podía diferenciar a los débiles de los fuertes con solo echarle una mirada. No era ajena Noemí a las descaradas miradas que le dedicaba Oscar, ya estaba acostumbrada a que los hombres la miran así; escuchar la voz de Sagitario la sacó de sus reflexiones.

— ¿Usted lo que quiere decir Señor Martín es que los caballos han sido robados? Preguntó Sagitario con rostro inexpresivo. Los dos administradores voltearon su rostro. Ahí parado en la puerta de la oficina donde Noemí llevaba todos los documentos de trabajo de la finca apareció Sagitario, quien había logrado escuchar las palabras de

3

Martín, y notando que su pregunta era mas bien una afirmación que esperaba ser confirmada.

—Verá Señor Manuel Alejandro, yo no veo otra posible explicación a estos hechos, dijo Martín algo cohibido ante la presencia de Sagitario.

—Si, yo creo lo mismo que usted, Señor Martín, esos caballos no están perdidos, han sido robados, afirmó Sagitario clavando su mirada acusadora en Oscar y agregó: por alguien de esta finca.

Oscar no esquivó la mirada de Sagitario, al contrario, fijó sus ojos en él y en tono desafiante dijo:

—Yo no creo que haya alguien en este finca capaz de hacer algo así y para acusar se necesitan tener pruebas. Luego esbozó una sonrisa que era una evidente burla.

Sagitario fue a decir algo, pero Noemí lo interrumpió sin darle tiempo a decir una palabra más.

—Querido, no debes preocuparte por las cosas de finca, que más da si se pierden unos caballos, al fin y al cabo disponemos de muchos más. La voz de Noemí era toda dulzura, como una suplica.

Todos conocían la transformación de ella frente su esposo, de esto se comentaba en el pueblo, sobre todo entre las mujeres que se desvivían por ver a Manuel Alejandro, el hombre que había podido someter a una mujer tan bella e independiente como Noemí White.

Sagitario bajo su nueva identidad como Manuel Alejandro se había hecho muy popular, no por lo que en realidad era, un profesional del crimen, el mejor ejecutor de todos los tiempos, algo que estaba sepultado en su pasado a causa de la amnesia, llevaba diez años con la mente perdida sin saber en realidad quien era él ni su identidad.

—No estoy de acuerdo contigo Noemí, yo soy tu esposo, por lo tanto tengo que tener responsabilidades en este lugar y una de ellas es averiguar el paradero de esos caballos. La voz de Sagitario era enérgica no admitía mas discusión por lo que Noemí tuvo que ceder ante sus palabras.
—Esta bien, todos seguiremos indagando el asunto para ver que sacamos en claro sobre todo este problema. Dijo Noemí dando por terminada la reunión con sus administradores.

Martín y Oscar se pusieron de pie despidiéndose de Sagitario y Noemí, abandonaron la estancia en completo silencio. Noemí miró a Sagitario parado aun en la puerta de la oficina. El le devolvió una mirada llena de interrogantes.

— ¿Te sientes bien? Preguntó Noemí segundos después de mirarle a los ojos.

—Si, venia a decirte que Taipán volvió a pelear en la escuela., dijo el de manera despreocupada. Puedo imaginar que fue defendiendo una de sus muchas causas. Haciendo una pausa se movió dentro de la oficina deteniéndose en la ventana dando la espalda a Noemí. Mañana seré yo quien vaya a la escuela para hablar con los maestros de Taipán. Acabó por decir dando por seguro que así seria.

—Si así lo deseas. Dijo Noemí tratando de aparentar indiferencia. No veo inconveniente para que no lo hagas, Taipán es hijo de ambos. Agregó sin volverse hacia él.

Inty Jose L. Burgos

En su interior su corazón mas agitado no podía estar, Sagitario se estaba recuperando de su enfermedad mental y si esto sucedía los días de ella junto a el estaban contados y eso seria el final.

En Miami, Jackelin hablaba con Sergio sobre la aptitud de Mauricio Palmieri en el control de la distribución de droga en el sur de los Estados Unidos.

—Yo creo que una retirada a tiempo es lo más sensato. Mauricio no hace más que recibir golpes de todos lados. Los de Colombia han dejado de negociar con él. Las palabras de Sergio encerraban cierto pesar.
— ¿Han podido saber quien rivaliza contra Mauricio? Preguntó Jackelin sabiendo que podía ser una indiscreción.
— No, la verdad es que no sabemos la identidad del jefe pues usa muchas caras por debajo de él. Respondió Sergio con frustración a la pregunta de Jackelin.

La situación era critica y Sergio se había extremado atrapando a hombres pertenecientes al grupo del llamado "Zar de la Droga" sin poder obtener ninguna información que lo llevara a identificar al verdadero jefe; todos los caminos conducían a un Cubano, Efraín Franco Marrero, inmigrante de los años 80 que había hecho su fortuna en esa época pero después de un fuerte análisis de la personalidad de este individuo, Sergio había llegado a la conclusión que Efraín no era mas que un títere bajo las ordenes del Zar.

— ¿Que dice Mauricio sobre todo este asunto? Volvió a preguntar Jackelin sacando a Sergio de sus pensamientos.

— No hace más que preguntar que habría hecho Sagitario en una situación como esta. Ahora la respuesta de Sergio no ocultaba su incomodidad y su frustración. Jackelin quedó en silencio unos segundos mirando a Sergio, para decir:

— ¡¡Pensar!! Sergio, eso es lo que haría Sagitario en una situación como esta, siempre hay cosas que uno pasa por alto pero están ahí y solo hay que saber descifrarlas.

— Para eso necesitamos tiempo y es de que lo disponemos. Dijo Sergio poniéndose de pie para dar por terminada su visita a Jackelin.

Ella quedaba en conocimiento en que a partir de este momento se podían desatar varios cambios con los cuales sus intereses con Mauricio se verían afectados.

Sergio se despidió de Jackelin. Ella quedó sola en el piso 21 en uno de los modernos edificios de Miami Beach, contempló el Océano Atlántico en toda su extensión, a sus espaldas la cerradura de la puerta emitió un pequeño ruido a ser manipulada, ella se volteó y vio la figura de su hijo al abrirse la puerta.

Jackniel había heredado la fisonomía de su padre, Sagitario, cabello negro, ojos inquisitivos, la musculatura y la fuerza, era la verdadera copia del padre a su edad.

— ¿Que, otra vez melancólica? Tal vez necesites dar un paseo o conocer un nuevo amor., dijo Jackniel entre risas al darse cuenta que su mamá contemplaba el mar. Jackelin sonrió, avanzó hacia su hijo rodeándole la cintura con el brazo derecho y le dijo:

— ¿Y que le digo a tu padre cuando vuelva?

La sonrisa de Jackniel desapareció de su rostro y dijo de modo contrariado:

— ¿No crees que ha pasado mucho tiempo para albergar alguna esperanza?

Jackelin miró el juvenil rostro de su hijo por unos segundos.

— Sagitario se está acercando a nosotros y muy pronto estará aquí. Le soltó la cintura y dándole la espalda se encaminó con paso rápido hacia la cocina del apartamento donde prepararía la cena para los dos.

Al siguiente día de la pelea de Taipán en la escuela, Sagitario y su hijo abordaron uno de los cuatro Land Rover que había en la finca para transportar al personal, el chofer que conducía el auto había sido contratado por Noemí hacia unos meses.

— Espero me hayas dicho la verdad. Dijo Sagitario dentro del auto volteándose a su hijo que iba en la parte trasera.
—¡¡Claro papa!! Manny le robó los colores a Alexandra, no quería devolvérselos y por eso lo golpeé., dijo el niño haciendo un gesto con los puños.
— Si señor Alejandro, (intervino el chofer) yo soy el padre de Alexandra, su hijo está diciendo la verdad, ellos son buenos amigos. Gracias a su hijo y la bondad de su esposa yo he podido sacar adelante a mi familia. El hombre hizo una pausa maniobrando el timón para esquivar un bache del camino y continuó: Yo tuve un accidente en una mina que me dejó incapacitado para levantar peso. Como usted bien sabe todos los trabajos por estos lugares son rudos y mi columna no está apta para esas labores; mi hija le contó la situación a su hijo y este se las arregló para buscarme

trabajo. Es un muchacho muy inteligente y no sabe usted lo agradecido que le estoy por su acción. El chofer se volteó hacia el niño y ambos sonrieron.

—Me alegra oír sus palabras, no he estado muy pendiente de las cosas que ocurren en la finca. Dijo Sagitario mostrando cierta reserva al mencionar el tema de sus responsabilidades como esposo de Noemí.
—Su hijo es un niño muy querido en estos lugares, al igual que su esposa, a ella le debe este pueblo disponer de un hospital. Dijo el chofer casi con orgullo al referirse a las obras de caridad que hacia Noemí, para ayudar a los pobres del pueblo.

Sagitario se limitó asentir con la cabeza, no tenía conocimiento de que Noemí había mandado a construir un hospital. Cada varios meses ellos viajaban en un avión rentado hasta la capital, Sídney, para ver a los especialistas que lo entendían a él por sus problemas mentales.

Después de recorrer diez millas alcanzaron a ver el poblado que lo constituía una calle con una hilera de pequeños negocios a ambos lados, las viviendas estaban esparcidas de forma irregular, como si no quisieran darle aspecto de urbanidad al pequeño poblado.

Cuando el Land Rover se detuvo frente a la escuela, Sagitario reconoció que estaba frente a ella por la cantidad de niños que ahí corrían y jugaban frente a la verja. Era una casa de madera vieja, de aspecto pobre y sin pintar quizás por varios años. Bajó del auto en silencio, su hijo lo siguió y varios niños corrieron hacia él saludándolo con mucho afecto. Sagitario continuó su marcha hasta traspasar el umbral de la puerta de la escuela, vio niños corriendo por todos lados y al final del pasillo dos mujeres que hablaban ajenas a la algarabía infantil y se encaminó hacia ellas.

—Discúlpenme soy el padre de Nordiel y quisiera hablar con la maestra de mi hijo. Les dijo interrumpiendo la conversación.

Sagitario vio como el rostro de aquellas mujeres de llenaba de asombro, una de ellas señalando una puerta dijo:

—Allí puede hablar con la directora.

Sagitario dio las gracias y volvió sobre sus pasos a la puerta que estaba en el ala izquierda de la entrada de la escuela, desde ahí pudo escuchar el comentario de una de las mujeres a su espalda:

—¡¡Dios mío!! Que hombre, no en balde la esposa lo tiene tan bien escondido. Y echaron a reír.

Sagitario llegó frente a la puerta haciendo oídos sordos a los comentarios aunque no podía negar que le había causado gracia y despertado la curiosidad acerca de lo que podrían decir de él en el pueblo.

Dio unos golpecitos en la puerta y una voz femenina respondió desde adentro:

—Adelante, está abierta.

Sagitario abrió la puerta para encontrarse en una pequeña habitación con un buró escritorio y dos sillas de madera, detrás del buró una señora de pelo canoso, levantó el rostro hacia él, llevaba unas diminutas gafas sobre el puente de la nariz. La escena causó gracia a Sagitario además de traerle un fugaz recuerdo de un rostro, en su niñez.

—Buen día, soy el padre de Nordiel, vine por lo de la pelea de ayer., dijo Sagitario al tiempo que observaba como el rostro de la señora pasaba de la sorpresa a la incredibilidad.

—María Benson., se presentó la señora poniéndose de pie y extendiendo su mano a Sagitario para saludarlo.

El estrechó la mano de ella con afecto.

—Manuel Alejandro, gusto en conocerla.
—Le diré que Nordiel es un chico excelente pero esta al tanto de todo lo que sucede en la escuela y si ve un acto de abuso no tarda en irse a los puños con cualquiera. El chico con quien ayer peleó es mayor que él, en edad y estatura sin embargo logró darle una soberana paliza. No entiendo como puede pelear así.
— ¿Entonces usted esta enterada de la causa por la que el peleo? Preguntó Sagitario después que la señora María Benson le indicara con un ademán de la mano que tomara asiento.
— ¡Oh! ¡Claro que estoy enterada de la causa! Su hijo tenía la razón y logró recuperar los colores de Alexandra. En realidad si no fuera por las reglas tan estrictas que tenemos para los casos de peleas entre los niños, usted no hubiera tenido necesidad de venir hasta aquí pero ya sabe no podemos favorecer a unos y a otros no., la directora daba a entender que todo era puro formulismo a veces necesario para tratar de controlar la conducta de los niños.

—Sí, entiendo. Dijo Sagitario con una sonrisa de simpatía hacia ella. ¿Para cuantos niños tiene capacidad la escuela? Agregó sorprendiendo a la directora con su pregunta.

—En estos momentos, casi setenta alumnos en grados de preescolar a sexto. Respondió ella con orgullo.

—Veo bastante niños y el edificio está en muy malas condiciones, ¿No le parece? La pregunta fue hecha con suavidad para que no le pareciera ofensiva a la directora.

—Me crié en este viejo caserón de madera y cuando lo heredé de mi madre lo convertí en escuela, aquí asisten todos los niños de este pueblo, pobres o no. Los materiales de estudio los obtengo gracias a las donaciones de algunos padres como su esposa que ha sido muy generosa y caritativa con nosotros. Había orgullo en sus palabras pues a cualquier costo lo importante era mantener la escuela funcionando.

— ¡Bien! creo que debemos reconstruir la escuela, hablaré con mi esposa y me encargaré yo mismo del proyecto de construcción. Dijo y se puso de pie para despedirse de la señora que no salía aún de su asombro ante aquellas palabras.

La noticia de la construcción de la nueva escuela a cargo de Manuel Alejandro, identidad por la que conocían a Sagitario, corrió como pólvora y tuvo una gran acogida entre los habitantes del pueblo aunque un pequeño grupo no pensaba de igual modo.

En una pequeña taberna se encontraba Oscar Grove reunido con tres de sus secuaces hablando del tema y de su ambición por adueñarse de la finca.

—Tienen que tener mucho dinero para gastarlo así, primero mandan a construir un hospital, ahora una escuela. Dijo Oscar lleno de envidia.

—De eso no tengas dudas, la señora Noemí debe ser muy rica, he visto como le llega correspondencias de todos los bancos del mundo. Dijo uno de los secuaces refiriéndose a las cartas que había visto llegar procedentes de New York en donde Noemí tenia algunos negocios.

—Si, tienes razón, incluso apenas le dio importancia a la pérdida de los caballos., argumentó Oscar. Lo que no logro entender es porqué venera tanto a ese hombre que no es más que un estúpido.

—Tal vez sea muy buen amante. Respondió otro de los secuaces y todos rompieron en carcajadas, menos Oscar.

— ¡No, yo no lo veo así! Yo creo que él es el dueño de todo el dinero y ella la que lo manipula a su antojo. Las palabras de enojo de Oscar, cortaron las risas.

— ¿Y qué posibilidades crees tú tener para ganarte las atenciones de la señora? Preguntó uno de los secuaces cuyo rostro estaba marcado por las picaduras de viruela.

—Ninguna posibilidad mientras ese tipo esté vivo. Respondió Oscar y a continuación levantó un vaso de whisky para hacer un brindis con los otros. La suerte está echada, Manuel Alejandro tiene que desaparecer.

Una semana después llegaba al poblado una caravana de camiones con los materiales de construcción para la escuela.

Sagitario en compañía del padre de Alexandra, quien era chofer de la finca y con el cual había establecido una buena amistad, dirigía toda la operación de descarga de los materiales y muchos hombres del pueblo se incorporaron voluntariamente al trabajo hasta muy entrada la noche.

—Bueno Carlos, creo que ya es hora de regresar a la finca, Noemí debe estar preocupada con nuestra tardanza. Dijo Sagitario mientras pasaba la vista por todos los materiales que ya estaban amontonados dentro de la vieja escuela.

El no se equivocaba en referencia a Noemí que más que preocupada estaba llena de angustia. En los últimos días a Sagitario se le veía eufórico con el proyecto de construir la nueva escuela. Ella le había sugerido contratar a una compañía constructora, como ella había hecho para la construcción del hospital pero él se negó rotundamente alegando su interés por dirigir el proyecto. Esto era un claro indicio de que la mente de él se iba estimulando y evolucionando.

Oscar Grove oculto detrás de las empalizadas, observaba a Noemí que con impaciencia se movía en el portal de la casa principal, daba pasos cortos y se detenía para fijar la vista en el camino.

—Tiene que amarlo mucho. Pensó Oscar desde su escondite.

Las luces delanteras del auto anunciaron que ya se acercaban. Noemí contuvo la respiración como si esperara lo peor al ver como al detenerse el jeep Sagitario salto de el y se le aproximaba rápidamente.

— ¡Ya podemos empezar a construir! Dijo Sagitario con entusiasmo. ¿Estabas preocupada por mi? Preguntó al notar la angustia reflejada en el bello rostro de Noemí.

Ella suspiró pensando que nada debía reclamarle por la demora en llegar.

—La verdad si, no sabia que podía haber pasado en la descarga de los materiales. Dijo ella mientras trataba de reponerse

El la tomo por la cintura y juntos entraron a la casa en lo que le relataba los pormenores de la llegada de los materiales

En Miami, el teléfono, junto a la cama de Jackelin, comenzó a sonar insistentemente. Ella adormilada, miró al reloj despertador ubicado en la mesita de noche, que marcaba las 3:10 de la madrugada, levantó el auricular y respondió:

— ¡Hello!
— Señorita es la policía. Anunciaba la voz de un hombre al otro lado del auricular. La llamo porque han vuelto a romper la vidriera de su tienda. Agregó con notable enojo ante el hecho.

— Está bien, gracias, en unos minutos estoy con ustedes. Respondió ella dando por termina la conversación y colocó el teléfono en su lugar.

Jackniel apareció en la puerta de la habitación, un short era toda su vestimenta y observando la reacción de su madre preguntó:

— ¿Rompieron otra vez la tienda?
— Si, parece ser que así es. Contestó ella con total indiferencia.
— Mamá, ¿puedo saber que hay detrás de todo esto? Volvió él a preguntar en tono molesto.
— No se a que te refieres. Dijo ella tratando de evadir la pregunta de su hijo.

— Mamá aun me vez como un niño pero no lo soy. Por un lado el FBI, por otro lado Sergio y esos otros hombres de los cuales no tengo duda pertenecen a la mafia. Pero lo mas importante para mi es saber la verdad sobre quien era mi padre. La ultimas palabras de Jackniel semejaban una suplica.

Jackelin miró a su hijo parado frente a ella con el torso desnudo, ya no tenia dudas, su hijo se había convertido en todo un hombre de la noche a la mañana y había llegado el momento de que supiera algunas cosas sobre su padre y la verdad de quien era en realidad.

—¡¡Está bien!! Ella exclamó poniéndose de pie. Voy a poner algo en tus manos que dejó tu padre para ti, a partir de ahí tu podrás razonar por ti mismo toda la verdad. Jackelin terminó estas palabras y con paso firme y decidido se encaminó para ir en búsqueda del manual de ejecutores escrito por Sagitario.

En la finca, Oscar hablaba con uno de sus secuaces.

— ¿Crees que las cosas salgan bien?
— No tengas dudas, Oscar, hoy a las seis de la tarde la señora será viuda, ¡puedes asegurarlo!
— Todos van a recibir su parte en cuanto yo tome el control de la finca., concluyó Oscar en lo que montaba su caballo para hacer un recorrido por los potreros.

Eran cerca de las cuatro de la tarde y aun Sagitario se encontraba en el pueblo ultimando detalles. Llevaba varios días de ajetreo constante hasta terminar la escuela, ahora quedaba preparar para la inauguración que se propuso para el siguiente día.

Se respiraba un ambiente de alegría en el pueblo, gracias a los esposos "White" tendrían hospital y escuela.

De regreso a la finca, Carlos el chofer, comentaba:

— Lo noto algo preocupado señor Alejandro.

— No es nada, el trabajo de construcción ha sido provechoso para mi salud., dijo Sagitario pero su voz denotaba cansancio.

Llevaban cerca de una hora de recorrido y el chofer redujo la velocidad del jeep para evadir un bache del camino y en ese momento, una pequeña bomba, colocada por uno de los secuaces de Oscar en el guardafangos del auto, hizo explosión.

El jeep dio dos vueltas en el aire hasta caer con las ruedas hacia arriba.

El chofer salió despedido por el impacto cayendo bruscamente al suelo sin poderse apenas mover, su columna vertebral ya dañada volvió a sufrir un fuerte golpe. Desde donde estaba alcanzó a ver la explosión del auto y las llamas que lo devoraban en segundos.

— ¡Dios mío, no puede ser, el patrón quedó atrapado en el siniestro! ¡Patrón! gritó con profundo dolor.

El chofer se equivocaba, Sagitario logró salir a rastras antes de la explosión y a unos metros del lugar, fijó sus ojos hacia donde se encontraba la finca con el rostro inerte. Gracias a lo ocurrido su memoria se había activado y uno tras otros los recuerdos del pasado llegaban a su mente.

Escuchó el grito desesperado de Carlos y volviendo a la realidad corrió hacia él.

— ¡Gracias a Dios, señor Alejandro, está usted vivo! Dijo el chofer que su voz era casi un gemido.
— ¡No se mueva! Estamos a pocas millas de la finca, alguien debe haber visto el humo del incendio y vendrán a socorrernos. Su voz denotó seguridad y firmeza.

No se equivocaba, Martín el capataz principal, había visto la humarada y decidió ir al lugar de donde provenía el humo, acompañado por otros peones.

Sagitario alcanzó a ver la nube de polvo que se alzaba en el camino por donde se acercaban dos autos.

— Ya vienen por nosotros. Dijo manteniendo su vista fija en dirección a la finca.

Los dos Land Rover llegaron al lugar y Martín descendió de uno de ellos con marcada preocupación en el rostro.

— ¿Qué pasó señor Alejandro?
— Note preocupes Martín, yo estoy bien pero dile a tus hombres que se encarguen del Carlos que necesita asistencia médica con urgencia. Yo tengo que ir para la finca ahora mismo. Terminó la frase sentado dentro del auto y pisó el acelerador a fondo emprendiendo el camino.

Mientras tanto, Noemí se hallaba sentada frente a la cómoda, en la habitación que compartía con Sagitario, peinando su liso y negro cabello.

La puerta se abrió de golpe y en el umbral apareció él. Ella pudo verle el rostro a través del espejo, de inmediato reconoció al verdadero Sagitario, con solo mirarlo se dio cuenta de que el señor Manuel Alejandro White acababa de morir.

— ¡Yo soy Sagitario! Toda esta farsa ha terminado Noemí, ¿entiendes?, el tono de su voz era de enfado.

Ella no respondió nada y las lágrimas rodaron por sus mejillas hasta caer sobre la cómoda. El momento temido había llegado. Todos sus esfuerzos por retener a Sagitario junto a ella, se derrumbaron como castillo de naipes.

— ¿Dónde están mis cosas, Noemí?, preguntó él más calmado, reconociendo que entre ellos existían lazos que los unirían para siempre.

Ella sin decir palabras salió de la habitación y en pocos segundos regresó con un maletín negro que puso en las manos de él.

Sagitario se sentó al borde de la cama y lo primero que sacó fue un traje de correas algo deteriorado. De momento recordó el derribo del avión llevando dentro el cuerpo de Hair Soleimán. Dejó a un lado el traje y sacó una caja de cartón cerrada, con ella en la mano levantó el rostro para hacer una mirada interrogante a Noemí, en busca de una explicación, pues sabia que nada como aquello llevaba él día del derribo.

— Son fotos de tu esposa e hijo durante todos estos años. Dijo ella parada frente a él, queriendo descubrir sus reacciones mientras viera las fotos de Jackelin.

19

El se concentró en las fotos y fue pasando lentamente una tras otra, vio a su hijo Jackniel en sus diferentes edades junto a su madre pero atrajo su atención una foto en la que aparecían dos hombres al lado de Jackelin.

— ¿Quiénes son estos dos?, preguntó.
— Son los abogados que la representaron cuando abrió su negocio., respondió Noemí y agregó en tono de fastidio. Si te preocupa que se haya vuelto a casar te diré que no porque vive con la seguridad de que estás vivo, ¿qué te parece?
— La seguridad es una de sus cualidades, además de que ella necesita ver para creer., respondió Sagitario con un tono divertido ya que la noticia no podía haberle caído mejor.

Al final de la caja encontró una cadena de oro con una medalla representativa al símbolo zodiacal Sagitario, regalo que recibió de su esposa Jackelin en la despedida. Absorto en sus pensamientos mientras contemplaba la joya, un murmullo de voces alteradas le llegó desde afuera, miró a Noemí y ésta se encogió de hombros en señal de ignorar lo que estaba ocurriendo afuera.

Sagitario salió de la habitación hasta llegar al portal de la casa, allí encontró a su hijo mirando al grupo de peones que trataban de auxiliar a Martín que yacía inconsciente en brazos de uno de ellos.

— ¿Qué ha pasado?, preguntó Sagitario a su hijo pues aún no lograba entender lo que estaba sucediendo.
— Oscar derribó a Martín de un puñetazo en una pelea entre ambos. Respondió el niño mientras su madre se acercaba a ellos.

Oscar al ver que los patrones habían hecho su aparición no perdió el tiempo para dirigir un discurso a los peones que pensó él podría dejarlo fuera de sospecha en el asunto del atentado ocurrido horas antes.

— Yo no he hecho nada y todo aquel que se atreva a acusarme de que yo he intentado algo en contra del señor Alejandro, le va a pasar lo mismo que a este viejo estúpido ¿entendido?

— ¡Yo no creo que eso sea posible! Exclamó Sagitario desde el portal y cuando Oscar se volteó para mirarlo, agregó: Yo te acuso de intentar matarme y dudo mucho que puedas hacer conmigo lo que haz hecho a Martín.

— Bueno señor a decir verdad no me gustaría pelear con usted que es un hombre enfermo.

— Puedes olvidarte de eso porque te estoy acusando de cobarde y traidor, dijo Sagitario mientras caminaba acercándose a Oscar.

— ¡Papá no pelees con él, te puede ganar porque sabe pelear muy bien!, dijo el niño tomando la mano de su padre queriéndolo detener.

Sagitario miró a su hijo fijamente y en tono firme y seguro le dijo:

— No te preocupes Taipán tu padre puede pelear como no lo hace nadie aquí. Le pasó las manos por la cabeza, despeinándolo y agregó: Ve con tu mama.

Sagitario llegó al centro del grupo donde lo esperaba Oscar con los brazos cruzados sobre el pecho y una expresión de satisfacción en el rostro quien en tono arrogante se dirigió a Noemí

— ¿No piensa la señora interceder por su marido? Al no obtener respuesta se dirigió a Sagitario. Bueno, tú lo has querido. Le dijo mientras dirigía su puño derecho contra el rostro de su contrincante como lo haría un boxeador experimentado.

Sagitario hizo un rápido movimiento logrando esquivar el golpe, al tiempo que su puño izquierdo golpeaba la boca de Oscar, que quedó anonadado y con un hilo de sangre brotando de sus labios.

— ¡Hijo de puta! —Balbuceó —Me las vas a pagar., agregó lleno de furia. Escupió hacia un lado y se lanzó sobre Sagitario para embestirlo con su cuerpo.

Sagitario hizo otro movimiento y con su mano izquierda atrapo el puño derecho de Oscar, luego le golpeó los pies haciéndole perder el equilibrio.

Oscar se contrajo para no caer al suelo, momento que aprovechó Sagitario para usar una técnica de pelea conocida como "Uratuzuqui" y el golpe cayó de lleno sobre las mandíbulas. Los huesos se sintieron crujir al impacto y Sagitario notó el efecto que había causado ese golpe en Oscar, quien lanzó un grito de dolor y cayó sobre sus rodillas, sujetándose las mandíbulas con ambas manos, permaneciendo así por largo rato.

Los peones de la finca vitoreaban a Sagitario, conocido por ellos como Manuel Alejandro. Todos dieron la pelea por terminada pero para su sorpresa Oscar se volvió a incorporar con actitud amenazante.

— Debo reconocer que eres bien fuerte pero en las condiciones en que estás dudo que puedas hacer algo en mi contra, toma mi consejo, márchate en paz que aún estás a tiempo, debes saber perder. Las palabras de Sagitario fueron dichas con suma calma frente a Oscar.

Este no podía reconocer que había perdido y llevando su mano derecha a uno de los bolsillos de su pantalón saco una afilada navaja que agito varias veces frente al rostro de Sagitario, que no se inmuto ante los amagues de Oscar.

—¡Tu lo has querido muchacho!, exclamo Sagitario.

Oscar volvió a gritar varias veces mas y cuando lanzo su ataque Sagitario esquivo la cuchillada con un rápido movimiento de su cuerpo y tomando la mano de Oscar la torció hasta sentir el crujir de los huesos. La navaja cayo al suelo y Oscar daba alaridos de dolor a causa de la fractura de su muñeca.

Sagitario tomo la navaja del suelo y salió caminando hacia donde lo esperaban su esposa y su hijo.

Oscar aprovecho para sacar una pistola de nueve milímetros que llevaba oculta dispuesto a disparar en contra del patrón.

— ¡Cuidado patrón! Grito unos de los peones al notar la acción de Oscar.

Sagitario estaba preparado para el posible ataque por lo que con rapidez lanzo la navaja en contra de Oscar. La filosa arma hizo un blanco perfecto sobre el ojo derecho de Oscar, que ante el impacto se le escaparon dos disparos al aire, su cuerpo cayó al suelo y su rostro choco contra la tierra y la navaja entro desde la empuñadura hasta la parte trasera de su cabeza. Sagitario avanzo hasta donde estaban los secuaces de Oscar.

— ¿Donde están los cabellos? Pregunto desafiante, mirando fijo a los ojos de uno de ellos.
— En un pequeño rancho a unas cuarenta millas de aquí. Yo puedo acompañarlo al lugar, si usted lo desea. Respondió el joven, que estaba más pálido que la cera.
—¡No! No es necesario. Martin te acompañara junto con la policía del pueblo. Dijo Sagitario, encaminándose hacia el portal donde Noemí lo aguardaba en compañía de su hijo. Ha sido un mal comienzo. ¿No te parece? Agrego dirigiéndose a ella. Noemí no respondió pero asintió con lo cabeza de forma afirmativa y los tres entraron a la casa, aun tenían muchas cosas que conversar.

Ya en la habitación, Sagitario pregunto: ¿Como pudiste eludir a todos?

Ella, demostrando calma, se sentó al borde de la cama y respondió con otra pregunta.

—¿Me odias por lo que he hecho? Y busco sus ojos, para mirarlos fijamente. Sabia ella, que Sagitario podía engañarla con palabras, pero en la mirada de el descubriría la verdad.
—No, no te odio. Dijo el, enfrentando la mirada de ella.
—Eso me hace sentir mejor. Respondió aliviada y esbozo una sonrisa de complacencia al ver que la respuesta de Sagitario, era sincera.
—Recibí la ayuda del León del Terror y Marlene. ¿Te acuerdas de ellos?
Sagitario asintió afirmativamente y ella continúo hablando.

— Ellos te dieron por muerto. Sobre la turbina y el ala del avión encontraron mucha sangre tuya derramada pero solo el León del Terror y yo sabíamos que tu tenias una reciente y gran herida en el muslo derecho, que tu mismo suturaste en la cueva. Era lógico pensar que todo el esfuerzo que hiciste al destruir el avión, los puntos de sutura se hayan sueltos, reabriéndose la herida, de ahí, que encontraran toda esa sangre.

Noemí hizo una pausa para continuar.

—Lanzaste a Jair Solimán dentro de la turbina del avión, fue algo horrible de ver. Después te encontramos a ti cerca del fuselaje y aun sangrabas además de tener muchos huesos rotos. Solo la experiencia de Marlene y del León del Terror, hizo que no te murieras en la trayectoria, saliendo del desierto. Lo demás, fue fácil, las relaciones de Marlene y mi dinero hicieron lo demás. Estuve cuatro meses en New York para que no sospecharan de mi, en lo que tu recuperabas en una clínica privada, aquí en Australia, después vinimos ha esta finca, en donde hemos permanecido, hasta hoy. Termino su relato Noemí con gran pesar en la voz.

—Pero aun así, no creo que Jackelin desistiera de hacer una búsqueda por su cuenta. Noemí asintió con un movimiento de cabeza a las palabras de Sagitario y agrego:

—Claro que lo hizo, solo que yo lo prepare todo de antemano. Esta finca no esta comprada bajo mi nombre, si no otra que compre en oeste del desierto Australiano y que esta bajo la administración de la familia de Marlene. Cuando algún detective llegue allí, para preguntar por mi, ellos están preparados para dar una respuesta, entonces le dan información de estancia en ese lugar por largas temporadas. De repente pregunto a Sagitario, que parecía sumido en pensamientos.

—¿Sabes donde esta?

El titubeo antes de responder.

—Creo que el poblado se llama "Kowanyama". No dijo más.

—Así es, continúo ella. Este pueblo tiene una característica muy especial, solo una carretera llega hasta el, en otras palabras es un pueblo al final de un camino, no es casual llegar ahí, tiene que haber un motivo para hacerlo y es imposible merodear sin que yo me entere. ¿Entiendes?

Sagitario asintió con la cabeza, se le notaba contrario al preguntar.

—¿Cuando fue la ultima vez que Jackelin indico una investigación?

—Hace dos anos contrato a cuatro detectives uno de ellos custodiaba mis movimientos en mi apartamento de Francia, los otros buscaban en Sídney alguna pista, fueron hasta el lugar en donde derribaste el avión y pasaron tres semanas de búsqueda allí.

Sagitario sonrió al escuchar lo que Jackelin había ordenado para su búsqueda.

—Fue un gran error lo supe demasiado tarde para rectificar., dijo Noemí con pesar.

Jackelin sabia que Sagitario no estaba muerto. Ambos llevarían una cadena colgada al cuello con una medalla relativa al signo y no se la quitarían aun estando separados, hasta encontrarse de nuevo. Ella jamás se había quitado la cadena, como cumpliendo dicha promesa. Este hecho la hacia ver a Sagitario que Jackelin aun lo consideraba vivo y manteniendo su sonrisa saco de un maletín la cadena, contemplándola con satisfacción.

Sagitario tuvo la intención de colocarse la cadena al cuello, cuando al levantar la vista vio a Noemí que contenía la respiración, bajo la mano y coloco la cadena en el bolsillo derecho del pantalón que llevaba puesto.

Desde afuera llevaba un fuerte murmullo de voces.

—Seguro que la policía acaba de llegar. Dijo Sagitario mirando a Noemí, que aun permanecía sentada en el borde de la cama.

—Si, son buenos tipos y me tienen mucho respeto por lo mucho que he ayudado a este pueblo. Respondio ella poniéndose de pie y pasando junto a Sagitario, evitando el roce con el. El atrapo una de sus manos con suavidad y se le acerco. Sagitario sabía lo que estaba sucediendo dentro de Noemí en aquel instante, por tanto de nada valía, insultarla o reprocharle sus acciones, al contrario a eso la beso y miro a sus ojos, para decir:

—Tengo que volver, ella me espera.

—Lo se. Dijo Noemí y continuo la marcha hacia el portal de la casa donde de seguro la esperaba la policía, para investigar la muerte de el administrador Oscar Grove.

CAPITULO II

"EL REGRESO A MIAMI"

Jackniel salió de su habitación hacia la sala del apartamento que ocupaba con su mama. Jackelin escuchaba un disco de la banda de rock Británica "Queen", la banda favorita de Sagitario. Ella giro la cabeza hacia Jackniel al verlo aparecer en la sala con el pesado manuscrito, con el cual Sagitario había confeccionado un libro.

—¿Puede un ser humano hacer todo lo que dice aquí? Pregunto Jackniel extendiendo el manuscrito hacia Jackelin.
—Así es, tu padre junto a muchos, es un ejecutor, un profesional que puede ser usado en cualquier dirección, tanto para el crimen como para una causa justa. Solo que para ellos no hay diferencias entre una cosa y la otra, el cumplimiento de la misión que se les ha dado, es lo que les importa.
— ¿Y papa que hacia entre ellos?
—Jackelin desvió la vista del rostro de su hijo, hacia la consola donde sonaba la música.

—Tu padre perfecciono muchas cosas que a otros se le pasaron por alto, definió a los seres humanos en diferentes grupos dado su comportamiento y habilidad para desempeñarse en las cosas. Jackelin hizo una pausa acomodándose en el sofá y continúo con su explicación. Necesitas leer ese libro unas cuatro veces para comprender muchas cosas de el. Su vida es un completo análisis del comportamiento humano, así puede dominar a los demás en situaciones de extremas tensión. Todos piensan que Sagitario deducía el comportamiento de los demás, a los cuales iba a eliminar, pero eso es un error. El los obligaba a actuar de la manera que el necesita que actuaran. Así caían en sus manos.

—Algo bien difícil de lograr, ¿no crees? Dijo Jackniel repasando con rapidez el manuscrito de Sagitario.

— ¡No! Te equivocas en eso, es más fácil de lo que tú crees, ¿te acuerdas del apoyo que te dio tu padre? Con esta pregunta Jackelin volvió la vista hacia el rostro de su hijo.

—"El Camaleón", así me decía papa.

—En un principio pensé que el apodo "Camaleón" el lo había escogido al azar, pero después de leer el manuscrito comprendí que tu conducta coincidía con uno de los patrones de comportamiento humano que el describía en el manuscrito. "Camaleón", una persona cuidadosa, rayando en lo metódico pero sin llegar a ello, dispone de poca reacción de contra ataque, tardío en reacciones rápidas en situaciones de extrema tensión. Jackelin hizo una pausa para dar más énfasis a sus palabras.

—La manera de alimentarlo, es relajar las tensiones sobre el, para que no se vuelva cauteloso, evitar que tenga tiempo de elaborar planes de contra ataque, cambiando constantemente de escenario y posición, su preferencia para atacar son las armas de largo alcance y una buena posición de ataque, así serás tu algún día si decides ser un ejecutor, no puedes ser como el, entiendes, ¿entiendes?

Jackniel asintió con un movimiento de cabeza antes de decir: todo es cuestión de conducta natural, aunque puede variar o modificarse con los entrenamientos, como dice el aquí. Termino de decir Jackniel, dando unos golpecitos con su dedo pulgar sobre las hojas del manuscrito.

Al día siguiente de Sagitario eliminar a Oscar el pequeño tribunal de poblado de Kowanyama en la península de Cope York decreto defensa propia en el caso y no se levantaron cargos contra Sagitario. En la tarde tubo lugar la inauguración de la escuela, a la que todo el pueblo asistió, incluyendo al juez de la vista, que se acerco a el mientras daba mordidas a un pastel de guayaba y queso que había hecho Noemí en la finca.

— ¿Qué hago con los muchachos del robo de los caballos? Pregunto sosteniendo un vaso de refresco en la mano izquierda y mirando a Sagitario por encima de las gafas de montura y con cristales de gran aumento.
—Dejarlos ir, creo que ya han tenido bastante con lo que han visto, fue una estupidez de Oscar ir en mi contra.
—Sabia que usted diría eso, me da un gran alivio, porque conozco a todos en el pueblo y no me gusta enviar a prisión a nadie; puede que de la ciudad alguien venga a buscarlos, pero no es necesario hablar más del tema ¿entiendes?
—Que así sea. Dijo Sagitario, comprendiendo al juez que no era tal juez, sino un taquígrafo de la corte de la ciudad, pero dos incidentes seguidos en el pueblo llamarían la atención de las autoridades, que de seguro enviarían a un verdadero juez a ocupar la posición de la cual el

hacia galas para ganarse el respeto y la aceptación de los pudientes del pueblo.

—Tenemos una fiestecita esta noche en casa de Stuart, ¿sabe quienes son?

—Los dueños del almacén. Dijo Sagitario sonriendo al juez en lo que Noemí en compañía de la directora llegaba junto a ellos.

— ¿Cómo va todo por aquí? Pregunto la directora de la escuela con una amplia sonrisa. Ella había pronunciado el discurso de inauguración y hasta había llorado al ver su sueño hecho realidad de la noche a la mañana.

— No saben como voy a extrañar al diablito de Taipán, tienen que venir a pasar de vez en cuando vacaciones aquí. Agrego la directora con verdadera tristeza en el rostro.

— ¿Pero se marchan de aquí? Pregunto el juez sin apenas poder creer lo que oía.

—Si, los negocios de nosotros en New York y Florida están algo desatendidos. Necesitamos pasar una temporada por allá para ajustar algunas cosas. Dijo Noemí mintiendo en parte, pero diciendo sus palabras con total convencimiento.

— ¡Claro! El ojo del amo engorda el caballo y en este mundo lo que sobra son ladrones. Dijo el juez, para a continuación darse un largo trago de refresco.

Dos días después Noemí, Sagitario y Nordiel, abordaban un Boeing 727 en Sídney con destino a Los Ángeles, California, donde los esperaba un detective privado, pero de entera confianza de Noemí que los pondría al corriente de la situación de Jackelin, tras la caída de Mauricio Palmieri, el del control del cartel de la distribución de la droga al sur de los Estados Unidos.

El niño tomo asiento en la ventanilla del avión, Sagitario y Noemí lo hicieron junto a él. Viajaban en primera clase y disponían de todas las comodidades, además de tener casi todos los asientos alrededor vacios. Una de las aeromozas les tomo el pedido de comida y bebidas con una cortesía increíble. En lo que esperaban, Nordiel se volvió hacia Sagitario con cierta preocupación reflejada en el rostro.

— Sabes papá la idea de ese hermano mayor no me agrada mucho. Dijo el niño mirándolo a la cara. Éste sonrió a su hijo antes de preguntar:
— ¿Puedo saber cual es la razón de ese desagrado?
— Bueno, los hermanos mayores son un fastidio, creen que lo saben todo, al menos es lo que dice Alexandra, ella tiene dos y dice que son insoportables. Termino de decir el niño con total convencimiento y exigiendo con la mirada una explicación de su papa.
— No creo que es o sea cierto, Jackniel es un buen muchacho, diría que demasiado noble para lo que yo hubiera deseado que fuera.

Las palabras de Sagitario atrajeron la atención de Noemí, en aquellas palabras había algo que ella no entendía, pero después de todo, lo dejo pasar por alto, hasta que el niño volvió a preguntar con la frente contraída a causa de la incógnita.

— ¿Y como soy yo para ti papa?

Sagitario sonrió con fuerza, el niño aun con su inocencia supo dar un martillazo sobre la cabeza del clavo, hundiéndolo ala perfección en la pared de los secretos.

— Tú eres Taipán, y no tengo la menor duda de que llegaras a ser el Gran Taipán. El niño estallo en carcajadas al oír las palabras de su padre.

— ¡Claro papa! No tengas dudas de que yo seré el Gran Taipán. Diciendo esto se volvió hacia la ventanilla para contemplar el ancho océano que se extendía en todas direcciones debajo del avión.

— No soy tonta, ¿a que te referías cuando hablabas con Taipán? Pregunto Noemí al oído de Sagitario en cuanto el niño se distrajo.

— Taipán lleva algo de ti dentro, cuando quiere algo lo obtendrá a cualquier precio, pero usando la inteligencia que heredó de mi. Sagitario había dicho estas palabras con una media sonrisa y mirando a la profundidad de los bellos ojos de Noemí. Ella se volvió hacia el niño y lo vio concentrado en el océano.

—Si, Nordiel seria el próximo Sagitario. Afirmo Noemí.

En Miami, Jackelin había recibido la visita de dos visitantes, en su pequeña oficina de la tienda de ropa exclusiva de la cual era dueña.

— Como vera, si usted paga la debida cuota de ingreso al grupo, nosotros nos encargamos de que estos incidentes no vuelvan a ocurrir. Dijo Amaury Balzo al que todos conocían por su apellido, se había criado en Hialeah, hijo de padres Cubanos emigrados a este país en el año 1962. Era un tipo de músculos compactos, logrados con dos horas de ejercicios cada mañana en un gimnasio ubicado a solo una cuadra de su apartamento en North Miami Beach.

— La verdad señora es que Santos y yo podemos resolver todos los problemas que ocurren en esta zona sin necesidad de meter la policía en esto. Agregó Balzo, mirando a su compinche que tenia la vista clavada en Jackelin con la intención de intimidarla, Manny Santos era conocido por su mirada asesina.

— No veo razón por la que tenga que pagar a un par de vagos como ustedes, para la protección de mi tienda. Dijo Jackelin con un tono amenazante en la voz, aunque en realidad estaba temerosa, era la primera vez que se veía tan desprotegida y vulnerable.

Balzo sentado en la butaca reclinable frente al buro escritorio de ella, dio vuelta a la enorme sortija de oro coronada con un diamante con un valor de casi veinte mil dólares, era su forma de aparentar paciencia y consideración.

— Como usted bien sabe señorita el imperio de Mauricio se vino abajo, ahora es otro el que manda y es a quien nosotros obedecemos, ¿lo entiende usted?

— Me importa un carajo a quien ustedes obedecen yo no voy a aceptar ninguna extorción, ¡ahora lárguense de aquí! Grito Jackelin poniéndose de pie y señalando la puerta de salida de la oficina.

— Usted se lo ha buscado señora. Dijo Santos poniéndose de pie y acercando su rostro al de ella de manera desafiante y amenazadora.

Jackelin no se inmutó, permaneció firme sosteniendo su mirada hasta que ellos abandonaron la oficina. Luego se dejo caer en el asiento, se llevo las manos al rostro y rompió a llorar desconsoladamente, como no lo había hecho en mucho tiempo. Una de las empleadas asomo la cabeza por la puerta de la oficina para decir:

—Ya se fueron los hijos de puta, los vi montar en su carro.

— Gracias Diana, pero no creo que podre soportarlo mucho mas tiempo. Estoy segura de que ellos no tardaran en utilizar métodos más fuertes de intimidación y temo por la vida de ustedes. Se sentía derrotada, pues conocía los métodos que utilizaban para coaccionar y extorsionar. Diana se dejo caer molesta en el sillón frente a ella y preguntó:

— ¿Cuánto te piden por cada mes?

—Dos mil dólares mensuales, pero no es el dinero lo que ellos buscan en realidad, van detrás de todo lo que poseo, si cedo ahora no podre detenerlos nunca. Dijo Jackelin tomando del borde del escritorio un cuadro con la foto de Sagitario sonriente.

— Él era muy apuesto. Dijo Diana viendo la reacción de Jackelin y su mirada melancólica al mirar la foto de aquel que necesitaba desesperadamente en esos momentos.

—Lo es Diana, no tengo la más mínima duda de que sigue vivo. El rostro de Jackelin se había contraído por el genio, no le gustaba que la contradijeran en su idea de que Sagitario estaba vivo.

En la sala de espera del aeropuerto de Los Ángeles, después de los trámites de aduana Sagitario y Noemí se encontrarían con Niel, el detective privado contratado por ella, que consideraba este viaje una jugarreta de Sagitario para alejarse de su lado. Niel solo se dedicaba a investigar los asuntos matrimoniales y además no portaba armas, de ser así no saldría vivo de aquel lugar.

A pesar del tiempo pasado y la perdida de memoria, Sagitario reconoció a Niel, ellos habían tenido un encuentro en New York después de la voladura de la mansión de Malón, el lo encontró merodeando el lugar, después de presionarlo para que dijera lo que sabia, lo dejo ir.

Los esposos descubiertos infraganti por Niel, lo apodaron "Comadreja". En realidad su aspecto semejaba a ese animal, su nariz prominente, boca y ojos pequeños y cejas pobladas. El apodo le iba de maravilla.

— ¡Valla, aliado que tienes! Comento Sagitario al reconocer a "Comadreja" entre las personas que esperaban a la salida de las oficinas de la aduana.
—Si conocieras el buen corazón que tiene, cambiarias de idea, además nunca me ha mirado en forma descarada. Argumento Noemí y continuo haciendo alusión al hecho de que Niel había comprado una casa ahorrando dinero con los pagos que ella le hacia por sus servicios, para regalársela a su madre, señora que llevaba varios años enferma de cáncer y Niel se desvelaba por cuidarla.

Sin prestar mucha atención a lo que ella relataba, Sagitario en tono burlón dijo:

— La verdad es que no sentiría celos, ni aun si te mirara de una forma que te guste. Como respuesta, Noemí le dio uno golpecito suave en las costillas, pero él sin dar muestras de haberlo recibido, avanzó hacia Niel con una visible sonrisa.

Durante el tiempo de espera para abordar el avión desde Los Ángeles, California hacia Miami Florida, Niel relato a Sagitario todo lo relacionado con Jackelin. Las bromas y sonrisas quedaron atrás, ahora el rostro de Sagitario era una mascara tallada en piedra. Noemí sabía lo que aquello significaba, no habría piedad para nadie. Sagitario no alcanzaba a entender ciertas cosas ¿Cómo era posible que Sergio y los demás abandonaran a Jackelin a su suerte?

— ¿Estas seguro que nadie ha intervenido en su ayuda? Pregunto con preocupación.

— Bueno, Sergio y Mauricio están ocultos, nadie conoce el paradero de ellos. Néstor y Aramos se dejaron ver unos días, posteriores al ataque en contra de Mauricio y después desaparecieron también. Comprenderá usted que acercarse a sus amigos puede ser muy peligros, aun hiendo desarmado.

—Si, tienes razón, ellos deben estar muy asustados con eso del ataque. Reconoció Sagitario.

Durante el vuelo, Sagitario hablo poco. Cuando el niño preguntaba algo solo respondía lo esencial. Había cosas que no podía entender, la cabeza le daba vueltas sin poder encontrar respuesta a todo lo sucedido. ¿Como pudieron derrocar a Mauricio? ¿Porque Sergio y los demás habían huido ante un enemigo, al cual tenían que combatir? No, todo aquello implicaba mas cosas de lo que Niel podía explicar. El hecho de por si, resultaba extraño. Nunca había considerado que sus amigos fueran unos cobardes. El nuevo sistema de Zar, era la dirección del cartel de la distribución de la droga desde una pared oculta. Manejan los hilos de sus marionetas sin verse implicados, pero Sagitario se encargaría de cortar esos hilos.

—Estoy seguro de que Jackelin no tardara en ceder a nuestros deseos. Dijo Balzo mirando su sortija de oro coronada con un gran diamante.

—No sabes lo deseoso que estoy de ajustarle las clavijas a esa zorra. Agrego Santos sentado en el sofá de la sala del apartamento que servía como punto de recolección para contar el dinero de de la venta de las drogas.

— ¡No puedo creerlo! ¿Te gusta esa hembra?

—A quien no le va a gustar una hembra como esa, ¿has visto su porte altanero y el cuerpazo que tiene? ¿Además de la soberbia que refleja cada vez que habla con nosotros? Respondió Santos y agrego: No te puedes imaginar lo que me gustaría hacerla entrar en razones con uno de mis métodos.

— Si tienes razón en todo lo que dices. No hay dudas que ella tiene algo de indomable que atrae a los hombres, tal vez su orgullo y su heroicidad se deban a que por mucho tiempo fue la esposa del gran Sagitario, ¿sabes de quien te hablo?

—No, no se, como tampoco me importa mucho. Respondió Santo con total despreocupación.

—Es imposible que no hayas oído hablar de ese hombre.

—Sí. . . pero ese tipo esta muerto y a varios metros bajo tierra nada puede hacer. Certifico Santos y rompió en carcajadas a las que se le unió Balzo.

En el vuelo de Los Ángeles a Miami anunciaron que se abrocharan los cinturones que en unos veinte minutos el avión aterrizaría en su destino final. La aeromoza prosiguió, por los altoparlantes, dando información sobre el estado del tiempo para despedirse de los viajeros con un "Bienvenidos a Miami, la Capital del Sol."

Sagitario resoplo con fastidio mientras Noemí escuchaba a Nordiel y Niel, sentados delante de ella que no paraban de hablar. Niel le contaba al niño sobre la cantidad de parques de diversión, centros recreativos y turísticos que hay en la Florida. El niño buscaba de vez en cuando la mirada aprobatoria de su madre y la confirmación de que lo llevaría a conocer todos esos lugares. Ella le sonreía y con gestos de afirmación y una sonrisa le daba a entender que le daría gusto en todo.

Bajaron todos del avión y allí en la salida los esperaba una limousine para trasladarlos al hotel donde se hospedarían. Todos estos detalles los tramito Niel por orden de Noemí. Subieron al auto y Sagitario miro su reloj pulsera que marcaba las seis de la tarde. Su mente giraba en torno a la versión que Niel le había contado y de cómo en realidad pudieron haber ocurrido los hechos. No lograba entender que pudo pasar con sus amigos, donde estarían y como seria finalmente su reencuentro con el pasado.

Al llegar al hotel se despidieron de Niel que concluyo dándole la dirección exacta del negocio de Jackelin.

En silencio entraron a la habitación, acomodaron sus maletas y se dispusieron a descansar. Noemí estuvo un rato con el niño hasta dejarlo dormido, se dio un refrescante baño y se acostó al lado de Sagitario que se mantenía con sus ojos fijos en el techo. Ella respeto su silencio, no hizo preguntas, ni inicio tema alguno de conversación, aunque miles de interrogantes se ahogaban en su garganta. Fue la noche mas larga en la existencia de ambos, ninguno podía conciliar el sueño pero se negaron a conversar, sus pensamientos fluían en direcciones diferentes.

Casi al amanecer, Sagitario decidió darse una ducha y vestirse sin mucha prisa como dando tiempo para la decisión que iba a tomar.

— ¿Vas a buscarla? Pregunto Noemí con voz quebrada.
— Sabes que si. Respondió el y agrego después de una pausa. Espero que entiendas.

Sagitario termino de vestirse y salió de la habitación encaminándose hacia donde aun dormía su pequeño hijo, lo observo por unos minutos, dando media vuelta en busca de la puerta de salida.

Noemí tendida en el lecho, lo escucho salir y poner la cerradura a la puerta, suspiro agobiada y ahogo un grito en su garganta pero no pudo evitar que las lagrimas corrieran por sus mejillas, sabia que entre ellos todo había terminado, que acababa de perder al amor de su vida y su mente evoco los diez años pasados junto a el. Realmente fue feliz, no podía responderse pues la sombra de Jackelin siempre se le había interpuesto.

Escucho la voz de su hijo llamándola e interrumpió sus pensamientos para ir donde el.

— ¿Que pasa que traes esa cara, mama?
— Nada mi amor, estoy bien.
— ¿Es por papa que ya se fue? Insistió el niño.
— Ya te dije que no es nada, hijito, solo estoy un poco cansada por el viaje. Replico ella con dulzura.
— Esta bien, si tú lo dices. Aceptó el niño.

Ella se acerco a su hijo y lo abrazó fuertemente. El niño era el más dulce recuerdo que quedaba del hombre amado, entre cerró los ojos y así estuvo unos segundos hasta que el niño dijo: — Oye mama, tengo hambre recuerda que prometiste llevarme a pasear.

—Claro chiquito, ve alistándote, desayunaremos fuera y ahí decidimos a donde ir.

En la puerta del hotel Sagitario tomó un taxi indicándole al chofer el lugar de destino. Durante el recorrido evocó todos sus recuerdos. Al llegar al lugar le pidió al taxista que parara no muy cerca de la puerta del establecimiento a donde se iba a dirigir, pues quería poner en orden sus pensamientos y observar bien el lugar.

Con paso ligero entró a una tienda, donde ya habían algunas clientas jóvenes escogiendo ropas elegantes. Se notaba el confort y la belleza del lugar.

Sagitario se dirigió hacia una pequeña oficina o almacén que se veía al final de las líneas de ropas colgadas por donde a la izquierda había una puerta.

Una joven lo siguió hasta lograr interponérsele cuando ya estaba dispuesto a tocar.

— ¡Lárguese de aquí ahora mismo! Le grito a escasos centímetros del rostro con una mirada desafiante, dispuesta a pelear si era necesario.

Las muchachas que miraban los artículos de la tienda se detuvieron a contemplar la escena sin imaginar que podía estar sucediendo o que pasaría después.

Sagitario no tuvo mas que reír ante el desafío de aquella joven.

— Parece que eres muy amiga de la dueña de este lugar. Le dijo sonriente. ¿Tanto la estimas?

Desde dentro de la oficina Jackelin alcanzó a escuchar lo que sucedía del otro lado de la puerta. Estaba sentada tras su buro escritorio revisando papeles y haciendo el inventario cuando al prestar oído a la conversación quedo paralizada por la sorpresa.

Aquella voz era inconfundible, podría ella reconocerla hasta dentro de una multitud de personas. En unos segundos recordó cuando tenían quince años y se encontraron por primera vez, el era callado y un poco escurridizo pero su conversación parecía premeditada y de una calma pasmosa, cosa que ella atribuyo después a los entrenamientos que el hacia.

—Diana, déjalo entrar. Alcanzo a decir aun sin recuperarse y agrego. Llevo muchos años esperándolo.

Diana dispuesta ya a ofender a Sagitario al interpretar su sonrisa como una burla, se detuvo en seco y se hiso a un lado sin apartare su vista del rostro de Sagitario, pensando que podía haber visto esa cara en algún otro lugar, solo que no recordaba donde.

Sagitario abrió la puerta con determinación, no podía esperar un segundo mas para encontrarse con ella, entro y se detuvo frente al buro escritorio de Jackelin. Ella quedo anonadada ante aquella visión y a causa de la sorpresa continuo sentada sin que ninguno de sus músculos obedecieran a sus indicaciones, quería correr y echarse en los brazos de el, pero sus piernas no respondieron, quería gritar de felicidad pero de su garganta no brotó ni el más mínimo murmullo de voz. Sagitario rodeó el escritorio sin dejar de mirarla, ya junto a ella la obligó a ponerse de pie para abrazarla con fuerza contra su pecho. Jackelin al sentir su calor y su olor, rompió a llorar ante el hecho de aquello. No era una visión, Sagitario había vuelto, ella nunca estuvo equivocada.

Jackelin busco los labios de él con desesperación y él la estrecho con mas fuerza para corresponder a su instinto, fundiéndose los dos en un beso lleno de pasión y deseo, colmados de amor dieron rienda suelta a las ansias guardadas por los años de separación. Unos golpes en la puerta los hizo volver a la realidad, comprendiendo en el lugar en que estaban. Jackelin sin soltarse del brazo se volvió hacia la puerta para decir con una sonrisa.

—Adelante Diana, puedes pasar. La muchacha entro recorriendo con la mirada a Sagitario y Jackelin aun abrazados.

— Solo vine a ver si todo estaba bien y para decirte que ya es tiempo de cerrar. Dijo Diana algo contrariada, no tenía dudas de que Jackelin se había estado besando con aquel hombre antes de que ella tocara la puerta.
— Creo que no he estado tan feliz en mucho tiempo, en unos minutos estoy contigo para cerrar la puerta principal. Dijo Jackelin y volviendo su rostro al de Sagitario besó ligeramente sus labios.

Diana antes de retirarse de la oficina le preguntó:

— ¿Es el, verdad? Su dedo índice señaló el cuadro que por tantos años permanecía intocable sobre el buró de Jackelin.
— ¿Quién otro podría ser? Intervino Sagitario con una sonrisa a la que se le unió Jackelin.
— ¡Ay señor, le debo una disculpa! Dijo Diana con verdadero pesar recordando la escena que había montado en contra de Sagitario.
— No tienes que dar ninguna disculpa, yo quisiera contar con amigos como tu, solo te pido que no cuentes a nadie acerca de mi presencia aquí. El respondió haciéndole un guiño de ojos.
— No se preocupe, señor se quien es usted, he oído varias historias sobre su persona.

— ¡Diana ve a cerrar la puerta de una vez! Le dijo Jackelin con fingido enojo.

La joven salió apresurada con un reflejo de pena considerándose indiscreta por haber interrumpido a la feliz pareja. Minutos después salieron todos dejando el local cerrado.

Sagitario y Jackelin abordaron un Mercedes Benz ultimo modelo, propiedad de ella y mientras lo conducía el le iba narrando todos los pormenores de la operación en contra del León del Terror que culminó con el derribo del avión en el desierto. Con lujo de detalles le fue contando todo menos lo de su relación con Noemí, acerca de eso solo mencionó el hecho de haber tenido un hijo con ella.

— ¿Cómo es el niño? Interrumpió ella.
— Se parece mucho a Jackniel en lo físico pero en el carácter, mas diferentes no pueden ser. Respondió Sagitario sin titubear. Ya el sabe que tiene otro hermano, me gustaría que tu también lo conocieras.

Jackelin quedó concentrada por unos minutos en la conducción del auto, miles de ideas pasaron por su cabeza pues no estaba preparada para aceptar la presencia de Noemí.

En la penumbra de la noche solo los faros de la calle iluminaban de vez en cuando el rostro de ella y el la miraba tratando de interpretar su silencio.

— No creo que pueda perdonarla nunca. Decidió expresar como saliendo de la concentración en una idea fija en su mente.

44

— Se que no es fácil para ti pero tampoco lo es para ella en estos momentos. Hay cosas que nos unen y por esas cosas es necesario mantener, al menos, la sensatez y la ecuanimidad. Dijo el tratando de introducir en la mente de ella la idea de una nueva vida en la que todos tendrían que compartir juntos.

— Supongo que tendrá que ser así. Respondió ella poco convencida. Asimilar ciertas cosas lleva su tiempo. No te puedes imaginar la sorpresa de Jackniel cuando te vea. Agrego cambiando el tema. El tenía muchas dudas acerca de que pudieras estar vivo.

— Es lógico eso y referente a los otros sucesos, ¿cómo los ha tomado?

— Mantiene sus sospechas pero no conoce toda la verdad. (Hizo una pausa para mirarlo y continúo) Hace unas semanas le entregué el manuscrito que escribiste antes de irte a aquella operación de la cual no regresaste hasta ahora.

Sagitario contempló a Jackelin, ella siempre había estado en desacuerdo con la idea de introducir y guiar a su hijo en ese camino de convertirse en ejecutor.

—Creo recordar que no aprobabas eso, ¿acaso cambiaste de opinión? Pregunto él sin dejar de mirarla.

Jackelin detuvo el auto en la garita del guardia de seguridad del parqueo del edificio donde vivía.

—Sigo sin aprobar esa idea pero era mejor entregarle el manuscrito, que tener que darle un sin fin de explicaciones.

—Si, creo que tienes razón, ahora debo saber que piensa él de todo eso.

El guardia de seguridad levantó la barrera y Jackelin acelero el carro a fondo, que respondió sin quejarse al deseo de su conductora, subiendo como una exhalación por la rampa de los parqueos, que los llevaba al segundo piso que disponía de un elevador privado para su apartamento, estacionó el auto y apagando el motor se dirigió a Sagitario.

—Jackniel se sintió muy impresionado con todo lo que leyó en el manuscrito pero dudo mucho que el quiera seguir tus pasos, además, no hay necesidad de eso. El tono de ella no admitía discusión, su hijo tenia todo el derecho de decidir y elegir todo lo referente a su futuro y ella no le permitiría a Sagitario que influyera sobre él.

—Cuando te enojas, te ves más bonita. Dijo él sonriendo, mientras bajaba del auto.

—Mañana haremos otra visita a Jackelin, tal vez lo haya pensado mejor y tenga otra respuesta que darnos. Dijo Balzo a Santos, mientras conducía uno de sus cuatro autos de lujo. Estas cosas hay que pagarlas y de algún lado tiene que salir el dinero. Argumentó mientras daba suaves golpecitos sobre la consola del Jaguar.
—Si no cede esta vez, habrá que tomar medidas más drásticas con esa mujer, sin olvidar las ganas que le tengo. Expresó Santos.
—Parece que en verdad te gusta esa mujer o estas obsesionado con ella.
—No puedo negar que me gusta y tal vez estoy aferrado a la idea de doblegarla y hacerla mía. Daría mi brazo derecho por lograrlo.

Balzo quedó pensativo por unos segundos y dijo:

— Hablaré con el jefe y le voy a sugerir que nos permita darle un buen escarmiento a Jackelin. Si se niega a entregarnos el dinero entonces tú aprovechas la ocasión para saciar tus deseos.

—Ha sido la mejor idea que se te ha ocurrido en mucho tiempo. Argumento Santos y ambos estallaron en una sonora carcajadas.

—Maneja tu que yo me encargo de asistir a los demás. No tomes carretera principal hasta que no nos hayamos alejado unas millas de aquí, de todo el arsenal solo me queda una granada, no estamos en condiciones de otro enfrentamiento.

Después de conducir unas millas Aramos subió a la interestatal noventa y cinco por una de sus rampas tomando rumbo sur. El conducía con cautela tratando de no llamar la atención de los demás vehículos que circulaban por esa área. Los cristales oscuros del suburban impedían la visión a cualquier curioso que empleara su tiempo en mirar lo que sucedía en los demás vehículos. Aramos Chabia conducido por los caminos de tierra que daban absceso a la mansión por la parte trasera evitando caer en otra emboscada, si en realidad a los atacantes les hubiera ocurrido hacerlo.

—Sergio tienes que prepararte, estamos llegando al lugar. Dijo Aramos sin volverse a mirar a Sergio para no perder el control de la conducción del suburban.

Aramos buscó una salida de la interestatal noventa y cinco adelantándosele la ciudad de West Palm Beach y detuvo el auto frente a una casa. El y Néstor saltaron al suelo. Sergio ocupo el asiento detrás del volante, volviendo a poner en marcha el suburban. A solo unas cuadras en línea recta había un hospital con la entrada a emergencias, en la misma dirección qué el iba. Néstor se curo la herida de la pierna dentro de la casa unos minutos después salían en dos motos Kawasaki Ninja 750 rumbo a Miami.

Sergio había revivido en su memoria todo el episodio de la emboscada, en solo unos segundos dejo caer los hombros con pesar.

—Si es una suerte que aun sigamos con vida. Dijo dando por seguro así debía ser.
—Sergio, aquí hay muchas cosas que no concuerdan. Dijo Aramos con el entrecejo duncido por la duda y las interrogantes que rondaban en su cabeza.
—Yo no creo que todos esos embarques fallidos hayan sido droga de verdad. Debo reconocer que Mauricio ocupaba una posición clave pero no tanto como para que el cartel gastara millones en poner en evidencia sus facultades y contactos en Florida.
— ¿Entonces crees que debemos empezar a buscar por gente de Colombia? Pregunto Sergio.
—Si creo que seria un buen comienzo para sacar algo de todo esto. Respondió Aramos haciendo que los demás apoyaran sus palabras.

En Miami Beach, Sagitario y Jackelin en cuanto entraron al apartamento dieron riendas a sus pasiones haciendo el amor una y otra vez hasta quedar rendidos sobre la cama. Ella lo beso y le dijo: Necesito darme un baño. Jackniel no tarda en llegar, a veces lo acompañan alguno de sus amigos. Afirmo ella saliendo de la cama envuelta en una sabana para dirigirse al baño.
Sagitario paso la mirada por la habitación en penumbras, se sentía eufórico por su regreso, salto al suelo tomo sus

pantalones del borde de la cama, después de ponérselos, salió en dirección de la cocina para buscar algo de comer, metió la cabeza en la nevera y decidió prepararse un sándwich de jamón y queso. Era lo más sencillo que tenia a mano. Fue colocando todo sobre la mesa de la cocina con una ceremonia propia de un cocinero de cafetería de reputación dudosa. Después de preparar el sándwich salió a la sala del apartamento dónde comenzó el bocado con grandes mordidas, quedo mirando hacia el Océano Atlántico a través de las puertas de cristal del balcón. Las cortinas estaban descorridas y a pesar de que era de noche el mar enviaba destellos plateados en todas direcciones, al dar la luz de la luna sobre el, volvía a sentirse feliz en casa, pensó Sagitario y una sonrisa apareció en sus rostro.

En ese instante sintió como manipulaban la cerradura de la puerta de entrada al apartamento. Sagitario no tenia la mas mínima idea de quién iba a aparecer por ella.

Jackniel después de despedirse de sus amigos en el parqueo del apartamento tomo le elevador con un pensamiento fijo, tenia que declararse de una vez a Christie. Hoy el beso de despedida había estado a solo unos milímetros de sus labios. Frente a la puerta del apartamento y antes de introducir la llave en la cerradura dio un sonoro suspiro, como son difíciles las cosas pensó con fastidio. Introdujo la llave en la cerradura y abrió la puerta para quedar petrificado con la visión que tenia delante de el en su propio apartamento un hombre sin camisa, sin zapatos y con residuos de pan que pudo ser un enorme sándwich en la mano. Lo miraba de arriba abajo como si fuera un regalo de navidad.

— ¿Quien es usted? ¿Y que hace aquí? Pregunto Jackniel poniendo cara de pocos amigos.

Sagitario sin quitar la vista de su hijo, dio una mordida al sándwich.

—Bueno muchacho, eso tienes que preguntárselo a la dueña de este apartamento que esta dándose un baño, seguro que en unos minutos esta aquí. Las palabras de Sagitario fueron dichas con despreocupación, como restando importancia a su presencia, allí el objetivo de Sagitario era poner a prueba el temple de su hijo en situaciones difíciles.

—Eso mismo voy hacer ahora, no tengas dudas de eso. Dijo Jackniel dejando la mochila de la escuela a un lado para encaminarse a la habitación de su mama y aclarar todo aquello.

—Como gustes Camaleón, estas en tu casa. Dijo Sagitario con una media sonrisa en sus labios. Jackniel se detuvo en seco al oír aquello que lo llamaban Camaleón. Solo su padre lo había llamado así, cuando era apenas un niño. Después de la muerte de su papa el apodo había quedado en el olvido para todos menos para el.

— ¿Como fue que me dijo usted? Pregunto Jackniel volviéndose hacia Sagitario como un resorte y con la mente trabajando a mil revoluciones por segundo.

—No has cambiado en nada Camaleón, es una suerte que los osos al igual que yo no quieran hacerte daño, porque de lo contrario estarías frito.

—¡Papa! grito Jackniel. Preso de la emoción que sentía en su pecho, once años, su mama había tenido razón. Sagitario, su papa, no estaba muerto.

Jackniel corrió a los brazos de Sagitario que lo recibió con un fuerte abrazo.

—¡Casi no puedo creerlo! Dijo Jackniel con lagrimas en los ojos y abrazando con todas sus fuerzas a su papa.

Jackelin apareció en la puerta por la que antes había querido entrar. Ella llevaba un sobretodo para después del baño y una toalla amarrada en la cabeza, contemplo a los dos hombres abrazados. Padre e hijo, ahora volvía a sentirse feliz y segura también. Entendía mejor las palabras de Sagitario dichas en el auto con respecto a Noemi, ella no podía cambiar el pasado, tenia que aceptarlo y tratar de conservar la felicidad del futuro que tenía por delante junto a Sagitario y su hijo.

Noemi desde el banco del hotel Hilton, en Fort Lauderdale miraba al mismo mar que Sagitario había estado mirando desde el apartamento de Jackelin en Miami Beach. La diferencia era qué a Noemi todo aquello le provocaba una onda tristeza, porque los días junto a Sagitario habían terminado. El niño antes de irse a dormir había preguntado por su papa y ahora ella tendría que enfrentarse a muchas realidades. Una de ellas era la cuestión de cómo Jackelin y Jackniel tomarían todo aquello. La culparían de todo, odiándola hasta la muerte. El timbre del teléfono la sobre salto con su estridente ruido, después de unos segundos de confusión y sorpresa comprendió que no podía ser otro que Sagitario quien la llamaba aquella hora.

—Hola. Dijo Noemi, al auricular del teléfono después de descolgarlo.

—Noemi, te llamo para decirte que pasare la noche aquí. Mañana iré a verte con Jackniel que esta ansioso por conocer a su hermano. ¿Como se ha portado el niño?

—Ya esta durmiendo, el día ha sido muy agitado para el. Noemi hizo una pausa, con dudas de si debía lanzar su pregunta o no, se aclaro la garganta antes de preguntar.

— ¿Como se lo ha tomado ella con relación a mi?

—Es temprano aun pero se que lo aceptara. Ella sabe que no puede cambiar el pasado.

51

Las palabras de Sagitario dieron a Noemi más seguridad sobre la situación que veía delante de ella. No necesitaba una guerra con Jackelin, ahora que la relación de Sagitario con su hijo podía deteriorarse a causa de las exigencias de Jackelin sobre el.

CAPITULO III

"EL PRIMER AJUSTE DE CUENTAS"

Cuando Jackelin llego a la tienda al siguiente día, llevaba una hora de retraso con relación a la hora acostumbrada para abrir su negocio cada día. Diana y las dos muchachas que trabajaban para ella en la tienda, la recibieron a la entrada del negocio. Jackelin pudo ver las sonrisas de complicidad en los labios de cada una.

—Dios mío, se nota que no has dormido en toda la noche. ¿Que has estado haciendo? ¿Tenias insomnio? Las preguntas de Diana fueron hechas con doble sentido y una fingida ingenuidad, provocando sonoras carcajadas en todas. Sin embargo el motivo de la tardanza de Jackelin para abrir el negocio era muy distinto al que ellas sospechaban. En ese mismo momento, Sagitario, aparcaba su moto Kawasaki 750 en el parqueo de la tienda perteneciente a Jackelin.
Comenzaba la carrera contra reloj de Sagitario en busca del Zar de la Droga para destruirlo.

Sagitario y Jackelin habían acordado que cuando aparecieran los hombres que trabajaban para el Zar, Diana (que los conocía bien), telefonearía al móvil de Sagitario para alertarlo de la llegada de esos tipos, Balzo y Santos. De no aparecer esos individuos por allí, Sagitario se regresaría al apartamento en busca de Jackniel para llevarlo a conocer a su hermano Taipán, al cual ardía en deseos de conocer por todas las historias que de el ya había escuchado de la boca de Sagitario, padre de ambos.

En la tienda, Diana estaba pendiente de cuanta persona entraba a la tienda. De momento, a través del cristal de la puerta, diviso las figuras de Balzo y Santos, enfundados ambos en lujosos trajes calculados en no menos de 2,000 dólares por cada uno.

Ya Sagitario se había cruzado con ellos en el parqueo, les dio una mirada pero no podía definir quienes eran, por un simple vistazo. Aquel lugar era frecuentado por personas de todas clases.

Con todo el dinero que tengo, pensó Sagitario, jamás me pondria un traje de esos. Dan aspecto de una cacatúa de una jaula que le queda chiquita y sonrió internamente por lo que estaba pensando.

En la oficina de la tienda, Jackelin recibió a Balzo y Santos con el mismo recelo qué acostumbraba a mostrar siempre que ellos se presentaban.
—Creo que esta va a ser nuestra última advertencia. Ahora yo voy a tomar el control ya que Balzo ha sido muy delicado al tratarla y Ud. no ha querido entender. Dijo Santos a Jackelin mientras la miraba de modo amenazador.

—En realidad, he pensado mucho sobre todo este asunto. No puedo negar que la tienda me deja suficiente dinero. Comparando la cantidad que ustedes me exigen, es una milésima parte de mis ingresos mensuales. Por lo tanto, ¿cuando debo tener preparado los 2,000 dólares que según Uds. es la cantidad establecida para el pago de los impuestos del nuevo Zar? Hablaba Jackelin con un tono en la voz, como el que se siente derrotado ante la superioridad del enemigo. Pero en realidad en su interior disfruta. Aquellos mequetrefes no sabían lo que les esperaba. Tiempo atrás ella y Sagitario discutieron muchas veces por lo despiadado que el solía ser en sus actos pero mirando a aquellos dos tipos tan engreídos e insolentes, no tenia dudas que el trato que Sagitario les daría, ellos eran merecedores.

Balzo y Santos se miraron y ambos adoptaron en el rostro su satisfacción. Otra partida acababa de ser ganada.
— ¡Bien señora! Dijo Balzo con una amplia sonrisa y mirando de manera indiferente el anillo con un gran diamante que lucia en su dedo pulgar derecho para seguir diciendo: Usted ha elegido bien. En una guerra contra nosotros solo usted saldría mal parada así que si ha comprendido bien. El treinta de cada mes uno de nosotros vendrá por aquí para recoger su cotización. ¿Esta de acuerdo con esa fecha?
—Me parece bien pero ahora si no tienen otra cosa que plantear me gustaría que me dejaran. Tengo mucho que hacer. Dijo Jackelin poniéndose de pie para no demorar más la entrevista.
—Nos volveremos a ver en diez días. Replico Santos poniéndose de pie y diciendo estas palabras a modo de despedida amenazante para que Jackelin cambiara de opinión.

Sagitario en la tienda miraba un artículo en compañía de Diana cuando los vio salir con sus caras llenas de satisfacción, dejo el artículo a un lado y salió detrás de ellos. Una semana después Sagitario conocía todos los lugares que frecuentaban Balzo y Santos. Incluyendo familias queridas y amigos más íntimos. También habían visitado un edificio al cual Sagitario no tuvo acceso, por el gran control de seguridad que poseria pero no necesitaba ser un adivino para saber que allí era donde al menos radicaba uno de los grandes jefes. De acuerdo a lo que Sergio le había comentado a Jackelin que el Zar de la Droga nunca mostraba su identidad. Trabajaba al amparo de sus títeres. Así que en aquel edifico había unos de esos títeres, por lo cual Sagitario no tenia dudas de qué a su debido tiempo le echaría el guante.

La reunión de sus dos hijos se había pospuesto por dos días, hasta que llego el sábado. Sagitario visitaba a diario a Noemi, pero allá se mostraba reservada, evitando hacer preguntas con todo lo que tuviera que ver con Jackelin.

—Bueno si hoy es el gran día de conocer a mi hermano, ¿que regalo crees que le gustaría mas? Pregunto Jackniel a Sagitario mientras viajaban en el auto Mercedes Benz de Jackelin.

—Busquemos una serpiente domestica, se que le encantaría tener una de esas. Dijo Sagitario con total convicción, pero Jackniel lo miro con el entrecejo fruncido sin dar crédito a lo que su padre decía.

— ¿Estas seguro que eso es lo que le gustaría tener a mi hermanito? Pregunto el con un marcado tono de dudas en la voz.

—La cuestión es que tienes un hermano muy especial, digamos muy práctico. Para el todas las cosas tienen que tener un uso y servir. De no ser así, las declara inútiles o inservibles y las desecha.

Las palabras de Sagitario provocaron risa a Jackniel, que por cada segundo que pasaba iba en aumento su interés por conocer a su enigmático hermano menor. De camino entraron a una tienda de venta de todo tipo de animales. Compraron una Boa roja y un pequeño perro Yorky de unos meses de nacido, elegido por Sagitario para Noemi. El sabia como se estaba sintiendo ella. Por lo que le haría saber cuan importante era en su vida. La compra fue bien empaquetada y siguieron su rumbo.

Al llegar a la habitación del hotel, Noemi les abrió la puerta y quedo asombrada ante le paquete que Sagitario de inmediato le estaba entregando. Cuán grande alegría reflejo su rostro al abrir el paquete. Salto hacia ella el perrito que se veía precioso y vivaracho. Ella abrazo a Sagitario para agradecerle: Has tenido un detalle que es muy importante para mí. Le susurro al oído y se aparto de el para evitar confusiones en frente de su hijo.

Nordiel apareció ante ellos con varias piezas en sus manos.
— ¡Papa! Que bueno que llegaste, no puedo armar mi auto dirigido. Enseñaba las piezas mientras hablaba, cuando noto la presencia de Jackniel y sin rodeos pregunto: ¿Tú debes ser, mi hermano mayor, no?
—Exacto, así es, además yo te puedo ayudar a armar tu auto dirigido porque he tenido varios de ellos.
— ¡Si! Pues adelante que a mi las cosas se me empezaron a complicar. Hace un rato andaba a la perfección pero toque en algún lugar y no hay forma de ponerlo otra vez en marcha. ¿Y se puede saber que traes con tanto misterio en esa caja?
—Oh perdón había olvidado entregarte mi regalo. Le sonrió para entregarle la caja pensando en que su hermanito menor parecía ser exigente.

Juntos se encaminaron hacia el dormitorio como si se conocieran de toda la vida.

Sagitario al verlos sintió satisfacción y respiro con tranquilidad:

— ¿Que te parecen esos dos? Pregunto a Noemi

—No tengas dudas, serán buenos hermanos y amigos. Hizo una pausa para agregar: Te extraño mucho (en voz casi inaudible). No sabes cuanto.

— Lo se, claro que lo se. Se le acerco y la estrecho en sus brazos. Tu también eres importante para mi pero tienes que ser fuerte para enfrentar lo que el futuro nos depare en lo adelante. La fragilidad de los sentimientos esta en la fuerza con la que solemos amar. Me amas mucho por eso eres frágil, pero si anteponerse la razón a ese amor podrás superar y vencer todo e incluso encontrar un nuevo amor.

— ¿Que propones que haga? Pregunto ella con cierta duda en la voz.

—Que aceptes de una vez que no te pertenezco y que tienes juventud y una vida propia que tienes que vivir. Dijo Sagitario mirándola a los ojos.

—Si creo que así tendrá que ser en lo adelante por el bien de todos. Replico Noemi, separándose del abrazo de Sagitario y recuperando la postura con firmeza increíble.

Balzo y Santos entraron en el apartamento de Efraín Franco en los rascacielos del centro de la ciudad de Fort Lauderdale. Las luces del apartamento tenían un tono amarillento mostacino y decorado con un buen lujo y comodidad. Para Efraín era la oficina de los negocios, desde allí comandaba el imperio del Zar de la Droga que no mostraba la cara nunca. El recibía las órdenes del Zar mediante un complicado esquema de computadora. El Zar era muy cuidadoso en ese aspecto y computar el esquema en la computadora podía llevar varias semanas.

En la puerta del apartamento los habías recibido una de las secretarias de Efraín pero en realidad las tres mujeres que acompañaban a Efraín eran unas prostitutas de doscientos dólares la hora, ellas habían dejado de ejercer ante el ofrecimiento de Efraín de incorporarse a tiempo completo a lo que el llamaba su harén. Cuando la muchacha abrió la puerta de lo que era la oficina de Efraín, un olor dulzón le golpeo la cara a los tres. Balzo y Santos identificaron el olor como procedente a cuando se fuma crack. Aunque lo habían reconocido, ninguno dijo nada. Efraín gobernaba el imperio con decisiones propias. Del solo rendía cuentas al Zar de la Droga en una forma que todos desconocían.

Una muchacha se separo de sobre las piernas de Efraín, dejando su cuerpo al descubierto detrás del buro escritorio, donde estaba repantigando en un sillón giratorio de cuero negro.

—Que bueno que acaban de llegar, tengo instrucciones del Zar. Dentro de veinte días tendremos otro embarque, doscientos kilos de cocaína y cien de heroína que deben de salir de inmediato hacia New York. Efraín hizo una pausa disfrutando como daba ordenes, sabia que ni Balzo ni Santos dirían ni una palabra hasta que el terminara toda su explicación.

—Usaremos el mismo método de la otra vez. El avión lanzara el Delfín frente a las costas de Daytona Beach. En el agua quedara a cargo del velero y ustedes lo recibirán en tierra. Espero que no haya problemas para que cada quien ocupe su puesto. Termino de decir Efraín con una sonrisa de satisfacción en el rostro, de que sus ordenes fueran oídas sin replicas. El Delfín era una pieza clave de los carteles de la droga, en su continua búsqueda de avance en la alta tecnología para poder introducir drogas en los Estados Unidos. Un grupo de ingenieros militares de procedencia Rusa habían creado el Delfín a partir de un torpedo de auto acción con nuevos circuitos de fabricación Japonesa. El torpedo se había convertido en un pequeño submarino dirigible, que respondía a señales en el agua estando a dos millas de el y nunca bajaba a mas de diez metros de profundidad. El Delfín llevaba más de diez años en activo y nunca había sido descubierto. Los guardacostas revisaban los barcos y no daban nunca importancia a equipos electrónicos, que casi podían considerarse juguetes de fabricación Americana. El Delfín se vendía dentro de los carteles de la droga a un precio de un millón de dólares y su efectividad para introducir droga en los Estados Unidos era legendaria. En ocasiones eran descargados en playas poco frecuentados por bañistas o frente a misiones privadas, como era el caso ahora. El Delfín, siguiendo el velero que lo dirigía pasaría frente a la playa de la mansión, deteniéndose sobre un banco de arrecifes, a pocos metros de la playa, donde seria descargado por un grupo de jóvenes con apariencia de veranear en la mansión.

— ¡Bien! Aquí tienen el plano del lugar de lanzamiento del Delfín. Dijo Efraín extendiendo un mapa hacia el borde del escritorio.

Balzo tomo el plano del lugar y lo envolvió, doblándolo en cuatro veces para introducirlo en el bolsillo interior de la chaqueta del traje.

—Se han incorporado cuatro más de la cotización del Zar. Dijo Balzo, al tiempo que cruzaba ambas manos sobre la parte delantera de su cintura.
—Me alegra oírles decir eso, el Zar le va a encantar esa nueva noticia, ahora si no tienen mas nada que preguntar

pueden irse tengo mucho que hacer. Agrego Efraín de manera déspota.

Balzo y Santos fueron acompañados por la misma muchacha que los había recibido, a la salida del apartamento, ella nunca les dirigió la palabra pero no era ajena a las miradas lujuriosas de Santos sobre ella.

Cuando volvió a la oficina, la otra muchacha sentada sobre el escritorio con las piernas apoyadas en los brazaletes del sillón giratorio en que se hallaba Efraín, le entrega a este una pipa cargada de crack y la fosforera, llameo sobre la piedra y absorbió con fuerza la combustión a través de la pipa después de exhalar, sonrió y dirigiéndose a la que acababa de entrar dijo:
—¡Vamos Sara! Tú sabes que Milagros es insaciable, cuando se trata de droga y sexo. Y se dejo caer sobre el espaldar del sillón al tiempo de quitarse la barra de seda que llevaba puesta, quedando al desnudo con una débil erección del pene.
Sara dio unos pasos para colocarse entre Milagros y Efraín, llevaba una saya como las usadas por las secretarias pero mucho más corta y sin panties, bajo su cabeza hasta hundirla en las entrepiernas de Milagros. Segundos después sintió a Efraín sin necesidad de quitarle la saya la penetraba con fuerza y por encima de ella. El y Milagros se pasaban la pipa para absolver el crack.

En el parqueo del edificio Balzo y Santos abordaron al Jaguar.
—Que clase de vida se de el hijo de puta, en lo que nosotros hacemos el trabajo sucio para el. Dijo Santos con marcada moslestia en la voz, por las humillaciones de Efraín.
— Tranquilo hermano, no esta lejos el día que seamos tú y yo los que ocupemos ese lugar.

—Lo que mas me molesta es como nos miran esas putas, como si fuéramos perros. Santos hizo una pausa y levanto su mano a la altura del rostro. No tengas dudas que cuando esa puta que nos acompañó a la puerta caiga en mis manos le voy a hacer pagar bien caro todas su soquetearías, sacándole buches de sangre. Santos cerró su mano, puño frente a su rostro y la estuvo contemplando por largos segundos. Su fama era legendaria dando palizas a cuanta mujer se llevaba a la cama. Balzo junto a el sonrió sin dar mucha importancia a los comentarios de Santos.

Los días señalados para el pago de la cotización de Jackelin pasaron una rapidez increíble. Santos se presento en el lugar y recogió los dos mil dólares sin dejar de lanzar miradas descaradas a Jackelin, que se hacia de la vista gorda ante las descaradas insinuaciones de Santos.

Sagitario había rentado un apartamento en el mismo lugar que Balzo y Santos tenían su guarida. Desde su balcón los vio llegar por separado al parqueo. El apartamento rentado por Sagitario estaba en el cuarto piso, de un edificio de solo cuatro plantas, por el lado opuesto al de Balzo. Sagitario había calculado todo con singular dedicación de profesional. El disfraz le venia perfecto con su pelo mas largo de lo debido y una barba postiza que le daban el aspecto de estar enganchado con el crack u otra droga. La idea era que todo pareciera un casual asalto de un hombre desquiciado por su vicio. Sagitario sonrió al espejo antes de colocarse la pistola nueve milímetros a la cintura y guardar dos pares de esposas en los bolsillos del abrigo que llevaba puesto. En la sala tomo el bate de beisbol, fabricado en aluminio para jugadores amateurs.

El apartamento de Balzo estaba en el tercer piso. Sagitario salió de su apartamento pasando frente a todo el bloque de apartamentos. Frente a los autos de Balzo y Santos se agacho simulando que necesitaba abrocharse un cordón de su zapato pero en realidad había colocado un explosivo incendiario en la defensa del Jaguar de Balzo que haría detonar con un pequeño mando a distancia. Sagitario se dirigió al paso de escalera por donde subió hasta el tercer piso y se detuvo frente a la puerta del apartamento de Balzo.

Dentro del apartamento Balzo y Santos en plena comodidad contaban el dinero recaudado. Se habían quitado las chaquetas de sus trajes de dos mil dólares y bebían de una botella de Black Whisky. En lo que amontonaban los fajos de billetes ya contados, el timbre de la puerta sonó. Santos soltó un resoplido de incomodidad.

—Ya esta esa puta de Sara aquí para recoger el maldito dinero. Dijo con el rostro desfigurado por la rabia, saco una cuchilla de resorte del bolsillo y apretó el dispositivo de cierre, la hoja brinco dejando ver sus afilados bordes. Me gustaría ver que hace esa puta si le doy una lección pasándole la cuchilla por la cara.
—Toma las cosas con calma y ve a abrir, así salimos de esto de una vez. Dijo Balzo agrupando los fajos de billetes ya contados.

Santos se incorporo de mala gana y antes de salir a abrir la puerta clavo la cuchilla con todas sus fuerzas sobre la mesa. Balzo levanto la mirada y observo a Santos por unos largos segundos.

—Tienes que aprender a controlarte o no llegaras muy lejos. Le dijo Balzo viendo como Santos se encaminaba hacia la puerta para abrirla.

Santos abrió la puerta de manera despreocupada esperando encontrarse con el rostro de Sara, pero a penas pudo reaccionar cuando el bate le dio de lleno en el costado derecho de la quijada, sintió como si de el explotaron miles de estrellas de vivos colores acompañados de luciérnagas, cayo de rodillas antes de perder la conciencia. Sagitario no perdió un segundo de tiempo, planto su pie derecho sobre el pecho de Santos haciéndolo caer de espaldas. Salto sobre el, entrando en el apartamento al tiempo que lanzaba el bate de béisbol contra Balzo qué empezaba a levantarse de la silla en que estaba sentado frente a la mesa. El bate alcanzó a Balzo en pleno rostro, emitiendo un sonido seco al impactar contra Balzo que reboto hacía atrás, para caer inconscientemente sobre la mesa. Ahora los nueve milímetros estaban en la mano derecha de Sagitario y recorría todo el lugar en busca de otro posible candidato al baile. Al no encontrar a más nadie en el apartamento, Sagitario llevo a Santos hacia la mesa sentándolo en la silla que suponía que había ocupado antes. Cuando se dispuso a bajar a Balzo de la mesa vio que este sangraba a chorros por la nariz y la boca, lo reviso encontrando que tres piezas dentales habían desaparecido de su boca. Sagitario los esposó con las manos por delante, dejándoselas sobre la mesa comenzó a recoger el dinero depositándolo todo en una vieja mochila que había traído. Santos balbuceo unas palabras incoherentes y Sagitario lo observo sin dejar de recoger el dinero.

—¡Buenos días muchachos! Lamento haber sido tan brusco contigo y con tu amigo pero estoy seguro que nunca me darían el dinero por las buenas. Dijo Sagitario con una media sonrisa en sus labios y viendo como Santos, después de sacudir la cabeza, clavaba la vista en el.

—¿Tu sabes lo que has hecho? Gritó Santos escupiendo las palabras sobre Sagitario.

—Si los estoy asaltando, bueno al menos así creo yo que es como llaman a este tipo de cosas. Respondió Sagitario con indiferencia y encogiendo los hombros avanzo hacia Santos.

—Me gusta tu cadena de oro, siempre he soñado con tener una así. Dijo Sagitario quitando del cuello de Santos la enorme cadena de oro, rematada con un crucifijo de oro, con incrustaciones de diamantes

Santos fue a bajar las manos de la mesa y Sagitario con una velocidad increíble descargo al dorso de la nueve milímetro con todas sus fuerzas sobre los dedos de Santos, que soltó un grito y seguido una amenaza.

—Te juro que te voy a matar aunque tenga que buscarte en el fin del mundo.

—No deberías decir cosas como esa, gente sensible como yo puede creérselas.

Santos miro Sagitario de manera desafiante. Un hecho que Sagitario le resulto gracioso a un novato callejero, pero no tenia dudas que allí había un abusador. Así que era necesario darle una buena lección.

—Te creo. Me parece un tipo con muy malas pulgas, así que me tomare mis precauciones.

Los rápidos movimientos de la mano derecha de Sagitario, dejaron a Santos sin habla al ver como el dedo índice de su mano derecha rodaba sobre la mesa, separándose de los demás dedos. Después sintió como su ojo se empañaba en una nube, haciéndole perder la visión con una ardentía terrible que apenas podía soportar.

—Ya no tienes ojo para apuntar ni tampoco tienes dedo para disparar. Dijo Sagitario aun con la cuchilla en la mano y una sonrisa de satisfacción en el rostro. A continuación descargo su mano izquierda con los nueve milímetros sobre la nuca de Santos haciéndole perder el sentido.

Sagitario rodeo la mesa, tomo uno de los dos vasos de whisky que bebían Balzo y Santos, lanzándoselo a la cara de Balzo y espero la reacción de este al contacto del alcohol y el agua fría. Balzo resoplo varias veces por la boca y la nariz antes de volver en si y tener una idea de lo qué ocurría a su alrededor.
— ¿Quien eres? Pregunto Balzo mirando al rostro de Sagitario en busca de reconocerlo de algún lugar.
—Soy un duende verde. ¿Donde esta el otro dinero? Le pregunto con cierta indiferencia en la voz. Balzo resoplo con fastidio y frustración. Aquel imbécil con su asalto acabaría con su reputación de tipo duro.
—Todo lo que había estaba sobre la mesa, aquí no hay mas nada que eso.
—Entonces dame tu sortija, creo que debe valer bastante. Anuncio Sagitario con una sonrisa en el rostro.
—No sale del dedo, lleva muchas años ahí. Respondió Balzo algo contrariado por la petición de Sagitario.
— ¡No hay problemas! Eso se puede resolver rápido. Dijo Sagitario dando un paso hacia el y levantando la cuchilla frente a su rostro.
— ¡Espera!, ¡Espera! La puedo sacar solo que con un poco de trabajo.
—Tienes diez segundos. Dijo Sagitario con una sonrisa.

Balzo introdujo el dedo con la enorme sortija de oro en la boca y comenzó a halarla con los dientes mientras hacia esta operación, paso la vista por sobre la mesa y se horrorizo al ver el dedo seccionado. Busco con la vista el rostro de Santos ya casi desfallece. De su ojo derecho brotaba abundante sangre cubriéndole por la cara.

— Se te acaba el tiempo. Dijo Sagitario a modo de advertencia.

Balzo recobro la compostura desviando la mirada hacia otro lado. Tiro con todas sus fuerzas de la sortija que salió del dedo quedando en su boca. Sagitario puso su mano frente a la boca de Balzo, que sin una mínima duda escupió la sortija en la palma de la mano de Sagitario.

—Tu amigo me amenazo de muerte. Le creí y ahora no tiene punto de mira ni disparar. Espero que pueda colectar una pensión de retiro por el trabajo que hacia. Dijo Sagitario con una sonrisa.

Sagitario miro al reloj pulsera que llevaba en su mano izquierda, había transcurrido solo un cuarto de hora de su llegada al apartamento de Balzo y Santos. Se volvió hacia la salida con paso rápido. Al pasar por la sala, estaban las dos chaquetas de los trajes de Balzo y Santos. Le llamaron la atención, las tomo en sus manos y las reviso una a una. En la de Balzo encontró el mapa donde seria lanzado un Delfín. Sagitario conocía aquélla operación. El mismo había defendido la llegada de un Delfín a las costas de la Florida para que no llegara a manos de la gente de Frank di Marzo. Sagitario no perdió tiempo. Volvió sobre sus pasos tomando un papel y una pluma de un bulto que había en la repisa a un costado de la sala de estar, anoto toda la información que había en el mapa sobre el lugar en donde dejarían caer el Delfín, junto a la dirección de la mansión ubicada en Daytona Beach. Rápidamente, devolvió todo a su lugar y salió del apartamento cerrando la puerta a sus espaldas.

Sagitario en vez de bajar las escaleras del edificio, subió al cuarto piso hacia la azotea por el hueco destinado para el acceso de esta. Desde allí hizo detonar una bomba incediaria, colocada en el parachoques del Jaguar de Balzo. La llamarada resplandeció al instante, llamando la atención de todos los vecinos del lugar, que comenzaron a marcar el nueve once requiriendo la ayuda de los bomberos.

Sagitario corrió por la azotea agazapado, ocultándose de la vista de todos. Al llegar a su apartamento se dejo caer en el balcón de este con unos movimientos y rapidez propias de un profesional de la gimnasia. Dentro del apartamento, sonrió a la imagen que volvía a devolverle el espejo. Retiro todo el disfraz y volvió a vestirse con su ropa informal, unos jeans con una camiseta deportiva con el logotipo en frente, de la banda de rock "Kiss". Después salió del departamento depositando todo en un maletín, bajo las escaleras con despreocupación, encaminándose hacia el primer piso donde vivía el encargado del edificio quien guardaba su motocicleta Kawasaki 750 Ninja. El encargado había aceptado guardársela en su apartamento, con la condición de que el pago de doscientos dólares debía ser por adelantado. El hombre dudaba de todo el que tuviera aspecto de hippy, con una clara evidencia de fumador de marihuana.

—Vine por la moto, tengo que salir y tal vez este unos días fuera. Dijo Sagitario a la esposa del casero en la puerta del apartamento de este.

¡¡Oh!! , no hay problemas. El esta para otro lado del edificio porque creo que ha habido un fuego. Dijo la señora con cierto pesar y preocupación por lo que pudiera estar pasando.

—Son cosas que pasan a diario en una ciudad como esta y llena de gente irresponsable. Dijo Sagitario sacando la moto del apartamento. En el parqueo se puso el casco, sujeto el maletín a la parte trasera del asiento de la moto, salto sobre ella y salió a toda velocidad hacia el lugar en donde se quemaban los carros de Balzo y Santos.

Sagitario vio como los bomberos batallaban por controlar el incendio. El bordeo toda la escena deteniéndose a observar a todos los reunidos en torno al fuego, sabia que no tardaría en aparecer alguien que trabajara para Balzo. Después de unos segundos vio lo que buscaba. Separada de todo el grupo, una despampánate rubia junto a un auto Mustang convertible del año. Ella no quitaba los ojos del balcón del apartamento de Balzo. Sagitario con discreción anoto la matricula del auto en la hoja de papel en la que también había anotado la información donde seria lanzado el Delfín. Después puso en marcha la moto y desapareció dentro del tráfico de una de las calles laterales al edificio.

Cuando Balzo despertó, un enfermero se inclinaba sobre el reconociéndolo con un estetoscopio de los usados por los doctores para chequear el cuerpo humano, trato de resistirse pero el enfermero lo calmo con unas palmaditas en el brazo derecho y diciéndole:

—Cálmese que ya paso lo peor, usted tuvo suerte en comparación con su amigo que perdió un ojo y un dedo en la contienda.

Balzo se estuvo quieto por unos segundos para a continuación preguntar: ¿Tengo alguna herida visible?

—No solo unos golpes en la cara y tres dientes perdidos.

— ¿Entonces para que me llevan al hospital?

—Bueno, para un chequeo de los golpes y para que la policía forense tome fotos de ellos.

— ¿La policía forense? Pregunto Balzo sorprendido por lo que acababa de oír.

—Si fue la policía la que derribo la puerta de su apartamento, al no obtener respuesta de ustedes cuando sus carros se incendiaron en el parqueo. Dijo el enfermero con una jeringuilla en la mano, para a continuación agregar: Le voy a poner esta inyección para el dolor, le va a ayudar mucho con esos golpes de la cara.

Cuando Noemi acudió al llamado de la puerta en su habitación del hotel Hilton, a la última persona que pensaba encontrar parada frente a ella seria a Jakelin Castellanos. Las dos mujeres se miraron concierto recelo por unos segundos.

—Supongo que deberíamos hablar de que te marches a New York. Dijo Jackelin, dando un paso adelante con voz decidida.

—Si supongo que así ha de ser. Replico Noemi apartándose de la entrada para cederle el paso a Jackelin.

En la sala apareció Nordiel, con el Yorky correteando alrededor de sus pies, miro a la recién llegada con especial interés. ¿Quien eres? Pregunto sin dudarlo un segundo el niño a Jackelin.

—Yo soy la mama de Jackniel.

—¡¡Ah si!! Pues ven que tengo algo que te... Dijo el niño, que avanzo hacia Jackelin con paso decidido y tomándola de la mano, la llevo casi a rastras hacia la habitación dormitorio.

Jackelin se volvió sorprendida hacia Noemi en busca de ayuda.

—Mejor que no te resistas, se pone insoportable cuando quiere algo. Dijo Noemi con media sonrisa, ya que no tenia idea de como reaccionaria Jackelin al espectáculo que le mostraría el niño.

Noemi los siguió a la habitación dormitorio en silencio. Cuando Jackelin llego a la habitación quedo petrificada al seguir con la mirada hacia donde el niño señalaba. La Boa roja se desplazaba con lentitud hacia un ratón blanco que recorría la pescara de un lado a otro, de manera desesperada en busca de una salida para escapar.

— ¡Dios mío! Tienes que sacarlo de ahí o de lo contrario se lo va a comer. Dijo Jackelin casi inconsciente de la realidad de la situación.

— ¡Para, esta ahí! Replico el niño sin apartar la mirada de la pecera. ¿O es que no sabes que las serpientes comen ratones? Agrego el sin dedicar una sola mirada al rostro de Jackelin.

La Boa, con un movimiento rápido salto sobre el ratón atrapándolo con la boca. Jackelin oye los chillidos que dio el pobre animal mientras era devorado casi vivo por la Boa roja.

— ¡Zas! Grito el niño de la emoción y lanzando un puñetazo al aire. No tengo dudas de que mi hermano si sabe lo que es un buen regalo. Estoy deseoso de volver a Australia para enfrentarla contra otros animales. Apuesto a que va a ganar. Dijo el volviéndose a Jackelin con una sonrisa en los labios. Ese fue el momento en que Jackelin reconoció el parecido del niño con Sagitario. Los ojos le relampaguearon por la excitación y la emoción, dejando saber muchas cosas a Jackelin, que se revelaron frente a

71

ella como si fuera un libro abierto no imposible que todo aquello fuera coincidencia. Ahora podía ver la mano y la mente de Sagitario por todos lados. Además el niño había dicho algo que ella no habría creído por un segundo.

— ¿Dices que Jackniel te regalo la serpiente? Pregunto Jackelin aun sabiendo cual seria la respuesta.
— ¡Claro! Papa no sabe nada de regalos. Mira lo que le ha regalado a mi mama. Dijo el niño y agachándose tomo al pequeño Yorky del suelo para mostrárselo a Jackelin.
—No veo que sea un mal regalo, es un Yorky de los más caros que hay. Respondió Jackelin con absoluta seguridad de la raza del animal.
— ¡Bueno! Puede ser un Yorky y valer mucho dinero pero no parece un perro de verdad, no es como los que tenemos en la finca de Australia. Replico el con total convencimiento de que su análisis sobre el animal era el mas aceptado.
—La cuestión es que este no es como aquellos que ustedes tienen allá en Australia. Dijo Jackelin.
—La cuestión es, señora, mama de Jackniel... Dijo el niño con gran énfasis en sus palabras, dando a entender que el nunca se equivoca en sus análisis. ¿Para qué sirve este perro que no sea para gimotear por debajo de las camas y dejar abundante orina por toda la alfombra? Apuesto a que en la finca nuestros caballos lo aplastarían al instante de que corriera tras ellos. No me lo puedo imaginar mordiendo una pata a los caballos. Esto no tiene valor para eso. Argumento el niño, señalando al perrito que le lanzaba lengüetazos a su mano derecha con que le sostenía en el aire.

Jackelin no pudo evitar sortear una risotada ante la comparación del niño con el Yorky y los perros ganaderos de su finca en Australia. Allí estaba el deseo de Sagitario cumplido, hecho realidad. Taipán seria el nuevo Sagitario, inteligencia con una mezcla de salvajismo que rayaba casi en lo inhumano. Sagitario podía engañar a todos pero no a ella.

Se volvió hacia Noemi y vio que esta observaba sin perder detalle de todos sus movimientos. El niño había vuelto a concentrar su atención en la pecera y la serpiente.

Las dos mujeres salieron de la habitación dormitorio del niño en silencio. Cerrando la puerta a sus espaldas, Noemi dijo:

—Trate de advertirte que es un chico bien difícil, gozaba de una libertad increíble en Australia y retenerlo dentro de esta habitación es casi una odisea.

Noemi invito a Jackelin a que tomara asiento en el sofá de la sala, en lo que ella preparaba unas bebidas en el mueble bar de la habitación. Entrego una copa a Jackelin con un Martini con soda y cargado de hielo. Después tomo asiento llevando su copa en las manos de la cual daba pequeños sorbos.

—Tú dirás, soy toda oídos a lo que tengas que decir. Dijo Noemi con una marcada calma en la voz, al ver que Jackelin dudaba en hablar sobre lo que la había llevado hasta allí.
—Venia con una idea fija en la cabeza pero al ver el niño comprendí muchas cosas. Dijo Jackelin, después de aclararse la garganta y dar un pequeño trago a su bebida. Pensé que tú eras la culpable de todo, pero al ver al niño lo vi todo claro, fue plantado dentro de ti antes de que Sagitario perdiera la mente.

Noemi no se inmuto ni hizo ningún comentario a las palabras de Jackelin. Ella había intentado matar a Jackelin y estuvo a punto de conseguirlo de no ser por la rápida intervención de Sagitario, contra el francotirador colombiano que ella había contratado. Lo demás carecía de importancia comparado con este hecho. Pero las palabras de Jackelin dichas a continuación hicieron que Noemi mirara desde otro ángulo todo lo que ella había vivido junto a Sagitario.

—Usted le ha dado a Sagitario lo que el tanto buscaba. Un hijo con las condiciones para que sea su relevo en el futuro. Esa fue la razón por la que el no la elimino a usted cuando me ataco, su acción hizo que tomara la determinación de tener un hijo con usted, creo que ahora todo lo demás carece de importancia. Dijo Jackelin poniéndose de pie para dar por concluida su visita. Usted recibirá una copia del manuscrito de sagitario así podrá entender con mas claridad todo lo que le acabo de decir.

—Espero que no queden rencores ente nosotras, por el bien de nuestros hijos. Dijo Noemi poniéndose de pie frente a Jackelin y extendiendo la mano derecha hacia ella a manera de saludo y despedida.

— ¡Que así sea! Contesto Jackelin y ambas mujeres se permitieron una sonrisa de amistad, después de tantos años siendo enemigas a muerte.

CAPITULO IV

"SAGITARIO SE ENCUENTRA CON SUS AMIGOS"

— Casi no puedo creer lo que me cuentas. Dijo Sergio a Néstor sin poder asimilar aun, todo lo que este le contaba sobre Balzo y Santos.

— Mi fuente es muy buena y es seguro cien por ciento que estas ratas traidoras han recibido un susto que de muerte. Agrego Néstor certificando su información.

— Lo raro es que no se sepa quien hizo el trabajo. Contesto Sergio, esta vez pensativo, su mente buscaba un punto en el pasado. Esto no es obra de principiantes aunque es lo quisieron dar a entender. Ese detalle del dedo y el ojo parece ser obra de alguien a quien nosotros conocemos muy bien. Entonces, ¡Jackelin estaba en lo cierto Dios mío! Lo que voy a tener que aguantar cuando esa golfa me eche el guante. Todos comenzaron a reír incluso Mauricio desde la silla de ruedas.

— ¿Y ahora que hacemos, volvemos a la Florida? Pregunto Aramis impaciente por encontrarse con Sagitario al que por tanto tiempo creyó muerto.

—¡No!, no podemos hacer algo así, el hecho demuestra que de estar vivo Sagitario y ser el autor, es porque tiene en marcha una operación y la presencia de nosotros en Miami no haría mas que crear el caos, además se limitarían los movimientos de Sagitario. Sin embargo debemos estar preparados, podríamos recibir visitas inesperadas y de mal gusto, culpándonos a nosotros del incidente. Comento Sergio y todos asintieron con la cabeza.

— Bueno si no queda otro asunto por tratar, yo estaré donde siempre por si me necesitan. Dijo Néstor a modo de despedida.

Después del ataque a Mauricio la cabeza de los cuatro tenía un precio muy tentador, para atraer la atención de los miles de asesinos a sueldo que recorren las calles de los Estados Unidos.

Sergio había decidido que lo mejor era esconderse por un tiempo por lo que eligieron un pueblo en New México, en el desierto de Arizona. Sanarían allí sus heridas y tendrían tiempo de planear como destruir al Zar de la Droga.

Después de aquel "día" en que fueron atacados, Mauricio tenia sus enemigos caídos, se sentía derrotado. No podía verse dirigiendo su imperio desde una silla de ruedas pero ahora de regresar Sagitario no tenia dudas, las cuentas serian ajustadas con todos los que lo habían traicionado.

— ¿Crees que Sagitario venga hasta aquí? Pregunto después que Néstor y Aramis se marcharon.
— No tengas duda de eso, el tiene sus métodos para descubrir las cosas. Respondió Sergio y agrego: Yo estaré esperándolo en el bar, se que ahí es donde el va a llegar.

Hacía referencia a un pequeño local que el había abierto para vender licores en la calle principal del pueblo a cuatro caminos y un cruce de la interestatal.
Sergio no se equivocaba al decir de Sagitario, tenía sus métodos de búsqueda.

Esa noche acechaba a Sonia Palmieri, la hija mayor de Mauricio y con quien había tenido una fuerte relación en el pasado. Sonia siempre había sido una mujer independiente. Los hombres para ella eran lo mismo que su dinero, para usarlos un tiempo y después buscar otra cosa. Siempre había mantenido el apartamento que ella llamaba "el Nidito de Amor" desde la época anterior a Sagitario, y por donde desfilaban todas sus relaciones sin permanencia continua en el lugar. Sagitario llevaba dos días velando el su vecindario, hasta que su vigilia dio el fruto deseado.

Sonia Palmieri llego al apartamento a las nueve de la noche, parqueo su auto Mercedes Benz y descendió con prisa del auto. Sagitario no tenia dudas de que solo venia al apartamento por algo que necesitaba buscar allí ya que ella vivía con su madre y hermano menor en la mansión de su padre. Mauricio había sido derrotado pero sus posesiones y su dinero se mantenían intactos. Sonia introdujo la llave en la cerradura de la puerta y antes de abrirla una mano rodeo su cuello y el cañón de una pistola se poso sobre su costado derecho.

— Abre y no quiero jugarretas, se la chica buena que siempre has sido. Le dijo Sagitario al oído de Sonia disfrutando la tensión que ponía su cuerpo, preparándose para el ataque.

Sonia lo obedeció pero de una cosa estaba segura, aquel hijo de puta no la iba a avasallar ni violar así tan fácil. No, ella iba a luchar a brazo partido aunque en ello le fuera la vida. Después de encender la luz, cerró los puños lista para la pelea. Sagitario dio unos pasos atrás al tiempo que también le soltaba el cuello. Ella se volvió con suavidad hacia el, con los puños cerrados y lista para saltarle encima. Sagitario movió la cabeza y sonrío dándole a su rostro una expresión divertida mientras la miraba.

— ¡Hijo de puta! Grito ella recociendo a Sagitario al instante. ¡Me las vas a pagar! Volvió a gritar. Se lanzo sobre el, cayendo en sus brazos. Solo ansiaba besarlo y ardiente de pasión y deseo busco los labios de aquel hombre. Sagitario la recibió y le correspondió el beso, apretándola contra el, rodeo sus fuertes manos por la cintura de ella que con un saltito se puso a horcajadas sobre la cintura de el como quien cabalga sobre un caballo.
— Sonia tenemos que hablar. Dijo Sagitario, separando casi a la fuerza sus labios de los de ella.
— Lo que sea puede esperar, primero a divertirnos o es que ya no cumples con lo que prometes a las damas? Respondió Sonia y volvió a la carga despojando a Sagitario de la camisa que llevaba puesta.

Dios mío ya empezaron los problemas, fue lo ultimo que pensó Sagitario antes de empezar a recorrer el cuerpo de Sonia liberándola de todas sus prendas de vestir para a continuación rodar por el suelo haciendo el amor con un instinto salvaje. Sonia era incontrolable y solo había cedido en su relación con el por la seguridad de el frente a los contratos que le ofrecían. La petición había venido de Mauricio, su padre y ella había obedecido aun sintiéndose afectada al tener que superar sus sentimientos. Pero de los buenos revolcones con el hombre que le gustaba, de eso no iba nadie a privar a Sonia Palmieri.

Todas las luces estaban encendidas en el apartamento de Efraín Franco Marrero, a diferencia de otras veces que recibía a todos portando una casaca de seda roja, ahora estaba vestido pulcramente con un traje de dos mil dólares. Tres mujeres miraban todo la escena desde un lateral de la sala del departamento. Balzo y Santos en el centro de este, simulaban dos estatuas de porcelana, no movían ni un solo musculo de sus cuerpos, en lo que Efraín daba cortos pasos frente a ellos con las manos en la espalda.

— ¡Pendejos! ¡Unos pendejos, eso es lo que son ustedes un par de pendejos de los mas grandes que he conocido en mi vida! Grito Efraín frente al rostro de sus hombres de confianza escupiendo las palabras sobre ellos como si fueran un par de cucarachas.

—Señor Efraín no tenga dudas de que esto no se queda así. Dijo Santos con el ojo vendado y la mano derecha cubierta de vendajes hasta la muñeca.

— ¡Así! Santos. Exclamo Efraín volviéndose hacia el aludido. Claro que no se va a quedar así, de aquí en lo adelante te van a decir "Santos el Mocho" o "Santos el Tuerto." Acabo de decir el con un tono de marcada burla en la voz. A pesar de la situación Efraín no perdía tiempo en lanzar sus continuas burlas.

— Tal vez si hacemos algunas averiguaciones podemos dar con el que nos hizo esto. ¿No te parece? Recomendó Balzo tratando de llevar las aguas a su nivel. El sabia que el Zar estaba enojado por la razón de que este iba a llegar a oídos de sus cotiza dotes y con toda seguridad muchos de ellos empezarían a negarse a pagar sus impuestos ya que el perdía terreno frente a un desconocido.

— Eso es lo que tienen que hacer ahora mismo así que pónganse en movimiento. Reconoció Efraín volviéndose hacia Balzo. Ahora lárguense de aquí y no quiero más errores, ¿entendido?

Efraín se volvió y con paso rápido desapareció por la puerta de la que era la oficina de sus negocios. Dos de las muchachas lo siguieron sin decir una palabra.

Sara sin moverse de su posición contemplaba a Balzo y Santos con cierta satisfacción reflejada en el rostro, no tenía la más mínima duda de que estos tipos eran un par de pendejos como decía Efraín. El hecho de que aceptaran todas las ofensas e improperios de Efraín hacia ellos lo dejaba bien claro, ningún hombre con valor e integridad permitiría un avasallamiento así de su persona. Primero matar o morir siempre con dignidad, solo que en este mundo el honor y la moral había dejado de ser parte del orgullo de los hombres para convertirse en seres bajos y deplorables como Santos del cual ella no tenia la mas mínima duda de que descargaría su cobardía a golpes contra una de las prostitutas a las cuales les mantenía el vicio de la droga. Pero en fin ese no era su problema. Ella velaba por intereses mas importantes que unas prostitutas y un par de matones de a kilo y medio. Ella era los ojos del Zar en aquel lugar, el le había prometido que el día de su venganza llegaría a su debido tiempo y los causantes de los asesinatos en la finca de San Francisco Elizalde serian tratados como se merecían. Sara acompaño a Balzo y Santos a la puerta de salida del apartamento, despidiéndose de ellos con un hasta luego apenas audible.

—¡Maldito hijo de puta! Rugió Santos en el pasillo mientras esperaban el elevador para bajar al parqueo del edificio.

Balzo lo miro en silencio por unos largos segundos, todo lo que tenia en su mente eran unas viejas palabras que le había dicho su abuelo cuando apenas tenia quince años "Son las acciones las que definen a un hombre para el resto de su vida.", sabias palabras de su abuelo. Ahora el comprendía muchas cosas, la traición, los delatores y la cobardía eran una enfermedad de la imagen del hombre. El había traicionado a Mauricio dándole información a Efraín de los movimientos de este, sin embargo ahora el veía claro que a los ojos de Efraín el continuaba siendo un traidor. Un hecho claro de que seguiría siendo frente a todos por el resto de su vida.

—Muy pronto pienso dejar todo esto. Dijo tomando una determinación de primera prioridad para su vida, lo que no podía saber Balzo era que ya el tenia los días contados y moriría de la misma enfermedad que el había creado a su imagen "la traición."

Sagitario entro en la tienda de Jackelin y le dedico un saludo a Diana, un movimiento de mano cuando se encaminaba con paso rápido hacia la oficina de Jackelin. Su reloj pulsera marcaba las 11:45am, acababa de despedir a Noemí junto a Taipán en el aeropuerto de Miami con destino a New York donde residirían por un tiempo intercalando vacaciones en la finca de Australia. Jackelin dejo de escribir en sus libros de apuntes y concentro su atención en Sagitario preguntando: ¿Como asimilo todo esto el caballerito Taipán?
—Es un chico fenomenal, todo lo que llamo un soldado. Le contesto Sagitario con todo orgullo de su hijo, al tiempo

que se dejaba caer sobre uno de los sillones reclinables frente al buró escritorio de Jackelin sin quitar la vista de allá.

Sagitario sabia que la pregunta no tardaría en ser lanzada. El había pasado la noche en la habitación del hotel con Noemí y el hijo de ambos, explicando al niño toda la nueva situación que tendrían que afrontar como familia. Pero a pesar de haber llamado por teléfono a Jackelin, no podía evitar que la situación resultara un tanto embarazosa para todos porque sobre las cuatro de la madrugada el y Noemí fundieron sus cuerpos desatando sus pasiones. Noemí había llamado una calurosa y sincera despedida de amor.

— ¿Como se lo ha tomado ella? Pregunto Jackelin buscando con su mirada los ojos de Sagitario para no perder detalle de su reacción en la respuesta que el daría.
—Se que lo ha aceptado en contra de su voluntad, me lo dice su silencio, no reclama, no busca excusas ni reproches a nada pero no tengo dudas de que hace el esfuerzo por aceptarlo lo mas natural posible. Respondió Sagitario con total convicción en sus palabras. El conocía muy bien a Noemí como para saber que sentía ella en aquel instante. Tengo que volar a New México, los demás se han acuartelado allí.
—Tenemos que volar a New México. Dijo Jackelin con una sonrisa en los labios, para agregar: Ahora soy una esposa a tiempo complete y no pienso abandonar mis obligaciones al lado del hombre con que me he casado.

Sagitario soltó una carcajada tras sus palabras y su clara muestra de celos dicha con cada palabra.

—No sabia que odiaras tanto a Sergio, como para ir a buscarlo a pleno desierto de Arizona en New México. Agrego Sagitario sin dejar de reír.
—Ese es otro que se las va a tener que ver conmigo en lo adelante.

Dos días después, un avión DC-3 dejo a Sagitario y Jackelin en una polvoriza pista de tierra a dos millas del poblado de los Cuatro Caminos. En todo el lugar solo se veía un viejo hangar del tipo militar y en tal mal estado que Sagitario pensó que entrar en el seria un peligro con las vigas que colgaban del techo a punto de desprenderse. Junto a ellos habían viajado otras cinco personas. Una pareja de ancianos de origen Mexicano que no habían parado de hablar todo el tiempo con Jackelin en el avión. También, una pareja con una niña de unos cinco años; era evidente que a la madre de la criatura no le agradaba hacer aquel viaje. El hombre en cambio se mostraba indiferente a todo dándose largos tragos de un frasco de whisky que llevaba en uno de los bolsillos de su arrugado traje.

—Es el juez de paz de la zona. Comento la anciana a Jackelin mirando con discreción al matrimonio con la niña. Pronto llegara un autobús, ellos deben haber sentido el avión pero son unos remolques, en este lugar nadie tiene apuro nunca para ir a ningún lugar. ¿Piensa quedarse mucho tiempo en el pueblo señora de la Rosa? Pregunto la anciana con toda intención de entablar amistad con Jackelin si su estadía en el pueblo se hacia duradera.
—No, la verdad es que nos volvemos mañana mismos en el avión, mi esposo esta un poco ocupado y solo nos ha traído aquí la urgencia de los negocios con un hacendado de esta zona.

83

La señora abrió mucho los ojos al oír las palabras de Jackelin, al único hacendado que podía ir a ver la señora era al místico hombre de la silla de ruedas, del que todos decían que tenia tanto dinero como comprar todo el desierto de Arizona y un poco mas allá. El y sus amigos habían llegado hacia solo unos meses y el pueblo había cambiado tanto desde entonces, habían mandado a traer un doctor que atendía gratuitamente a todos, los jóvenes del pueblo habían conseguido empleo cavando cuatro pozos que al señor invalido había mandado a construir, cada semana llegaba un avión con mercancías para el pueblo y varios negocios abrieron las puertas, en un pueblo que los jóvenes abandonaron en busca de una mejor vida en otros lugares. En aquel lugar todo era difícil y esa era una de las razones por la que Sergio lo había elegido, era imposible que un extraño pudiera llegar al pueblo sin que el lo supiera de ante mano.

—Patrón ya llego el avión, ocho personas con el piloto. Solo dos, una pareja no se les conoce por aquí. Dijo un joven de aspecto latino a Sergio, mientras este jugaba una partida de billar y bebía cerveza en compañía de varios amigos. El autobús no debe tardar en traerlos, hace unos treinta minutos que salió a buscarlo.

— ¡Gracias Matías! No cero que haya peligro con ese hombre si se hace acompañar por una mujer. Fue la respuesta que le dio al joven antes de entregarle una cerveza que le alcanzo al continuar detrás de la barra a una señal de el. Parece que no podrá escapar de la reprimenda de la golfea. Pensó Sergio con una sonrisa de satisfacción al tener de vuelta a Sagitario y listo para la lucha contra el Zar de la Droga.

Alan Conwell dejo caer el expediente del incidente de Balzo y Santos, los dos se habían negado a dar cualquier tipo de información a la policía aludiendo que el asaltante los había noqueado con un bate de baseball, desde el mismo momento en que había entrado al apartamento. Alan como agente del FBI por muchos años, sabia que aquellos dos conocían más de lo que decían. El había pedido los documentos a la policía de Miami, porque todo lo que tenia que ver con Mauricio y sus hombres era llevado por los de arriba con sumo cuidado, pues el FBI había quedado muy complacido con la operación "Radio Cuzco Contra el León del Terror" y "Jair Soleimán". Ahora llamaban a aquel grupo de asesinos despiadados: "Opción de Ultimo Recurso". Sagitario nunca había estado respaldado por el FBI, al menos no legalmente como un hombre dentro de la plantilla de ellos. Había que reconocer que eran tipos que jugaban duro y desafiaban la muerte con una sonrisa en los labios. Alan no tenía la más mínima duda de que el caso Balzo y Santos era obra de uno de los muchachos de Mauricio en busca de recuperar el poder de Mauricio frente al Zar de la Droga.

—Pronto habrá guerra de clones por el control. Dijo Alan en voz alta y para el mismo, el FBI estaría pendiente a recoger los despojos del perdedor de la guerra.

Cuando el viejo autobús dejo a los viajeros del avión en el centro del pueblo, Jackelin paso la mirada y frunció su entrecejo a causa de algo que no entendía. Sagitario a sus espaldas observaba con detenimiento todos sus movimientos. Ella con los diez años pasados no había cambiado mucho, aun conservaba aquella grácil inocencia que siempre la había caracterizado, miro su cuerpo y experimento cierto deseo de poseerla con instinto propio de lo que quiero ahora mismo, porque no puedo aguantar mas, la voz de Jackelin lo saco de sus pensamientos.

—No entiendo porque le dicen "Cuatro Caminos" a este pueblo, cuando yo no veo más que uno solo. Dijo ella, volviéndose hacia Sagitario y sorprendiéndolo con la mirada clavada es su cuerpo. ¿Por donde andabas? Si es que se puede saber. Sagitario sonrío a la pregunta de Jackelin.

—Mejor te respondo esa pregunta esta noche, no tengo dudas de que podríamos conseguir una cama para dormir juntos.

— ¡Pues ni lo suenes! Estoy muy cansada del viaje en ese avión. Dijo Jackelin adoptando una parada más sexy en su cuerpo. Sagitario sonrío a la provocación de ella, echo andar y rodeo la cintura de Jackelin con sus manos quedando la pequeña maleta en sus espaldas, le dio un beso en los labios al cual ella correspondió entrelazando sus manos en el cuello de el.

—Váyanse hacer esa porquería a otro lado o es que no ven que están en un pueblo decente.

—Y a ti que te importa. Dijo Jackelin volviéndose como un resorte hacia la voz que había hablado pero interrumpiéndose de golpe, al ver que Néstor reía de oreja a oreja parado en la puerta de un establecimiento de artículos varios.

—Vamos no te calles saca todas tus lecciones que aprendiste allá en Sagua La Grande.

—Bah! Ustedes nunca cambian y lo que tienen es envidia de nosotros, ja-ja. Dijo Jackelin volviéndose hacia Sagitario y besándolo otra vez en lo labios, a lo que el apenas podía contener la risa.

Cuando se separaron, Néstor y Sagitario se saludaron con un fuerte abrazo. Néstor fue a decir unas palabras sobre el fracaso de la búsqueda de Sagitario en Australia, pero Sagitario lo interrumpió con un ademán de la mano. No quería disculpas porque no las necesitaba. La vida corría

en una dirección en la cual las cosas del pasado solo eran
eso, cosas del pasado.

— ¿Donde están lo demás? Pregunto Sagitario en lo que
Néstor saludaba a Jackelin con un beso en el rostro.
—Todos estamos regados por el pueblo, al final de la
calle esta el bar de Sergio. Néstor volviéndose hacia
Sagitario. Ya te esperábamos, supimos lo de Balzo y
Santos enseguida, por el modo que inutilizaste a Santos,
supimos que eras tú. Sergio no dejo que contactáramos
contigo por temor a que entorpeciéramos en la Florida
cualquier operación tuya.
—Si pero la operación empieza ahora. Lo de Balzo y
Santos fue nada más que una lección a esos dos imbéciles
para calmarle los humos de matones que tenían.
—Fue riesgoso, no conoces aun los detalles del imperio
del Zar.
—Tuve la impresión de que no esperaban un ataque como
el mío. Dijo Sagitario sin poder entender lo que Néstor
quería decir con sus palabras.
—Vamos a ver a Sergio, en la finca podrás entender mejor
todo. Dijo Néstor
tomando la pequeña maleta que llevaba Sagitario en la
mano con las pertenencias de el y Jackelin.

Sagitario quedo mirando como Néstor se alejaba de ellos,
se volvió a Jackelin y esta se encogió los hombros dando
a entender que ella tampoco sabia nada de todo aquello.
Sagitario quedo pensativo, Néstor era un profesional,
como era posible que dudara de su efectividad frente a
los hombres del Zar de la Droga.

— ¿Porque le dicen "Cuatro Caminos" a este lugar cuando
yo solo veo uno? Volvió a preguntar Jackelin mientras
caminaba siguiendo a Néstor.

Néstor se detuvo de golpe y volvió hacia ellos con una sonrisa.

—Si tiene lógica la pregunta, solo que tú la aplicas al presente y este pueblo lleva mas de cien años llamándose así. Respondió Néstor haciendo una pausa, se aclaro la garganta y adopto aires de un historiador para continuar diciendo: Cien años atrás esto era un cruce de direcciones, California por el oeste, México al Sur, Texas al este y Wisconsin bien al Norte. Muchos fuera de la ley decidían aquí que rumbo tomar en sus huidas o nuevas aventuras.

Jackelin sonrío por la explicación de Néstor y entre risas volvió a preguntar:

— ¿Y ustedes hicieron lo mismo que aquellos que estaban fuera de la ley hace cien años? Y dirigiéndose a Sagitario: ¿Que habrías hecho tu querido?

—Jackelin por favor no sigas prov... Dijo Sagitario tratando de evitar que Jackelin siguiera atacando a Néstor con sus preguntas indiscretas, pero fue interrumpido por Néstor.

—Ella tiene razón Sagitario. Cometimos un error al no escucharla, de alguna manera ella sabía que estabas vivo. Te pido mil perdones Jackelin por no haberte oído en su momento. Expreso Néstor sin mirar al rostro de ella, ante la vergüenza que sentía porque el abandono de la búsqueda de Sagitario podía ser catalogado por ella como traición.

— ¡Pum! Simulo Jackelin con la boca, haciendo como si fuera un disparo y levantando la mano hacia Néstor como si fuera un arma que acababa de disparar.

— ¡Vamos! Ahora solo me quedan tres por eliminar. Y con amplia sonrisa beso a Néstor.

— ¡Dios mío! Ella no cambia. Dijo Néstor haciendo que Sagitario y Jackelin estallaran a carcajadas a los que se les unió el.

En Miami, Sara se retiro de enfrente al terminal de computadora que tenía en el apartamento que compartía con Milagros. Había agradecido el hecho de que Efraín quisiera estar solo por unos días. El problema de Balzo y Santos lo había afectado mucho. El Zar no perdonaba errores como aquellos.

Sara después de pedir órdenes al Zar a través de una clave "Mi Espacio" en la computadora, dejaba un mensaje en la página de un desconocido al cual tenía acceso por un sobre que le llegaba cada mes, desde Colombia. Después pasaba a otra página donde recibiría la respuesta. Los dueños de las páginas de Internet nunca entenderían el mensaje y terminarían por borrarlo de sus páginas con el tiempo.

Las palabras saltaron en la pantalla del terminal: "Espero que disfrutes tus vacaciones, mantente divirtiéndote hasta nuevo aviso chiquita." Sara sonrío ante el mensaje del Zar. Aunque no tenia ni la mas mínima idea de quien era el Zar, el sabia que ella era una mujer. Sara se sintió impresionada por la palabra "chiquita". Tal vez el Zar la observaba en silencio, pensó ella como fantasía pero al segundo desecho la idea. La razón de que el Zar conociera su sexo le llego a la cabeza de inmediato, cámaras escondidas en el apartamento de Efraín, eso era unido al sadismo de Efraín que prefería penetrarla a ella que a las demás, aun sabiendo de cuales eran las preferencias sexuales de ella. Si pero queda algo, una cosa, pensó Sara. Antes de salir de Colombia le habían advertido que serviría a un hombre sin rostro, del cual solo recibiría ordenes que cumpliría al pie de la letra, en Miami le habían facilitado a Milagros y después la habían introducido para que formara parte del harem de Efraín. He ahí el detalle, ella había sido elegida con total premeditación por el hecho que conocían a la perfección los gustos de Efraín.

Milagros apareció en la habitación donde Sara trabajaba con el terminal de computadora, iba completamente drogada y con una única prenda de vestir en todo el cuerpo que solo tapaba el centro de su feminidad con un bonito dibujo bordado, lastima de mujer, pensó Sara mirando el esbelto cuerpo de Milagros, que la miraba a ella sin apenas reconocerla.

—Ven mi pequeña perdida, yo te voy a cuidar. Dijo Sara levantando la mano derecha hacia Milagros, para incitarla a que avanzara.
Milagros así lo hizo para a continuación acomodarse sobre el cuerpo de Sara, que busco sus labios y jugueteo con la entrepierna de ella, arrancándole pequeños gemido de placer.

Cuando Néstor en compañía de Sagitario y Jackelin entraron al Bar, la partida de billar que jugaban Sergio contra uno de los jóvenes del lugar, más reñida no podía estar. Necesitaba acumular tres puntos más si quería ganar la partida. Sergio miro la mesa desde distintos ángulos en busca de una mayor posición de la bola de mach. Sagitario toco a Néstor con una de sus manos y le hizo una señal con los dedos. Néstor con una sonrisa le entrego la pistola nueve milímetros que llevaba a la cintura, Sagitario la tomo en sus manos y la monto con suavidad para no hacer ruido. Sergio tomo posición en el borde de la mesa con aire de maestría, alineo el taco de madera con el mach y después de dos amagos de corrección golpeo la bola.

La explosión del disparo dejo a todos petrificados por unos segundos. Sergio se incorporo del borde de la mesa con la mirada clavada en la bola numero seis que no se había movido del lugar en que estaba, en cambio el mach había desaparecido de sobre la mesa, dejando mil astillas sobre el verde tapete de la mesa de billar. Todos en el bar se volvieron hacia Sagitario que aun mantenía la nueve milímetros en alto y el cañón humeante. Con la primera impresión todos los hombres reunidos allí tensaron su cuerpo, pero al ver a Néstor junto al desconocido con una amplia sonrisa en los labios las posturas cambiaron a unas sonrisas.

—El dueño acaba de perder señores, un trago para todos la casa paga. Dijo Sagitario con una sonrisa en los labios y mirando a Sergio, que todas las cabezas del bar se habían vuelto a el en espera de que certificara el ofrecimiento que acababa de hacer el desconocido.
—Así es muchachos pero que conste que ha tenido días mejores. Afirmo Sergio levantando la mano que provoco un murmullo de voces y risas, en lo que todos corrían a la barra por su trago gratis.

Sergio avanzo hacia Sagitario y ambos se dieron un fuerte abrazo.

— ¿Como estas Golfua? Pregunto Sergio a Jackelin por sobre el hombro de Sagitario.
—Creo que la bala debería habértela tirado a ti, no a esa pobre bolita de billar. Replico Jackelin mostrando un claro enojo en el rostro.

Néstor a espaldas de Jackelin hablo en señas a Sergio, que las primeras señas no las pudo aplicar bien, por lo cual arrugo la frente y Néstor a una velocidad increíble lanzo dos señas más. Jackelin se volvió como picada por una avispa al seguir la mirada de Sergio hacia sus espaldas para encontrarse con Néstor que miraba la barra como si ignorara todo lo que sucedía a su alrededor.

—Así que ya están con sus gracias de hablarse en señas. Dijo Jackelin mirando a Néstor con recelos.
— ¡Tú ganas! Si quieres un duelo lo tendremos con todas las de la ley. Respondió Sergio soltándose del abrazo de Sagitario, que se volvió también hacia Jackelin con una sonrisa para ver como Néstor a sus espaldas volvía a mandar un sin números de señales con las manos indicando peligro algunas veces y otras que venia armada hasta los dientes.

Balzo y Santos habían pasado dos días en Daytona Beach. El velero atracado en el muelle era un Cornaro de dos Mástiles con despliegue de velas eléctricas, con setenta y dos pies de eslora, el escorpión podía desarrollar hasta nueve nudos por hora con todas sus velas desplegadas y un buen viento de a babor.

—Hasta el nombre de ese maldito barco me molesta hoy. Dijo Balzo, desde la terraza en la parte trasera de la mansión de veraneo.
—No sabía que fueras supersticioso.
—Mira Santos no empieces, pero te aseguro que aquí hay algo que no me gusta nada. El Zar de la Droga no muestra la cara nunca y nosotros hacemos lo que se nos venga en gana en Miami, Broward y West Palm Beach sin que nadie se atreva a detenernos. ¿Que te dice todo esto?

—Que trabajamos para gente importante que tienen poder en el gobierno. Respondió Santos sin darle mucha importancia al asunto.

— ¡Es! Exclamo Balzo, volviéndose de frente a Santos. Tú sabes como decía mi abuelo, "la soga se rompe siempre por el lugar más débil y el pescado grande siempre se come al chico" continúo diciendo Balzo, preso de un presentimiento que no lo dejaba estar tranquilo ni un segundo.

—A mi lo único que me interesa es volver a ver la cara al hijo de puta que me hizo esto. Dijo Santos levantando su mano derecha vendada dejando ver el lugar en que le faltaba el dedo índice.

—La vida vale más que todo Santos y hay que conservarla mientras podamos. Dijo Balzo volviéndose hacia el velero atracado en el muelle de la mansión.

En la sala de la finca estaban reunidos todos los amigos de Sagitario, este se volvió hacia Mauricio Palmieri.

—Quiero todo lo que tengas del Zar de la Droga, aunque no estés seguro de que la información pueda ser cierta o no. Pidió Sagitario con voz calmada y preparado para no perder detalle de lo que iban a decir.

—Para empezar, dijo Mauricio. El Zar tiene una fuerte conexión con Aurelio Santana en Colombia, de allí vino toda la traición. Mis embarques fallaban en lo que Aurelio negociaba a mis espaldas con el Zar de la Droga, que saturo todo el mercado en solo unos meses como nunca lo había hecho antes, desde los ochenta. Mauricio hizo una pausa y se aclaro la garganta para continuar. De ahí le dieran el nombre del "Zar de la Droga". Lo otro es que nadie conoce su rostro, por la razón que toda conexión con el se hace a través de un complicado sistema ideado para ser usado en la computadora, sin levantar sospechas de lo que en realidad es.

Sagitario después de escuchar las palabras de Mauricio se volvió hacia Sergio y lanzo su pregunta:

— ¿Porque son tan efectivos los hombres del Zar, que los pueden superar a ustedes en acciones?
—Bueno no tanto como superarnos en preparación con las armas, eso quedo demostrado en su ataque contra nosotros, pero el modo en que operan es lo que los convierten en un verdadero problema. Hombres sin rostros comandan a la ovejas que hacen el trabajo sucio en la calles. En otras palabras los vendedores, los rateros como Balzo y Santos son vigilados sin que lo sepan ellos. Termino de decir Sergio con la mirada clavada en Sagitario a la espera de una decisión o respuesta a sus palabras.
—Creo que es suficiente, dos cosas han quedado bien claras. Dijo Sagitario moviéndose con suavidad por la sala y deteniendo su mirada por unos segundos en el rostro de cada uno de sus amigos. Primero el Zar no puede mostrar su rostro a nadie porque seria reconocido de inmediato como un alto gobernante de este país, quien sabe en que posición pero eso no es importante de momento. Lo que es importante es que el apoyo que recibe en sus hombres es con caras nuevas todo el tiempo, quemando a los instalados aquí, en las calles con el trabajo sucio. Sagitario hizo una pausa y saco un papel del bolsillo del pantalón que extendió a Mauricio. Esta mujer es uno de esos hombres sin rostro y aunque parezca Americana, no tengo la menor duda que es Colombiana. Ese es el numero de la matricula del auto que conduce, un Mustang. Quiero que obtengas toda la información que puedas sobre ella. Sagitario dejo caer el papel con el numero de la matricula del auto de Sara en las manos

de Mauricio. A continuación se volvió hacia sus amigos. Dentro de seis días le quitaremos un Delfín al Zar de la Droga. Los quiero preparados para dar caza al Zar con su sequito de consortes y todo. Termino de decir Sagitario, con una de sus medias sonrisas colgando de sus labios.

Todos asistieron sin decir una palabra, ya que lo dicho por Sagitario había sonado como una orden a oídos de todos. Sagitario abandono la sala de la reunión en compañía de Jackelin.

— ¡Ahí lo tienen! Se acabo el Zar de la droga. El diablo ha olido su sangre y no tardara en caer sobre el. Dijo Sergio, para a continuación estallar en carcajadas a las que se unieron los demás, el regocijo imperaba en todos. Sagitario comandaba el grupo otra vez y nadie dudaba de que el Zar de la Droga seria derrotado por Sagitario.

A la mañana siguiente Sagitario se levanto antes de que amaneciera para encontrarse a Mauricio en la sala de la casa con un teléfono móvil pegado a la oreja.

—O.K. bueno ya lo he anotado todo, si pero no tienes que esperar para saludarlo, acaba de levantarse y esta frente a mi, así que te lo paso. Dijo Mauricio al teléfono móvil y a continuación extendió la mano derecha con el teléfono hacia Sagitario.
—Cada día creo más en ese dicho que dice que "hierba mala nunca muere". Dijo la voz de Bruno al teléfono. Es increíble todo lo que me acaba de contar Mauricio, quien lo iba a decir.
— ¿Como va todo contigo? Pregunto Sagitario. Espero que aun dispongas de tus conexiones, las voy a necesitar.
—No tengas dudas de eso, mis muchachos no se venden. Todos son de los viejos tiempos del Vietnam, allí se

fundían verdaderos hombres de acero. Respondió Bruno con una sonrisa, al hablar de sus contactos y proveedores de armas del ejército Americano.

—Hoy recibirás una lista de lo que necesito, junto con el lugar de destino.

—Dalo por hecho, y pronto nos veremos. Dijo Bruno cerrando la comunicación con sus palabras.

Sagitario cerró el teléfono móvil de Mauricio y se lo devolvió. — ¿Es segura esa línea? Pregunto Sagitario, algo preocupado por que hubiera una filtración de información.

—Cada mes llegan seis teléfonos instalados en California por gente de toda mi confianza. A Bruno lo llamo siempre a un número diferente en un teléfono público que le sirvo con antelación por la computadora. Respondió Mauricio señalando el terminal de computadora sobre un escritorio en un rincón de la sala.

— ¿Tienes que haberte levantado muy temprano, no? Pregunto Sagitario.

—Te equivocas Sagitario no he dormido en toda la noche al igual que Bruno, te tengo la información que me pediste sobre la muchacha, toda una novedad.

—No tenías que apurarte tanto, hay tiempo todavía. El Delfín aterriza en cinco días. Dijo Sagitario sin herir los sentimientos de Mauricio, por la rapidez con que había hecho el trabajo.

—Sabes, después de esto no duermo mucho que digamos. Replico Mauricio con tristeza y acariciando sus piernas inútiles bajo la manta que las protegían del frío.

—Sabes Mauricio, dijo Sagitario con cierto énfasis en sus palabras. El valor de un hombre solo se puede probar después de una gran derrota. ¿Sabes como? El hombre de valor no acepta la derrota si con esta no le llega la muerte.

El verdadero valor esta en luchar contra un enemigo superior con astucia e inteligencia, para hacerlo caer al suelo y así clavar la espada en su pecho asegurándote que tu enemigo ha sido derrotado con la muerte. Termino de decir Sagitario y extendió su mano derecha hacia Mauricio que la estrecho con cierta duda. Sagitario tenso los músculos de su mano, incitando a Mauricio que se pusiera de pie con la de el. Sin decir palabra, Mauricio con el rostro contraído por el esfuerzo que estaba haciendo al levantarse de la silla de ruedas, llego con su rostro a la altura de Sagitario, los dos hombres se miraron a los ojos como no lo habían hecho nunca. Mauricio podía ser casi el padre de Sagitario ya que Sonia, su hija, era solo dos años menor que Sagitario.

—Ahora conozco tu valor y tengo la seguridad de que no vas a perder esta guerra. Dijo Sagitario con el rostro a escasos centímetros del de Mauricio y sin soltar su mano de la de Mauricio. A continuación ambos hombres estallaron en carcajadas.

CAPITULO V

"SAGITARIO Y SUS AMIGOS SE ROBAN EL DELFIN"

A las ocho de la mañana todos se habían reunido en el comedor para desayunar, solo Sagitario faltaba a la mesa del comedor. Nadie pregunto por el aunque Jackelin sabia hacia donde había ido. Después del desayuno Jackelin salió al portal de la casa para tomar aire fresco ya que aun era temprano. Sergio la siguió sin que ella lo advirtiera.

—Bueno ya estoy listo para el duelo, así que no lo dilatemos más. Dijo Sergio a espaldas de Jackelin. Ella recostada a la rustica baranda del portal de la casa se volvió con lentitud hacia el, con una sonrisa algo triste en sus labios. Sergio extendió una pistola nueve milímetros así adelante. Jackelin la miro por unos largos segundos después la tomo en sus manos y quedo mirándola como encantada con ella.

— ¡Sabes! tengo tantas dudas que no se por donde voy. Confeso Jackelin quitando la mirada de la pistola. ¿Como puede hacer todo eso? Lo otro es que todo ese asunto de Noemi, a mi me trae muchas sospechas de que fue premeditado, yo no tengo pruebas de que en realidad el haya perdido la mente.

—En eso estas equivocada, tú si tienes la prueba y muy fuerte por cierto. Dijo Sergio deteniéndose junto a ella y mirando hacia el horizonte. Tú sabes que Sagitario nunca hubiera estado separado de ti por diez años, por su propia voluntad.

Jackelin asintió, para preguntar a continuación: ¿Y el niño de Noemi?

—Digamos que lo quiso tener, creo que la razón tú la conoces mejor que yo. Dijo Sergio volviéndose a ella. Anoche me hablo de Taipán algo increíble. ¿No te parece?

—Bueno de la combinación entre Sagitario y Noemi no se podía esperar otra cosa. Contesto Jackelin con una sonrisa y manipulando la pistola extrajo el cargador de ella. ¡Eh, pero esto no tiene balas! Exclamo Jackelin sin poder comprender.

— ¿Y que creías? No soy tan tonto como para suicidarme. Calmada se que no matarías ni una mosca pero enojada, eso ya es otra cosa y además un duelo es un duelo. ¿No crees? Dijo Sergio estallando en risas a la que se unió Jackelin, comprendiendo muchas cosas de su esposo Sagitario que corría tras cosas que significaban mucho para el. Taipán era su esperanza de que naciera un nuevo Sagitario pero quedaba una cosa Jackniel "El Camaleón" aun no había decidido que dirección tomaría. Jackelin sonrió con mas fuerza, no tenia dudas de que en lo adelante abría mas sorpresas.

En Daytona Beach, "El Escorpio" se había echado al mar con buen viento de tierra, poniendo rumbo hacia las islas de Gran Bahamas. A bordo de el viajaban tres hombres armados con fusiles AK-47 de fabricación Rusa. El itinerario cubriría una ruta de las islas de Gran Bahamas incluyendo Bimini, con estadía de un día en esa isla como simples turistas. De regreso a Daytona Beach entablarían comunicación por radio con el DC-4 que lanzaría el Delfín cargado de sus baterías eléctricas de veinticinco millas marinas. Con el agua del mar generaba más electricidad en un componente aparte a sus baterías, por ese hecho podía estar sumergido varios días a una profundidad de diez metros. Con ayuda de sus flotadores se estabilizaba y quedaba enviando señales electrónicas con un intervalo de quince minutos.

Balzo y Santos habían visto partir al Escorpio desde la terraza de la mansión veraniega.

—Con cada minuto que pasa te noto mas tenso que antes. Dijo Santos mirando con detenimiento a Balzo.
—No se hermano, no puedo evitar el sentirme así.
—Pero al menos debes tener una razón, una idea del porque o que te preocupa.
—Si la tengo, he indagado sobre eso pero te reirás de mi si te la digo. Dijo Balzo mirando al rostro de Santos. Cuando Jackelin acepto pagar la compensación del Zar, en su rostro había una especie de satisfacción y regocijo. En aquel momento no lo vi como una sospecha pero después que nos asaltaron decidí dar una vuelta por los círculos que frecuentaba Mauricio Palmieri en busca de alguna información sobre Sagitario. Pues bien encontré a alguien que peleo con el en un club, de esto hace mas de quince años. Eran rivales a causa de Sonia la hija de Mauricio, dice que lo hizo pedazos de tres golpes. Balzo hizo una pausa y camino hacia el borde de la terraza, mirando hacia la playa que se extendía bajo sus pies. Este hombre es muy amigo del piloto Luis Soler. Bueno, el le

trato de pedir disculpas a Sagitario pero este ya había desaparecido. Al tiempo, el y Sonia lograron entablar una relación de unos meses, así fue como supo lo que en realidad era Sagitario, un ejecutador que en ocasiones era contratado hasta por el FBI.

—Todo eso esta muy bien pero no acabo de ver a donde quieres llegar, porque por lo que he oído decir de Sagitario esta muerto hace años. Agrego Santos con cierta indiferencia en la voz.

—Escucha, cuando le pedí que me describiera a Sagitario, continuo Balzo sin hacer caso de la interrupción de Santos, son las mismas descripciones del hombre que nos asalto. Al comentarle sobre tu dedo y ojo, salto como un resorte del asiento en que estaba sentado frente a mí. ¿Sabes que me dijo? "No soy lo que se dice un amigo de Sagitario, pero prefiero no tener problemas con el a causa de una declaración indiscreta de mi parte. Seas quien seas, te aconsejo que pongas toda la distancia que puedas entre el y tu, o de lo contrario estas muerto."

Santos quedo mirando a Balzo por unos segundos, podía ver el miedo en el rostro de su amigo.

—Aun así no tengo miedo encontrarme con el, cuando el lo desee y en cuanto a mi esto tiene que pagármelo. Dijo Santos levantando la mano derecha, en la que le faltaba el dedo índice.

—Estas advertido mi querido amigo. La decisión es tuya. Yo después de esto me largo de aquí. Agrego Balzo apartándose del balcón de la terraza y encaminándose con paso rápido hacia el interior de la mansión veraniega.

El Cessna de dos motores aterrizo en un aeropuerto privado a la salida de Jacksonville, en el viajaban Sagitario junto a todos sus amigos. Los negocios habían quedado al cuidado de otros de confianza. Después de la cruzada de

Sagitario volverían a Miami. En el avión Sagitario había leído toda la información que Bruno había recopilado sobre Sara, que dicho sea de paso su verdadero nombre era Luisa Machado. Ella había sido entrenada como asesina a sueldo, en la famosa finca de Francisco Elizalde. Con la desaparición de esta se unió a las filas de los hombres de Aurelio Santana. Al pie de las anotaciones Mauricio había señalado "cuerpo de mujer con cerebro de hombre" esto llamo la atención a Sagitario que se volvió hacia Mauricio.

— ¿Porque escribes esto?
—Porque suele transformarse en inversa de los travesti, suelen ser muy efectivas en este tipo de cosas, liquidan el objetivo, transformadas en hombre y abandonan el país como bellas mujeres. En la finca de los Elizalde eran entrenadas en base a ese objetivo. Dijo Mauricio con risa en lo labios. Espero que no tengas problemas de machismo.
—No, la verdad es que no. A esta la voy a tratar como a todo un hombre mostrándole el respeto que se merece.

En la terminal del aeropuerto Bruno recibió a Sagitario con un caluroso abrazo. Ellos habían trabajado juntos por muchos años y Bruno siempre había estado junto a Sagitario en las contiendas contra la gente de New York. Bruno había descubierto a Sagitario por su experiencia en la C.I.A en la época de Vietnam. El introdujo a Sagitario con Mauricio y ambos juntos habían logrado mucho. Tras los saludos y abrazos Sagitario fue directo al asunto que lo llevo allí.

— ¿Tienes todo lo que te pedí? Pregunto Sagitario.
—Viniendo de ti, la verdad que el pedido es bien sencillo. Respondió Bruno sonriente y recordando tiempos pasados,

con venenos, gases mortales y armas de fabricación casera como el lanza dardos de aire comprimido. Pues si, tienes dos fusiles M-16, cuatro pistolas, el calibre veinte y cinco con sus silenciadores, dos botes plásticos, una lancha rápida junto a una motocicleta Kawasaki 750. Lo encontraras todo a diez millas más al norte de la mansion de la gente del Zar.

— ¿Mantienes vigilado el lugar como te dije?
—No lo dudes, nadie se ha acercado por allí, solo me informaron que el velero zarpó ayer en la mañana. Bruno hizo una pausa para aclararse la garganta y continuar: Recibí una llamada de Luis Soler, estaba agitadísimo, alguien que concuerda con la descripción de Balzo estuvo averiguando por el club de Mauricio acerca de ti. Sabes como el te aprecia. Apenas podía hablar, no creía que pudieras estar vivo y paseándote por ahí sin visitarlo.

Las palabras de Bruno arrancaron una sincera sonrisa al rostro de Sagitario. Luis Soler había sido una pieza clave para las acciones contra la mafia de New York y Colombia. Luis Soler aterrizaba con su DC-4 en cualquier lugar que Sagitario se lo pidiera y después lo hacia despegar llevando su misión cumplida.

— ¿Le dijiste la verdad? Pregunto Sagitario a Bruno, sin dejar de reír.
— ¿Acaso crees que se lo podía negar? Lo otro es que esta muy enojado por el hecho de que lo hayan excluido de toda esta guerra, quería venir en su avión hacia aquí. Lo pude contener diciéndole que había una operación en movimiento y que su presencia aquí podía levantar sospechas y arruinarlo todo.

—Has hecho bien Bruno. Dijo Sagitario dándole la razón a Bruno. Estamos ante un enemigo del cual sabemos muy poco y un error podría arruinarlo todo.

En el apartamento de Efraín en Fort Lauderdale las luces volvían a estar a media intensidad. Efraín se había recuperado de su primer enojo y ahora analizaba las cosas desde otro ángulo. El había sido un popular y aclamado abogado para el condado de Broward y Miami. El gran abogado Efraín Franco Marrero que con dinero resolvía todo lo que querían en los condados de Broward y Miami, donde la corrupción alcanzaba niveles tan altos como poder comprar un juez y al fiscal. Solo los pobres pagan por sus pecados en el estado de la Florida y la prisión es el negocio más lucrativo de los gobernantes de este estado. Hasta el FBI asumía posiciones muy poco claras cuando alguien denunciaba al corrompido sistema.

El había saltado a mayor escala, sin apenas darse cuenta negociaba y representaba a verdaderos capos de la droga, creaba compañías constructoras para lavar el dinero del cartel de la droga al sur de la Florida y en fin era un gran cabildero de los gobernadores del estado.

Efraín miro a Milagros y a la otra muchacha de nombre Ileana que ociosas jugaban una partida de ajedrez.

— ¿Donde esta Sara? Pregunto dirigiéndose a Milagros ya que sabía que ambas muchachas compartían apartamento.

—Hay novedades en su familia, su tía de New York estiro la pata ayer tarde. Dijo la muchacha sin mirar a Efraín, para a continuación mover una pieza del tablero. Solo va a estar unos días fuera, pero nosotras te podremos atender muy bien sin ella, si eso es lo que deseas.

—Bueno adelante y no perdamos el tiempo. Dijo Efraín con una sonrisa al tiempo que sacaba una enorme bolsa de Crack. La deposito sobre el escritorio a la vista de las dos muchachas que abandonaron el juego de ajedrez al instante motivadas por la droga.

En cambio, Sara espiaba la mansión en Daytona Beach. Se había hospedado en un hotel barato haciéndose pasar por una turista sin rumbo fijo. Al salir de Fort Lauderdale su aspecto había cambiado por completo, el pelo rubio había desaparecido junto con las largas extensiones, cortado a lo masculino y devolviéndole el color negro con un tinte. Un holgado pantalón de cuero junto a una chaqueta de motorista con un distintivo de una banda a la espalda, disimulaban su bien moldeado cuerpo. La motocicleta Harley Davidson acentuaba todo el conjunto del disfraz con que ella había circulado por toda la zona, reconociendo todo el terreno de los alrededores de la mansión veraniega.

Bruno había conducido a Sagitario y sus amigos a un chalet playero con vista al mar, allí Sagitario comprobó todo el pedido que le había hecho a Bruno incluyendo la lancha de dos motores dentro de borda con treinta y dos pies de eslora. La Fanton podía desarrollar casi treinta nudos sin abusar de ella y sus motores. Sagitario dejo a Sergio y sus amigos en la revisión de la lancha. Monto la moto Kawasaki que Bruno había dejado en el parqueo bajo techo del chalet y salió a la calle llevando un casco puesto y una deportiva mochila a la espalda. El vago por las calles de Daytona Beach sin rumbo fijo. Paso dos veces seguidas frente a la mansión donde se alojaban Balzo y Santos. Nada le resulto sospechoso por el allí y decidió que tendría que venir de noche. El y sus amigos tendrían que montar vigilancia en la mansión. Ellos conocían con todo lujo de detalles el lugar y la hora del lanzamiento del Delfín pero no podían correr el riesgo de que al intento de apoderarse del mismo se abalanzara sobre ellos un sin numero de lanchas rápidas con hombres armados para apoderarse del velero y no darles tiempo de pedir auxilio a tierra. El Delfín con sus nuevos instrumentos se movía despacio bajo el agua para que su propela no alertara los sonares de los guardacostas que patrullaban toda esa zona tanto de día como de noche.

Al volver a la casa Sagitario expuso el plan de velar la mansión veraniega y Sergio no perdió tiempo. El haría el primer turno en cuanto cayera la noche.

Apagándose el sol por el oeste, Sagitario y Jackelin salieron a la playa, ella caminaba frente a el con sus brazos cruzados sobre el pecho en actitud reflectaba.
— ¿Y depuse de todo esto que? Pregunto ella sin volverse hacia el y mirando el mar como fascinada por el.
—Sagitario tiene que desaparecer, no hay alternativa. Después podamos volar a Australia o Europa dijo Sagitario, pegando su cuerpo de frente a la espalda de Jackelin y rodeándola con sus brazos por el cuello con delicadeza.
—¿Seguro? Pregunto ella en un susurro.
—Te voy a decir un secreto, todos estamos acabados. ¿No has visto los cuerpos de los demás, crees que pueden hacer lo que hacían antes?
—Pero yo hablo de ti, no estas igual que ellos. Le respondió ella soltándose del abrazo de Sagitario y volviéndose de frente a el en busca de sus ojos.

Sagitario la beso en los labios con suavidad y corrió sus labios por el cuello de Jackelin hacia su oído izquierdo para decir, con un susurro: "Ya tengo cuarenta años y mis huesos suenan como si fueran bisagras sin aceitar. El tiempo no perdona mi querido amor, nos estamos poniendo viejos." Al Sagitario terminar de hablar, Jackelin estallo en carcajadas. ¡Oye! Que todo eso es un secreto, si lo riegas a los demás lo voy a negar. Agrego Sagitario uniéndose a la risa de Jackelin.

Sergio en un recorrido de guardia tuvo mejor suerte que Sagitario. El se cruzo con una Harley Davidson a unos 800 metros antes de sobre pasar la mansión veraniega. Le llamo la atención que la moto estaba tirada al borde de la carretera sin rastros del conductor. Sergio siguió de largo sin inmutarse ni observar con insistencia pero sin dudar que algo hubiera allí. Después de sobre pasar la mansión hizo una derecha adentrándose en las entre calles y tras largo rodeo quedo a la espera por delante de la Harley Davidson unos 300 metros. Oculto se dedico a la espera. Media hora después la moto con Sara al volante paso frente a el, sin advertir su presencia. Sergio la siguió a una prudente distancia en alertar al conductor de la Harley Davidson ningún momento, la vio entrar al hotel y el continuo la marcha, sin volver la cabeza ni siquiera hacia la entrada del hotel.

Sergio parqueo en un bar donde divisaba la entrada del hotel. Ahora solo quedaba dejar todo en las manos de Bruno y lo llamo. Una media hora después, un auto apareció por el hotel con una pareja que tenían aspecto de turistas, desde los zapatos, shorts y las llamativas camisetas denotaban vacacionar en el lugar. Pero en realidad el matrimonio era gente de Bruno. Por cierto, no muy pasivos que digamos; el manejaba las armas muy bien y eran de toda confianza de Bruno y Mauricio.

Los teléfonos sonaron desde un lado a otro y en unos minutos Sara de sospechosa, paso a ser objetivo de interés para Sagitario y sus amigos.

—No podemos dejarla escapar, necesitaremos unas motos. Dijo Sagitario mirando a Bruno, que asistió al pedido sin decir una palabra. Ella nos puede llevar al Zar o al menos darnos una idea de que pista seguir para llegar a el. Tenemos que dividirnos en dos grupos para no perder la vigilancia sobre ella y a la vez atacar el velero.

Al siguiente día todo seguía bajo control. Sara no se había movido del hotel. Solo daba una vuelta en la moto de vez en cuando, siempre pasando frente a la mansión veraniega donde se alojaban Balzo y Santos. Después volvía a encerrarse en su habitación del hotel.

En la mansión Balzo se volvió hacia Santos en la terraza de la parte trasera de la casa, Santos sentado en un cómodo sillón de mimbre miraba el mar con especial detenimiento, llevando una copa de Daiquirí helado en la mano derecha.

—Algo me dice que todos los ojos están sobre nosotros, tal vez podamos hablar con Efraín y detener esta operación antes que nos den un golpe. Le dijo Balzo a Santos con voz indecisa por la duda de lo que podía pasar en adelante.
—No pienso reconocer ante ese puerco de Efraín que tengo dudas de la seguridad de la operación, si se lanzan aquí, les tengo una sorpresa a la gente de Mauricio. Replico Santos dando un corto sorbo de la copa con el Daiquirí. Ocho fusiles AK-47 en manos de buenos tiradores pueden para un batallón de hombres, he mandado a cambiar el grupo de jóvenes por amigos más experimentados que

mercenarios sudafricanos. Dijo Santos levantando su copa hacia Balzo a la manera de hacer un brindis.

Sobre las seis de la tarde, Sagitario en compañía de Néstor y Aramis echaron la lancha rápida al agua con los dos pequeños notes de fibra de vidrio en el interior de ella y con sus correspondientes motores fuera de borda de propulsión eléctrica, al Fanton no podía acercarse al velero sin ser oída o captada por el radar. Por eso Sagitario y Aramis se acercarían al velero usando los pequeños botes de fibra de vidrio, eliminarían a la tripulación apoderándose del velero y los controles del Delfín. El asalto tenía que ser bien sincronizado y para lograr una cosa así era imprescindible que llevaran el traje de las correas, para colocar sus armas en el momento del abordaje. Néstor dejaría a Sagitario y Aramis en la ruta que seguiría el velero después de lanzado al agua el Delfín por el avión. La noche cayó sobre la lancha Fanton con los tres amigos preparados para el abordaje. El reloj pulsera de Sagitario marco las diez de la noche y ordeno con una seña a Néstor que pusiera en movimiento la lancha. Los dos motores de la Fanton rugieron al ponerse en su marcha al mismo tiempo para ubicarse sobre el punto del lanzamiento y siguieron la marcha en línea recta con dirección a la costa. Sagitario y Aramis bajaron los botes a solo dos millas del punto de lanzamiento del Delfín. Néstor abandono el lugar con la Fanton a la carrera y con todas las luces apagadas. Sagitario y Aramis quedaron a solas en la oscuridad de la noche, corrigiendo la posición con sus pequeños fuera de borda eléctricos. Sobre el mar había una brisa de noche de verano y el oleaje no muy encrespado hacia que los dos pequeños botes saltaran sobre las olas como dos caballos retozones. Cuarenta minutos después, Sagitario creyó oír el ruido de los motores de un avión. Agudizando el oído, pudo escuchar con mayor claridad.

—Ya están aquí, así que preparados para abordaje. Dijo Sagitario volviéndose hacia Aramis a pocos metros de el.

Este asistió a las palabras de Sagitario con un movimiento de la cabeza y tomo una cuerda de nylon de unos veinticinco metros con dos argollas atadas a las puntas. Después le lanzo una punta de la cuerda a Sagitario que el agarro al vuelo, colocándola en la punta de la argolla del pequeño bote al cual disponia de este dispositivo para ser amarrado en los muelles o para ser arrastrado por un bote de mayor tamaño. Aramis hizo otro tanto con la otra punta de la cuerda de nylon quedando los dos botes unidos. Con ayuda de los motores de fuera de borda eléctrico, tensaron la cuerda y quedaron a la espera.

En el velero, cuatro hombres hicieron contacto con el avión DC-3 a través de una radio de transiciones de onda corta. Segundos después el DC-3 paso en vuelo rasante sobre el mar con solo unos diez metros del agua, pico mas bajo y a dos metros dejo caer el Delfín que se deslizo en el agua como lo que era, un torpedo de alta tecnología. El avión volvió con su rapidez a la altura de diez metros rasantes y desapareció en la oscuridad de la noche girando hacia la derecha para volver a Barbados, de donde había despegado al atardecer de ese día de un aeropuerto clandestino en la isla.

—El pez esta en el anzuelo. Aviso el operador de controles del Delfín, volviéndose hacia el capitán del velero.

— ¡Bien! Nos pondremos en marcha ahora mismo anuncio el capitán, dirigiéndose hacia la cabina de control del velero.

Sobre la cubierta del velero quedaron dos hombres armados con AK-47 y preparados para cualquier amenaza de que se acercara otro barco al velero. El capitán marco el rumbo hacia la costa de Daytona Beach y con un movimiento majestuoso el velero surco el agua luciendo su bella construcción aerodinámica al sacar la quilla del agua y dejarla caer.

Sagitario y Aramis vieron como en la oscuridad de la noche apareció una mancha blanca que unos segundos después dio clara figura del velero, que se movía despacio. Corrigieron la posición y la cuerda de nylon quedo tensada frente a la ruta del velero. La noche se mantenía oscura con una húmeda brisa del sur, cosa favorable para la marcha del velero que navegaba con rumbo noroeste.

La quilla del velero trabo la cuerda de nylon y los dos pequeños botes se vieron arrastrados por el con un fuerte tirón y acercándose a una velocidad increíble a los costados del mismo. Sagitario y Aramis se habían sujetado con fuerza a los pequeños botes pero después del tirón se habían preparado para saltar sobre la cubierta del velero. Nada más que los pequeños botes chocaron contra esta. El golpe retumbo en todo el velero, alertando a los guardias que corrieron de la popa hacia el lateral de la cabina de mando, para encontrarse con las pistolas de veinticinco milímetros de Sagitario y Aramis apuntándole a sus cabezas.

—Mejor lo dejan muchachos o no tendré otra alternativa que liquidarlos si intentan algo. Dijo Sagitario sin perder de vista ni el más mínimo movimiento de los dos hombres.

Aramis rodeo la cabina por el lado derecho y se hizo cargo del capitán que no opuso resistencia y levanto sus manos en señal de rendición frente a las dos pistolas de veinticinco milímetros de Aramis. En la cubierta los dos hombres encañonados por Sagitario intercambiaban miradas de complicidad, hecho que no paso inadvertido a Sagitario. Uno de los guardias del velero amparándose en que el cuerpo del otro impedía la visibilidad de Sagitario de su arma, manipulo el seguro con toda discreción solo que Sagitario conocía demasiado bien aquel sonido y como diferenciarlo entre muchos producido por las anillas de las agarraderas del fusila AK-47. A milésimas de segundos del sonido, las dos pistolas de Sagitario abrieron fuego dejándole la rueda del ojo vacía por el impacto del proyectil a uno. Al otro, le destrozo el codo derecho haciéndole perder el control del arma que cayo sobre la cubierta del velero con un golpe seco, rodando unas pulgadas y cayendo al agua. El cuerpo del guardián tardo unos segundos en derrumbarse sobre la cubierta quedando boca abajo y con las manos colgando en la baranda hacia el mar. El otro guardián no se había movido y se quedo sin respiración por unos largos segundos. Estaba en shock al ver lo que había sucedido con el y su amigo. Sobreponiéndose a la visión de aquellos cañones y vomitando las dos horribles llamaradas de fuego, pudo comprender que los disparos no iban dirigidos a el.

— ¡Tira el arma al agua imbécil! Ordeno Sagitario con rabia contenida.

El hombre obedeció, volviéndose hacia el mar lanzo el fusil AK—47 al agua, en son de rendición levanto sus manos para colocarla tras la nuca de la cabeza.

—Lo siento por tu amigo, no debió intentar algo así. Dijo Sagitario con verdadero pesar por la muerte del hombre. Lánzalo al agua, creo que es lo mejor para todos, así se pondrán evitar muchos inconvenientes en tierra con la policía. Agrego Sagitario al hombre, que sin replicar una palabra cumplió con la orden lanzando el cuerpo del otro guardián al agua, que desapareció en segundos hundido.

—Sagitario ya Néstor se esta acercando, le lance la seña por la radio y el capitán esta recogiendo todas las velas del barco. Dijo Aramis señalando al capitán que maniobraba en los controles de la consola de mando del velero.

El capitán se volvió hacia Sagitario al oír como lo había llamado Aramis.

— ¿Nos conocemos acaso? Pregunto Sagitario al ver la mirada interrogadora que le dedicaba el hombre.

—No, en realidad no nos conocemos pero estando dentro de estos círculos es imposible que no hay oído hablar de usted y sus acciones en el pasado, solo que pensaba... Dijo el capitán arrastrando las palabras.

—Solo que pensabas que estaba muerto. Agrego Sagitario, sacando al hombre de una situación embarazosa.

—Si eso es lo que se hablaba de usted, espero que se me respete la vida a mí y a ellos. Dijo el capitán señalando con un ademan de la mano al guardia que había quedado vivo y al operador de la consola de mandos del Delfín.

—Pueden darlo por hecho, sino intentan nada que me obligue a tomar resoluciones rápidas. Les dijo Sagitario y volviéndose hacia el operador del Delfín agrego: cuando la lancha llegue, ten todo preparado para controlar el Delfín desde ella. ¿Cuanto tiempo necesitas para eso?

—Unos veinte minutos a lo sumo, lo mas complicado es desconectar la antena de emisión de señales del fondo del casco.

— ¿Se necesita lanzarse al agua para eso? Pregunto Sagitario, analizando las variantes que podían ser más rápidas para esta situación.

—No, la antena se puede recuperar desde dentro, es tan sofisticada como costosa y esta protegida por un recubrimiento de plástico adicionado al casco del velero, por el interior de este para así evitar cualquier posible humedad en sus circuitos. Dijo el técnico a Sagitario con sinceridad en la voz, pero no la mirada.

—Déjala donde esta, usaremos la que llevas de repuesto. Contesto Sagitario levantando las dos pistolas del calibre veinticinco hacia el técnico. El hombre palideció y pensó que había cometido un error al sobrevalorar a Sagitario. Ahora tenía el resultado de su estupidez. La lógica fue clara en la mente de Sagitario, sofisticada y costosa, un equipo sensible por lo tanto era imposible que llevaran una sola. Cuando bajo al agua habían mas de diez millones en juego, el Delfín mas la droga que viajaba en el.

—Esta bien, que así sea. Respondió el técnico temblándole la barbilla ante lo que podía venir a continuación.

—No lo intentes mas muchacho, te aseguro que no habrá nuevas oportunidades. Dijo Sagitario mirándolo con verdadera rabia en la mirada. Un poco mas y habría sido comida de tiburones en el estrecho de la Florida. Sagitario maldijo en su interior, como no podían estos estúpidos diferenciar a un profesional de un simple ratero. Un profesional va al seguro de lo que busca pero el ratero se lleva lo que encuentra, significativa diferencia.

Sara abrió los ojos en la oscuridad de la pequeña habitación del hotel playero, tardo unos segundos en que sus sentidos se ubicaran en donde se encontraba, se había quedado dormida con toda la ropa puesta sobre la cama, algo la había despertado pero no sabia que, estaba tan cansada que no había reaccionado al ruido como debía haberlo hecho. Miro hacia la descolorida cómoda en un lateral de la habitación y comprendió que la había despertado. Su teléfono móvil había sonado al entrar una llamada en el, pero ella había bajado tanto el tono del timbre que apenas los timbrazos eran como una vibración, salto de la cama y tomo el teléfono en sus manos. Cuando lo abrió, quedo petrificada al ver la larga línea de dígitos y letras en la pantalla del móvil. Una emergencia se dijo por lo bajo y apunto el mensaje en el papel. A continuación procedió a traducirlo con una pequeña cartulina donde solo podía interpretar y traducir mensajes como aquel.

"La operación ha sido abortada, estas bajo vigilancia del enemigo. Limpia la operación y desaparece lo antes posible."

Sara releyó el mensaje muchas veces e hizo varias comprobaciones con el código de traducción pero el contenido del mensaje seguía siendo el mismo. Ella apago la luz de la vieja lámpara que había sobre la cómoda de la habitación. Después que sus ojos se acomodaron a la oscuridad, se acerco a la única ventana que tenia el apartamento junto a la puerta de entrada. Desde allí estructuro todo el parqueo con la mirada pero estaba tranquilo. Paso memoria a los inquilinos del hotel desechando todos los no posibles hasta que llego al matrimonio que se había alojado en el hotel unas horas después que ella. No, aquello no era coincidencia, además a ella le habían entrenado para no creer en las coincidencias y recelar de todo. Bien, si son ellos será fácil evadirlos pensó Sara y prendió la luz de la habitación.

Necesitaba hacer transformación de su apariencia. Se decidió por volver a ser Sara, la rubia despampanante. Con esa apariencia le seria fácil eliminar a todos los demás.

Alan Ganwell, el agente del FBI sonrió ante toda la información que se acumulaba sobre el escritorio, cuando le anunciaron la entrada de Noemi White a los Estados Unidos. Pero no le había dado mucha importancia el hecho, aunque la información de Jackelin viajando a New México en compañía de un hombre desconocido, si era toda una novedad al que merecía ser investigada a fondo. El hecho de que Mauricio estuviera en New México no era nuevo al FBI. Pero Jackelin Castellanos solo haría un viaje así acompañada de Sagitario y el lo acababa de descubrir. "Manuel Alejandro White" de nacionalidad Australiana no era otro que el "Gran Sagitario." Alan sonrió, Mauricio Palmieri volvía a la carga para recobrar el poder que había perdido frente al Zar de la Droga.

Néstor topó la borda derecha de la Fanton contra la borda del velero de setenta y dos pies de eslora. En unos diez minutos los cinco hombres estaban sobre la lancha rápida Fanton con los controles del Delfín que continuaba su marcha hacia la costa de la Florida como un tiburón cansado de nadar por los grandes. A unos cincuenta metros de separación entre la lancha y el Escorpio, Sagitario tomo el fusil M-16 y coloco un cartucho en el lanzagranadas. Apunto un tiro parabólico y disparo la granada que después de describir una curva en el cielo de la oscura noche, hizo impacto en la quilla del barco velero. Una roja amarillenta bola de fuego broto de la explosión haciendo saltar por los aires mil astillas del velero, que perdió la quilla con la explosión, haciendo que se hundiera en el agua la mayor parte de esta. Los dos mástiles se inclinaron hacia delante forzando al Escorpio a hundirse con mayor rapidez.

—Era un bonito barco. Dijo el capitán a espaldas de Sagitario y viendo como se perdía lo ultimo de la popa del velero en las oscuras aguas del estrecho de la Florida.
—Si tienes razón, pero no había alternativa así estarán lejos de las pesquisas de desaparecidos. Respondió Sagitario, pasando la vista sobre los tres prisioneros que asistieron con un movimiento de la cabeza y sin decir palabra alguna.

Sara en la habitación del hotelucho había trabajado duro sobre lo de cambiar su apariencia, ahora volvería a ser la rubia que todos seguían con la vista. Enfundada en un costoso vestido que señalaba con precisión su torneado cuerpo, se envolvió en una de las sabanas de la cama dirigiéndose al cuarto de baño. Rompió la ventana del baño y con muestra de una elasticidad de una gimnasta introdujo sus piernas por la abertura de la ventana. Con ayuda de sus manos saco todo su cuerpo al exterior de la habitación, dejándose caer al suelo al quedar colgando con sus pies a solo unos centímetros de el. Paso la mirada alrededor en busca de que alguien pudiera estarla observando desde algún escondijo. Después de unos segundos echo a andar llevándose con ella todas sus pertenencias en un pequeño bolso, incluyendo una pistola del calibre veintidós. Sara esperaba no tener contra tiempos para llegar al apartamento de contacto para este tipo de emergencias. Caminó por unos corredores en la parte trasera del hotel playero y se desvió cuando vio un callejón que corría paralelo a la calle frente al hotel. Allí se topo con varios desamparados que la miraban con indiferencia. (Por aquella zona lo que más abundaban eran las putas en busca de clientes.) Siguió por el callejón a paso rápido y desemboco en la cuadra siguiente al hotel playero donde vio unos teléfonos públicos, alineados junto a lo que parecía ser una parada de autobús. Sara camino hacia ellos, desde donde llamo un taxi que abordo unos ocho minutos después, con la elegancia de una prostituta que a tenido una buena noche con su trabajo.

— ¿A donde la llevo señorita? Pregunto el taxista con cara de pocos amigos.
Sara recito al taxista la dirección que se había aprendido de memoria antes de salir de Fort Lauderdale a cumplir la misión del Zar.
— ¿Porque todos los taxistas se empeñan en llamarnos señoritas a nosotras, las de la calle? Pregunto Sara buscando ganarse la confianza del taxista, necesitaba hacer un pedido que no pareciera sospechoso.
—Bueno son normas de cortesía como otras cualquiera. Respondió el taxista, dándole una mirada a los pecho de ella a través del espejo retrovisor del parabrisas del taxi.
—Me gustaría que pasara frente al hotelucho que esta a mitad de la cuadra. Para serle sincera le quite la cartera a un tío que recurrió a mis servicios, más borracho que una uva. Dijo Sara con una seductora sonrisa al taxista.
—No se preocupe señorita se como funciona la calle. El vivo vive del bobo y el bobo vive de sus boberías. Si veo movimiento extraño, piso el acelerador a fondo y asunto concluido. Dijo el taxista tomando la calle frente al hotel al doblar la esquina.

Sara se recostó en el asiento trasero del taxi sin perder detalle de todo lo que se movía en la calle, el taxi avanzo por ella a media velocidad y desde lejos Sara pudo reconocer a Sergio, sentado a horcajadas sobre una moto deportiva, conversando con la mujer de la pareja que se había hospedado en el hotel unas horas después que ella. A Sergio lo conocía como el eterno enemigo que ella había jurado matar a cualquier precio. Su venganza había comenzado contra Sagitario pero con la muerte de este, Sergio había ocupado su lugar. Pero ya habría tiempo para el, pensó Sara cuando el taxi paso junto a Sergio y la mujer que mantenían una conversación animada a pesar de ser pasada de las doce de la noche.

Tras cinco horas y media de lento viaje, los hombres condujeron al Delfín sobre la lancha Fanton y divisaron la iluminada costa de Daytona Beach. Una hora después, el Delfín tocaba su pecho en la arena parando solo a veinte metros de la playa, frente al chalet en donde lo esperaba Bruno en compañía de dos hombres de su confianza. Todos los que iban a bordo de la lancha saltaron al agua a la orden de Sagitario quedando solo Néstor al timón de esta, que la hizo girar con fuerza usando la potencia de sus dos motores dentro de la borda. La lancha respondió saltando sobre las encrespadas olas de la playa para ganar velocidad y alejándose de allí hacia mar adentro.

Un rato después, con ayuda de Bruno y sus hombres el Delfín fue llevado hacia el chalet sobre unos esquíes para deslizar lo sobre la arena de la playa. A diferencia de Balzo y Santos que solo tenían que descargar la mercancía que contenía el Delfín y volverlo a poner en marcha tras el velero para ser recuperado por un barco en el estrecho de la Florida, que lo llevaría de vuelta a Colombia o México, donde lo cargarían de droga otra vez por el cartel de Aurelio Santana. Ahora el Delfín estaba en el poder de Sagitario. El le buscaría un buen escondite hasta que el Zar de la Droga fuera derrotado. Otra ventaja de tener el Delfín en su posesión es que podía usarlo en su beneficio.

CAPITULO VI

"SARA Y SUS SORPRESAS"

—**L**a verdad es que no encaja bien su comportamiento, ella tiene que saber la hora de llegada del Delfín. ¿Porque no ha salido de la habitación? Dijo Sergio a la pareja de detectives que habían salido de su habitación, al ver que llegaban las tres de la madrugada y Sara no daba ninguna señal de vida dentro de su habitación.

—Sergio lo mejor será echar un vistazo por la parte de atrás del hotel, tal vez la presa se nos escurrió por algún lugar que desconocemos. Respondió a modo de recomendación el detective y hombre de Bruno.

Sergio asintió con un movimiento de la cabeza y sin decir palabra todos se pusieron en movimiento. Sergio rodio la cuadra en la moto y casi pasa inadvertido el estrecho callejón entre la casas detrás del hotel playero, pero fue alertado por el destello de la llama de una fosforera en la oscuridad. El sabía que significaba aquello. Dio un giro en redondo y entro la moto por el callejón que no media más de dos metros de ancho. La luz hirió los ojos a los habitantes del lugar que buscaron refugio en los rincones llenos de basura del callejón.

— ¿Oye, eres policía o que? Pregunto una voz en perfecto Español.

—Tu madre es la que es policía, busco a mi puta que se me escurrió con la buena lana. Respondió Sergio sabiendo como tratar con aquella gente. Lo primero era dejarle saber que la policía molestaba tanto como a ellos y lo segundo que se sentía incomodo por su problema. Momentos después de que Sergio oyera cuchicheo de voces obtuvo la respuesta.

—Paso por aquí unos minutos después de la media noche y ponte las pilas que una puta como esa debe dejar mucho dinero. ¿Puedes regalarme algo por la información? Preguntó la voz con cierto tono de duda.

—Claro hermano, te has ganado cincuenta dólares. Dijo Sergio con una sonrisa, había obtenido la hora de la fuga de Sara, lo otro era que no podía menos que reconocer que la muchacha se había burlado de el.

Sergio saco el billete de cincuenta dólares de su cartera y haciéndolo una bola, lo lanzo hacia la oscuridad, sabiendo que por nada del mundo los que vivían en aquel callejón se acercarían a el. Todos habían vivido horrores que iban más allá de su propio vicio. Gente sádica acudía a esos callejones que regularmente eran llamados "Maleficios," para golpear con fustas, manoplas de hierro y en ocasiones navajas a los infelices drogadictos que no podían defenderse, ni mucho menos acudir a la policía porque al final serian ellos los encarcelados en el calabozo del condado. Sergio salió del callejón con la moto y a la carrera volvió hacia el hotel donde lo esperaba la pareja de detectives, dentro de su habitación a solo tres puertas de la de Sara.

—Bueno, nos lo hizo bien. Dijo Sergio esta vez un poco enojado por quedar en ridículo delante de los demás. Ustedes no se muevan de aquí. No tengo dudas de que volverá por su motocicleta. Yo voy a reunirme con Sagitario y los demás.

Sara llego al pie del apartamento de Emergencia en el taxi, paso la vista por todo el lugar, sin ver nada sospechoso bajo del taxi y pago al chofer cuarenta dólares por la carrera. El apartamento estaba en el segundo piso y ella no tenia la mas mínima duda de que todos aquellos apartamentos eran controlados cerca por alguien, hasta que fueran utilizados por una emergencia y a continuación serian abandonados, reapareciendo en otro lugar. Sara miro la entrada al edificio y con paso rápido se encamino hacia ella, no quería llamar la atención de posibles vecinos despiertos a esa hora de la noche, fue directo hacia las cajas de los contadores eléctricos ubicados bajo la escalera, sobre el contador que correspondía al apartamento de emergencias encontró la llave de la puerta. Sara subió las escaleras atenta a cualquier movimiento alrededor de ella, entro en el apartamento a oscuras llevando una pistola del veintidós en la mano, (en estas situaciones lo mejor era no fiarse de nadie), encendió la luz para encontrarse con un apartamento medio vacio. Solo dos sofás viejos y en mal estado ocupaban la sala. Las cosas estarían en la habitación del dormitorio de la derecha. Hacia allí se encamino ella con la pistola en la mano. Dentro fue directo hacia el closet, al abrir las puertas dobles de esta vio dos maletas en el suelo. En la primera encontró la artillería, un fusil AK-47, dos pistolas nueve milímetros, todo con cargadores adicionales, dos granadas de mano F-1 de fragmentación, una escopeta de cartucho del calibre doce, seis cartuchos para recargar con la acción del dispositivo de mazorca. Sara sonrió ante la visión de todo aquello, no podía negar que había eficiencia en la gente que trabajaba para el Zar. En la otra maleta encontró varios fajos de billetes todos de diez y veinte dólares cada uno y la llave de un auto con su fotografía colgando del llavero. Miro al Camaro rojo de varios años de uso, no tenía la más mínima duda de que el motor estaría en óptimas condiciones. Lo otro era que lo encontraría aparcado detrás del edificio en el parqueo reservado a los inquilinos del lugar. Las demás cosas de la maleta eran guantes, ropa dos pasa montañas para el frio. Ella envolvió las armas con la ropa dejando todo en una sola maleta. No había tiempo que perder ni podía haber distracciones; estaba en una emergencia y tenia que enfocar toda su atención al asunto.

Sagitario con todos los demás se encontraba en el chalet montando la droga en un van de la marca Ford. Bruno recibió a Sergio en el parqueo del chalet.
— ¿Todo bien? Pregunto Sergio apagando el motor de la motocicleta y bajando de ella.
— ¡Tuvimos buena pesca! Respondió Bruno con una sonrisa en el rostro de oreja a oreja. ¿Como va eso con nuestra asesina? Pregunto Bruno a su vez y sin dejar de reír.
—Se nos escapo. Vengo a hablar con Sagitario sobre eso. Di una vuelta por la mansión en donde están Balzo y Santos pero tampoco hay rastro de ella por allí, lo cual quiere decir que algo trama. Dijo Sergio evitando la mirada de Bruno, que no entendía como una joven con menos experiencia y menos entrenada que el burlara su vigilancia. Pero Bruno conocía el orgullo de Sergio y de los demás por haber trabajado con ellos en anteriores

ocasiones, razón por la cual no haría preguntas indiscretas que le hicieran sentir mal a Sergio.

—Si, algo debe estar tramando esa. Así que hay que estar en alerta por si le da la de sorprendernos. Respondió Bruno reflexionando sobre el asunto y dando media vuelta para acompañar a Sergio junto a Sagitario.

—Ya está con retraso. Dijo Balzo parado en el balcón de la terraza y escuadronando al mar frente a la mansión con unos binoculares de visión nocturna. Esto no me gusta nada. Volvió a replicar Balzo cada vez mas asombrado por la situación.

—Lo que tienes que hacer es calmarte de una vez, así lamentándote como estas no vas a resolver nada, como no sea poner nervioso a todo el mundo. Dijo Santos a su espalda reprochándole a Balzo su conducta desesperada.

—Me voy hacia el muelle, tal vez la brisa del mar logre calmarme un poco pero te digo y te repito que algo no anda bien; tú vas a ver. Respondió Balzo con un tono enojado en la voz, sabiendo que los pensamientos de Santos no eran otros que el estaba acobardado.

Santos vio como Balzo bajaba la escalera de la terraza hacia la playa con un paso rápido y enérgico. El hombre mas asustado no podía estar, pensó Santos con una siniestra sonrisa en los labios. Cuando uno de sus hombres saliendo de la mansión a la terraza le dijo:

—Una de las chicas de Efraín esta buscando a Balzo para darle un recado.
— ¿Cual de ellas? Pregunto Santos volviéndose hacia el hombre.
—La tal Sara.

— ¡Ok! Dile que en unos minutos estoy con ella. Respondió Santos volviéndose hacia la playa, para ver como Balzo caminaba por el muelle hacia la punta de este.

Sara en la enorme sala de la mansión, estaba parada con la maleta sobre sus muslos adoptando una pose de una colegiala nerviosa en su primera cita de amor. Santos apareció en escena bajando las escaleras que llevaban a la segunda pauta de la mansión, dio una vuelta alrededor de Sara, con una sonrisa siniestra y lasciva mirada.

— ¿Que quieres? ¿Que buscas aquí Sara? Pregunto Santos deteniéndose frente a ella y mirando sus pechos que no los ocultaba al pronunciado escote del vestido.
—Traigo un recado para Balzo.
—Habla ahora, soy yo quien esta al mando de la operación. Ordenó Santos con una sonrisa de satisfacción en los labios.
—Pero es que Efraín. . .
—Nada nena, aquí se hace lo que yo diga. ¿Lo has entendido? Dijo Santos acercando el rostro de Sara tan cerca que ella percibió el olor a bebida.
— ¡Esta bien! Estallo Sara, fingiendo estar cada vez más nerviosa ante Santos. Efraín quiere que yo cuente la cantidad de droga que llegue en el submarino.
—Delfín nena, nada de submarino, un submarino es algo mas grande y complicado. Agrego Santos con marcada burla ante la ingenuidad de la muchacha en conocimiento de tecnología.
—Esta bien, lo que sea pero yo necesito una habitación para esta noche, estoy molida por el viaje de Fort Lauderdale hasta aquí.
—No faltaba más nena, tenemos habitaciones disponibles de sobra, puedes escoger en el pasillo de arriba a la izquierda la que más te guste. Dijo Santos señalando la

escalera hacia la segunda planta y retirándose de frente a Sara para dejarla pasar.

Ella no dijo ni una palabra y subió las escaleras sin volverse ni una vez hacia Santos. Cuando Sara desapareció en el piso de arriba, tres de los compinches de Santos que habían estado mirando toda la escena de Santos y Sara desde diferentes partes de la sala, se reunieron en torno a el.

—Les prometo chicos que hoy nos vamos a divertir de lo lindo. Primero ella y después nos largamos con la mercancía a vivir la gran vida. Dijo Santos a sus amigos que estallaron en carcajadas al oír sus palabras, pero lo que no podía esperar Santos era la sorpresa que le había preparado Sara.

Sara entro en una de las habitaciones dormitorio y sonrió para si de su buena actuación. Su madre siempre había dicho que ella había nacido para ser artista de cine y ella nunca lo dudo. Dejando caer la maleta sobre la cama, corrió los zippers del cierre y saco la ropa con las armas, en solo unos segundos se cambio de ropa poniéndose un pantalón negro a juego con un pulóver mangas largas y unos tenis negros. A continuación se enredó una toalla en el pelo como si hubiera acabado de salir del baño, cubrió su cuerpo con un sobretodo, tomo el fusil AK-47 en sus manos y sonrió ante la imagen que le devolvió el espejo de la cómoda en la habitación.

—Santos, debes estar muy caliente, vamos a ver como te sientes después que te meta varios plomos de estos en el cuerpo. Dijo Sara al espejo de la cómoda con una sonrisa montando el cargador del tipo banana con treinta balas dentro del fusil AK-47.

Sara salió de la habitación con el fusil a punto de abrir fuego. Santos aun rodeado de sus amigos compartía chistes y copas relatando las palizas que había dado a las mujeres de su vida. Cuando Sara apareció en la escalera todos hicieron silencio y disimularon sus sonrisas dándose unos tragos de sus copas llanas de Brandy Escocés. Ella no perdió tiempo, levanto el fusil en el momento en que solo Santos miraba hacia ella y apretó el gatillo sin escrúpulos ni intención de ahorrar balas. Santos quedo petrificado ante la visión de Sara con el fusil en las manos, fue a decir algo para alertar a sus amigos pero el grito quedo ahogado por el ruido de los disparos. El recibió tres en el pecho que lo hicieron saltar unos centímetros del suelo antes de caer en el, hecho un amasijo de huesos rotos y sangre. Sara manejaba el fusil con maestría, barriendo al grupo de hombres con la misma cadencia del zapateo del fusil AK-47, acto que solo se puede obtener si se tiene un gran conocimiento sobre esta arma. Ella detuvo los disparos cuando los cuatro hombres yacían en el suelo en un baño de sangre.

Después oculto el fusil y con una ecuanimidad increíble volvió a subir la escalera y al final de esta empezó a dar gritos de espanto tapándose la cara con la mano derecha y sujetando el fusil con la izquierda ocultándolo con la ancha manga del sobretodo. Los dos guardianes que cuidaban el frente de la mansión entraron a la carrera apuntando sus fusiles AK-47 hacia todas direcciones en busca del blanco enemigo. Sara no dejaba de dar gritos en la escalera, como si estuviera emocionada con la visión de la matanza en el centro de la sala de la mansión.

— ¿Por donde se fue el que hizo esto señorita? Pregunto uno de los guardianes al pie de la escalera a Sara, en lo que el otro miraba con horror los cuerpos de sus amigos abatidos a tiros en el suelo.

Sara se quito la mano derecha de frente al rostro y señalo la puerta que daba al corredor de la mansión. Los dos hombres se pusieron en movimiento con la indicación de Sara, dándole la espalda a ella. Momento que no desprecio en lo mas mínimo, ella volvió a levantar el fusil AK-47. Abriendo fuego contra ellos, los cosió a tiros por la espalda viéndolos derrumbarse contra la puerta del comedor, que también recibía algunos impactos de los proyectiles que Sara disparaba contra ellos.

Sara bajo las escaleras con el fusil apuntando hacia delante en busca de cualquier movimiento que pudiera surgir de pronto, lanzo el sobretodo por arriba de los cuerpos sin vida al pasar junto a ellos. Rápidamente, salió de la mansión cerrando la puerta a sus espaldas con una enorme sonrisa en sus labios, monto en el Camaro y salió a la carrera del parqueo de la mansión.

—Balzo aun no he terminado contigo, así que muy pronto nos vamos a ver las caras. Dijo Sara al volante del carro, cuando tomo la avenida principal que corría paralela a toda la costa de Daytona Beach.

Balzo sentado en el muelle oyó los disparos que procedían de la mansión, no necesitaba mas para saber que tenia que huir, corrió por sobre el muelle hacia la playa y desapareció en la oscuridad de la madrugada. Balzo miro su reloj que marcaba las cuatro y media de la madrugada, pronto se haría de día, pensó con fastidio, tenia que buscar un escondite rápido antes de que se hiciera de día y le pudieran dar caza con mas facilidad. Se detuvo unos segundos para ubicarse en la dirección que había tomado, cuando había echado a correr, no se había fijado en que dirección tomar solo necesitaba alejarse de la mansión por si acaso les daba idea de revisar todo el lugar. El ubicarse comprendió que iba rumbo norte, caminando mas despacio siguió este rumbo, atento a todos los ruidos que se producían a sus espaldas, con un poco de suerte podría llegar a un hotel cinco estrellas y alojarse en el usando sus tarjetas de crédito.

Al terminar Sergio de contarle a Sagitario todo lo ocurrido con la fuga de Sara de su vigilancia, este no reprocho ni dijo nada, pero una pequeña vena salto de su frente, echo que Sergio conocía muy bien en Sagitario, que solo le ocurría cuando estaba alterado y dominaba toda esa alteración interiormente, como quien se traga una bomba y la hace estallar dentro de su estomago sin decir nada a nadie.

En la sala del chalet nadie decía una palabra, hasta que Aramis fomentó una idea.

—Creo que si nos damos una vuelta por la mansión tal vez nos topemos con ella rondando por allí.
—No Aramis, a estas horas ya Sara habrá cumplido con la misión que le encomendaron pero hemos sobrevalorado muchas cosas en todo esto. La cuestión es que de alguna manera el Zar de la Droga ya sabe que estoy aquí. Dijo Sagitario con su mente revolucionando muchas ideas y planes.
—No creo que eso sea posible. Argumento Sergio con cierto tono de duda en la voz.
—Estas equivocado en eso. Respondió Sagitario volviéndose hacia Sergio. Hemos subestimado al enemigo en varios aspectos, lo primero es saber que es lo más importante par el Zar de la Droga. (Haciendo una pausa y pasando la mirada por el rostro de todos sus amigos en busca de una repuesta que no encontró en ellos, continuo.) Lo más importante para el Zar de la

Droga es ocultar su identidad. ¿Porque? Muy fácil porque si descubrimos su identidad, el Zar de la Droga será una pieza fácil de derrotar.

— ¿Tu lo que tratas de decir es que Balzo y Santos están muertos a esta hora por la razón de que no podamos seguir la pista tras el Zar del a Droga? Pregunto Sergio comprendiendo a donde quería llegar Sagitario.

—Eso es, después del asalto que yo le hice a Balzo y Santos, el Zar sospecho que algo no andaba bien, el sabia que ustedes se habían refugiado en New México por lo tanto no habían echo aquella acción. ¿Que habrías echo tu Mauricio con la operación del Delfín si Balzo y Santos hubieran sido tus hombres? Pregunto Sagitario volviéndose hacia Mauricio en su silla de ruedas.

—Cancelarla inmediatamente. Respondió Mauricio al instante.

—Eso es Mauricio pero el Zar de la Droga no lo hizo y continuo con la operación en marcha, con el unció propósito de alejarnos del que posiblemente, inconscientemente conoce su identidad.

— ¿El que inconscientemente conoce su identidad? Pregunto Sergio sin comprender lo que quería decir Sagitario con aquellas palabras y agregó: Me gustaría que explicaras eso mejor, porque no entiendo lo que acabas de decir.

—Efraín Franco Marrero conoce la identidad del Zar de la Droga por pura deducción propia, a causa de las informaciones y ordenes que este le da. Corrimos tras el Delfín cuando en realidad lo más importante era Efraín Franco Marrero.

— ¿Era? dices. Sergio estaba algo confundido, ya que en muchas ocasiones no podía seguir de cerca todos los razonamientos y planes de Sagitario.

—Si Sergio, la vida de Efraín Franco Marrero esta a punto de llegar al final, si no es que esta muerto ya.

Después de abordar un vuelo domestico de Jacksonville a Fort Lauderdale, Sara pasó por la aduana llevando solo por equipaje un pequeño bolso de mano. Avanzo a paso rápido por la terminal del aeropuerto repleta de gente esperando por sus vuelos, familias con sus niños dormitando en los brazos y parejas que al parecer iban de luna de miel. Ella no le dedico una mirada a nadie en especial. Frente a la terminal tomo un taxi para ir al apartamento que ella y Milagros ocupaban. Había llegado el momento de acabar con Efraín Franco Marrero, aquel que la había torturado tanto, que conociendo su preferencia sexual siempre la escogía para saciarse sexualmente.

En el apartamento Sara rebusco dentro del armario de la cocina, desde donde saco una pistola del calibre veintidós con su correspondiente silenciador, en unos minutos estaría lista para Efraín y su camarilla de putas.

Milagros estaba en el apartamento de Efraín mirando como Ileana y Efraín tenían sexo delante de ella. A Ileana no le gustaba que ninguna otra mujer la tocara cuando ella estaba penetrada. Sara lo había intentado varias veces pero ella se ponía histérica y rechazaba el intento lanzando palabrotas o empujones con las manos. Por esa razón Efraín decía que Ileana era la única mujer completa del grupo. ¿Pero que sabia Efraín de amores? Si el solo era una maquina sexual a causa de todas esas pastillas que se tomaba, pensó Milagros sin dejar de mirar el acto de Efraín e Ileana. Ella oyó como sonaba el timbre de la puerta y maldijo entre dientes pero después se le ocurrió una idea: abriría la puerta en el camisón de dormir que llevaba puesto, el cual no había necesidad de hacer imaginación para ver lo que había debajo. Milagros lo había echo muchas veces en el apartamento que compartía con Sara. "¿El polvo rápido, o mira quien viene?", le había puesto ella al ver la cara que pondrían los hombres al encontrársela con esa ropa tan provocativa que daba la impresión de haberla interrumpido en el acto sexual y de un esposo que estaba por llegar del trabajo. Milagros salió de la habitación, sin que Efraín e Ileana advirtieran sus movimientos y atravesó la sala del apartamento arreglándose el camisón de dormir para que el inesperado visitante tuviera una mejor visión de lo que había debajo de la fina tela. Cuando abrió la puerta apenas pudo comprender lo que sucedía. Allí estaba Sara con una pistola de largo cañón en las manos, vio como el arma daba dos pequeños saltitos en las manos de Sara sin hacer ruidos. Sara daba un paso hacia delante y la ayudaba a caer al suelo, tendiéndola boca arriba y cerrando la puerta a sus espaldas usando una de sus piernas.

— ¿Porque Sara? Si yo siempre te he querido mucho. Pregunto Milagros tendida en el suelo y sintiendo como se le escapaba la vida a causa de los dos impactos de bala que tenía en el pecho.

Sara la apretó contra su pecho para evitar su mirada y sin importarle marcharse de sangre. Poco después sintió que la vida de Milagros se había ido, se separo de ella, le dio un ligero beso en los labios y le respondió la pregunta.

—Porque este mundo es cruel y no hay piedad. Todo es cuestión de súper vivencia y tener más.

En brazos de la muerte quedo el cuerpo de Milagros. Revolver en mano, Sara avanzo a la oficina-habitación de Efraín, abrió la puerta sigilosamente y pudo apreciar otra escena de habitual sensualidad, Ileana y Efraín se entregaban al goce extremo. Al momento del derrame, ella lazo unos apagados gemidos de placer a punto también de su propio desborde. Había llegado el momento, pensó Sara mirando toda la escena y viendo como Efraín echaba la cabeza hacia atrás disfrutando de su vacio dentro de Ileana. Sara apretó el gatillo de la pistola veintidós con silenciador por dos veces, haciendo que la cabeza de Efraín se sacudiría de un modo incongruente a su movimiento sexual, la muerte le llego a Efraín de manera en que no lo pudo saber nunca confundiéndola con los espasmos de su eyaculación se fue derrumbando con lentitud después de perder la visión y todos sus sentidos al impacto de los proyectiles contra su cráneo. Ileana se movió confundida al ver que era liberada por el agarre de la cintura de Efraín. Libre y solo, en segundos vio la imagen de Sara que la condujo a otro escenario oscuro con destellos de muerte. Uno de los tres disparos la hizo derrumbarse e instintivamente imploro sin palabras que su verdugo la diera por muerta.

Lo siento, no cometo errores. Fríamente le dijo Sara e Ileana expiro vestida de Eva sin que su ruego fuera escuchado.

Alan Conwell parqueo su viejo Crown Victoria en la estrecha calle de casas de vivienda de familia de nivel medio, en North Miami Beach donde pasaba las vacaciones su jefe y antigua pareja del FBI, Williams Shelliman al que todos llamaban cariñosamente Bill. El renombre de Bill dentro del FBI era admirado por todos. El había logrado lo imposible junto a Sagitario y sus amigos. Ahora disfrutaba del retiro con una pensión que podía considerarse aceptable para el nivel de vida medio que llevaba junto a su esposa Caroline. Bill recibió a Alan en la puerta con una enorme sonrisa en el rostro.

— ¿Que vientos te traen por aquí? Pregunto Bill a Alan tendiéndole la mano e invitándolo a pasar al interior de la casa.

Alan lo saludo de igual manera, entre ellos siempre había buena camaradería, tuvieron en ocasiones sus diferencias por cuestiones de trabajo pero pesar de todo la amistad había permanecido sincera entre ellos. Después de que ambos se acomodaran en los sillones de la sala uno frente a otro.

Bill dijo: —He oído rumores que no son buenos, el Zar ha inundado esto de droga y además también extorsiona a los dueños de negocios. ¿Que esta pasando, tu carrera puede verse en juego?
—Y que lo digas Bill, la situación se me esta yendo de las manos y para colmo acaba de estallar una guerra entre Sagitario y el Zar del a Droga. Dijo Alan con voz de fastidio y marcada frustración.
Bill quedo anonadado al oír la mención de Sagitario. —¿Sagitario dices?
Pregunto buscando la mirada al rostro de Alan.
—Si Sagitario esta aquí, no tenemos la confirmación positiva porque las cámaras del aeropuerto de California y Miami no lograron obtener una buena toma de su rostro. Tu sabes que el esta preparado para caminar y aludir estas cosas. Pero nada mas caer aquí se lanzo contra Balzo y Santos, dándole en el ojo a Santos y cortándole un dedo de la mano derecha.
Bill estallo en carcajadas al oír las palabras de Alan. —No necesitas mas pruebas Alan, ese es Sagitario. Lo que no puedo entender es donde estuvo metido todo este tiempo.
—Eso tiene su explicación, Noemi White arribo con el a los Estados Unidos. Aquí en Miami fue donde se separaron,

ella esta en New York, Sagitario en paradero desconocido al igual que Jackelin que ya lleva faltando varios días de su tienda.

—En otras palabras, tenias una operación montada alrededor de Balzo y Santos pero la intromisión de Sagitario lo echo por el suelo todo.

—Y que lo digas hermano. Reconoció Alan muy a su pesar. Sagitario acaba de desafiar al Zar y los ánimos están tensos, tanto aquí en Florida como en Colombia.

—Por eso vienes a buscar un consejo, ¿verdad? Pregunto Bill meditando sobre el asunto y mirando el rostro de Alan que asistió con un movimiento de la cabeza. —Sabes una cosa Alan, cuando trabajé con Sagitario no pude seguir todas las estrategias que desarrollaba su cerebro, pero hubo una que no se me escapo y era que Sagitario en su mente ocupa la posición de su enemigo y después empieza a actuar en base a esta posición, facilitándole a su enemigo para que caiga en sus manos. Dijo Bill haciendo una pausa al ver que su esposa Caroline aparecía en la sala, portando una bandeja con dos tazas de café, saludó a Alan con un "hola" y volvió a desaparecer por la puerta de la cocina. No hay acción en Sagitario que no sea premeditada y los pequeños errores los corrige sobre la marcha de sus acciones.

— ¿Entonces crees que Sagitario ya va tras el Zar de la Droga? Pregunto Alan con cierta duda en la voz.

—No tengo dudas de eso, Sagitario no entabla guerras, en realidad sus acciones se acercan mas a la de un cazador que prepara una zona determinada para atraer y cobrar una buena pieza. Respondió Bill dando un largo sorbo a su taza de café y mirando como Alan concentraba sus pensamientos en los planes que debía desarrollar para sus movimientos en el FBI.

En Daytona Beach, Jackelin despertó tarde en la habitación que le habían dado para ella y Sagitario, solo que el no la había usado en toda la noche. Ella se había ido a dormir después de la llegada de Sergio y ellos habían permanecido en la sala del chalet, discutiendo temas que ella no podía entender. Sagitario la encontró en el comedor donde la encontró dando parte de un suculento desayuno a base de huevos con jamón, tostadas, mermelada y jugo de naranja.

—Por lo que veo aquí todo el mundo ha dejado de hacer la guerra a la obesidad. Dijo Sagitario para a continuación acercarse a Jackelin y darle un ligero beso en los labios.
—No sabes lo hambrienta que estaba con toda esta tensión aquí. ¿Ya tienes algún plan?
— ¿Como le va Jackniel?, has hablado con el. Pregunto Sagitario aludiendo la pregunta de Jackelin.
—Si, anoche lo llame y el lo hizo esta mañana para darme la gran noticias de que tiene novia. Respondió Jackelin con una sonrisa de oreja a oreja y satisfecha con la novedad que le había dado Jackniel.

Sagitario sabía que Jackelin insinuaba su victoria sobre el de que el hijo de ambos no siguiera los pasos de su esposo, "el ejecutor." Sagitario se situó a sus espaldas y hundió su rostro en el cuello de ella dándole suaves besos.

—No tengo dudas de que Jackniel va a ser un buen padre de familia pero aun tú y yo tenemos tiempo de mandar a fabricar otro niño más. ¿Que te parece la idea?
—No esta mal si te portas bien, así que me lo pensare basado en tu conducta.
—Seré un niño bueno y no pienso separarme de ti ni un segundo en toda esta contienda. Dijo Sagitario

buscando los labios de Jackelin y fundiéndose ambos en un apasionado beso.

Néstor entro a la carrera en el comedor dando gritos.

— ¡Sagitario! Sergio acaba de capturar a Balzo a solo unas millas de aquí, Bruno y Aramis salieron a la carrera para traerlo enseguida. Bueno pueden continuar con lo que hacían. Dijo Néstor que a continuación salió del comedor con la misma velocidad que con la que había entrado.

Sagitario y Jackelin se miraron en complicidad y a continuación estallaron en carcajadas a cause de las palabras de Néstor.

Balzo entro en la sala del chalet acompañado de los amigos de Sagitario, Jackelin se hallaba cómodamente sentada en un butacón de cuero negro. Sagitario parado a sus espaldas miraba la entrada de toda la comitiva sin reflejar ninguna emoción en su rostro. Néstor a su izquierda miraba todo con cierta indiferencia. Balzo dedico una mirada a Jackelin y esta sostuvo la mirada sin inmutarse. Los ases habían cambiado de mano pero en realidad Jackelin sentía pena por aquel pobre hombre. Toda su arrogancia había desaparecido dando la impresión de que había envejecido unos diez años más de la última vez que lo había visto en la tienda. Ahora su ropa estaba sucia y el despeinado. Ella no tenia dudas de que Balzo hubiera pasado por una mala situación hacia solo unas horas.

— ¿Bueno Balzo, puedes contarnos que paso en la mansión? Pregunto Sagitario notando que Balzo había escapado por los pelos de la mansión.

El miro a Sagitario con detenimiento, a pesar de que cuando este los había asaltado a el y Santos llevaba barba y bigote postizos, pudo reconocer aquellos ojos carmelitas claros, que lanzaban miradas que podían enfriar el alma a cualquiera.

— ¿Eres Sagitario, verdad? Pregunto Balzo a Sagitario sin quitar la mirada sobre el.

—Si eso parece, pero te hice una pregunta y no has respondido.

— ¿Acaso no fueron ustedes los que asaltaron la misión? Pregunto Balzo con cierto recelo en la mirada y en la voz.

La pregunta incomodo a Sagitario que salió detrás del asiento en donde estaba sentada Jackelin para encarar a Balzo.

—Yo no mato a nadie por gusto ni por el simple placer de matar. ¿Quieres que te repita la pregunta o te la saco a patadas? Dijo Sagitario con el rostro pegado a escasos centímetros del de Balzo.

—Bueno yo no me pare averiguar que había pasado allí dentro pero en cuanto oí las armas largas disparando dentro de la mansión y no tuve la más mínima duda de que ustedes la habían asaltado. Yo estaba en el muelle echándole una mirada al mar con unos prismáticos cuando sucedió todo, no lo dude un segundo corrí por el muelle, salte a la playa y me perdí en la oscuridad de esta. Conto Balzo aún sin poder comprender todo aquello. Si Sagitario no había asaltado la casa ¿Quien entonces lo había echo?

— ¿Cuantos hombres habían en la mansión? Volvió a preguntar Sagitario.

—Siete contándome a mí. Respondió Balzo sin la más mínima duda.

—Tal vez recibió ayuda de alguien. Dijo Sergio a espaldas de Balzo al ver que Sagitario contraía el rostro al contentar sus pensamientos en la acción de Sara.

—No necesariamente Sergio, ella bien pudo usar el factor sorpresa para atacaros a ellos, Ese Santos es uno de los tipos mas come mierdas que me he encontrado en mi vida.

— ¿Ella dices? Pregunto Balzo al famoso ejecutor, aun sin poder comprender lo que hablaban el y Sergio.

—El otro come mierda más grande que me he encontrado en esta vida eres tu Balzo, seguido de Efraín que andaba con una serpiente cascabel metida en el culo y no la veía. Sagitario hizo una pausa y sonrió a Balzo. La puta de Efraín, Sara no es otra cosa que un pistolero a sueldo y su verdadero nombre es Luisa Machado, de procedencia Colombiana.

El rostro de Balzo reflejo una perplejidad que a Sagitario le resulto gracioso, por el parecido con el rostro de un hombre que le acaban de decir que su mujer esta saliendo con otro y ese otro es tu mejor amigo.

—Pe - - ro eso es imposible, ella no es más que una puta drogadicta. Dijo Balzo con cierto tartamudeo en la voz y mirando a Sagitario de manera incomprensible.

—Yo no dudo de que sea lo que dices, pero también te garantizo que es lo que yo digo. Ahora vayamos a otro tema que me interesa. ¿Tienes alguna idea de cómo se comunica Efraín con el Zar de la Droga?

Balzo medito por unos instantes antes de preguntar:

—Y, ¿que gano yo con que te diga lo que se sobre eso?

—No veo que tengas que ganar nada. Replico Sagitario respondiendo a la pregunta de Balzo. Digamos que me perdonan la vida y me dejan ir, si les digo lo que se.

—No hace falta Balzo, yo no he pensado en matarte nunca, solo te he ofrecido unas palizas si no te portas bien. Lo de dejarte ir no puedo creer que seas tan estúpido, el Zar de la Droga te a sentenciado a muerte y Sara te hará pedazos nada mas que caigas en sus manos. Sagitario dijo estas palabras con una sonrisa en los labios, al comprender como había sido manipulada la mente de Balzo. El había creído todo el tiempo que era uno de los hombres fuertes del Zar, cuando en realidad era un muñeco desechable que después de usarlo iba a la basura.

—Bueno si tengo algo que les puede servir, solo que no se hasta donde. Yo necesitaba saber todo lo que pasaba en el apartamento de Efraín, con quien se reunía y la posibilidad de saber quien era el famoso Zar de la Droga. Balzo se movió algo inquieto, empezaba a comprender mejor todo lo que Sagitario había dicho. La cuestión es que me hice amante de una de las chicas de Efraín. Ileana y yo salíamos a escondidas en los días que ella se tomaba libre de el. Al conocer la adicción de el al crack, especule con la idea de una caída por parte de el con su vicio. Era mi esperanza de que algún día el Zar de la Droga necesitara mis servicios y me pusiera en la posición que dejaría vacante Efraín con su caída. Balzo hizo otra pausa al ver que Mauricio aparecía en su silla de ruedas procedente de las habitaciones dormitorios del chalet y volvió la mirada hacia Sagitario. El Zar de la Droga le da órdenes a Efraín a través de simples mensajes electrónicos por la computadora. Solo hay que tener una lista de ante mano para saber a donde va a llegar el mensaje. Ileana me dijo que cada dos semanas llegaba esa lista por correo de diferentes partes de los Estados Unidos, al menos eso indicaban los mata sellos del correo en el sobre.

—Conozco el sistema Sagitario y es lo que se llama "un callejón sin salida." Dijo Mauricio desde su silla de ruedas. Es imposible revisar las millones de páginas o espacios personales que hay en el Internet. Termino de decir Mauricio deteniéndose junto a Sagitario y mirando con intensidad a Balzo.

—Puedo decirles que Ileana me conto que Efraín siempre alardeaba de creer conocer la identidad del Zar de la Droga. Agrego Balzo, evitando la mirada de Mauricio y concentrándola en Sagitario.

— ¿Sabes el porque Efraín llego a esa conclusión? Quiso saber Sagitario en espera de una mejor pista que lo pudiera conducir hacia el Zar.

—El decía a Ileana y a las demás que conocía la identidad del Zar por el contenido de sus mensajes, cosas que yo nunca he podido ver.

—Si entiendo la deducción de Efraín. No es nada complicada a medida que se pasa información, la persona la recibe y desarrolla en sexto sentido hacia quien es el que la envía. Ocurre con las secretarias, pero me pregunto si no se le puede seguir la pista de donde fue enviado el mensaje.

—Imposible Sagitario, hoy se pueden enviar mensajes hasta desde teléfonos móviles y en caso de las computadoras pueden usar las públicas en una biblioteca e en cualquier otro lugar de acceso público. Agrego Mauricio quien en los últimos años se había echo adicto a la tecnología de la computación.

—Esta bien Balzo te creo. El Zar de la Droga no es en lo mas mínimo un estúpido, pero creo que debes seguir con nosotros por tu seguridad. Ahí afuera esta Sara y créeme no estas en condiciones de encontrarte con ella. No quisiera que te sintieras como que te estoy reteniendo por la fuerza, así que tu decides, por tu voluntad propia al quedarte o irte.

Balzo miro al rostro de todos los reunidos en la sala para detenerse en Mauricio.

—Creo que me voy a quedar con ustedes, mostro con cierta duda en la voz.

—Sergio, llévalo a una habitación para que se duche. Alimente y descansa unas horas. Estoy seguro que Sara no tardara en aparecer por ahí en busca de el. Dijo Sagitario a Sergio quien le indico a Balzo que lo siguiera hacia las habitaciones del chalet.

Cuando los dos hombres desaparecieron por el pasillo, Sagitario se volvió hacia Mauricio.

— ¿Que hay entre ustedes dos? Pregunto Sagitario que no le había pasado inadvertido la tensión entre ellos dos.

—Jackelin te puede responder a esa pregunta al igual que todos reunidos en esta sala, pero ahí te va. Ese hombre es el nieto de mi viejo contable. ¿Te acuerdas? El que hizo la transacción cuando le arrancaste los diez millones de dólares a Jair Soleimán a cambio de su vida y la de los demás

—Claro que me acuerdo, un hombre fiel a carta cabal. Corrió mis cuentas por varios años. Dijo Sagitario recordando al viejo Tom el contable de Mauricio.

— ¡Vaya! Ahora me doy cuenta, conocía los negocios que lavaban dinero y con esa información distorsionaba a los dueños que no podían llamar a la policía porque se verían en una situación peor.

—Así es, cuando el viejo Tom murió le dejo todo su dinero a su hijo, el padre Amauri Balzo, que se busco una joven muchacha nada mas heredar la fortuna del viejo Tom, dejando a la familia atrás y en la ruina total. Tres años después, el padre de Amauri se rompió el cuello mientras esquiaba en Suecia con su joven esposa. Ella heredo todo la fortuna de los Balzo, que ascendía a más de treinta millones de dólares en efectivo guardado en los bancos de varias partes del mundo. Mauricio hizo una pausa para retomar aire y proseguir. Yo personalmente me ocupe de la familia y hasta hoy les paso una pensión a su madre y hermana que desconocen que Amauri Balzo es un traidor que colaboro en mi derrocamiento.

— ¡Vaya! Que cosas han pasado por aquí en el tiempo que yo estuve ausente. Dijo Sagitario sonriendo, a los que todos se unieron con la alegría de que el volviera estar al mando de las situaciones complicadas.

CAPITULO VII

"SAGITARIO Y SARA SE ENCUENTRAN CARA A CARA"

Cuándo Sara salió del apartamento de Efraín, sabia con toda seguridad que tardarían mucho en encontrar los cadáveres, con toda posibilidad de uno a dos días. Ella se cambio el vestuario lleno de sangre y salió a la calle con un llamativo vestido azul y una resplandeciente sonrisa en los labios. En el apartamento que compartía con Milagros haría la transformación más difícil de todas para su nuevo pasaporte. Sara, con el torso desnudo, se contemplo en el espejo de la cómoda. Sus grandes senos eran todo producto de un implante de silicona, ella nunca le había interesado tener grandes pechos, pero había trabajos que requerían de ellos. Para hacer una buena personificación, Sara abrió la tapa del estuche que contenían la jeringuilla con el cateto para vaciar los implantes de silicona, después de conectar a ambos, introdujo la punta de la aguja debajo del pecho, como le había enseñado a hacer el doctor, perforo la piel y el implante de silicona, después tiro del embolo de la jeringuilla hacia atrás, extrayendo el liquido blancuzco transparente del que llenaba el implante, el pecho quedo flácido al extraer todo el liquido. Sara repitió la operación en el otro pecho sacando un total de seis émbolos llenos de la jeringuilla. Los enormes pechos habían desaparecido en cuestión de unos minutos, ella se unto una crema para contraer la piel a su antigua posición para a continuación cubrir su torso con una venda elástica. Ahora mirando su rostro en el espejo, siempre le habían dicho que era una mujer muy bella, con cierto atractivo exótico. Ella había nacido en los suburbios de Bogotá en Colombia, viendo prostituirse a su madre y hermanas, para al final morir enfermas de Sida. ¿Quien podía decir algo de lo dura que era la vida a Luisa Machado? Ella había huido de aquel lugar en compañía de un muchacho del cual se había enamorado, primero sin rumbo fijo, solo querían huir para no quedar atrapados en aquel lugar. Después todo fue llegando a medida que iban haciendo amistades. Al final la finca de los Elizalde, quien había sido muy bueno hasta su enfrentamiento con Sagitario en Naples. Después de que el intentara matar a Jackelin, había muchas cosas que Sara no entendía. ¿Como pudo el fallar aquel disparo? Las farolas de la moto eran mucho más pequeñas que el blanco que podía ofrecer su espalda y Sagitario era un profesional según muchos, el mejor de todos. Entonces el fallar aquellos disparos le estaba dejando saber que el la necesitaba con vida. Sara volvió la cabeza y vio la guía telefónica junto al teléfono, no tenía dudas de que allí estaría el número de la tienda de Jackelin y con las empleadas podría conseguir el número del móvil de ella.

Sagitario y Jackelin se hayan sentados en la sala del chalet, las miradas entre ellos no habían dejado de cesar desde el ultimo intento echo por Sagitario para atrapar a Sara. Jackelin conocía muy bien a Sagitario como para no saber que por su cabeza estaba pasando unos planes los cuales no tardarían en ser puestos en práctica.

— ¿Señorita Jackelin no le apetecería a usted dar un paseo por la playa? Tal vez el aire del mar junto a la compañía de este humilde caballero pueda ayudarla a sentirse mejor. Dijo Sagitario poniéndose de pie y tendiéndole la mano derecha hacia ella junto a una excesiva reverencia.

—El acompañarlo a donde usted me pida es todo un orgullo para mi merced Daniel, nunca he tenido un honor tan grande en esta vida. Continuo diciendo Jackelin para a continuación de sus palabras estallar en carcajadas a las que se unió Sagitario tomándola por la cintura y saliendo del chalet hacia la playa que corría a todo lo largo frente al chalet.

En la arena vagaron sin rumbo fijo por unos minutos para a continuación de tenerse a contemplar el mar y al golpeteo de las olas contra la arena de la playa.

— ¿Se está haciendo algo difícil la lucha contra el Zar de la Droga? ¿Verdad? Pregunto ella tomando un pedazo de coral de la arena para lanzarlo a la playa.
Sagitario se volvió hacia su esposa con lentitud, ella se volvió hacia el y el viento de frente hacia que el pelo de ella ondeara de manera alocada.

—Luces muy bella. El le expreso buscando los profundos ojos negros de ella, el detalle que siempre había cautivado a Sagitario de Jackelin.

— ¡Gracias! Pero no has respondido a mi pregunta. Agrego Jackie presionando a el con su insistencia.

Sagitario soltó un resoplido ante la presión de ella, se volvió hacia el chalet y después hacia ella con una sonrisa.

—No, no es difícil porque ya se quien es el Zar de la Droga. Al responderle, Jackelin ponía la boca y los ojos como platos ante la sorpresa de las palabras de Sagitario. El dio un paso hacia delante y sin que ella tuviera tiempo de evitarlo cubrió los labios de ella con los de el fundiéndose ambos en un apasionado beso.

—Pero mi amor... Le dijo ella cuando se separaron, sabiendo que Sagitario la había besado para evitar que ella hiciera mas preguntas. El conocía lo perseverante que podía se Jackelin cuando quería saber algo.

—No puedo decirte más, porque al igual que ellos, la información los desconcertaría y el más mínimo error que cometamos dejándole saber al Zar de la Droga que conocemos su identidad, todos seremos hombres muertos. Termino de decir Sagitario tomándola de la mano y echando a caminar de vuelta hacia el chalet.

Sara parqueo so Ford Mustang en el parqueo del aeropuerto internacional de Miami, solo llevaba cuatro horas en el lugar, desde su llegada del aeropuerto de Fort Lauderdale. Ahora había cambiado la salida para volver a Daytona Beach. Las precauciones nunca estaban de más. Aunque todo su aspecto había cambiado, no había necesidad de correr riesgos innecesarios. Su pelo lucia un corte masculino muy formal, sus cejas bien pobladas y gruesas que acompañada del bigote dejaban oculto el rostro femenino de ella. El aditamento sobre sus caderas hacia que su cintura quedara más gruesa al igual que su cuerpo, al cual había vestido con un traje que le quedaba algo holgado. Cualquier persona a simple vista la hubiera confundido con un joven empresario exitoso. Sara había reservado por teléfono un pasaje y pagaría en efectivo en el mostrador de la terminal. Ella tenia que calcular su llegada a Daytona Beach porque Balzo no podía andar muy lejos, tal vez escondido en algún motel playero pero ella estaba segura que no se aventuraría a moverse hasta que no cayera la noche ya que el no sabia en realidad quien iba tras el. Ella mostro su pasaporte en aduanas a nombre de "Mario Pinado," un comerciante de piezas de repuesto para autos, la muchacha de aduanas apenas lo mismo. Después del atentado terrorista a las torres gemelas de New York, todo el que viajaba por avión en los Estados Unidos necesitaba mostrar su pasaporte aunque el viaje fuera dentro del país. Con el tiempo, esta medida de seguridad se había convertido en una simple rutina un poco molesta de por si para las compañías aéreas que perdían cientos de pasajeros cada año a causa de esta situación.

En el avión Sara se recostó contra el respaldar del asiento. Tendría casi una hora que duraba el viaje para pensar y reflexionar sobre algunas cosas. Balzo pensaba que ella estaba ajena a su relación con Ileana, pero lo había descubierto todo desde el primer día. Por algo estaba allí cuidando los intereses del Zar de la Droga. Ahora las cosas iban muy rápido y había que andarse con cuidado ya que Sagitario estaba en escena y si solía ser tan implacable como decían no tardaría en ir por ella; más aun conociendo cual era su verdadera identidad y oficio.

El reloj de pared colgado en la sala del chalet marco las once de la mañana, cuando Bruno seguido de Sergio apareció allí con una sonrisa resplendente en su rostro.

—Estas cuatro horas de sueño me han caído de maravilla. Anuncio Bruno dejándose caer en un butacón junto al sofá que compartían Sagitario y Jackelin.
Sagitario sonrió a Bruno. Con los años Bruno había aumentado unas treinta libras. Siempre había sido robusto pero ahora sus movimientos se habían tornado lentos y Sagitario calculo que la edad de Bruno debía andar por

los sesenta y cinco años. Pero lo que importaba era que tanto en el pasado como en el presente Bruno seguía siendo la perfecta imagen de la eficacia.

—Esperemos a que todos los demás estén aquí para explicar mis planes con respecto a Sara. El miro a todos sus amigos y detuvo su mirada en Sergio. Tú nos vas a servir de señuelo para atraer a Sara hacia el lugar donde los demás montemos la trampa. Tu trabajo será montar guardia frente al hotel playero donde ella se hospedaba, en lo que nosotros estaremos dentro de las habitaciones que vamos a reservar antes de que ella se acerque por allí.

— ¿Que te hace pensar que ella vaya por allí? Pregunto Aramis con seguridad, ya que sabia que de mil una, eran las posibilidades de que Sara apareciera por el hotel playero.

—Porque Balzo acompañara a Sergio y el objetivo de Sara es el. Respondió Sagitario viendo como todos volvían la cabeza hacia Balzo y asistían comprendiendo al plan de Sagitario. Néstor cubriría a Sergio y a Balzo con un fusil M-16, para que no haya posibilidad de que ella los ataque por sorpresa pero no olviden de que la quiero viva, es lo único que tenemos que nos pueda guiar hacia el Zar de la Droga.

Cuando el avión de Sara aterrizo en el aeropuerto de Daytona Beach, ella ya había trazado un plan respecto a recuperar las armas que había dejado en el Camaro Chevrolet aparcado en el parqueo del aeropuerto. Para eso había decidido rentar un van de carga en una de las agencias rent-a-car, ubicadas frente al aeropuerto. Después de hacer todos los trámites en la agencia de rent-a-car, Sara empezó a sentir que era observada. Su instinto le decía que los ojos de alguien estaban sobre ella. Miro hacia todos lados sin notar ninguna presencia sospechosa a su alrededor, pero había vivido mucho en las calles de Bogotá como carterista para conocer que algo no andaba bien a su alrededor. Lo único que le molestaba era no tener armas con que defenderse aun.

Sara condujo el van de carga por varias calles aledañas a la agencia de alquileres de automóviles sin notar nada inusual. Por ultimo decidió recuperar las armas. La operación le iba a llevar solo unos segundos. Las dos pistolas y dos granadas de mano F-1 con la escopeta recortada estaban en una bolsa de jugar al tenis en el maletero del Camaro. Ella entro en el parqueo del aeropuerto y condujo con suavidad por dentro de las hileras de carros parqueados a ambos lados. El Camaro estaba a mitad de la segunda hilera, denominada "A-2." Sara desemboco en la hilera "A-1" y girando a la derecha se unió a la hilera "A-2." Acelero de golpe y freno de golpe el van, quedando la puerta del conductor detrás del maletero del Camaro. Ella abrió la puerta y salto al suelo con una rapidez increíble, introdujo la llave en la cerradura del maletero del Camaro y lo abrió. Recogió la bolsa de tenis y se la coloco en la espalda. Con el rabillo del ojo izquierdo pudo ver como al final de la hilera de autos estacionados aparecía un auto que ella no pudo identificar la marca. Tampoco había tiempo para preocuparse por eso. Se volvió hacia el van para notar como de el salían ruidos de impactos de bala. Sara soltó una maldición y salto sin soltar la bolsa al asiento del conductor del van, no sin antes ser alcanzada a la altura del muslo derecho por uno de los disparos. Todo continuaba apacible por el lugar porque los disparos eran hechos con silenciador. Ella acelero a fondo el van que respondió a su petición saltando hacia delante ganando velocidad a cada segundo que pasaba. Sara tenía que hacer varios giros antes de alcanzar la garita de salida del parqueo. Conduciendo con la mano izquierda y hurgando con la derecha en la bolsa de tenis que había dejado caer en el asiento del pasajero del van, se apodero de una de las granadas de mano F-1. Después de superar la primera curva, acelero y a unos veinticinco metros cortó el timón del van hacia la derecha y freno de rápido. El van se ladeo un poco y Sara aprovecho para quitar el seguro a la granada de mano y desde esa posición la lanzo con todas sus fuerzas hacia la esquina por donde ella había doblado hacía solo unos segundos. La granada describió un arco de unos veinte metros de largo por tres de alto pasando a solo unos centímetros del techo del parqueo, cayendo sobre el techo de un Chevrolet Caprice Classic parqueado en el último de la hilera. La granada rodo hacia el capó de este, cayendo a continuación en el suelo frente al parachoques del auto que seguía a Sara. Con la escopeta recortada en las manos, ella lanzo la primera andanada que retumbó bajo el techo del parqueo como si de un disparo de cañón se tratara. El chofer del auto hizo lo que Sara había pensado, freno en seco para un segundo después quedar envuelto por las llamas y los fragmentos de la granada. El techo del parqueo tembló con la explosión y el fuego se expandió a casi todo los autos aparcados en la esquina. Sara miro por el espejo retrovisor del van como el auto de sus atacantes estaba envuelto en una bola de fuego y lleno de agujeros por los fragmentos de la granada. Al la salida del parqueo el guardia de la garita había desaparecido de allí. Lo mas probable le había entrado el pánico pensado en un ataque terrorista al lugar, pensó Sara, sonriendo y rompió la barra de prohibido el paso con defensa del van y salió a la calle. Aun le quedaban muchas cosas por analizar y hacer.

Sagitario y Aramis llegaron al hotel playero donde se había hospedado Sara, por separado. Sagitario en una motocicleta Kawasaki 750 del año y Aramis conduciendo un Lexus, con una tabla de surf en el maletero y en su interior albergaba un fusil R-15 de mira telescópicas y cañón largo. Sagitario logró rentar la habitación a la derecha de la que había ocupado Sara.

El lugar era un pequeño hotel de veraneo para turistas de poco presupuesto. Las habitaciones costaban cincuenta dólares diarios. El área de la piscina y reducido jardín daba a la arena y el mar.

Aramis se insulto en la última de las doce habitaciones que disponía al hotel. Desde allí, podía ver la calle y todos los turistas que entraban y salían del hotel. El acomodo el fusil R-15 en una de las ventanas de la habitación, sabiendo que Sagitario le había advertido que disparara contra Sara solo en un caso de extrema necesidad.

Néstor estaba en posición al otro lado de la calle cubriendo a Sergio y Balzo sentados dentro de un Suburban Chevrolet. El había subido a la azotea de un bloque de apartamentos de dos pisos, haciéndose pasar por un trabajador de la compañía de cables, para televisión directa y tenia puesto un uniforme de esta. Había subido a la azotea sin que nadie le hiciera una pregunta. La maleta de herramientas escondía un M-16 desarmable, con su correspondiente mira teles copia.

A esa hora Sara conducía el van en dirección contraria al hotel playero. Ella buscaba un hotel a la salida de Daytona Beach, para poder curar la herida de la bala que tenia en el muslo derecho, a causa del disparo recibido en el parqueo del aeropuerto. Ella estaba en duda, pues no tenia idea de a quien culpar de aquel ataque. Era imposible culpar a Sagitario, por lo que había oído hablar de el. Aunque los del auto la habían seguido muy bien, no había duda de que los ataques contra ella habían sido hechos por gente sin preparar. Su reloj marcaba las dos de la tarde y decidió alojarse en un motel. Allí esperaría a la caída de la noche para dar una vuelta en busca de Balzo. Si no lo encontraba volvería a Miami. Tal vez a estas horas el ya se las había arreglado para llegar allí, aunque su instinto le decía que no.

En Miami, Ramón Betancourt dobló en una esquina de la calle setenta y seis del North West y manejo por varias cuadras, pasando grupos de cosas de aspecto deprimente: un puerto de droga, una casa de putas, o un maleficio donde la gente podía fumar crack con tranquilidad lejos de la siempre policía de Miami. Pero un rostro espiaba esa zona en busca de algo. Parecía sospechoso y olía a la policía; aunque la policía no se aventuraba mucho después de la seis de la tarde por esas calles. Tampoco los habitantes de esa vecindad bajaban la guardia de la policía y estaban atentos de todo movimiento. Finalmente, Ramon estacionó su BMW el un parqueo frente a una cosa en donde la música se dejaba oír con seguridad en la parte de afuera.

— ¿Como esta Don Ramón? ¿Que lo trae por aquí a estas horas? Pregunto uno de los dos hombres de la raza negra, que escondidos en el lateral de la calle velaban la casa y sus alrededores.
—Charles quiero ver a Damián. Tengo trabajo para el. Dijo Ramón a los dos hombres, sin detener su avance hacia ellos.
—OK ¡ahora esta un poco ocupado! Han llegado tres chicas nuevas y el se a encariñado con una de ellas, ya sabes como es. Respondió Damián y se volvió para acompañar a Ramón atreves del lateral de la casa.

Antes de emprender la marcha, Ramón se volvió hacia el otro hombre y con sonrisa dijo:

—Newell baja lo que hay en el maletero del carro y te esperaremos dentro. Pon otra gente de guardia hoy. Ramón lanzo las llaves del BMW hacia Newell que las capturo al vuelo con una sonrisa.

Charles y Ramón entraron a la casa por la puerta de atrás. Al abrir la puerta, el olor dulzón del crack golpeo el rostro de Ramón como si de una bofetada se tratara. Así era la primera impresión para alguien que no fumaba. Pero después de permanecer un rato oliendo aquel olor, no había duda que empezaba a ser atragante a todo el que se mantuviera transpirándolo por un rato. Charles pasó entre las diez putas que llegaban a la sala de la casa, todas vistiendo ropa extravagantes y algunas de ellas discutían los precios con unos clientes en voz baja.

—Los días entre semana siempre son flojos Don Ramón. Lo que no se cae nunca es la venta de crack. Tenemos el mejor de todo el North West. Dijo Charles sin volverse hacia Ramón y tocando en la puerta de unos de los pequeños cuartos que disponía la casa para que ejercieron las prostitutas. Después de varios toques en la puerta una voz contesto desde adentro.

— ¡No quiero que nadie me moleste hoy! ¿Es que no han entendido?
— ¡Damián! Don Ramón esta aquí. Se limito a decir Charles frente a la puerta.
Dentro se oyeron unos movimientos y unos segundos después se abrió la puerta, apareciendo en el umbral de esta, un hombre de la raza blanca, llevando una enorme cadena de oro colgando al cuello, rematada con un Cristo

crucificado reflejando su agonía en la cruz. Damián era Cubano Americano y toda la vida había vivido en el North West. Se había dado renombre como gavillero y muchos creían que controlaba varios policías corruptos que circulaban por la zona y nunca preguntaban por sus negocios. Su dicho era que todos debían vivir la vida como mejor le pareciera, a fin de cuentas la vida era de uno y no de nadie más. El tenía el pelo revolcado y no había dudas de que se había puesto el pantalón a la carrera.

—Tiene que ser algo importante para que estés aquí a estas horas. Dijo Damián abriendo la puerta y apartándose para ceder el paso a Don Ramón y Charles.

Ramón paso la vista por la pequeña habitación donde lo único que había era una cama de tamaño medio, sobre esta una muchacha tapada con una sabana, hasta el cuello mirándoles con una sonrisa infantil de complicidad.

—Ella tiene que salir de aquí. Expreso Ramón sin muchos preámbulos.

—Nena dame unos minutos para hablar de negocios con mi gente. Dijo el Cubano Americano, volviéndose hacia la muchacha, que se levanto de la cama mostrando cierto enojo y dejando ver algunas partes de su cuerpo desnudo bajo la sabana. Cuando paso por al lado de Ramón, este calculó que la muchacha no tendría más de trece años y con toda posibilidad se había escapado de la casa de sus padres hacía poco.

—Esa es menor de edad, ¿verdad? Pregunto el cuando la muchacha salió de la habitación cerrando la puerta a sus espaldas.

—No voy por el mundo averiguando la edad de la gente. Respondió Damián con indiferencia y agrego: Esa sabe muy bien para que es lo que tiene entre las patas y le está dando el uso que le gusta. Si quieres puedes preguntárselo tu mismo.

—No es mi problema vayamos a lo que me ha traído aquí. Contesto Ramón, que hizo una pausa, al oír que tocaban la puerta.

— ¡Entra Newell! Grito Charles y continúo mirando a Ramón.

— Esta mañana mataron a Ifrain Franco Marrero en Fort Lauderdale. Dijo Ramón haciendo una pausa para tomar el maletín de las manos de Newell y lanzándolo sobre la cama continuó: ahí hay cinco kilos de cocaína sin corte, más cincuenta mil dolores en efectivo para matar al que lo hizo.

Damián tomo el maletín en sus manos y corrió el zipper del cierre. La visión del dinero y la droga hicieron que los ojos le centellaran de gusto, tomo uno de los kilos de cocaína en la mano y la extendió hacia Charles con una sonrisa y este le dio una cuchilla multiuso. Damián hizo un corte cuadrado en el envoltorio del kilo de cocaína, haciendo una ventana para probar la mercancía, hundió la hoja de la cuchilla en la droga de aspecto escamoso y la llevo a la punta de la lengua.

— ¡ño! Esto esta realmente bueno. ¿Para cuando hay que hacer el trabajo? Pregunto Damián sin quitar la vista de la droga.

—Para mañana. Alguien vendrá por ti y tus amigos. Cuando acaban el trabajo recibirán la misma cantidad de droga y dinero que hay aquí. Dijo Ramón con una sonrisa de satisfacción en los labios.

—La verdad que eres tipo como para hacer negocios toda la vida. Sabes, te puedo ceder la chica por hoy, si te interesa. La mando a darse un baño y en unos minutos esta contigo. Créeme es algo especial. Dijo Damián con una sonrisa en el rostro, en busca de tener algo que ofrecer a cambio de los trabajos que le traía Don Ramón.

— ¡Gracias Damián! Haz lo que te pido y no me hagas quedar mal. Con eso estoy conforme. Respondió Don Ramón dándose la vuelta para salir de la habitación, en busca del aire de la calle.

—Un tipo extraño ese Don Ramón, mira como despreció a Joana. Contesto Charles algo contrariado.

—Ni lo creas, respondió Damián. Es un tipo decente eso es todo. Aparte, tiene una hija de la edad de Joana. Tal vez si va con Joana, le vendrán ideas de estar follandose a su hija. Dijo Damián, estallando en carcajadas a causa de sus palabras burlonas.

—Tienes la mente podrida. Dale pásame eso que quiero probarlo ahora mismo. Dijo Charles, agarrando el kilo de cocaína de las manos de Damián, con una sonrisa complicada entre ambos.

Después de caer la noche, Sara se había repuesto de su herida en la pierna. Se la había curado y vendado con la misma facilidad y eficacia que lo hubiera echo un doctor. El proyectil no había tocado el hueso, pero le había dado un buen desgarrón en la parte baja del muslo derecho al salir de su pierna. Aquello necesitaba tratamiento, porque regularmente las heridas de la bala tienden a sacar la masa musculosa con el tiempo. Después de curar su pierna, había lavado la ropa y secado dentro de la habitación; no podía aventurarse por las tiendas. Tampoco podía utilizar el aeropuerto como medio de transporte para salir de Daytona Beach. Ella salió de la habitación del motel en dirección al van que había aparcado en el ultimo parqueo de motel y desde donde podía verlo de su habitación atreves de la ventana. Hasta el momento nadie se había acercado a el con intención sospechosa o de reconocerlo de otro lugar. Ella había pensado y razonado todo el tiempo sobre el ataque en el parqueo del aeropuerto y no hallaba una solución lógica para aquello, al menos que Balzo tuviera buenos contactos por aquel lugar, cosa que ella dudaba mucho. Sara abandono el parqueo del hotel con el van. Había dejado paga la habitación para dos noches más. Siempre la hacia así, porque levantaba manos sospechosas de los hoteleros. Aunque, sabia que no volvería mas por allí. Ahora daría una vuelta por el hotel y a continuación repostaría el van de combustible y pondría rumbo a Miami.

En la habitación que había rentado Sagitario junto a la de Sara en el hotel playero, este miraba hacia la entrada del hotel y hacia la moto Harley Davidson de Sara aparcada frente a la oficina. La chica había rentado por una semana y el dueño respetaba su contrato, a pesar de no haberla visto en todo el día por la habitación. Sagitario cambiaba la vista hacia el parqueo del aeropuerto de Daytona Beach lleno de policías, bomberos y rescates. Aun, no habían podido identificar quien había hecho el desastre. En la oscuridad de la habitación, Sagitario pensó: realmente eres muy bueno Zar de la Droga, pero tienes un gran problema. No eres mejor que yo.

Sara no necesitó pasar por hotel playero para identificar que Sagitario y su gente andaban por el área al ver el suburban de ellos. Eso era una clara muestra de su presencia. Ella rodio la calle trasera del hotel, sabiendo que no podía hacer nada, pero en cambio su instinto y su orgullo le decía otra cosa. A veces es mejor que te estén esperando ellos, a que seas tu quien los espere. Todo depende de si tú sabes que te están esperando. En la bolsa de tenis aun le quedaba una granada y suficiente municiones para la escopeta recortada. Un golpe rápido y por sorpresa no vendría mal para anotarse unos puntos sobre Sagitario y su gente. Pensó Sara soltando una carcajada. A continuación aminoro la velocidad del van, busco un parqueo en la calle, que corría paralelo a la playa, parqueo el van de manera que fuera mas fácil sacarlo del lugar con rapidez y pago el parquímetro por dos horas. De la bolsa saco la granada de mano F-1 y se puso una de las pistolas nueve milímetro en la cintura; dejando la escopeta recortada dentro de la bolsa. Con la otra pistola nueve milímetro bajo del van de carga y con paso rápido se encamino por la arena del pequeño malecón que bordeaba toda la playa, cruzándose con un sin fin de turistas veraniegos que iban y venían de un lado a otro frente a la casa del dueño del hotel playero. Paseo la mirada en todas las direcciones buscando algo sospechoso. Al no encontrar algo, paso la calle adelantándose por el lateral de la casa del dueño del hotel playero. En la oscuridad descolgó la bolsa del hombro y extrajo de dentro de ella la escopeta recortada. Con suavidad monto el cartucho, rastrillando el mecanismo mazorca bajo la escopeta sin hacer mucho ruido, coloco la culata bajo la axila derecha y sujeto el cañón con la mano, quedando la escopeta oculta bajo la tela de la mano del traje. Sara avanzó evitando cojear lo menos posible, los cojos tenían la peculiaridad de llamar siempre la atención de los demás.

Mientras tanto, Sagitario en la habitación echo una mirada a la parte de afuera del hotel playero a través de la ventana. Volvió la vista al televisor que acababa de anunciar una noticia de ultima hora; el hallazgo de seis hombres masacrados a tiros dentro de una mansión. Sagitario tomo el control remoto de sobre el butacón junto a su pierna y lo apunto hacia el televisor para subir mas el volumen. Pero con el rabillo del ojo pudo divisar algo a través de la ventana; un movimiento que no estaba acorde con la calma del lugar. El miro hacia la entrada de la playa sin ver nada ni a nadie pero el presentimiento interno le decía que allí había alguien. Era demasiadas las misiones cumplidas por el en Angola, Etiopia, el Congo, Yemen y Europa, como para no saber cuando el peligro acechaba. "Si que eres muy buena muchachita." Se dijo Sagitario a si mismo con una sonrisa en los labios y continuo a la espera, el depredador no tardaría en volver a moverse.

Al llegar al borde del hotel playero, Sara se había tendido al suelo en el pasillo frente a las habitaciones, que daban para el parqueo del hotel. Cruzando el parqueo había un jardín con un metro de tierra al descubierto para sembrar plantas en el. Después de este espacio, una pared de concreto corría a todo lo largo frente a las habitaciones del hotel playero, dándole privacidad a las mismas y a los inquilinos que se alojaban en el. Ella busco refugio en la oscura sombra que proyectaba la pared sobre el jardín. Todo iba según lo previsto y ya había superado los primeros diez metros del jardín cubriéndose detrás de las pequeñas plantas que había en el. Tan solo le faltaba quince metros para poder lanzar la granada sobre el techo de la casa que seguía a la entrada del hotel. Con cautela de un lagarto, ella avanzó otros dos metros pero al llegar ahí, quedo petrificada. La habitación junto a la de ella tenía la cortina corrida y la luz azulosa del televisor resplandecía de forma espectral dentro de la habitación, pero la cuestión especial era que no había nadie mirando el televisor.

Sagitario sonrió al ver como Sara avanzaba los dos metros. "¿Y ahora que chiquita?" "De haber querido liquidarte ya estarías retorciéndote en el suelo con una bala en la cabeza." Volvió a decir Sagitario hablando consigo mismo. El la iba a dejar avanzar unos metros más para que cayera dentro de la trampa y poder cortarle la posibilidad de toda retirada.

Sagitario no espero nunca que Sara reaccionara como lo hizo, ella al verse atrapada en una ratonera se puso de pie con un salto al mismo tiempo que descargaba la escopeta recortada contra la ventana de la habitación de el, haciéndola saltar en mil pedazo. Sagitario, adentro de la habitación y despegado de la ventana a casi dos metros de distancia se lanzo al suelo al ver la rápida reacción de Sara. Desde el suelo pudo oír y ver como Sara descargaba otras tres veces la escopeta contra su ventana. Las astillas de la madera del marco de la ventana junto con el yeso de la pared caían a montones sobre la espalda de Sagitario, tendido en el suelo con la pistola nueve milímetros en su mano derecha. Al hacer los disparos ella se había movido con rapidez hacia su Harley Davidson aparcada frente a la oficina del hotel, el ultimo disparo lo había echo estirada sobre la moto, metió la llave en el contacto de encendido y arranco el motor de la Harley Davidson.

Cuando Sagitario aun tendido en el suelo oyó el ruido del motor de la moto en marcha, lanzo una maldición y poniéndose de pie, pudo ver como Sara salía desprendida del parqueo del hotel playero adentrándose en el paso del lateral de la casa del dueño del hotel. El no perdió tiempo, salió a la carrera de la habitación con los nueve milímetros en mano, cayó ahorcajado sobre la moto Kawasaki 750, apretó el botón del arranque y la moto rugió respondiendo al pedido de su chofer. Sagitario abandono el parqueo a toda velocidad, otra vez el paso lateral de la casa del dueño del hotel playero y desemboco en la calle que corría a todo lo largo de la playa. A más de quinientos metros pudo divisar la luz trasera de la Harley Davidson que se perdió de vista al Sara superar un auto en

la calle. Sagitario acelero a fondo la moto que con la goma
delantera levantada alcanzo la velocidad de cien millas
por hora en solo tres segundos. Sara cuando adelantaba
un auto lo pudo ver, sorteando los autos que ella ya había
adelantado, sonrió ante el hecho y metiendo la mano en el
bolsillo de la chaqueta del traje saco la granada de mano
F-1, le quito la anilla del seguro mordiendo la argolla con
los dientes y dejando al percutor apretado. Las granadas
de mano disponen de siete segundos de tiempo para
que el lanzador pueda hacer el lanzamiento sin volar
en pedazos con la propia granada. Ahora ella tenia que
calcular la distancia de Sagitario, para que la granada
explotara frente a su motocicleta. Sara veía por el espejo
retrovisor de la Harley Davidson como Sagitario acortaba
la distancia de manera amenazadora. Ella llego al final
de la avenida que doblaba hacia la derecha y se abría en
dos sendas con una hilera de altos postes de alumbrado
de las calles, allí el tráfico era menor y Sagitario logro
acortar la distancia a menos de cien metros de Sara.
Ella quito los dedos de sobre el percutor de la granada,
conto hasta tres con la mente y la dejo caer a un lado. A
Sagitario no le paso inadvertido el gesto de Sara y sabía
lo que aquello significaba. Por eso, corto la moto hacia
la derecha dejándola que cayera de costado a todo lo
largo sobre el pavimento y el acomodándose a todo lo
largo sobre ella a una velocidad de más de ciento treinta
millas por hora. La explosión de la granada ocurrió en
el borde derecho de la avenida y Sagitario pudo sentir en
todo su cuerpo los iones de la presión del explosivo que
le golpearon de manera devastadora, desde su posición
podía ver los pedazos de la moto como se desprendían
de esta y quedaban en la avenida tirados. Sara no podía
creer el espectáculo que veía ante sus ojos, era imposible
que pudiera salvarse de aquella explosión y caída al
mismo tiempo. Con la explosión Sagitario había dejado

de oír todo a su alrededor pero en su mente iba una idea fija, tenia que atrapar a Sara. Ella se detuvo en el centro de la calle, al igual que hacían los pocos autos que circulaban en ambas direcciones. Cuando la moto se detuvo, Sagitario salto de sobre ella con la pistola nueve milímetros en la mano, apoyo una rodilla en tierra y a punto hacia Sara que quedo sin movimiento ante tal acción por parte de el. Pensando que había llegado el fin, vio como la pistola vomitaba fuego del cañón por tres veces seguidos. También vio como la luz trasera de su auto Harley Davidson saltaba en pedazos a causa del primer disparo, el segundo exploto el foco reflector delantero y el tercero dio entre sus manos sobre los tacómetros de velocidad. Rápidamente ella enderezo la moto Harley Davidson en la avenida y acelero a fondo saliendo a toda velocidad de allí y mirando como Sagitario aun con el arma apuntando hacia ella seguía en medio de la calle sin volver a disparar sobre ella.

Sagitario salió de la posición rodilla en tierra y se incorporo con lentitud, todo el cuerpo le dolía pero lo peor era que no oía nada aun. Uno de los choferes que se había detenido en medio de la avenida llego junto a el y empezó a hablar y señalarle hacia sus piernas. Sagitario miro hacia el lugar para ver como parte del pantalón había desvanecido y desde la altura de la nalga izquierda a la rodilla, toda la piel había desaparecido. Sagitario levanto la mirada al ver que un auto se detenía junto a el. Era Aramis con el Lexus. Sagitario sin una palabra al chofer que trataba de ayudarlo cogió la manecilla de la puerta trasera del Lexus, abrió la puerta y salto dentro cerrando de un portazo en las narices del chofer que quedo estupefacto por tal acción.
— ¡Menudo escorpión, esa Sara! Dijo Sagitario y estallo en carcajadas al oír su voz débil y algo distorsionada pero

no tenía duda de que la estaba oyendo y eso era una buena señal de que sus oídos se estaban recuperando de la explosión. La ultima vez que había estado tan cerca de la explosión de una granada de fragmentación F-1 había sido cuando elimino al hermano de Noemi y todos sus secuaces en New York tras la negociación de la heroína y de eso hacia más de quince años.

Aramis miro por el espejo retrovisor del parabrisas del Lexus y vio a Sagitario sonriendo.

— ¿Como en lo viejos tiempos? No entiendo como el tiempo no a pasado para ti, hermano.
—Puedes creerme mi querido amigo que para ser un ejecutor de verdad hay que llevarlo en la sangre y esa zorra es muy buena, porque lleva buena cantidad de eso en la sangre, solo que no esta bien entrenada. Respondió Sagitario y estallo en risas a las que se unió Aramis. Ambos reconocían el valor de Sara y sobre todo el orgullo. Ella se había metido en la trampa por la única razón del peligro y el desafío que esta entrañaba, eso solo podía ser entendido entre verdaderos ejecutores y pistoleros a sueldo. "Orgullo Propio", lo llamaban algunos.

CAPITULO VIII

"LA SENTENCIA A MUERTE DE SARA"

Cuando Aramis parqueo el Lexus en el parqueo del chalet fue recibido por una comitiva formada por todos sus amigos. Jackelin corrió al auto y después de abrir la puerta se abrazo a Sagitario.

— ¿Como estas? Pregunto al borde del llanto. Hemos estado en comunicación permanente con Sergio, que encontró la moto echa pedazos y ni rastro de ti. El ya esta de camino hacia acá.

Sagitario beso a Jackelin en los labios después de asegurarle que estaba bien. Los dos abrazados salieron del auto hacia el chalet. Mauricio sentado en su silla de ruedas, dio la bienvenida a Sagitario con una sonrisa.

— Yo nunca me equivoco, sabia que era imposible que esa zorra acabara contigo pero Jackelin nunca oye mis palabras. Dijo Mauricio sin dejar de reír y extendiendo la mano hacia Sagitario para saludarlo.
Sagitario la estrecho con fuerza y replico:

— Así es pero seria bueno que mandaras a preparar el avión, esta noche tenemos que volar a Miami. Quiero estar allá temprano en la mañana.

Mauricio asintió e inmediatamente empezó a marcar un número en su teléfono móvil, en lo que Sagitario continúo la marcha con Jackelin hacia el interior del chalet. Aramis junto al Toyota Lexus vio la escena en silencio, había cosas que no podía entender. Como porque Sagitario no había inutilizado la moto Harley Davidson de Sara en el parqueo del hotel playero. Lo otro era el porque no le había dejado incapacitada a Sara con un disparo en una de sus piernas.

— ¿Que estaba pasando allí? Se pregunto Aramis en sus pensamientos. En ese instante las luces delanteras del Suburban conducido por Sergio alumbraron el parqueo del chalet. Aramis se encamino hacia Sergio, Néstor y Balzo que descendían del auto a la carrera, preocupados por las condiciones de Sagitario, tras la explosión y caída de la motocicleta Kawasaki 7501 Ninja.

Esa misma noche Sara salió de Daytona Beach a la carrera, reparo las luces de la moto Harley Davidson en un pequeño establecimiento que permanecía toda la noche abierto. En la interestatal noventa y cinco decidió tomar rumbo a Jacksonville, necesitaba descansar para reflexionar todo lo ocurrido con Sagitario. ¿Porque no disparó a matar o al menos herirla? El pudo haberla detenido disparándole a su espalda y así no habría podido escapar en la moto. La idea de que había fallado los disparos por la mala puntería era ridícula. Allí había algo más que ella no lograba ver, tal vez con uno o dos días de descanso pudiera pensar mejor sobre todo lo ocurrido.

Damián, Charles y Newell se habían reunido en la mayor habitación de la casa de prostitución para trazar un plan para eliminar a Sara.

— Creo que con dos fusiles AK-47 y una pistola nueve milímetros que llevemos cada uno, será suficiente para eliminar a esa zorra. Dijo Damián con una sonrisa en los labios y agregó: Newell, ocúpate tú de traer las armas y no olvides que todo tiene que estar listo para mañana, también recluta a otro hombre de confianza para que nos ayude con el trabajito.
— No te preocupes, ya lo tengo, "Tony Gate." El esta huyendo de la policía por tirotear a uno de sus clientes. Necesita dinero para salir del país y buscar refugio en otro lugar. Respondió Newell.
— ¡Perfecto! Solo tienes que localizarlo. Yo voy a cuidar esto aquí por esta noche así que ustedes a trabajar. Respondió Damián dando por terminada la reunión y salió hacia la sala de la casa prostíbulo, de la cual era el dueño.

Sergio había curado las heridas de Sagitario, que además de la lesión en la pierna izquierda, tenia varios fragmentos de la granada incrustados en la otra pierna y el hombro derecho. A todo esto se le podía agregar una cantidad innumerable de pequeños desgarrones de la piel por todo el cuerpo.

— ¡Has tenido una suerte increíble! Cuando vi el estado en que quedo la moto, temí lo peor dijo Sergio acabando de vendar la pierna izquierda de Sagitario.
— Debo reconocer que fue una locura seguirla, pero nunca llegue a pensar que fuera tan buena, en realidad casi consigue hacerme pedazos. Agrego Sagitario mirando como Sergio terminaba su labor.

— ¿Nos vamos esta misma noche verdad? Pregunto Sergio, para corroborar la información que le había dado Mauricio.

— Si. Respondió Sagitario tomando un pantalón en el borde de la cama, donde estaba tumbado de lado, en lo que Sergio lo vendaba. Estuve mirando la televisión en el hotel playero, la policía está que arde con tanto jaleo. Ya hablan de acciones terroristas y no se cuantas cosas más. Hay que salir de aquí cuanto antes para que no nos vinculen con ninguna de esas acciones. Agrego sentándose en el borde de la cama y poniéndose el pantalón con cuidado para no lastimarse los desgarrones en la piel. Ya no podía detenerse, su plan estaba en marcha y pronto empezaría a rendir frutos, ya había sembrado la semilla de la duda en la mente de Sara, ahora solo quedaba esperar la decisión por parte de ella.

Cuando el Cessna 500 tomo rumbo a Miami con Sagitario y sus amigos a bordo de el, tenían la completa seguridad de que todo estaba cambiando muy de prisa. El Zar de la Droga no había perdido su poder pero el golpe dado por Sagitario tendría repercusiones en los carteles de Colombia, que pondrían en duda el mando del Zar.

— ¿A quien le reclamarán la mercancía del Delfín? Pensó Sagitario y sonrió para sus adentros. El no tenia dudas de que Aurelio Santana le cantaría las cuarenta a alguien, el problema era saber como lo haría.

— ¿Como crees que debemos distribuirnos en Miami? Pregunto Aramis desde el asiento que ocupaba, frente al de Sagitario y Jackelin, separados por el estrecho pasillo del avión.

— Creo que todos deben permanecer en la mansión de Mauricio dándole protección a el. Cabe la posibilidad de que el Zar le haga un ataque en su intento de emparejar el golpe que le hemos dado, debe estar herido en su orgullo.

Yo estaré en el apartamento de la torre Oxy, donde pienso reponerme de todas estas heridas, pero no perderemos comunicación en ningún momento. Así que es mejor que estén listos para cualquier eventualidad.

Esa misma noche, Bruno al volante de un suburban, iba en compañía de Balzo, rumbo a Miami por la interestatal noventa y cinco.

— Sabes Balzo, el Zar me ofreció muy buen dinero para que traicionara a Mauricio. Dijo de manera preocupada atrayendo la atención de Balzo, y continúo: ¿Sabes porque no lo hice? Pregunto haciendo una pausa para dar más énfasis a las palabras que iba a decir a continuación: Porque la traición nunca queda impune. Puedes creerme Balzo, estas vivo por un milagro, pero ahora estas caminando alrededor de un volcán en erupción y recuerda que la vida vale más que todo.
— ¿Porque me dices todo eso? Quiso saber Balzo sin dejar de mirar el rostro de Bruno, que era iluminado de vez en cuando por los destellos de luz de los faros delanteros del los autos.
—Sagitario creyó en ti, en el chalet pero la orden de dejarte libre en Miami indica que aun eres parte del enemigo, no lo olvides. Respondió Bruno con total sinceridad en la voz.
— ¿Porque haces todo esto por mi?
— No lo hago por ti, lo hago por tu abuelo que fue un gran amigo mío. Dijo Bruno sin quitar los ojos de la carretera.

Cuando Jackelin y Sagitario llegaron al apartamento de la torre Oxy, Jackniel los esperaba en la sala saboreando una enorme copa de helado.

— Debes estar molida con todo este ajetreo. ¿Porque no te adelantas en el baño en lo que yo me doy un trago? Sugirió Sagitario a Jackelin al notar la mirada de su hijo sobre el, como quien desea mantener una conversación a solas, entre hombres.

— Pero si tú no tomas. Replico Jackelin que se detuvo de golpe al ver en los ojos de Sagitario la intención de su sugerencia. ¡Ah!, si claro, la verdad es que estoy molida por el viaje y lo demás. Agregó algo turbada y se retiro al dormitorio para dejar a padre e hijo a solas.

— ¡Bien!, creo que ha llegado el momento de que hagas preguntas que yo responderé. Dijo Sagitario mirando directamente a los ojos de Jackniel.

— Si creo que si, pero la verdad es que no se como empezar, he oído tantas cosas, que en verdad, no se si creer.

— ¿Que te parece si te relato toda la historia desde el principio? Preguntó Sagitario.

El chico hizo un gesto afirmativo con la cabeza y Sagitario comenzó a relatarle todo, desde el comienzo de su entrenamiento por el gobierno de Fidel Castro en Cuba, sus misiones en los países del África, su llegada a los Estados Unidos, quien era en realidad Noemi White y los demás. Incluyó, la misión del FBI denominada "Radio-5" para tratar de recuperar cinco ojivas nucleares procedentes de un cohete intercontinental de largo alcance y de fabricación Rusa y como había cumplido esa misión. Sagitario fue breve en contar la parte de los diez años junto a Noemí porque Jackniel la conocía. El hijo escuchaba en silencio, sin hacer ninguna pregunta pero sin perder detalle de cada una de las palabras de su padre. El había dejado el helado a un lado y ahora se le antojaba un motón de preguntas que hacer.

— ¿Sabes? Después que mamá me entregó el manuscrito que escribiste lo he leído unas cinco veces. La verdad es que cuesta creer que un solo hombre puede dominar tantas cosas al mismo tiempo. Dijo Jackniel con algo de duda en la voz.

Sagitario sonrió ante la deducción de su hijo.

— Eres muy joven aun, pero la primera cualidad de un hombre inteligente es ver bien de cerca y analizar las cosas que lo rodean. Entre ellas a los seres humanos que son la principal fuente de información para adquirir sabiduría. Hizo una pausa y dio unos pasos cortos para acortar la distancia entre el y su hijo. Cuando observas a un deportista en pleno ejercicio, digamos un gimnasta sobre la barra fija, todos ven el ejercicio con devoción pero ahí hay muchas mas cosas: maestría, dedicación, fuerza, sincronización de movimientos, todo eso unido a la fuerza interna del gimnasta por convertirse en un campeón de su modalidad. Fuerza interna, hijo mío, para vencer a todos y llegar a ser el mejor. Eso me llevó a mi a la cima, al igual que otros lo han hecho en otros campos. Terminó y quedó en silencio a la espera de lo que pudiera decir su hijo.

Jackniel se puso de pie y sin decir una palabra camino hacia su habitación bajo la atenta mirada del padre, frente a la puerta, se volvió para decir:

— Me gustaría, si no te molesta, que fueras mi entrenador para aprender todo eso. Dijo Jackniel haciendo una petición que determinaría su existencia para el resto de su vida.

— No podría sentirme más orgulloso al ser tu instructor en algo que determina la fuerza del hombre frente a todo lo que lo rodea. Respondió mirando a su hijo hacer un movimiento de la cabeza, dedicándole una sonrisa de agradecimiento para finalmente entrar en su habitación.

Sagitario se encamino hacia la puerta de la habitación que ocupaba con su esposa, quien le abrió la puerta. El sabía que ella lo había escuchado todo. Pero se mantuvieron unos segundos en silencio, hasta que ella dijo a modo de resignación:

—Entonces, fui yo la que volvió a perder esta vez con la decisión de Jackniel.

—No estés tan segura de eso. Respondió Sagitario, con una sonrisa en los labios y avanzando hacia ella, la tomo de la cintura, dándole un ligero beso y a continuación agregó: No olvides que en Cuba empezaban los entrenamientos con quinientos hombres y después de cinco años solo cincuenta o sesenta hombres habían sobrepasado la prueba. Aunque el tendrá una ventaja y es que el maestro se concentrará en el solo, pero no podrá escapar de los entrenamientos. Terminó haciéndole un guiño con el ojo derecho y beso con pasión sus labios otra vez.

Sagitario sabia por experiencia propia que un ejecutor solo se podía formar con un entrenamiento que iba más allá de cualquier entrenamiento para grupos especiales de cualquier ejército del mundo. Un ejecutor actuaba bajo la conducta de un criminal en busca de lograr un propósito. Para el las leyes no contaban, por esa razón no obedecía contra ordenes de ninguna clase. La decisión de pedir un ejecutor para cumplir con una misión era solo dada para casos extraordinarios. En Cuba, Fidel Castro había protegido a gobernantes de tendencia comunista desactivando intentos de golpe de estado con el uso de ejecutores. En Etiopia, Nicaragua, Venezuela y el Congo, un ejecutor era una pieza clave para eliminar líderes en acciones que aparecieran accidentes. En pocas palabras, un ejecutor podría ser el "As de Espada", que guardarían en la manga de su camisa. Porque para cualquier gobernante de este mundo, la piedad queda descartada cuando de alcanzar o mantener el poder se trata.

Sara se había hospedado en un pequeño motel en las afueras de Jacksonville, en todo la noche no había podido dormir a causa de sus pensamientos. ¿Porque Sagitario no había disparado a matar? Esa era la pregunta que golpeaba una y otra vez en la cabeza de ella sin hallar una respuesta apropiada. Salto de la cama, se le había ocurrido una idea fenomenal, hablaría con el propio Sagitario. Pues encontrarlo no tenia nada de complicado. Lo haría buscando en la guía telefónica el número telefónico de la tienda de su esposa. Llamaría allí dando una excusa para pedir el número del teléfono de Jackelin. Para todo usaría el verdadero nombre de ella, que a esta hora Sagitario debería conocer. Con estos pensamientos Sara se volvió acostar para descansar un rato. Por lo que sabia, la tienda abría a las nueve de la mañana. Al fin le llegó el sueño a Sara y se quedado dormida al estar mas relajada de sus tensiones internas.

Sagitario abrió los ojos ante las sacudidas que le daba Jackelin por los hombros
— ¡Dios!, pensé que estabas muerto, hasta acerque mis oídos a tu pecho para saber si tu corazón estaba funcionando. Dijo Jackelin más aliviada al ver que Sagitario abría los ojos. Desde que te conozco nunca habías tenido el sueño tan pesado. ¿Te sientes bien? Quiso saber ella con el rostro lleno de preocupación
—Si, estoy bien, no hay problemas de salud, si a eso te refieres. Respondió Sagitario incorporándose a medias sobre la cama y mirando de reojo la bandeja con el desayuno que había puesto Jackelin sobre la mesita de

noche para poder despertarlo. Ella siguió la mirada de el con una sonrisa.

—El problema del sueño es algo provocado por lo cerca que estuve de la explosión de la granada. Los médicos no tienen una explicación muy clara para el asunto ya que puede suceder en dos direcciones, tanto dar sueño como quitarlo. Tal es el caso de un Ruso que durante la guerra mundial fue alcanzado por la explosión de una granada de mortero y nunca más pudo volver a conciliar el sueño. Lo mismo le pasa a los soldados que usan el fusil con mucha frecuencia, en un tiempo muy largo pierden el sueño y se desvelan con mucha facilidad a causa de esto. Aunque los médicos lo atribuyen al sistema nervioso del hombre que ha vivido muchas tensiones, pero no es así. Todo el problema es el cerebro y la promoción de impactos sonoros contra el, causando un desnivel en las ondas eléctricas que produce este para su funcionamiento normal. Concluyo Sagitario agarrando la bandeja con el desayuno que le estaba alcanzando Jackelin.

—Pues yo diría que lejos de perder el sueño a ti, te lo duplico por dos. Dijo ella tomando una tostada de la bandeja y untándola con mermelada de manzana.

—Todo tiene su explicación, Jackie. Agregó Sagitario probando los huevos revueltos con jamón y continuo hablando con la boca llena. Cuando destruí el avión donde iba la ojiva nuclear, la explosión debe haber sido ensordecedora. La verdad no creo haberla oído, solo recuerdo las llamas cuando me envolvieron. De ahí perdí el conocimiento hasta seis meses después. Sagitario se detuvo de inmediato porque acababa de cometer un error. Si después que el derribo el avión había estado seis meses sin conocimiento, no quedaba dudas de que el y Noemi habían tenido relación mucho antes de que ella lo secuestrara, si es que le podía llamar secuestro.

— Continúa, se todo acerca de la llegada de Nordiel y el porque la elegiste a ella para eso. Dijo Jackelin con indiferencia dando una pequeña mordida a la tostada con mermelada.

— ¡Bueno! La verdad es que a uno le pasan cosas que no puede evitar. Dijo Sagitario, sin tener nada mejor que decir de la situación en que el mismo se había metido.

—Si, ya me lo puedo imaginar pero continúa. ¿Que es lo más importante ahora? Volvió a repetir Jackelin con marcada calma y sin dejar de comer.

—Bueno, la inconsciencia. Tras la explosión, dio como resultado un aumento de sueño facilitando la reparación de mis ondas cerebrales. Pero en antes mi sueño iba con más tendencia a desaparecer. Terminó de decir el llevándose otro poco de huevos revueltos con jamón a la boca.

El teléfono móvil de Jacqueline empezó a sonar dentro del bolso de mano que estaba sobre la cómoda al lado de la cama.

— ¡Hello! Contestó Jackelin para entablar comunicación.

—Quiero hablar con Sagitario. Dijo Sara sin dar más explicaciones.

— ¿De parte de quien? Preguntó Jackelin en estado de alerta y mirando a Sagitario que no perdía detalle de la conversación telefónica.

—De parte de Luisa Machado. Respondió Sara y quedo a la espera oyendo como del otro lado de la línea, el teléfono cambiaba de manos.

— Estaba esperando tu llamada. Le dijo Sagitario, en cuanto tuvo el teléfono a su disposición. Parece que el Zar de la Droga le puso precio a tu trasero. Continúo diciendo.

— ¿Tu tuviste algo que ver con lo del aeropuerto? Preguntó Sara de improvisto y con cierto tono de duda en la voz.

— ¿Porque iba yo a saber que andabas por allí? No tengo una bola mágica, pero no tengo la más mínima duda de que el Zar quiere tu vida para que no caigas en mis manos.

— ¿Esa es la razón por la que no disparaste a matar?

—Claro nena, soy un tipo que no fallo mucho mis disparos, la mira de mi pistola pasó tres veces sobre tu pecho antes de hacer cada disparo. ¡Ah! lo siento por las luces de la moto. Sagitario hablaba tratando de ser simpático con ella, necesitaba que Sara o Luisa Machado confiara en el.

—Primero haré unas comprobaciones y si tienes razón volveré a llamar en cuanto sepa lo que hay. Dijo Sara, dando por terminada la conversación.

Sagitario devolvió el teléfono a su esposa, que no había dejado de observarlo.

— Bueno, tenemos hoy todo el día para intentar lograr tu promesa de darme un nuevo hijo. Dijo con mirada coqueta y entre sonrisas.

— ¡Yo no te he prometido nada!

— ¡Mentiroso! Grito ella tomando la almohada y lanzándola hacia el, que con una rapidez increíble capturo la almohada y evito que la comida de la bandeja cayera sobre la cama.

Después de Sara cortar la comunicación con Sagitario, quedó pensativa analizando todas las palabras de el, comprendiendo que tenia razón en lo que decía. Pero aun así, ella comprobaría los hechos, ya que no era difícil hacerlo.

Sara condujo el auto que había comprado esa misma mañana al lado del hotel por el precio de quinientos dólares. El auto era toda una especie de cacharro con un motor de ocho cilindros, el Pontiac Grand Prix del ochenta y siete, haría el viaje a Miami sin muchos problemas. En caso de que fuera necesario, el vendedor le había dejado todos los documentos del auto, pero ella sabía que todo aquello estaba alterado incluyendo la placa. Después de salir de los teléfonos públicos, se dirigió a la biblioteca pública, necesitaba una computadora para dejar un mensaje al Zar de la Droga. Un mensaje que, de ser respondido, delataría las verdaderas intenciones del Zar hacia ella. Parqueo el viejo Pontiac a dos cuadras, por detrás de la biblioteca. Allí enviaría y recogería información sobre los pasos que tenia que dar en lo adelante. Busco un terminal de computadora apartado del bullicio de los jóvenes, que se agrupaban en casi todas las mesas. Hacía mucho tiempo que el hacer silencio en las bibliotecas era cosa del pasado. Repaso las paginas de los espacios personales y tecleo un nombre con su correspondiente identificación del Internet, apareció en la pantalla la sonriente cara de una jovencita en edad de quince o dieciséis años, que anunciaba sus gustos al público y buscaba amistad con chicos de su edad.

— ¡Bella juventud! Dijo Sara por lo bajo, evocando recuerdos desde que era una niña, viendo como su madre y hermanas caían por el sistema y la dura vida. Ella había logrado sobrevivir a fuerza de golpes, sabiendo que todo lo que se movía a su alrededor podía ser su enemigo mas implacable. Tecleo con rapidez en la consola de la computadora, "Los quiero a todos menos a uno, necesito reubicarme para saber de el." El mensaje quedo en la pagina personal, que con toda seguridad no seria borrado hasta la llegada de la muchacha de la escuela, que lo borraría al no entender lo que le habían querido decir, unido al que podrían intentar responderle. El mensaje de Sara tenía toda la apariencia de un mensaje inofensivo porque estaba escrito en términos indefinidos, donde el cambio de una palabra marcaba la diferencia, solo había que cambiar la palabra "quiero" por la palabra "maté" y el mensaje revelaría su verdadero significado. Nadie, ni la policía, ni el FBI, podían descifrar los cientos de millones de mensajes que se enviaban de todas partes del mundo, muchos de ellos dando información a terroristas, grupos de la mafia, carteles de la droga y asesinos a sueldo. Sara paso a otra pagina personal y anoto la dirección en clave que había en esta. Era una casa de emergencias ubicada en Carol City en la ciudad de Miami. Ella esperaría a que oscureciera para salir de Jacksonville de noche y llegar a Miami sobre la una o dos de la madrugada, haciendo el viaje en unas cinco o seis horas.

Sagitario y Jackelin habían pasado toda la tarde en el apartamento sin hacer otra cosa, que no fuera el amor, cuando el reloj marco las siete de la noche, sonó la alarma y Sagitario salto de la cama.

—Tengo que hacer una visita. Dijo Sagitario mientras escogía en el closet un atuendo de color negro, pantalón y un pulóver mangas largas. Agarro sus guantes, lanzo un beso a Jackelin, que continuaba en la cama y le dijo: No te pongas la ropa que voy a volver enseguida. Ella sonrió.
— ¡Fanfarrón!, vas a ver lo que te voy a hacer cuando vuelvas.
En el parqueo, Sagitario a bordo del Mercedes Benz de Jackelin, sonrió al pensar como habían cambiado los gustos de ella durante estos diez años. Antes era fiel adicta a los carros deportivos de alta potencia en el motor y ahora buscaba confort y lujo. El sabía que ella cambiaba

de auto cada año, porque todos provenían de los dealers de Mauricio, donde se lavaba mucho dinero, proveniente del negocio de las drogas. Pronto Jackniel querrá un auto como este, pensó. Conociendo a su hijo, no tenía la menor duda de que elegiría un auto conservador antes que uno deportivo.

La esposa de Bill, el ex agenté del FBI, miró por cuarta vez por la ventana de la cocina hacia el patio trasero encontrando todo en calma, paso la vista por la piscina y mas atrás de esta, el bar que el mismo Bill había construido con maderas y techado con hojas de palma, las cuales abundaban en todos los bosques del estado de la Florida.

—No entiendo porque Chicha ladra tanto hacia la puerta del patio. Le dijo, cuando lo vio salir del dormitorio donde había estado viendo un partido de football Americano, tendido sobre la cama.

— ¿Como dices? Preguntó Bill sin comprender lo que había querido decir su esposa.

— ¡Bill!, ¿Donde estas? La perra Chiguagua lleva rato ladrando hacia el patio, le abrí la puerta pensando que quería hacer sus necesidades pero en vez de salir solo gruñó hacia la oscuridad dentro del bar.

— ¡Dios mío!, ¿Porque no me avisaste rápido? No sabes cuanto he estado esperando esta visita. El respondió, preso de una alegría eufórica y abriendo la puerta de la cocina, salió al patio a la carrera, pasando junto a la piscina e hiendo hacia el bar. Se detuvo en la puerta.

— ¿No sabes que por traspasar propiedad privada te pueden sancionar a varios años en este estado? Dijo Bill con una sonrisa y buscando encender la luz del bar.

—Déjalo a oscuras Bill, todavía hay muchas complicaciones para que nos vean juntos. Dijo Sagitario desde la oscuridad. También se lo del estado de la Florida y su negocio con las prisiones. Da mas dinero una prisión en este estado que toda la droga que mandan de Colombia y México, pero si no me crees pregúntaselo a los cabilderos de los gobernadores, que son los dueños de los contratos de venta de mercancía a las prisiones.

—Dejemos eso a un lado, no me interesa la política. Respondió Bill sentándose frente a Sagitario y esperando que sus ojos se acomodaran a la oscuridad del pequeño bar.

— ¿Quieres un trago? Preguntó Sagitario con una sonrisa. No bebo nunca, pero debo reconocer que esta botella es algo especial en cuanto a sabor y calidad, ¿Que tipo de bebida es?

—Es un Bermellón del cuarenta y tres, te estas tomando la mejor botella que tengo aquí. ¿La sacaste de la nevera? ¿No?

—Si, llevo una hora aquí y no te puedes imaginar lo aburrido que he estado, así que considerándome un invitado especial, le presente mis respetos a la botella, que me pareció la mas cara de tu bar.

— ¡Y que lo digas! Has sido el mejor invitado que he tenido en mucho tiempo, ya no viene mucha gente a ver al viejo Bill, en su nido de retiro. Dijo Bill extendiendo la mano hacia el vaso, que Sagitario le había servido. ¿Le has declarado la guerra al Zar?

— Si, eso dicen. ¿Sabes Bill? Una vez tuve un entrenador Ruso, en análisis sicológico del comportamiento humano. El hombre tenia una gran inteligencia y en una ocasión me dijo: "Tanto el capitalismo como el socialismo, tienden a morir en diferentes etapas de un gobierno y eso sucede porque la vieja generación se niega a darle paso a la nueva. Le cierra el paso por desconfianza y se aferran a mantenerse en el poder a toda costa. La juventud dentro de sus filas, se convierte en el peor enemigo de lo viejo y comienza a destruir y corromperlo todo." Sagitario se puso en pie para abandonar el lugar, dejando a Bill pensativo.

— ¿Qué te dijo el instructor sobre que hacer para frenar a la juventud?

— ¡Dales el poder pero obsérvalos de cerca, para eso esta la experiencia de la vejez, así no se destruyen! Respondió y salió corriendo, salto por encima de la cerca de madera, que rodeaba la casa y desapareció.

Bill se mantuvo un rato analizando la conversación. Consideraba que Sagitario no había venido a buscar información, sino a hacer algo así como una advertencia, como si conociera la identidad del Zar.

— ¡No, no puede ser! Exclamó.

Al oscurecer, Sara salió rumbo a Miami. Después de casi cinco horas de viaje a través de la carretera interestatal I - 95, hizo la salida en Golden Gate, para dirigirse a la casa ubicada en Carol City.

Ella conocía y mantenía una relación familiar con unos amigos de su madre que habían emigrado de Cuba hacía mucho tiempo. Cuando ella llegó al país, los iba a visitar una vez al mes. Como eran un par de ancianos en mala posición económica, Sara decidió regalarles la casita en que ahora vivían y la compro por un precio de ochenta mil dólares. La casa tenia una adición, ahí ella mantenía guardadas cosas de reserva. La vida dura le había enseñado a no confiar en nadie por bueno que pareciera. Ella sabia que las personas cambian como las cartas en el juego y eso podía estar sucediendo ahora, por eso había que andar con mucho cuidado, hasta saber la posición de cada quién para después actuar.

Estacionó el cacharro en el lateral de la casa, bajó del auto con paso rápido y se encamino hacia la parte trasera del hogar donde tenía sus pertenencias. Estaba agotada por el viaje, pero había cosas que no podían esperar. Se dio una ducha y vistió de negro. Sonrió ante el espejo al contemplar su imagen, la descomunal rubia había desaparecido, allí estaba Luisa Machado (la que se había abierto pasos en los suburbios de Bogotá, Colombia, a fuerza de puños y no sentir miedo ante nada. Su mirada y firme mandíbula eran una prueba de ello). Sara fue a la pequeña cocina de la dependencia, abrió las puertas de los gabinetes debajo del fregadero, corrió una pieza de madera y dejo a la vista varias armas. Tomo una Uzi con silenciador y dos cargadores, una pistola nueve milímetros y un cuchillo especial de asalto para grupos de comandos especiales. Después coloco la tabla en su posición anterior. De la gaveta de una pequeña cómoda, junto a la cama, tomó unas llaves. Salió a la calle, abordando un Honda Civic frente a la casa. Sonrió al poner el motor en marcha, que a penas hizo ruido al arrancar. El viejo Manolo era mecánico y tenia especial cuidado y celo con todo lo que perteneciera a ella. Pasó la vista por el interior del pequeño auto y vio que todo estaba limpio y lustrado a la perfección. Ella no tenia dudas de que Manolo fuera a chequear el viejo Pontiac en la mañana que estaba por llegar, sin que ella se lo pidiera. Eran personas muy agradecidas y siempre estaban dispuestos a hacerle un favor por difícil que este fuera. Pues, el viejo Manolo había comprado las armas a petición de ella. Sara condujo el Honda Civic hacia la veinte y siete avenida, que también se le denominaba University Drive. La dirección estaba en la 203 Calle, a solo unas cuadras del estadio Pro Players. Su reloj marcaba las dos y diez cuando hizo una izquierda y pasó de largo por frente a la casa de emergencia. Parqueo tres bloques mas abajo en plena calle, entre dos autos parqueados frente a una casa. Teléfono en mano, marco al número de Jackelin para localizar a Sagitario.

— ¡Hola! Respondió Sagitario soñoliento.

— Soy yo, Sara, quiero hablar contigo cuanto antes.

Sus planes dependían de si el se presentaba en la dirección de la casa de emergencias. Porque si Sagitario era atacado al llegar allí, entonces el Zar de la Droga quedaría al descubierto. Y si no era atacado, entonces era Sagitario quien le jugaba sucio.

— ¿Así tienes planes nena? Muy bien por ahora tu ganas, solo que voy a llevar el arco y la flecha, ya sabes, un poco de precaución no esta de más en estos tiempos.

— ¡Esta bien! Como tú quieras. Dijo Sara y le dio la dirección del lugar.

CAPITULO IX

"SAGITARIO Y SARA CAEN EN LA TRAMPA DEL ZAR."

Damián y Charles junto a otros montaban vigilancia desde una casa ubicada frente a la que Sara consideraba su "casa de emergencia."

— Ese carrito que pasó me parece sospechoso a estas horas. Dijo Damián mirando hacia la mesa en que Charles, Newell, Tony Gate y Fernando Solís el hombre que los había llevado hasta allí, jugaban al "Cuban Póker."

— Tranquilo muchacho esa gata va a caer ahí muy confiada y nosotros solo tenemos que actuar cuando lo haga. Dijo Fernando deteniendo la tensión que flotó en el ambiente con las palabras de Damián.

— Yo solo digo lo que veo porque cuanto antes salgamos de este lío, mejor. Agrego Damián a modo de justificación, no era que tuviera miedo sino que tenia instintos para detectar el peligro y aquella espera no era de su agrado.

Diez minutos después de haber recibido la llamada de Sara, Sagitario se había colocado el traje de las correas con ayuda de su esposa y cuando subió a la moto, en el parqueo del edificio, llevaba encima dos pistolas 9mm, colgadas en el pecho, un fusil M-16 de culata pegable con lanza granadas debajo del brazo izquierdo y a su derecha a la altura de la cadera, otra 9mm de cañón reforzado con un cargador especial para dieciocho proyectiles. Por encima de este armamento una casaca de frío que fue confeccionada para el en la época en que se declara el signo de guerra. La casaca se ajustaba al traje con unos broches y las armas a la altura de la cadera podían ser sacadas por una abertura disimulada en la tela de la casaca.

El supero la distancia de Miami Beach a Carol City, en escasos treinta y cinco minutos. Pasó por el frente a la casa de la dirección que Sara le había dado, con suavidad. No necesitó más que una ojeada al lugar para saber que allí acechaban con una trampa. Acelero la moto a fondo que respondió sin quejarse, llegando a la esquina hizo una izquierda y volvió a acelerar cambiando de velocidades. Sara lo pudo ver al pasar junto a ella como alma que lleva el diablo.

— ¡Dios mío! Masculló Sara entre dientes, al darse cuenta que Sagitario al no obtener señales de ella se había largado. Tomó el teléfono móvil y marcó el número de Jackelin, sin recibir señales.
— ¡Maldición! Gritó, dando un puñetazo sobre el volante del auto.
Igual frustración tenía Damián. Desde donde estaba, había llevaba el fusil AK-47 a la posición de tiro, para ver como el blanco desaparecía como una exhalación frente a sus ojos.

— ¡Se nos escapa la maldita puta! Gritó Damián confundiendo a Sagitario con Sara por la vestimenta y el casco de la moto puesto.

— ¡Tranquilo muchacho! Dijo Fernando, sin dejar de jugar a las cartas con los demás sentados alrededor de la mesa. ¿Es que nunca has oído decir que la paciencia es la madre de la recompensa? Te garantizo que ella tarde o temprano va a caer en nuestras manos.

Sagitario había recorrido unas tres millas, redujo la velocidad y frenó en el centro de la calle, puso un pie en tierra y se quito el casco, que fijo al asiento de la moto como un aditamento especial para esto, dio un giro en "U" para volver sobre sus pasos, pero esta vez con los oídos puestos en todos los ruidos que se producían a su alrededor.

Sara empezó a incomodarse, hacía una hora que Sagitario se había largado de allí y el sol no tardaría en salir por el horizonte, se podía percibir su resplandor por el este. Tomó una decisión, esperaría a que fuera de día, para llegar a la casa de emergencia y echar un vistazo sobre ella. Pero las cosas le fueron mejor cuando entre dos luces apareció un muchacho, repartiendo el periódico en la zona donde ella estaba parqueada.

— ¡Hey muchacho!, ven aquí que quiero hablar contigo. Le gritó. El miró hacia ella, que saliendo del auto se le acercó.

— ¿Qué desea? Preguntó con recelo.

Sara calculó que tendría unos quince años, aunque un poco pasado de peso para su edad.

—Necesito que me hagas un favor, que te voy a pagar bien si lo haces. Dijo al tiempo que sacaba del bolsillo de su pantalón tres billetes de veinte dólares.

La visión del dinero hizo que el muchacho cambiara su actitud de desconfianza hacia ella y se acercó un poco más.

— ¿Qué tengo que hacer?

— Solo llevar un recado. Tengo una relación con una muchacha a unas casas de aquí y no puedo comunicarse con ella, ni ir directamente a la casa porqué la familia me detesta, ¿Sabes a que me refiero?

— ¡Claro que si! Respondió el con una sonrisa y agregó: Mujer con Mujer, lo he visto en las películas prohibidas. ¿Qué quieres que le diga a ella?

— Bueno, si te sale a la puerta una señora mayor, mejor que no abras la boca, para que no te busques un escobazo. Pero si sale una jovencita rubia, le dices que su amiga Yuly esta aquí hace dos horas. ¿Puedes repetir el mensaje sin problemas?

— ¡Claro que si señora! Yo tengo buena memoria. Dijo el muchacho sonriendo cuando Sara le entrego los tres billetes.

Sara lo vio alejarse a la carrera en su bicicleta. Ella le había pagado más de lo que ganaría el en una semana repartiendo periódicos por todo el vecindario. Sintió pena por engañarlo y ante el peligro que podía correr, pero no tenia dudas de que si había alguien vigilando la zona lo identificaría como el repartidor de periódicos del barrio. Unos quince minutos después el muchacho regresó a la carrera.

— Señora no hay nadie en la casa, toqué varias veces en la puerta y no abrió nadie. Le dijo el muchacho casi sin resuello, por la premura del recorrido de ida y vuelta, que había tenido que hacer en su bicicleta.

— ¡Hay Dios mío! Entonces ya se fueron a vivir a Nueva York, ahora no se que hacer sin mi amor. Respondió Sara con un tono lastimero y quejumbroso en la voz.

— ¡Lo siento señora! Le contestó el muchacho, sintiendo verdadera pena por Sara y sus dolencias amorosas. Tal vez usted pueda ir a verla a Nueva York, usted tiene un buen auto. Agregó el muchacho, dando una idea que consolara a Sara.

— Esta bien mi amigo, gracias por todo. Dijo Sara poniendo en marcha el motor del auto y secándose las ficticias lagrimas con el dorso de la mano.

El repartidor de periódicos la vio partir y continúo con su trabajo, en el cual llevaba varios minutos de retraso.

Sara no conocía el miedo, así que había decidido meterse ella sola en la boca del lobo. Condujo con rapidez hacia la casa de emergencia, detuvo el auto frente a la puerta de entrada y protegida todo el tiempo por el, salto al suelo por la puerta del pasajero, desde ahí metió la mano en una maceta del jardín y sacó las llaves de la puerta de la casa. Realizó toda la operación en solo unos segundos. Sonrió dentro de la casa, cuando se lanzó de bruces contra el suelo en espera de oír unos disparos a su espalda.

Damián quedó pensativo cuando vio que un muchacho en bicicleta y una carga de periódicos enrollados, se detenía en la casa que vigilaban.

— ¿Puede decirme alguien de que se trata esto ahora? Preguntó Damián.
Fernando se puso de pie y fue hacia la ventana para dar una miradita al lugar.

— Es el hijo de los González que reparte el periódico en toda la vecindad. — dijo.

— ¿Pero que hace tocando esa puerta? Volvió a preguntar Damián algo contrariado.

— Porque el inquilino de esa casa de seguro se fue sin pagar un lote de sus periódicos. Dijo Fernando con total calma ante la situación del repartidor de periódicos. Ya casi esta amaneciendo, creo que es mejor que alguien te releve de esa posición, llevas muchas horas ahí. Agregó con una sonrisa y mirando hacia la mesa de póker, donde había ganado más de cinco mil dólares.

— Creo que voy a ser yo tu relevo, no me queda un dólar en el bolsillo. Dijo Toni Gate, separándose de la mesa y moviéndose hacia donde se encontraba Damián. Al final seré yo quien tenga que cargarme a esa puta. Agregó tomando el fusil de las manos de Damián.

— Parece que esta un poco nervioso, con todo este lío. Dijo Fernando con una sonrisa cuando Damián entro al dormitorio para descansar un poco.

— No te equivoques Fernando. Expreso Charles. Ahí donde tu lo ves, Damián es más peligroso que todos nosotros juntos, solo que le gusta la acción rápida, buscar la presa y caer sobre ella, así actúa el.

— ¡Ahí llego la paloma! Gritó Toni al tiempo que llevaba el fusil a la posición de disparo. ¡Maldición ha sido muy rápida su entrada y no he podido ni apuntarle a la cabeza!

Todos miraron a través de las cortinas con discreción, solo Toni mantenía la ventana abierta a medias para disparar sobre el blanco.

— ¡Todos listos! Gritó Fernando. Ya esta adentro, ahora no la podemos dejar escapar.

— ¡Eres todo un fenómeno nena! Dijo Sagitario cuando Sara trato de incorporarse del suelo. Suelta los hierros y no intentes nada, te estoy apuntando con un M-16 y no sabes donde estoy. ¿Lo has entendido? Sara obedeció sin replicar.

— Así esta mejor. Dijo el desde detrás de la puerta de entrada. Realmente eres muy buena, nunca pensé que te arriesgaras a venir aquí. La casa de enfrente esta llena de la gente de tu querido Zar.

— ¿Como puedo saber que dices la verdad?

— Compruébalo por ti misma pero ten mucho cuidado al asomarte a la ventana. Respondió Sagitario con una sonrisa dejando de apuntarla.

Sara, a pesar de la oscuridad, pudo ver el cañón del fusil que el traía, camino hacia la ventana y con sumo cuidado miro hacia afuera.

— No veo a nadie. Dijo sin volverse.

El se situó detrás de ella y le entrego el fusil para que observara a través de la mira telescópica.

— ¿Como puedo saber que no es una jugarreta tuya? Preguntó ella.

— No tengo inconvenientes para que salgas y averiguas por ti misma. Respondió sonriente, hizo una pausa y dejo de sonreír. Se acabaron las preguntas nena, de aquí solo puedes salir con vida si yo te ayudo, lo otro es que tenemos que salir ahora mismo. Pronto se hará de día, te espero en la entrada del Oxy 2 en Miami Beach.

— ¿Como vamos a salir de aquí? Preguntó ella activando sus neuronas para la acción.

— Agarra tus trastos y limítate a disparar hacia las ventanas de la casa, después sube al auto y huye lo mas rápido que puedas, no saben que estoy aquí, además, tienen armas de poco alcance.

Sara devolvió el fusil a Sagitario, sabia lo que el se proponía, atraer la atención de ellos sobre ella y cuando fueran a reaccionar seria demasiado tarde. Recogió sus armas del suelo, se apoyo en el lateral de la puerta en lo que Sagitario levantaba el fusil en posición de disparo.

— ¡Listo! Dijo Sara y manipuló la empuñadura de la cerradura para abrir la puerta, antes de salir pudo oír como el casquillo del fusil caía al suelo, con su característico tintineo del chocar del metal con el suelo de concreto.

Toni Gate recibió el impacto del proyectil entre los ojos, que lo derribo al suelo como un fardo, sin llegar a comprender nunca, como la había llegado la muerte, a menos que el diablo se lo explicara cuando llegara al infierno. Sobre Charles, Newell y Fernando se ahíto una lluvia de proyectiles desde la Uzi de Sara, que tronaba con un ruido ensordecedor en toda la vecindad. Ellos se lanzaron al suelo y buscaron las pistolas que llevaban en la cintura. Charles se arrastró bajo la lluvia de proyectiles y echo mano al otro fusil que habían llevado extra, desde allí pudo oír como el auto de Sara rugía, dándose a la fuga.

— ¡Maldición se nos escapó! Gritó Charles poniéndose de pie y echando a correr hacia la puerta de salida de la casa con el fusil en las manos y listo para disparar.
Sagitario lo vio salir, lo dejo avanzar hacia el centro de la calle y cuando Charles llevo el fusil al frente del rostro, para apuntar a Sara, Sagitario apretó el gatillo del M-16 que escupió otro de sus silenciosos proyectiles, que hizo impacto sobre la oreja derecha de Charles y salió por el otro lado de la cabeza. Sagitario no perdió tiempo, movió el cañón del fusil hacia la entrada de la casa con una rapidez increíble. Apretó el gatillo dos veces, alcanzando a Newell sobre el pecho, que a causa del impacto se le doblaron las piernas hacia atrás, cayendo de espaldas contra el suelo.

Fernando fue a reaccionar al darse cuenta de su error, pero no perdió el tiempo, el proyectil disparado por Sagitario le dio de lleno en el rostro, saliendo por la parte de atrás de la cabeza y llevándose la vida de Fernando en solo segundos. En el dormitorio, Damián escucho la primera ráfaga y quedo agazapado tratando de ubicar todo sus sentidos, estaba cansado y se había quedado dormido nada más de tenderse en la cama. Tomo la pistola que había dejado en la mesita de noche y se fue arrastrando hasta la sala donde encontró el cuerpo sin vida de Tony y en la puerta el de Fernando y Newell.

— ¡Dios mío!, ¿pero que es esto? Pensó Damián pasando a rastras sobre los cadáveres, cuando alcanzo a ver a Charles tirado en plena calle. Tenía que salir de allí rápido, las luces de todas las cosas empezaban a iluminarlas, eso era una clara señal de que más de un vecino había llamado a la policía. Damián llego a la puerta del auto que habían llegado, el no tenia duda de que ese carro no tenia documentos legales, abrió la puerta sin ponerse de pie y pensó que con un poco de suerte podría escapar antes que llegara la policía. Sagitario, después de disparar abandono la casa por el patio trasero saltando al patio del vecino hasta llegar a la calle. Avanzo por el jardín que rodeaba el frente de una casa donde había dejado la moto escondida. Salto sobre las plantas y trepo sobre el asiento de la moto, antes de ponerse en marcha escucho como en el otro lado de la cuadra salía velozmente un auto.

— ¡Valla aunque queda bailadores en el baile! Se dijo así mismo sonriendo y salió por la entrada principal.

Damián conducía rápido aunque trataba de no cometer infracción alguna que pudiera llamar la atención de la policía. Condujo hasta University Drive y podía oír la sirena de los carros policíacos que avanzaba hasta el lugar de la balacera. Se dirigía hasta el turnpike, rumbo sur, para entrar al North West por la I-95. Cuando paso la entrada del estadio diviso un auto estacionado a la orilla de la carretera con las luces de precaución intermitentes, ya casi se había echo de día y aunque nunca había visto Sara no tenia dudas de que ese auto era el mismo que había transitado por la calle donde ello estaban vigilando.

Sara luchaba con el motor tratando de encontrar el problema que lo había hecho detenerse, cuando sintió que un auto se acercaba, al reconocerlo quedo petrificada, de inmediato se repuso y tomo en sus manos la pistola.
Damián acelero para salir del alcance del disparo y freno cien metros más adelante, hizo un giro en "U" para colocarse de frente al auto de ella con el fusil en sus manos. Sara perdería el jugo pensó y el cobraría la parte del trato sin tener que compartir con nadie y se bajó del Impala dispuesto a disparar. Sara miro en derredor sintiéndose acorralada y busco refugio detrás de su auto.
Sagitario cruzo despacio por la avenida, sabia quien había escapado no podía andar lejos. Sonrió ante el panorama que encontró frente a sus ojos, Sara corría buscando refugiarse en lo que el desconocido se le acercaba apuntando. Con movimiento rápido saco un arma y la coloco sobre sus piernas, acelero la moto, soltó las manos y tomo el fusil en posición de disparo, apretó dos veces el gatillo en contra de Damián que cayo de espaldas al impacto de las balas sobre su pecho. Sagitario llegó junto a Sara, levanto la visera del casco y sonrió.

— Últimamente me he convertido en tu caballero salvador. Dijo sonriendo e indicándole a Sara que subiera a la moto.
— ¿Nunca has oído decir que al perro le entran ganas de cagar a la hora de agarrar al venado? Pues este cachorro lo ha hecho hoy. Dijo subiendo a la moto.

— Son cosas que pasan nena, pero un ejecutor nunca debe ser tan descuidado. Yo forcé la puerta a dos carros en la calle trasera a la del tiroteo, uno a la derecha y otro a la izquierda, porque uno nunca sabe cuando un numerito le queda grande a uno en este trabajo.

Sagitario acelero la moto, retomó el fusil y se volteo para disparar la lanza granada. Sara pudo oír la explosión pero no el blanco, intuyendo que había sido su auto. El volvió a colocar el fusil sobre sus piernas y a toda velocidad se dirigieron hacia Miami Beach.

Noemí recibió a Paolo Sebastián Di Marzo en la biblioteca de la mansión donde siempre había vivido con su hermano. Paolo era el primo hermano de Frank Di Marzo, antiguo socio y jefe del hermano de Noemí, que fue aniquilado junto a sus secuaces por Sagitario. Cuando Frank se convirtió en un hombre buscado por el FBI y la policía internacional por su relación con Marlon y Hair Solimán en el asunto de las ojivas nucleares, fue perdonado con la condición de no pisar territorio estadounidense ni europeo, bajo ninguna condición o circunstancia. Es desde ese entonces que Paolo asume el mando en la familia Di Marzo.

— Señorita Noemí siento mucho el tener que molestarla. Comenzó a decir con la delicadeza que caracteriza a un Italiano bien educado. Tal vez Ud. ya sepa que hay guerra en Miami entre los grupos distribuidores de la droga que entra por el sur de los Estados Unidos.
— Si he oído algo al respecto pero, ¿qué tiene que ver eso conmigo?
— Se trata de Sagitario, el es quien ha dado inicio a esta guerra. Nosotros hemos aceptado negociar con el Zar, tras la caída de Mauricio Palmieri. En realidad no teníamos

otra opción, nuestras ventas no pueden detenerse ahora por diferencias del pasado, somos promotores del negocio a toda costa. ¿Lo entiende Ud. así, señorita?

— Claro que lo entiendo, las familias tienen un mercado en la calle con mucha competencia por los clientes. Hizo una pausa para agregar, acentuando bien sus palabras. Por lo visto Sagitario tiene algo que Uds. necesitan, ¿me equivoco?

— No señorita Noemí, no se equivoca. El Zar de la Droga promete pero no da la cara en estos momentos y nosotros no podemos esperar. Cuando hablé con Frank para ver la posibilidad de que el negociara con Sagitario, me recomendó que viniera a verla a Ud., que también es parte de nuestra familia y sus intereses son los nuestros. También, es mejor mantener las buenas relaciones.

— Está bien, creo que en eso no hay problemas, lo podemos resolver ahora mismo. Dijo ella tomando el teléfono para hacer una llamada.

Sagitario entró en el parqueo de la torre Oxy en compañía de Sara, ambos sobre la moto. El guardia de la garita lo saludo nombrándolo Alejandro.

— No tenías necesidad de volar el carro. Le dijo Sara, más interesada por saber el motivo que llevó a Sagitario a hacer eso, que por el hecho de poder ser identificada por usar el auto.

Sagitario se quito el casco y la miro sonriente y como si entonara una canción le dijo:

— Nena, no me vayas a confesar que aun eres virgen.

Ella contrajo el rostro indignada, fue a decir algo pero el, conteniendo la risa se apresuro a decir:

— Esta bien, nena dejemos ese tema a un lado. En realidad, mi reina cuando se esta entre profesionales, el mas mínimo error puede echar a perder toda una operación, incluso perder una guerra. Por lo que no fue tu presencia la que quise ocultar, sino la mía. Si ellos descubren que tu auto se rompió en la carretera, pensaran que estabas huyendo y que te cargaste a todos esos tipos tu sola. Si por el contrario, aparece tu auto en la carretera, levantaría la sospecha de que alguien mas pudo brindarte ayuda. Hizo una pausa para llenar sus pulmones de aire y continuar: Ahora pensaran distinto, el suceso de la explosión los confundirá y pensaran que fue una trampa para cazar a ese imbécil que quedo en medio de la calle, que al no caer le diste el pasaje con el mismo fusil con que despachaste a los otros. No olvides que todos han muerto a causa de "Manuel Dieciséis." Dijo riéndose y dándose unos golpecitos en el costado izquierdo, señalándole a Sara donde ocultaba su fusil de fabricación especial.

Jackelin recibió a Sara sin recelos, nada mas ver su apariencia dedujo cuales eran sus gustos. Había preparado la mesa para un buen desayuno y los invito a sentarse, haciéndoles compañía. Mientras desayunaban hablaban de diversos temas, política, economía, las leyes de inmigración, justo en el momento sonó el teléfono. Jackelin fue a contestarlo pero Sagitario se lo impidió con un gesto de su mano que indicaba que el contestaría.

— ¡Hola! Saludo.
— Sagitario, soy yo, Noemí, te estoy llamando porque tienes en tus manos algo que le interesa a los de aquí, ellos quieren negociar contigo. ¿Entiendes lo que quiero decir? Ella preguntó.
— Claro que entiendo a la perfección y estoy de acuerdo en negociar con ellos. Dales este número. Dijo recitando

de memoria el número de teléfono de Mauricio. ¿Como esta el niño? Preguntó a continuación preocupado por la respuesta.

— Tiene todo este lugar patas arriba, ahora mismo esta en el patio con un grupo de nuevos amigos de la escuela mas unos carpinteros tratando de construir una pista de carreras para sus autos de control remoto.

— Lo consientes demasiado.

— Realmente no me importa hacerlo, quiero que disfrute, yo no lo pude hacer a pesar de todo el dinero que tenia.

— Tienes que tratar de olvidar el pasado, inicia una nueva vida de manera espontánea. No te limites, solo da pasos hacia delante, ya el destino te dejara saber si es bueno o malo lo que hay reservado para ti.

— Tendré en cuenta tu consejo pero ahora te dejo, tengo a alguien esperando que le diga cual fue tu decisión. Saluda de mi parte a Jackelin y Jackniel.

— No tengas dudas, tus saludos serán dados. Alcanzó a decir antes de que se cortara la comunicación.

El pudo percibir cierto nerviosismo en la voz de Noemí, lo otro era que le había colgado sin poder recomendarle que ella y el niño se cuidaran. Repasó mentalmente una y otra vez sus palabras sin encontrar nada que pudiera causarle a ella ese estado. Envuelto en esos pensamientos la voz de su esposa lo sorprendió a su espalda.

— ¿Quien era? La pregunta de Jackelin hizo que rompiera su concentración en una idea que había vislumbrado por unos segundos. ¿Podía estar Noemí vinculada de alguna manera, que el desconocía, con el Zar?

— Era Noemí. Su respuesta fue cortante, dejándole saber a Jackelin que no podía decir nada más, pues Sara se encontraba presente. Dale un dormitorio a Sara para que descanse y la bolsa de primeros auxilios, necesita curarse una herida en la pierna.

En la mente de Sagitario una idea se iba revolucionando y un plan tomando forma, el cerco para el Zar se iba estrechando cada vez más y no tardaría en caer. Solo que en esa caída, el Zar trataría de arrastrar a la mayor cantidad de victimas y atacaría los puntos más vulnerables de Sagitario, Jackelin y su hijo Jackniel.

CAPITULO X

"LOS PLANES DE SAGITARIO Y SARA"

Después de Noemí colgar el teléfono, se volvió hacia Paolo con una sonrisa. Este no había pasado por alto el estremecimiento nervioso que experimento Noemí mientras hablaba por teléfono.

—Asunto resuelto. Dijo ella, caminando hacia Paolo y entregándole la nota con el número de teléfono de Mauricio. Paolo conocía aquel número, pero lo que importaba era que la negociación con Sagitario fuera satisfactoria, ya que tenia fama de llevar las cosas por caminos que nadie entendía y sobre todo cuando elegía un enemigo, no se detenía ante nada para hacerlo pedazos.

— ¡Gracias señora White! No sabe usted lo agradecida que está la familia Di Marzo con su ayuda. Dijo Paolo poniéndose de pie y tomando la nota. Hubo cierta tensión entre ambos cuando sus miradas se cruzaron, Paolo se aclaro la garganta para agregar. ¿Señora White, me pregunto si aceptará que la invite a cenar?

La propuesta sorprendió tanto a Noemí que quedó algo confundida por unos segundos, miró las manos de Paolo limpias de anillos de compromiso, solo la enorme sortija con la insignia de la familia y las letras D y M a los costados, coronada por un gran diamante. Como había dicho Sagitario: ve dando pasos hacia una nueva vida que el destino te dejará saber cual es el camino a seguir. Esa frase, años atrás, había marcado el comienzo de su vida en Australia, solo que la había leído por una carta firmada por el Zar. Noemí nunca entendió la carta del todo, pero los molestos detectives que buscaban a Sagitario, abandonaron su búsqueda de golpe. Aquello era un lema que con toda seguridad daba fuerza a un grupo, no aquello ser pura coincidencia.

Disculpe señora White si la he ofendido con mi propuesta. Dijo Paolo al ver que el rostro de Noemí se había desconcertado.

—Perdón Paolo, soy yo quien le debe una disculpa. Dijo ella saliendo de su desconcierto ante lo que acababa de deslumbrar su mente. Estoy encantada de aceptar su invitación a cenar, si no se trata de una invitación por puro formulismo. Dijo Noemí con una sonrisa moderada y mientras veía como subían los colores a la cara de él ante la insinuación de ella.

Cuando Sagitario llegó a la mansión de Mauricio, en un conglomerado de islas en Fort Lauderdale, su reloj pulsera marcaba las diez y media de la mañana, había dejado a Jackelin en la tienda y en el Mercedes Benz de ella decidió visitar a sus amigos, Néstor y Bruno que lo recibieron en la entrada.

—Llegas a buena hora, acabamos de recibir información de la chica y puedes creerme, es un verdadero fenómeno. Dijo Néstor fascinado con toda la historia que acababan de contar frente a él de Sara. Cuando todo el grupo estuvo reunido en la biblioteca de Mauricio, quien había contado la historia de Sara en Carol City, Sagitario se movía de un lado a otro de la estancia con sus pensamientos fijos en alguna parte de sus planes.

—Cuesta creer que ella sola pueda hacer algo así. ¿Están seguros que no recibió ayuda de nadie? Preguntó Sagitario representando su comedia, ante sus amigos.

—No Sagitario, fue ella sola. Dijo Mauricio con un fuerte tono de convencimiento en la voz. El muchacho que reparte el periódico por el barrio la describió a la perfección, puedes creerme. La fuente que me pasó la información desde adentro de la policía es fidedigna.

—Bueno si es así, debemos ser más cuidadosos al acercarnos a ella. Agregó Sagitario sin dejar de pensar y dar pasitos de un lado a otro bajo la atenta mirada de todos. En un principio pensé que la muchacha no podía ir muy lejos, pero esto demuestra lo contrario, nuestra única ventaja es que ahora pelea contra el Zar de la Droga como mismo hacemos nosotros, solo que él la quiere muerta y nosotros viva. Dijo Sagitario deteniendo sus paseítos y dando una mirada al rostro de todos sus amigos.

—Creo que debemos ir tras ella cuanto antes. La cacería que ha montado el Zar parece ir en grande. Dijo Sergio saliendo al centro y uniéndose a Sagitario. ¿Cómo van tus heridas? Preguntó.

—No hay problemas, todo va sanando muy bien. El problema es que no veo la forma de llegar al Zar. ¿No te parece que deberíamos volver a interrogar a Balzo? Preguntó Sagitario mirando el rostro de Sergio sin inmutarse ante la mirada penetrante que éste le dedicaba.

201

—Como quieras. Dijo Sergio cambiando la mirada y pasándola por todos sus amigos. Por mi no hay inconvenientes, lo puedo mandar a buscar ahora mismo.

—No Sergio, tú y Aramis lo pueden hacer cuando mejor lo deseen, solo quiero que lo aprieten un poco, algo como una vuelta por ahí, para que el hombre se asuste un poco y empiece a recordar las cosas que nos hacen falta.

— ¿Cuando quieres que lo hagamos? Preguntó Sergio asintiendo con la cabeza.

—Esta misma noche. Respondió firmemente.

Unos minutos después, la reunión se había terminado. Todos tenían algo que hacer, estaban negociando la heroína con la gente de New York. Sagitario y Bruno abandonaron la mansión de Mauricio juntos.

—El Zar de la Droga empieza a ponerse nervioso, ¿verdad? Peguntó Bruno sonriendo a sus anchas, sentado en el asiento del pasajero y mirando el rostro de Sagitario que conducía apacible hacia la interestatal noventa y cinco.

—Quiero eliminar a Aurelio Santana. Dijo Sagitario de pronto, haciendo que la risa de Bruno se cortara de golpe.

— ¿Sabes lo que estas diciendo? Preguntó aun sin poder dar crédito a lo que acababa de escuchar, pero por toda respuesta recibió una mirada de Sagitario que le caló hasta los huesos. ¡Perdóname! Claro que sabes lo que estas diciendo, de eso no hay dudas.

—Quiero que me digas todo lo que sabes de él y de sus costumbres. Dijo haciendo oídos sordos a las disculpas de Bruno. Las dudas de éste a el le tenían sin cuidado, eran buenos amigos y Sagitario respetaba esa condición.

—Si que vas en grande, pero te advierto que no va a ser nada fácil, el hombre se deja ver poco y cuando se deja ver lo hace seguido por un sequito de guardaespaldas.

— ¿Como va la cosa con sus mujeres? Pregunto Sagitario, mirando a Bruno por unos segundos y luego volver a concentrar la vista en la carretera.

—Por lo que he oído decir varia mucho sus gustos, escogiendo algo distinto en cada sección. Contestó con una sonrisa, sabiendo que ese gusto le causaría la muerte a Aurelio Santana.

Después de dejar a Bruno en Hialeah, Sagitario volvió a su apartamento. Eran las tres de la tarde, Sara se había levantado y después de una buena ducha, había atacado al refrigerador, dando cuenta de gran parte de la comida que en él había. Cuando Sagitario entró, la encontró plantada frente al televisor con una fuente de Doritos y una copa de queso derretido.

—No creo que puedas mantenerte en forma por mucho tiempo al paso que vas. Le dijo Sagitario con una gran sonrisa y señalando la fuente de Doritos frente a ella.

—Solo estoy recuperando un poco de energía, acabo de vaciar tu nevera. Contestó con una sonrisa burlona y mirándolo como se dejaba caer en el butacón reclinable junto a ella.

— ¿Quieres saber todo lo que se acerca del Zar? Sagitario ignoró la pregunta por unos segundos, soltó un resoplido volviéndose de frente a Sara.

—No necesito saber nada, yo se quien es el Zar de la Droga.

Sagitario vio como la expresión de Sara pasaba de divertida a sorprendida, era la primera vez que oía decir a alguien que conocía la identidad del Zar con toda seguridad.

Efraín especulaba sobre eso, pero ella siempre dudaba que fuera verdad.

— ¿Quién es? Preguntó con tensión preparada para oír la respuesta que daría Sagitario a la gran incógnita dentro del crimen organizado.

—Una parte de las acciones que harás para mí esta noche, dejara que puedas ver parte del rostro del Zar de la Droga. El le dijo poniéndose de pie y dejando a Sara frustrada en espera de una respuesta. Sagitario se encaminó hacia su habitación para tomar un baño y descansar un rato, mientras oía a Sara decir casi a gritos.

— ¡Eres lo que yo llamo un hijo de puta maquiavélico! Diciendo esto estalló en carcajadas que retumbaron por todo el apartamento. Él continúo su marcha sin hacerle ningún caso.

Cuando Balzo leyó el mensaje en la computadora, se puso tan nervioso que derramó todo el café sobre el teclado. Le decía que se refugiara en una casa de emergencias cuanto antes, Sagitario iba tras él y ahora las cosas serian distintas. Balzo no perdió tiempo, apagó la computadora, fue hacia la habitación, agarro un gran fajo de billetes y los guardó en una pequeña bolsa donde también puso algunas ropas ya que no sabia el tiempo que estaría escondido en esa casa. Abordó uno de sus costosos juguetes, un Porche de casi medio millón de dólares. Unos segundos después viajaba por las entre calles de Hialeah Garden tratando de llegar a Kendall sin ser visto en las autopistas principales. Lo que no sabia Balzo era que el implacable detective de Noemí, Niel, lo seguía sin perderlo de vista ni un segundo.

Despúes de la llegada a U.S.A. de Sagitario y Noemí, contactaron a Niel. Sagitario había requerido que Niel se quedara con él ya que necesitaba gente de confianza para la lucha contra el Zar y el había demostrado en varias ocasiones que era un hombre de fiar.

Tras tres horas de sueño, Sagitario, apareció de vuelta en la sala encontrando a Sara aun frente al televisor. Solo había cambiado en la escena que ahora la fuente de Doritos estaba vacía.

— ¡Nena, se acabaron las vacaciones! Dijo Sagitario sentándose en el sillón donde estuvo sentado horas antes.

—Para lo de nena, tu mujer está en la cocina, estoy segura de que no dudara en patearnos el trasero si nos agarra en algún descaro y lo otro es que tengo las defensas ponchadas. Respondió Sara con una sonrisa y moviendo los hombros como si fuera a sacudir unos grandes senos. Lanza lo que hay que hacer, después ajustamos precios.

—No te preocupes, por el camino iremos recogiendo alguna calderilla que se le cae a la gente. El dijo dando una de sus medias sonrisas y dejándose caer sobre el respaldar del sillón. Quiero que le des una soberana paliza a Balzo. ¿Sabes a que me refiero?

— ¡Claro! Una golpiza, un par de dedos rodando por el suelo y unos cuantos piquetes por todo el cuerpo. ¿Que tengo que sacarle?

—El número de cuentas bancarias del Zar, él es el contable y una parte del rostro del Zar.

Sara se volvió hacia Sagitario con el rostro perplejo por lo que acababa de oír. ¿Estas seguro de lo que estas diciendo? Eso es imposible.

—No Sara, no lo es. El Zar de la Droga es un grupo, varios bien organizados. Ella quedo pensativa por unos segundos, miro a Sagitario que la miraba con su media sonrisa en los labios.

— ¡Dios mío! Tu amigo. . . Dijo abriendo la boca como un cero a causa de la sorpresa con lo que Sagitario había dejado entrever. Ahora comprendía muchas cosas, las razones por las cuales el Zar de la Droga nunca mostraba el rostro. Unos minutos después Sara estaba completamente armada con dos pistolas nueve milímetros y dos granadas de fragmentación F-1. Ella decía que las granadas eran una forma rápida de salir de los apuros, su efectividad solo había fallado con Sagitario. Cuando la llamada de Niel entró, fue Sagitario quien la atendió,

—Como usted mismo dijo, el pájaro salió a la carrera de su nido para refugiarse en el otro nido, ya la señora puede venir cuando quiera. Dijo Niel y le dio la dirección del bar donde se encontraba bebiendo una copa de vino.

—La señora sale ahora mismo para allá. Respondió Sagitario después de anotar la dirección y entregársela a Sara, quien la miro sin decir nada y la guardo en su bolsillo, inmediatamente salió del apartamento.

— ¿No cabe la posibilidad de que estés equivocado? Preguntó Jackelin parada en la puerta de la cocina.

Sagitario se volvió hacia ella con lentitud, no tenía dudas de que había oído toda la conversación con Sara.

—Es lo más que siento, que no estoy equivocado, nos ha traicionado a todos, ha dejado la línea de la hombría y la hermandad, por un poco de poder y mucho dinero.

—Tal vez tuvo un motivo. Agregó Jackelin molesta con lo que acababa de deducir de uno de sus mejores amigos.

—No hay tal motivo. Dijo él más fuerte de lo normal en su voz. No hay motivo que justifique la traición a un amigo ¿Acaso lo han hecho los demás? No, cuento con ellos, porque sabía que no lo seguirían. Ella asintió con la cabeza, dio media vuelta y desapareció por la puerta de la cocina para continuar preparando la cena.

Sagitario lamentaba todo aquello, pero que podía hacer si el traidor no se detenía a pensar que estaba atacando a sus propios amigos amparándose a la sombra de ellos mismos. No, Sagitario sabia que el traidor había decidido luchar hasta el final, solo que no sabia que Sagitario estaba preparado y esperando esa lucha.

Sara conducía la moto de Sagitario e hiso un alto frente al bar. Era la señal, Niel abordó su auto, ella lo siguió y al pasar frente a la casa donde Balzo estaba escondido, Niel hiso señales con el indicador derecho. Ella con un golpe de vista observó el lugar, una casa de dos plantas rodeada por una cerca de concreto de seis pies de alto que terminaba con una hilera de afilados pinchos, lo que la hacia impenetrable. Este no es como el chiquero que me han dado siempre a mí como refugio. Pensó ella comprendiendo que Sagitario tenía razón al decir que Balzo era una clave importante para el Zar de la Droga. De regreso, Sara entro en Home Depot para comprar dos alfombras para puertas de casa, una pequeña escalera y un rollo de nylon de los que se usan para amarrar cajas. Luego volvió al bar, Niel bebía tranquilamente como cualquier cliente que no tiene mucho que hacer. Sara dejó la moto al lado del auto de Niel y echo a andar con su compra en las manos hacia la casa de Balzo.

Balzo miraba la televisión cómodamente, la casa estaba amueblada como si la habitara una familia. El pensó que estarían de viaje. Lo único extraño es que no habían ninguna fotos familiares ni bebidas de ningún tipo. Dirigió la mirada hacia el ventanal que daba a la piscina. Anochecía y pronto podría darse un saltico hasta alguna tienda de licores y comprar algo que le alegrara el corazón, la espera podía ser larga.

Sara oyó que un auto se ponía en marcha, tendida en el suelo del jardín vio a Balzo conduciendo el Porche que desapareció calle arriba. Ella no perdió tiempo, lanzo las alfombras sobre los pinchos y apoyo la escalera al muro. Después de atar el cordel al último escalón, lanzo el rollo sobre el muro. Miró a los alrededores por si había algún curioso, se alejó lo suficiente para coger impulso y corrió, saltando con la ayuda de la escalera, (las alfombras la protegieron de los pinchos) cayó sobre sus pies en el jardín de la casa. Luego halando el cordel recuperó la escalera y las alfombras, para esconderlo todo.

Con la pistola en la mano, Sara se dirigió a los parqueo bajo techo de la casa, la puerta del centro estaba abierta. Al entrar observó que los parqueos estaban vacios, caminó por un pequeño pasillo, el cual estaba segura la llevaría a la sala. Iba atenta a todos los ruidos de la casa, solo se oía la voz de un locutor de televisión dando alguna noticia.

En solo unos minutos Sara inspeccionó la casa, no había nadie, volvió a la sala para esconderse cerca de la entrada del pasillo que venia del parqueo, la presa no tardaría en llegar.

Sagitario veía el televisor junto a Jackelin y su hijo, cuando sonó el teléfono y se levanto para contesta.

—Si ¿Qué hay de nuevo? Dijo a modo de saludo.
—Sagitario, Balzo ha desaparecido de su casa. Dijo Sergio esperando la reacción de el. Éste contrajo la reparación y soltó una maldición por lo bajo para que Sergio la oyera.
— ¿Así que ese hijo de puta sabia más de lo que nos dijo?

—Si, eso parece. Reconoció Sergio de mala gana y quedo a la espera de una orden.

—Tenemos que dejar de cometer errores o de lo contrario nunca podremos derrotar al Zar de la Droga.

—Lo que digas hermano, no salimos de una, para entrar en otra.

—Bueno, sigan buscando, tal vez den con el antes de que lo haga Sara. Sagitario hizo una pausa y continuó hablando con un tono mas calmado. Sergio, Noemí me mandó a buscar de New York a causa del niño y voy a pasar una semana por allá, a ver si puedo estabilizar las cosas.

— ¡Claro! No faltaba más, nos hemos hechos viejos mi querido amigo, creo que deberíamos retirarnos y darle paso a la juventud.

—Tal vez sea eso hermano, y nos hemos quedado rezagados, pero en fin, dejo todo en tus manos por una semana. Espero que a mi vuelta hayas podido avanzar algo en contra del Zar. Con estas palabras se despidió Sagitario de Sergio, sabiendo la caída del que había sido su amigo entrañable estaba a la vuelta de la esquina. Su esposa lo miraba de forma interrogadora, ella sabía que Sagitario estaba pasando por muy malos momentos, la traición es algo que siempre causa dolor.

— ¿Quien es el mejor actor del reparto? Preguntó ella tratando de darle apoyo.

—En este caso yo soy el mejor actor, ahora es él quien está siendo engañado, pero no por mucho tiempo.

—Papá ¿De verdad vamos a ir a New York? Preguntó Jackniel, interesado en la idea de viajar a cualquier lugar.

—Si, nos vamos mañana sobre las doce del mediodía ¿Te gusta la idea de volver a ver a tu hermano?

—Claro papá, no sabes como es en realidad Nordiel, como nos divertimos aquel día en el hotel. Se llevó hasta un cangrejo de la cocina, para enfrentarlo con la serpiente. ¿Te imaginas lo que hizo para llevarse el cangrejo? Preguntó con sonrisa de complicidad.

—Sobornó al cocinero. Sagitario sabía que ese seria el primer paso de Nordiel.

—Así fue, pero el cocinero no pactó con él, entonces se coló por debajo de las mesas, metió la mano en la pecera de los cangrejos vivos y sacó uno. Salió de la misma y dijo: "Acaban de recibir un verdadero golpe de Taipán."

Balzo bajó del auto dentro del parqueo, había comprado un surtido de bebidas, galletas, embutidos y pastas, con eso y la televisión pasaría una noche agradable. Entró por el pasillo, pero al llegar a la sala una sombra se le abalanzó sobre el rostro, golpeándolo con fuerza en la nariz y el pómulo izquierdo. El cayó al suelo sin sentido. Sara arrastró el cuerpo hacia una silla y lo amarró a ésta. A continuación le regó en la cara agua fría. Esto lo hizo volver en si, lanzando un bufido.

—Solo te faltaba una chica para la fiesta, pero como no me invitaste decidí venir sin invitación. Le dijo en tono burlón. Voy directo al grano, de tus respuestas depende que salgas vivo de aquí o no.

—No se de que estas hablando. Balbuceó Bazo, sintiendo un verdadero miedo. El rostro de Sara parecía ahora el de una loca.

— ¿Así que tú crees que soy estúpida? Se perfectamente que eres el contacto del Zar.

Las palabras de ella lo dejaron sin habla, un escalofrío le corrió por todo el cuerpo haciendo que se estremeciera.

—Sara, creo que debemos negociar ésta situación, podemos darte buen dinero para que desaparezcas en cualquier país de Latino América.

—Nada de eso mijito, eso lo hubieran pensado antes de atacarme. ¿Crees que he olvidado lo del aeropuerto y lo de Carol City? Además ya me estoy cansando de tu estúpida charla. Dijo, mientras balanceaba un cuchillo de cocina en la mano, que luego apoyó sobre la oreja derecha de Balzo.

— ¿Que decides? Preguntó de manera amenazadora.

—Yo creo que. . . comenzó a decir Balzo, pero se interrumpió de manera abrupta cuando Sara con un movimiento rápido le cercenó la oreja. Más que el dolor, le impresionó ver como su oreja rodaba por el piso. Sintió nauseas y estuvo a punto de desmayarse, pero otro poco de agua fría sobre su rostro se lo impidió.

—Todavía estoy aquí. Dijo ella con una amplia sonrisa y apoyando el cuchillo sobre la oreja izquierda de él.

Balzo comprendiendo que si no hablaba, lo haría pedazos poco a poco gritó:

— ¡Espera! ¡Espera! Supongo que sabes quien es el Zar de la Droga.

—No te pregunté eso. Le contestó amagando con el cuchillo sobre la oreja.

— ¡Está bien! Gritó de manera desesperada. Tengo pruebas contra él, papeles, cuentas bancarias en los bancos de Islas Caimán, todo lo que necesitas para destruirlo.

Diciendo esto rompió a llorar como un niño. Sara por su parte, estaba algo confundida, no entendía como unos cuantos podían destruir a los amigos de Sagitario. No, ahí había algo más de lo que ella sabía hasta ahora.

— ¿Dónde está todo lo que dices? Preguntó con un tono que tenía más de curiosidad que de amenaza.

—Debajo del piso, en mi habitación en la casa donde vivo, ellos no saben que tengo copias de todo. La sangre le corría por el cuello hacia el pecho.

—Espero que no estés mintiendo, tengo gentes que pueden comprobarlo todo. Dijo Sara blandiendo el cuchillo delante de la cara de Balzo. Luego se alejó y sin perderlo de vista ni un segundo, saco su teléfono móvil.

—Hola. Contestó Sagitario del otro lado. Ella lo puso al corriente de todo lo que dijo Balzo.

—En dos horas lo puedo comprobar todo. Tomó las llaves del auto y salió sin despedirse. Jackelin lo vio salir, se volvió hacia su hijo que también miraba a la puerta por donde salió su padre.

— ¿Aun sigues pensando que quieres ser como tu padre?

—Aun no lo he decidido del todo, mamá. Desvió la vista hacia el televisor para evitar más ataques de su madre sobre la decisión de convertirse en ejecutor profesional.

En New York, Noemí y Paolo volvían de la cena.

—Ha sido una velada estupenda. Dijo ella cuando la limosina se detuvo frente a su mansión.

—Quizás deberíamos repetirlas de vez en cuando. Contestó Paolo acercándose rápidamente y robándole un beso ligero. Lo siento, todos lo Sicilianos tenemos mala fama. Le dijo mirándola con una sonrisa seductora.

—Lo tendré en cuenta para la próxima cena. Dijo ella compartiendo la sonrisa con él y bajándose del auto.

Paolo bajó el cristal de la ventana del lado del pasajero para decirle:

—No olvides decirle a Taipán que mañana vengo a ayudarle con su pista de carreras.

Sagitario encontró los papeles de Balzo. Con solo echarles una mirada pudo saber que era todo lo que necesitaba para destruir al Zar y toda su corte. Camino a su casa, llamó a Sara. "Ya tengo lo que necesitaba, puedes soltar a Balzo y adviértele que ahora es tan enemigo del Zar como tu." Sagitario terminó la llamada. Sonrió pensando que la caída del Zar de la Droga estaba más cerca que nunca.

CAPITULO XI

"SAGITARIO Y NEW YORK"

Sagitario espero a Sara y a Niel frente a la torre donde vivía, sabia que el guardia de seguridad no los dejaría pasar a esa hora de la noche. Estando los tres juntos se dirigieron en el auto hacia la garita, de repente un auto salió del recodo de la calle y se coloco detrás de ellos, todo fue tan rápido y sorpresivo que Sara y Sagitario tomaron sus armas en espera de un ataque y Niel respiraba agitado ante el temor de una muerte segura a causa de una balacera.

En la garita Sagitario extendió un billete de 100 dólares al guardia diciéndole:

— Mis amigos y yo tenemos una fiestecita.

El guardia sonrió mientras pensaba en las rarezas y gustos de los ricos, dejándolos pasar.

Del Corvette que se mantuvo casi pegado a la defensa del auto, no llego ataque alguno y cuando parquearon Sara y

Sagitario empuñando sus armas se acercaron sin vacilar. El oscuro cristal de la ventanilla bajó con un zumbido eléctrico y frente al timón apareció el sonriente rostro de Aramis:

— ¿Que les parece el nuevo Vette de mi novia?
Sara dirigió la mirada a Sagitario sin saber que hacer
— ¿Los casquillos de la pistola, verdad? Preguntó Sagitario.
— Claro viejo, brillaban como si fueran de oro con las luces de mi carro. Tú nunca fallas, querido amigo, algo que yo envidio. Ahora dime, ¿Como es que Sara aun vive? Aramis hizo una pausa para parquear correctamente el auto y al descender de el continuo. El viejo Sagitario se trae algo entre manos y si Balzo desapareció hoy antes de que Sergio y Néstor llegaran a su casa. . . ¿El traidor es Sergio pero porque?, ¿No veo el porque?

Sergio desde su casa había mandado un mensaje a Balzo y aun pasada una hora no recibía respuesta. Fue hacia el baño y se lavo la cara, vio su rostro en el espejo y noto haber envejecido en los últimos días. Comprendió que había jugado y perdido. Salió de la casa, abordo su auto para dirigirse a la casa donde estaba Balzo. Al llegar al lugar, la puerta de la cerca y la del garaje estaban abiertas, se podía ver el auto de Balzo aparcado.

Sergio saco de su cintura una pistola 9mm y con precaución se fue adentrando en la casa, todo estaba a oscuras, ya el conocía el lugar. En esta casa se reunían todos los que representaban el rostro del Zar de la Droga.

Encendió las luces y no se sorprendió al ver a Balzo atado en una silla bañado en sangre, al acercarse se dio cuenta de que no estaba muerto, sino desmayado. Lo desato y lo llevo hasta uno de los cuatro baños que disponía la casa. Bajo el agua de la ducha, Balzo volvió en si y aunque no estaba del todo recuperado pudo reconocer a Sergio.

— Fue Sara. Alcanzó a decir.
— ¿Te dio a beber algo? Preguntó Sergio observando el movimiento que Balzo le hacia a su lengua. No te preocupes, se te pasara el efecto dentro de unas horas. De seguro te dio una pastilla de rufi para mantenerte dormido hasta mañana. Le entrego una toalla a Balzo y salió raudo a hacer unas llamadas telefónicas.

En New York, Bill el ex agenté del FBI descendió de un avión de pasajeros que había tomado al día siguiente de haberse entrevistado con Sagitario en el bar de su casa. Hacia este viaje movido por una corazonada, las palabras de Sagitario unidas a ciertos hechos del pasado, aumentaban sus sospechas de que desde la época en que Marlon dirigía como el cabeza de la familia Frauduber, algunos agentes del FBI ambicionaban apoderarse del mundo por medio de la fuerza del poder. Marlon y Alan tenían la misma edad, los dos habían nacido y estudiado en New York, el vínculo existente entre ellos de algún modo se mantenía oculto hasta ahora que Bill trataría de investigarlo todo personalmente. Y si todo resultaba ser cierto, Alan seria el responsable de la muerte de muchos agentes, comenzando por aquel que logro infiltrarse en el grupo de Marlon: Grusallo, el Coronel Williams y sus hombres en Mongolia. Bill soltó una maldición, el mismo había puesto en peligro la vida de Sagitario con sus continuos informes a las oficinas del FBI en la operación de "Radio 5."

Bill tomo un taxi frente al aeropuerto y dio una dirección ubicada en la quinta avenida y la veinticuatro calle, lugar donde se guardaban los primeros archivos de reclutamiento de los agentes del FBI en New York. Allí encontraría todo lo relacionado con la vida de Alan, su nacimiento e infancia en el Bronx. Sabía que la familia se había trasladado a Manhattan tras una posición que había obtenido el padre de Alan en una compañía de inmuebles afianzada en todo el territorio Americano. Por ese tiempo Alan y Marlon tendrían la misma edad, no era imposible pensar que desde entonces ya estuvieran en la misma escuela y relacionándose.

En el apartamento de Sagitario el reloj de pared marcaba las 4:30 de la mañana.

Aramis ya estaba al corriente de todos los acontecimientos ocurridos pero aun tenia dudas.

— ¿Como pudiste saber que Balzo era el contador del Zar de la Droga? Preguntó interesado

— No olvides, mi querido amigo, que en muchas ocasiones los pequeños detalles son los que conducen a la verdad. Comenzó diciendo Sagitario teniendo en cuenta que Aramis y Sara estaban muy intrigados con el hecho. Cuando Sergio trajo a Balzo junto a nosotros cometió un gran error y cuando Mauricio contó quien era el abuelo de Balzo, lo primero que vino a mi mente fue la sortija del viejo contador y de que modo pudo haber pasado del abuelo al nieto. Entonces hice mi propio razonamiento, el padre de Balzo heredó todas las cosas legales del viejo menos la vocación de contador. El nieto heredaba las cuentas secretas, la profesión y por ende la sortija. Concluyó viendo a sus amigos asintiendo ante su relato.

— Por eso Balzo nunca reclamó la sortija, por miedo a llamar la atención sobre el asunto. Dedujo Aramis.

— Confiaba en que Sergio podría recuperarla mas adelante y sin levantar sospechas. Dijo Sagitario y agrego. Dentro de unas horas volaremos a New York en el Cessna 500 LX de Mauricio. El, Néstor y tú deben estar sobre las doce del día en el aeropuerto de Fort Lauderdale; Sergio se quedara a solas con su traición. Se puso en pie dando por terminada la reunión.

— ¿Que harás con el, llegado el momento? Preguntó Aramis mirando a los ojos de Sagitario en busca de un atisbo de humanismo o compasión por el amigo desviado del camino del honor y la lealtad.

— La decisión le corresponde a el. Respondió y siguió rumbo al dormitorio que compartía con su esposa Jackelin.

Aramis comprendió que quien había respondido era el profesional, el amigo quedaba atrás, olvidado a causa de la traición.

Balzo, después de casi dos horas bajo la ducha, salió del baño y al llegar a la sala encontró un Sergio que no le gustó, se le notaba abatido y derrotado.

— ¿Temes morir enfrentándote a el? Preguntó Balzo sin saber si era o no la pregunta adecuada en esos momentos.

— No es la muerte lo que me preocupa, si esta llega con honor, bienvenida sea. Sucede que Sagitario no levantará un arma en mí contra. El espera otra cosa de mí. Respondió Sergio con lentitud.

Balzo lo miró atónito, pues no entendía lo que acababa de escuchar y cambiando el tema volvió a preguntar:

— ¿Se hará alguna reunión para decidir que hacer? Sabía que la situación era crítica aun sin haber contado lo que Sara le logro extraer y no tenía intenciones de revelar, pues sabía que eso le costaría la vida frente al tribunal de la corte del Zar.

— Si, a las doce del día estarán aquí. Miró a Balzo y este esquivó la mirada. ¿Hay algo más que yo deba saber? Preguntó y está vez su mirada era como la de un ave de rapiña antes de lanzarse sobre su presa.

— No, yo solo hablé acerca de Alan. El nerviosismo de Balzo era notable e incontrolable.

— No te preocupes, eso ya Sagitario lo sabía. Y agregó: En el baño de arriba hay una bolsa de primeros auxilios, tráela para ver que se puede hacer por tu oreja.

El avión de Mauricio era un jet de ejecutivos del cual disponen muchos capos de la droga y altos jefes de la mafia. El apenas tuvo tiempo para preparar sus maletas. Dentro de un portafolio colocó dos mudas de ropa interior y llevaba un traje. Sin embargo no era esto motivo de preocupación, al llegar a New York podría comprarse lo que quisiera pero lo que si lo tenía anonadado era todo lo que se había dicho acerca de Sergio y Alan. Lo peor era que tal vez Sagitario no tuviera ideas de cuantos más rostros podía tener el Zar de la Droga.

Bruno, ex agenté de la CIA, caído en desgracia en la época de la turbulenta guerra en Vietnam, los acompañaba en este viaje, hizo algunas preguntas y se retiro a los asientos traseros del avión llevándose una copa de brandy.

Sagitario se sentó junto a Jackelin que a través de la ventanilla miraba hacia el horizonte y aquella visión la cautivó más que cualquier otra cosa de valor en la tierra. Aquella vista representaba para ella una esperanza en el futuro, un cambio en el destino, la llegada de un mañana diferente, absorta en sus pensamientos sintió el roce de la mano de el en la suya, sin mirarle al rostro comento:

— No puedo entender que motivos tuvo Sergio para actuar de esa manera. Todos se apreciaban como hermanos. Desde un principio lucharon juntos hasta llegar al punto de lo que cada uno es hoy. ¿Porque la traición?

— Algunas veces la lealtad de una persona esta basada en el concepto visual de la amistad. Los verdaderos amigos contrarrestan y combaten todo tipo de errores y actitudes que puedan convertirse en una traición. Había tristeza y pesar en la voz de Sagitario, que imaginaba todo lo que vendría después de estos hechos.

Paolo se presentó en la mansión de Noemi a las doce del día, había llegado en la limousine pero su ropa no era la que acostumbraba usar a diario. El traje de corte Italiano y los caros zapatos Gucci habían desaparecido, ahora vestía una camiseta, un jeans de marca desconocida y un par de botas de trabajo. Noemi lo recibió en la puerta con una sonrisa y en tono burlón le dijo:

— Vienes como si tu solo fueras a terminar la obra.

— Te aseguro que a las cuatro de la tarde tu hijo Nordiel me estará botando de la obra por vago. Respondió Paolo con una sonrisa y pasándose las manos por el vientre, que ya daba muestras de necesitar ejercicios.

— Sagitario ya esta en caminó hacia aquí.

— ¿Tu crees que mi presencia pueda causar algún malestar?

— No lo creo, todo lo contrario, cuando le conté a Sagitario que anoche habíamos ido a cenar juntos, me dijo que ya estaba empezando a caminar. Tengo derecho a rehacer

mi vida. ¿Has olvidado que soy una mujer libre? Dijo esto
ultimo adoptando una postura provocativa y seductora.
— No me culpes de nada si empiezo a robar besos por
aquí, no olvides la reputación de los Sicilianos. Miró
hacia todos lados y acercándose a ella la tomo por la
cintura y la beso apasionadamente. Ella le correspondió
encantada.

Alan aparco el Ford Gran Victoria detrás del Porche de
Balzo y con rapidez se adentro en la casa, allí encontró a
Sergio mirando el televisor como si fuese un autómata.

— Parece increíble, pero nos han descubierto a todos antes
de que nos diéramos cuenta. Dijo Sergio sin abandonar
su posición.
— Te equivocas, a todos no, además el esta solo y nosotros
disponemos del apoyo y el poder de la ley. Contradijo
Alan.
Sergio se volvió hacia el con la mirada cansada.
— ¿A, que crees que fue a New York? Le preguntó.
— Aun tenemos la posibilidad de eliminarlo, el no ha
de saber quienes son todos los que integran este grupo,
yo por seguridad le dije a los demás que no vinieran y
esperaran ordenes mías.
— Si, creo que hiciste bien. Sergio se incorporó y dirigió
sus pasos hacia el garaje. Hablaré con el. Fue lo último
que dijo antes de desaparecer por el pasillo.

Cuatro horas de viaje, llegaron a su destino y se dividieron en dos grupos.

Sagitario, Jackelin y Jackniel, sin más equipaje que la ropa que llevaba puesta abordaron un taxi con destino a la casa de Noemi; Mauricio y los demás fueron a hospedarse en un motel cerca de ese lugar. Cuando Sagitario bajo del taxi en compañía de su hijo y esposa no pudo dejar de admirar la enorme mansión en que estaba viviendo Noemi.

— No pensé que fuera algo tan colosal. Le comentó a Jackelin en tono bajo.

— ¿Es un regalo de su hermano, verdad? Dijo ella. Yo la hubiera vendido, si decidía hacer una nueva vida. Agregó, pensando en todo lo que pudo haber pasado Noemi en aquel lugar y un breve escalofrió recorrió su cuerpo.

La lujosa mansión tenia un sistema de cámaras en circuito cerrado que no perdía detalle alguno ocurrido en la mansión y sus alrededores durante las veinticuatro horas del día, con un hombre de guardia permanente frente a los televisores de recepción de las cámaras, las cuales se mantenían bien ocultas y disimuladas entre los arboles y fuentes del jardín, de modo que nadie se sintiera observado. La idea provino del hermano de Noemi, adicto a ese tipo de tecnología que además usaba para grabar todos sus crímenes, asesinatos y las relaciones incestuosas con su hermana. Esta afición provocó su muerte ya que Mauricio logró sobornar con 250,000 dólares a uno de los técnicos de mantenimiento y este le entrego un video en donde le daban muerte a sus hombres para quitarles una mercancía valorada en 10, 000,000 de dólares.

Sagitario conocía la existencia de estos videos pero tal vez Noemi se había deshecho de todos ellos, tras la muerte de su hermano.

— Bienvenidos a la mansión "White." Dijo Noemi al recibirlos en la puerta y beso las mejillas de cada uno, invitándolos a pasar.

Todos quedaron asombrados ante el esplendor del lugar, un enorme salón dominaba el centro de la casa con dos escaleras al fondo, construidas en mármol blanco con un hermoso diseño que daba acceso al segundo piso.

— Veinte habitaciones, diez a cada lado, la biblioteca a la izquierda y dos comedores a la derecha respaldados por la cocina al fondo. Señalaba Noemi seguida por las miradas de sus invitados.
— ¡Dios mío, cuanto lujo y belleza! Exclamó Jackelin mientras observaba los tapices y pinturas colocadas en las paredes.

En el centro, entre las dos escaleras se podían ver tres armaduras de caballeros medievales.

— Jamás he visto nada como esto. Dijo asombrado Jackniel parado frente a las armaduras y observándolas con detenimiento.
— Hay quince como esas dispersas en toda la casa. Mi hermano sentía pasión por ellas y las coleccionaba, al igual que las armas que lo cautivaban, como el oro a los ricos. Añadió Noemi en un tono triste y apagado.
— ¿Donde esta Taipán? El joven con su pregunta trato de esquivar el tema que entristecía a Noemi.
— Esta al final de la mansión construyendo una pista de carreras para autos de control remoto. Le respondió con

una sonrisa señalando la puerta que daba paso a la parte trasera de la casa.

Se encaminaron hacia el lugar para contemplar la actividad que allí se desarrollaba.

— ¡Esto si que es un antojo al estilo Taipán! Exclamó Jackniel observando el perfecto ovalo de 50m de largo por 20m de ancho, todo construido en madera contra chapada.

En el centro de la pista Taipán y Paolo hablaban sobre algún termino de construcción del ovalo. Taipán se volvió y por unos segundos quedo mirando al grupo con una expresión de sorpresa pero al reconocer a su padre corrió hacia el sin contener la emoción. Sagitario lo recibió con un fuerte abrazo.

— Papá, pensé que tardaría en verte. ¿Porque no me avisaste de que venias?
— Me gusta dar sorpresas, así puedo saber si te estas portando bien. Le respondió sonriente y acaricio con suavidad la cabeza del hijo.
— Claro papá, estoy tan ocupado con lo de la pista que solo tengo tiempo para ella y para la escuela. Mirando a su hermano mayor agrego: Oye grandulón tengo trabajo para ti. Haciéndole un guiño de ojos.
— Desde que salí de la Florida no tenía dudas de lo que me podía encontrar aquí. Dijo Jackniel pasando un brazo por encima de los hombros del pequeño hermano a modo de saludo.

Taipán dedico una sonrisa a Jackelin, esta se acerco y le dio un beso en la mejilla, entonces el le dijo:

— Jackniel, si te quedas a dormir aquí cerciórate de cerrar bien la puerta, el castillo esta lleno de fantasmas que rondan por todas partes.

— ¡Taipán!, deja de hablar tonterías. Dijo Noemi a modo de regaño al escuchar las palabras de su hijo.

— No olviden que se los advertí. Continúo Taipán haciendo caso omiso al regaño de su madre y atrayendo a su hermano hacia la construcción de la pista en donde se encontraban todos sus autos de control remoto.

— ¿Cuando llega Mauricio? Preguntó Noemi a Sagitario en lo que Paolo se acercaba a ellos.

— Se han hospedado en un motel no lejos de aquí, no queríamos causar inconvenientes.

— Me ofendes Sagitario. Tu, tu familia y amigos siempre serán bien recibidos en mi casa. Y en un tono de voz grave agrego: Sin excusas los quiero aquí cuanto antes.

— En eso no hay problemas, los llamo ahora mismo y en unos minutos estarán aquí. Le contestó el abriendo su teléfono móvil y marcando el numero de Mauricio.

Sagitario sentía cierta incomodidad, su interés por hablar con Noemi y Paolo estaban basados en su incertidumbre respecto a la conducta del capo de la droga que hacia movimientos lentos en su contra y tal vez alguna información podría darle Paolo acerca de la forma de organización de la mafia. Por otro lado, Noemi trataba de rehacer su vida y el se presentaba allí sin previo tiempo de aviso suficiente para preparar algunas cosas y lo peor de todo, con una petición en mente que podría dañarla, por traerle recuerdos que de seguro ella quería enterrar de una vez por todas.

Llegó Paolo hasta ellos y colocándose junto a Noemi espero a que Sagitario terminara de hablar por teléfono. Ella hizo las presentaciones y ambos hombres estrecharon sus manos en un cordial y sincero saludo de amistad. Ambas parejas regresaron al interior de la mansión dejando a los dos hermanos reparando las fallas mecánicas de los autos de control remoto.

CAPITULO XII

"GENERALES DEL NUEVO ORDEN"

— ¡**G**racias! Dijo Bill al bibliotecario investigador del FBI a través del cual acababa de obtener las direcciones de las escuelas primarias donde había estudiado Alan y Marlon. En las direcciones en que habían vivido la familia Conwell seria imposible obtener información alguna. New York estaba en constante movimiento, al igual que las personas que vivían en dicha ciudad, no permanecían mucho tiempo en el mismo lugar pero las escuelas eran otra cosa. Había maestros que dedicaban toda su vida a la enseñanza en una sola escuela, además siempre tenían buena memoria para recordar hechos e historias de sus alumnos.

Bill llegó a una escuela y fue recibido por la directora que de inmediato lo hizo pasar a la oficina y sin preámbulos se desarrollo la conversación entre ellos.

— ¿Marlon Frauduber, como olvidar a semejante personaje? Comentó la directora concentrando su mente en el pasado. Ella llevaba más de treinta años en aquel

227

lugar pero a pesar del tiempo y su edad tenía fama de recordar la mayoría de los nombres de los alumnos. Hay chicos que dejan una huella por donde pasan y Marlon fue uno de ellos, nació para líder y así fue hasta que murió en esa extraña explosión ocurrida en su mansión.

— ¿Puede hablarme de la familia Frauduber? Pidió Bill cortésmente.

— Ellos nunca ocultaron su posición dentro de las familias de la mafia del Puerto de New York. Dijo la directora con voz de quien conoce todo lo que pasa pero no dice nada a nadie. En aquellos tiempos en este lugar no se podía conseguir nada si no se contaba con el apoyo de una de las familias de la mafia y los Frauduber fueron un talón importante en control y corrupción de la aduana y la policía. El viejo Frauduber podía negociar cualquier cosa, se movía en el puerto de un lado a otro con sus asistentes y contadores, ya sabe lo que le digo.

— Si, la embajada de la mafia antes de usar la mano dura de sus pistoleros. Respondió Bill que conocía de los procedimientos de la mafia en el Puerto de New York en la época de los años 60 y 70 en que todo era un juego de intimidación para dominar a los sindicatos portuarios y los lideres independientes.

— Marlon hacía lo mismo en esta escuela solo que no rasqueteaba ningún dinero, al menos que supiéramos nosotros, tiene que entender que nadie se busca problemas con personas de esa clase, en realidad el chico era muy inteligente, sacaba buenas notas en las signaturas mas difíciles, tenia un carácter muy fuerte y reía poco. La directora hizo una pausa para mirar al hombre que no perdía un detalle de su conversación y agregó:

— ¿Hay algo en especial que Ud. desee saber?

— Si. ¿Puede Ud. recordar los nombres de los amigos que tenia Marlon en aquellos tempos?

Sagitario, Jackelin y Paolo, guiados por Noemi fueron hacia una de las terrazas de que disponía la mansión y se acomodaron alrededor de una mesa, una sirvienta les trajo unas bebidas y bocadillos. Sagitario que nunca bebía, mojo sus labios por compromiso y dejo la copa sobre la mesa como si fuera a quemarle las manos. Paolo, que observo el gesto, miro de manera interrogante a Noemi quien le sonrió dando a entender que todo estaba bien.

— Nunca tomo bebidas alcohólicas. Aclaró Sagitario al notar el cambio de miradas entre Noemi y Paolo, evitando que su gesto pareciera una descortesía agregó: Es una de las leyes que marca mis preparaciones especiales.
— Vamos hacia dentro Jackelin quiero enseñarte toda la casa. Dijo Noemi poniéndose de pie incitando a que la joven la siguiera.

Los dos hombres vieron como las mujeres se marchaban para dejarlos a solas.

— Una mujer muy especial. Comentó Paolo refiriéndose a Noemi.
— Si, tienes razón, es una pena todo lo que vivió junto al hermano.
— "¡El Ángel Blanco!" Dijo Paolo haciendo referencia al hermano de Noemi traduciendo al español y continuo: Un hombre sádico pero muy inteligente, todo su dinero era lavado con el propio gobierno, se apodero de todos los contratos de suministro a las prisiones, estaciones de policía, y escuelas, compraba con dinero sucio los suministros y daba más y con mejor calidad que nadie, llegó a no tener rival. Haciendo una pausa agregó: No tengas dudas de que era un tipo extraño y amante de la acción en vivo y al caliente. No me explico como lo pudiste engañar para eliminarlo. Concluyó con una

expresión de dudas respecto a lo ocurrido en aquella barriada deshabitada en la República Dominicana.

— Nunca lo engañe. Dijo Sagitario en su defensa. Ese hombre estaba tan engreído que se creía un Dios y el hombre que subestima a otro termina hecho pedazos en las manos de este, los que abusan de poder siempre mueren en manos de los que ellos consideraban cobardes. Las palabras fueron dichas con sabiduría dejando aclarado que el nunca jugó sucio en contra de "Angel White," el cual se había acorralado solo, usando su mente podrida y ventajista.

— No te he acusado de nada y en verdad muchos lograron un respiro con su muerte, se había rodeado con lo peor de New York, cualquier cosa que tuviera que ver con el tenia que ser manejada con sumo cuidado además no le temía a la muerte y creo que iba en su busca. Cuando murió, no era dueño de nada, todo era de Noemi, aunque eso lo sabíamos todos. Hizo una pausa, suspiró y continuo su relato: Incluso lo de su relación incestuosa, todos creíamos que ella tenia los mismos sentimientos de el y por eso la llamaban el "Dragón Blanco." Claro está que el apodo nunca llego a sus oídos. En aquel tiempo ella apenas hablaba, su hermano la había amoldado a su forma y ella en todo le obedecía sin chistar, sin embargo nadie dudaba de su inteligencia propia. Cuando el murió ella se quedo como en el aire, sin un guía, fue entonces que cometió el grave error de aliarse a mi primo Frank Di Marzo, que en ese tiempo era el cabeza de la familia. Volvió a hacer otra pausa, esta vez para beber de su copa aun con licor, garraspeo para continuar: Ella creía que te odiaba, hasta que aquella noche en Miami, irrumpiste en el apartamento de mi primo y comprobó tu valor y tu forma de actuar, tan diferentes a las de su hermano, en esa ocasión tu no mataste a Frank porque este se negó a coger el arma y se comporto como un cobarde pero

Noemi sabia que de haber estado su hermano en tu lugar, si habría disparado y sin compasión alguna. A partir de ese momento y como por arte de magia, ella empezó a verlo todo de un modo diferente, tu te convertiste en su salvador y comenzó a amarte en silencio. Paolo se volvió a interrumpir y fijo su mirada en la de Sagitario dando énfasis a sus palabras: Se lo que estas buscando aquí, ayúdala a destruir todo lo que hay por debajo de esta casa, es lo mejor para ella y para todos.

— ¿Y cual es la verdadera razón por la que tu estas aquí? Preguntó Sagitario que empezaba a desconfiar de la presencia de ese hombre cerca de Noemi y su hijo Nordiel.

— Yo era ayudante en un bufete de abogados cuando Noemi firmaba los contratos que forzaba su hermano con el gobierno, claro que yo estaba allí como un observador y para la familia Di Marzo, no podíamos permitir que el Ángel Blanco se nos fuera de las manos con su astucia. En cuanto a mi objetivo, amo a Noemi desde entonces y aunque aun no he tenido intimidad con ella, se lo dejare saber a su debido tiempo. Se notaba la sinceridad en las palabras de Paolo.

— Creo en tu palabra pero no olvides que mi hijo esta en medio de todo esto.

— Haz lo que te digo, solo te interesa una cinta de las que hay ahí abajo, los generales del nuevo orden es lo que buscas, así lo nombro Ángel burlándose de todos ellos, yo me encargare de hacer feliz a Noemi y cuidar de tu hijo.

— ¿Como sabes lo que hay ahí debajo? ¿Y porque no has hecho nada por destruirlo si sabes que compromete a tanta gente? Sagitario frunció el seno, sabía que Paolo era un hombre de no pocos recursos.

— Un hombre de la confianza de Ángel trabajaba para nuestra familia, murió junto a el en la explosión de la granada que tu lanzaste, por el supimos lo de la cinta y en cuanto a destruirla eso lo dejo en tus manos, hasta que la veas, así te convencerás por tus propios ojos de la monstruosidad mental del Ángel Blanco. Dicho esto, se puso en pie al ver que las dos mujeres regresaban de su recorrido por la mansión.

— Hemos venido para avisar que los demás llegaron y esperan en la sala. Dijo Jackelin dejándose caer en una silla junto a Sagitario.

— Jackniel y Taipán están con ellos. Argumentó Noemi y dirigió una sonrisa a Paolo. Sabía que los dos hombres estarían hablando de ella y su futuro, hecho que la complacía al hacerla sentir protegida por dos colosos que no temían ni dudaban para enfrentar cualquier revés de la vida.

En Miami, Sergio miraba hacia el teléfono sobre la mesita de noche, no pudo dormir, su conciencia no lo dejaba tranquilo, no había podido localizar a Néstor y Aramis en los lugares en donde habían acordado verse, lo cual significaba que podían estar aliados a Sagitario y viajado con el. Se pasó las manos por el rostro y marco el número telefónico.

— ¡Hola! Respondió Néstor al segundo timbrazo.
— Soy yo, Sergio. Se anuncio sintiendo que del otro lado había cierta tensión. Mira, hay algunas cosas que puedo explicar, hay otras de las que me hago responsable y Sagitario puede determinar sobre ellas pero yo nunca me voy a enfrentar a el y siempre lo voy a considerar mi amigo.
— El problema, viejo, es que la cagaste. Como vas a justificar la invalidez de Mauricio. Dijo Néstor recelando de las palabras de Sergio.

— Para el ataque fueron llamados unos Colombianos y unos Mejicanos, solo teníamos que salir de la finca bajo un tiroteo sin que nadie resultara herido, de modo que Mauricio entendiera que ya estaba acabado pero no podíamos saber que después de treinta años quedaran enemigos de el en Colombia, el hombre se camuflageo entre los otros y disparó a matar y yo trate de cubrir a Mauricio con mi cuerpo. Dijo Sergio con verdadero pesar.

— ¿Y como explicas tu alianza con ellos? ¿Porque al menos yo no creo que había necesidad de hacerlo? Preguntó Néstor aunque podía imaginar la respuesta.

— Cumplía ordenes de los soldados universales, necesitaba saber el porque de esto y que alcance tendría para Cuba. Al caer el gobierno de Castro, la Florida influirá mas en ese país, aquí tienen distinta posición sobre que hacer, lo sabes. Castro ha durado tanto porque el bloqueo lo ha mantenido ahí, no hay contacto con el mundo externo pues dicho bloqueo limita el acercamiento con grupos de poder para derrocar el régimen. Los universales son un grupo de vigilancia con rasgos de sociedad secreta. No hay posibles acciones sin condiciones de apoyo exterior y las organizaciones del llamado exilio están penetradas por la contrainteligencia, de cada cinco miembros uno es agente de Castro, como sabes tú. Concluyo Sergio a la vez que aguardaba por la decisión de Néstor.

— Hablare con Sagitario y le contare todo lo que me has dicho, ahora tengo que dejarte porque se acercan, te llamo después.

Cuando Sagitario en compañía de Jackelin, Noemi y Paolo llegaron a la sala, pudo darse cuenta que Néstor, apartado hacia un rincón, escuchaba atento a una conversación telefónica. Después de colgar el teléfono Néstor le hizo una señal colocando el dedo del medio sobre sus labios y

Sagitario asintió. Ambas señas apenas fueron perceptibles a los demás, excepto Jackelin y Aramis que se percataron de todo pero mantuvieron discreción, como si no hubiesen visto nada. Néstor se acerco al grupo para alcanzar a oír las últimas palabras de Taipán.

— Pues como se lo digo, señorita, se pasean por la casa como si esto fuera de ellos. Puso una voz tenebrosa haciendo referencia a los fantasmas que según el rondaban por la mansión.

— Tal vez debiéramos preparar algunas trampas para atraparlos. Recomendó ella conteniendo la risa, sabia que el niño planeaba divertirse a costa de ellos.

Noemi dispuso las habitaciones para todos y anunció que la cena estaría lista en una hora. Después se reunió con Paolo, Sagitario y Jackelin en la biblioteca.

— Quiero bajar al sótano de esta casa. Comenzó diciendo Sagitario y dirigiéndose a Noemi en tono autoritario. Necesito ver algunas cintas que tu hermano guardó ahí.

Noemi político ante la petición y Paolo extendió su mano para tomar la de ella apretándosela con suavidad para inspirarle seguridad y confianza en que hacían lo correcto.

— No tienes ideas de lo que dices, ir allí es como bajar al mismo infierno, solo un ser como mi hermano podría sentirse bien en ese lugar. Dijo ella poniéndose de pie y retorciendo sus manos presa de un nerviosismo incontrolable.

— No es necesario que tú bajes, puedo hacerlo yo solo si me explicas como hacerlo. Sugirió Sagitario acercándose a ella y tomándole las manos. Voy a bajar y borrar de una vez lo que pertenece a tu pasado y tú me vas a obedecer en todo lo que yo diga. Su voz era enérgica y en su rostro se marcaba la dureza y frialdad del Sagitario ejecutor.

Noemi le miro a los ojos sin encontrar piedad en ellos, se volvió hacia Paolo y este asintió con la cabeza dándole a entender que eso era lo correcto.

—Está bien. ¿Cuando quieres hacerlo? Preguntó ella dirigiéndose a Sagitario.
— ¡Cuanto antes mejor! Respondió el sin el menor asomo de dudas.
— Esta noche puede ser muy peligroso, mi hermano solo bajaba en las noches pero mañana a primera hora, creo que no habrá problemas. Dijo Noemi soltándose de las manos de Sagitario y dejándose caer junto a Paolo quien le tendió el brazo por sobre los hombres y la abrazó con fuerzas, ella buscó refugio en su pecho ahogando el llanto en lo que Sagitario y Jackelin abandonaban la estancia.

— ¿No crees que fuiste demasiado duro con ella? Preguntó Jackelin algo contrariada por la escena que acababa de presenciar.
— El miedo solo se puede vencer enfrentándose a lo que se le teme. Ella es débil solo porque su hermano se lo hizo creer, cuando rompa las cadenas que la atan al pasado se identificara con la verdadera Noemi que debió haber sido. Respondió Sagitario, tomo a su esposa por la cintura y ambos se encaminaron hacia el comedor donde todos aguardaban por la cena.

— Claro que recuerdo a los amigos que rodeaban a Marlon. Respondió la directora con una sonrisa y comenzó a mencionar nombres: Benito Puchini, Frank Di Marzo,

Oscar Fresno, un mejicano que a pesar de su edad peleaba como un profesional del boxeo. La directora hizo una pausa al ver un reflejo de desilusión en el rostro de Bill. ¿Quiere Ud. saber de alguien en especial? Tal vez si me dice el nombre, yo pueda ayudarlo.

— ¿Le dice algo el nombre de Alan Conwell? Bill pronuncio el nombre con cierta duda, comenzaba a creer que podían no ser ciertas sus sospechas.

— Claro que recuerdo a Alan Conwell, pero este no pertenecía al círculo de amigos de Marlon. Alan era un buen estudiante, sus padres siempre fueron muy exigentes con el. El viejo Conwell tenía fama de ser un contador muy hábil y sobre todo de muchos recursos. La directora evoco con orgullo sucesos ocurridos treinta años atrás.

— ¿Cree Ud. que las familias de Alan y Marlon estuviesen relacionadas de algún modo?

— Bueno, Ud. sabe, las familias de la mafia son muy discretas en sus asuntos pero es imposible creer que no se relacionaran aunque a la vista de todos mantuvieran una distancia.

Bill se despidió de la directora y salió en busca de un lugar para comer y después buscaría un buen alojamiento, avanzaba por la Washington Avenue buscando un restaurante de precios módicos ignorando que un sicario, por orden de la mafia, seguía sus pasos con intenciones de hacerlo desaparecer de la faz de la tierra.

Balzo se levantó de la cama, no estaba seguro pero creyó haber sido despertado por algún ruido, tuvo una pesadilla en la que Sagitario los eliminaba a todos en una gran balacera. Tenía el cuerpo rígido de tanto dormir, casi seis horas. No se atrevió a contarle a Sergio lo que le había dado a Sara con tal de mantenerse vivo. Fue hacia la cómoda y se miro en el espejo, Sergio había saturado bien el lugar donde antes estaba su oreja derecha, aun así se sentía fatal, soltó una maldición y salió de la habitación dirigiéndose hacia la planta baja.

— ¡Hola Balzo! Dijo Alan desde uno de los sillones reclinables situados en la sala, junto a el, dos hombres con trajes de etiqueta levantaron sus pistolas 9mm con silenciadores hacia el pecho de Balzo. ¿Crees que me voy a creer que no le diste nada a Sara a cambio de tu vida? ¿Que fue Balzo? ¿Que le diste, que Sagitario se fue corriendo a New York?
— Alan, te juro por Dios, que no le di nada a esa puta que te incriminará a ti y a tu gente.

El hombre a la derecha de Alan hizo un disparo sobre la rodilla de Balzo quien cayo al suelo quejándose.

— ¡Está bien! ¡Está bien! Gritó. Una copia de las cuentas cifradas y los depósitos que fueron hechos este año pero con eso ellos no pueden hacer nada todavía.

Alan se puso en pie, estaba pálido, todo su dinero estaba corriendo un riesgo incalculable. Mauricio y Sagitario disponían de muchos contactos en esos bancos y por millones, su dinero podía cambiar de dueño en solo segundos, el como agente del FBI nada podría hacer pues quedaría al descubierto y con toda la evidencia. Lleno de furia arremetió contra Balzo y lo pateo repetidas veces.

— ¡No me mates, Alan, por favor, somos amigos, no me mates. . .! Balbuceo.

Balzo grito de dolor, temblaba, sangraba, rogaba por su vida, rompió a llorar como un tequila y dos balas silenciosas

237

impactaron en su cabeza, su cuerpo se convulsiono por segundos, después quedó quieto sobre una gran mancha de sangre.

— Limpien todo esto y desaparezcan el cuerpo. Ordenó Alan. No quiero dar pie a investigaciones, después vayan por el otro y tengan mucho cuidado que ese no es como este imbécil.

Abandonó la sala por el pasillo que conduce al parqueo y salió de aquella casa, estaba seguro de que podía ganar la batalla iniciada en contra de Sagitario pero se equivocaba.

En la mansion de Noemi todos estaban reunidos en la terraza del patio, después de disfrutar la exquisita cena ofrecida por ella en recibimiento a sus amigos. Varias botellas de champagne dentro de los cubos con hielo, esperaban a ser abiertas por quien quisiera tomarlas.

Hacia un rincón de la terraza, Néstor le contaba a Sagitario todo lo dicho por Sergio.

— No tiene escapatoria, muchos irán contra el. Morirá como un valiente, de eso no tengo dudas. Comentó Sagitario después de terminado el relato de su amigo.
— ¿Crees que podamos hacer algo? Preguntó Néstor.
— El pudo hacer y no hizo. Hay cuestiones que son de honor, algo que no abunda mucho en estos tiempos de hombres sin moral. ¿Acaso tú abandonarías sin luchar? Miró con detenimiento a los ojos de su interlocutor.
— ¡Claro que no!, yo no soy un cobarde y ahora me doy cuenta de cual era la jugada, dejarte claro algunas cosas antes de enfrentarse al Zar.

— ¿Hiciste todo lo que te dije? Preguntó Sagitario cambiando el tema. El Viejo esta aquí, lo comprobó Mauricio hace un rato, no vayan a dejar que lo liquiden.
— Claro Sagitario. ¿Cuando he dejado de cumplir una orden tuya? En cuanto comience la obra, nosotros haremos nuestra parte, no dudes de eso. Emitió una sonrisa.

En la ciudad de Hialeah, Sergio apagó todas las luces de su casa, se puso un traje de correas y sobre su pecho se colgó seis granadas de mano F-1 de fragmentación. Por instinto propio, sabia que ya Balzo habría sido eliminado por los hombres de Alan con doble cobertura.

Los sucesos pasaban por su mente, de no haber sido por la intervención de Sagitario todo seria diferente: Algunos agentes del FBI y de la policía moviendo la droga en la Florida y algo más allá. También, los falsos operativos en que se canjeaba droga alterada por la pura confiscada a los grupos narcotraficantes independientes, además de no reportar las verdaderas cantidades. Por supuesto que el dueño no reclamaba ni protestaba por eso, ya que de ser juzgado, la sentencia podía ser menor de acuerdo a la cantidad reportada, (no es lo mismo que te juzguen por 100 kilos de droga que por 2kilos). Los abogados se encargan de silenciar a los que no tienen dinero para negociar su sentencia con los fiscales. Pero, jueces y abogados al descubierto son condenados a prisión con sentencias de hasta treinta años. Bajo el chantaje sistematizado judicial de la Florida, es notable la diferencia en la aplicación de leyes. Los que disponen de mucho dinero para pagar por sus crímenes, no van a prisión. Sergio sonrió a causa de sus pensamientos. El país más rico del mundo iba decayendo porque un grupo de locos llevaba el timón con un capitán al mando que no sabia que hacer. La era de la inteligencia en USA estaba llegando a su fin, los contribuyentes desangrándose por las estrictas leyes, las grandes compañías llenándose los bolsillos, la clase media tratando de subsistir. Los locos andan sueltos y todo es justificado con los ataques terroristas, mentiras y más mentiras por doquier. De momento, un ruido lo hizo salir de esos pensamientos. Instintivamente bajo el seguro de las dos pistolas que llevaba en los laterales de sus muslos y agarro el fusil. Muy pronto aquello se convertiría en un infierno.

Una bomba de gas lacrimógeno atravesó el cristal de la ventana junto a la puerta de entrada, otras más fueron lanzadas al resto de las habitaciones. Sergio se coloco una careta antigás y esperó sin inmutarse, conocía el procedimiento y sabía que funcionaba con personas que se aterrorizaban pero no con profesionales y mucho menos con un ejecutor de su categoría. Segundos después la puerta salto en pedazos, dos hombres con caretas antigás y con sus fusiles en posición de disparo, aparecieron en la entrada.

— Si bobos vengan apenaditos que mañana lo único que habrá aquí será jugo de piña. Pensó de forma burlona en lo que apretaba el gatillo dos veces, moviendo el cañón del fusil unos milímetros, entre un disparo y otro. Vio caer a los dos hombres y sin dejar de apuntar a la puerta, escucho una explosión que estremeció toda la casa.
— ¡Cuidado con las minas, muchachos, que las se hacer muy buenas! Se dijo a si mismo y se sonrió por la ocurrencia.

Escuchó las sirenas de los carros de la policía que se acercaban al lugar y pensó en los titulares de la televisión y los periódicos, como serian al siguiente día, mientras una lluvia de balas se proyectaba contra las ventanas. El sabía que aquella casa estaba preparada para soportar ataques como este. Sagitario se había encargado de diseñarla cuando fue declarado el signo de guerra, después del secuestro de Tatiana y Jackelin, sospechando que la mafia de New York, en algún momento lo atacaría en este lugar. Detrás del revestimiento de las paredes se colocaron planchas de acero de media pulgada de grosor, medio metro de ancho y dos de alto. Una línea en el piso indicaba el lugar donde estaba puesta cada plancha y el se iba parapetando detrás de ellas. Desde su escondite lanzó una granada a la calle hacia el lugar donde estaba un van blindado de las fuerzas especiales del FBI. Los dos hombres, Leny Arturez y Richard Belard, que habían estado con Alan en el aniquilamiento de Balzo, se tiraron al suelo con la detonación.

— Este tipo va a resultar más duro de lo que pensábamos. Dijo Leny.
— Vamos a tener que utilizar una lanza cohetes si lo queremos sacar de ahí. Sugirió Richard.

Sergio notó que poco a poco fueron disminuyendo los disparos, las sirenas de los carros de la policía se oían a la vuelta de la esquina, era muy posible que estuvieran deteniendo el tráfico y a los curiosos que querrían acercarse al lugar.

—Deben estar analizando acerca de buscar algo más eficaz para sacarme de aquí. Pensó mientras corría hacia el dormitorio ubicado en el centro de la casa.

Allí, la cama estaba corrida hacia la pared y en su supuesto lugar, un enorme agujero con una tapa de concreto de siete pulgadas de grosor dispuesta a cerrar, después que el entrara por el orificio. Sin perdida de tiempo entro, segundos después, escuchó una enorme explosión. El túnel no sufrió daño alguno por lo que decidió seguir avanzando, sabía que la salida quedaba al costado del patio de la otra casa, ubicada en los perímetros.

— ¿Crees que logro entrar al túnel? Preguntó Leny observando las devoradoras llamas.

— No lo se, todas las habitaciones serán revisadas, aun así, conocemos la existencia del túnel pero no sus salidas o ramificaciones hacia otros lugares. Cabe la posibilidad de que salga a casa de algún vecino pero Alan no cree que eso pueda ser así. Respondió Richard mirando con detenimiento hacia el lugar tratando de adivinar que podría hacer Sergio para salir del túnel, en caso de haber logrado entrar a el.

Sergio también analizaba todas las posibilidades para salir de allí, no escuchaba ningún movimiento pero intuía que lo estaban esperando. El retrocedió unos metros dentro del túnel, hasta encontrar lo que buscaba, un tubo plástico que corría por la pared entre la sala y el pasillo que conduce a los dormitorios. Aguzó el oído y no logró escuchar nada sospechoso. Palpó con suavidad el tubo y extrajo de su interior un cordel de nylon que llegaba hasta el cielo raso del techo, ayudado por una rondana. Ató una granada en la punta del cordel y sujetó el otro extremo, introdujo la granada en el interior del tubo con el percutor y el pasador de seguridad hacia abajo, con rapidez tiró de la anilla del pasador y echo a correr arrastrando con el otro extremo del nylon. La granada iba ascendiendo por el tubo haciendo un sonido en su recorrido y los hombres apostados en el lugar no alcanzaban a comprender de donde venia el ruido que escuchaban y se miraban unos a los otros encogiendo los hombres, de pronto, una explosión los envolvió en una bola de fuego amarillo rojizo.

Leny y Richard palidecieron ante aquello, había allí siete hombres que acababan de perecer, siete agentes del FBI que nada tenían que ver con la corrupción que se estaba desarrollando dentro de las filas de esta organización.

— ¿Se habrá suicidado? Preguntó Leny sin reponerse aun de su estupor.

— Dios quiera que si, porque esto se ha complicado tanto que no podemos dar marcha atrás. Respondió Richard sin apartar los ojos del lugar. Una cortina de humo se levantaba con auge de devastación y muerte. En donde estaba la casa solo quedaron en pie unas columnas maltrechas.

El helicóptero de la policía sobrevoló la zona a baja altura y sus reflectores en busca de fugitivos que pudieran estar corriendo por el lugar, poco después se alejo.

Leny no tenia dudas de que el peligro acechaba y sintió temor.

Richard marco al teléfono de Alan para ponerlo al corriente de todo lo sucedido.

— ¡No esta muerto! Debe estar escondido en ese maldito túnel. La voz de Alan sonó apagada, todos sus planes se venían abajo, se sentía derrotado pero no se iría a la tumba solo, arrastraría a todos con el. ¡Este es el fin Richard, busca a ese desgraciado y acabalo! Agregó casi histérico. Alan Conwell tenia en claro que le quedaban minutos en su cargo, todas sus patrañas quedarían al descubierto y a partir de ahí pasaría a ser un fugitivo de la justicia.

CAPITULO XIII

"EL SÓTANO DEL ÁNGEL BLANCO"

Paolo se disculpó con Noemi y Jackelin para ponerse a un lado y recibir una llamada telefónica

— Ya tenemos localizado al hombre, dentro de una hora puedes venir a conversar con el. Dijo la persona al otro lado de la línea, sin identificarse, como quien sabe que su llamada era esperada.
— ¡Ok!, allí estaré. Respondió Paolo cortando la comunicación. Observó que Sagitario se acercaba a las dos mujeres y era recibido con sonrisas a causa de unas palabras que dijo pero que el no alcanzo a oír, entonces decidió unirse al trió.

— Estoy segura de que Taipán esta preparando algo para esta noche. Dijo Noemi tomando el brazo de Paolo.
— ¡Ni lo dudes! Expresó el recién llegado, tratando de introducirse en el tema.

El Rolex Presidente ubicado en la mano de Paolo marcaba las diez de la noche, había pasado una hora después de su conversación telefónica, por lo que dio unas resentidas disculpas y excusas para marcharse. Se despidió de todos los reunidos en la terraza y Noemi lo acompañó hasta la puerta de salida.

Sara caminaba distraída por la casa, aparentando que no llevaba un rumbo fijo. Entró en la biblioteca y miro por una de las ventanas para ver a Noemi despidiendo a Paolo con un ligero beso en los labios. Con paso apurado se dirigió a una puerta ubicada entre dos estanterías de libros, la abrió con una llave que le entrego Sagitario, para encontrarse con un pasillo con otras dos puertas a cada lado. La segunda a la izquierda, pertenecía al cuarto de los televisores de recepción para las cámaras de seguridad. Pistola en mano, pateo con fuerzas la puerta y entro abruptamente en la estancia, apuntando a la cabeza del único hombre sentado ahí, frente a una consola de veinte televisores. Ante la sorpresa, el quiso agarrar el teléfono pero ella, sin dejar de apuntarlo, le ordeno:

— Es mejor que lo dejes o en un segundo te iras a reunir con el Diablo. El tono de su voz era firme y autoritario, que no admitía discusión.
El hombre retiró la mano y reflejando temor, dijo:
— ¡Por favor!, soy un hombre de familia, no quiero tener problemas.
— Eso mismo pienso yo y no estoy en desacuerdo con que te ganes un doble sueldo, si lo haces honradamente pero ese no es tu caso, te lo estas ganando como un traidor. Dijo ella reflejando enojo e irritación. Avanzó hacia la consola y observando el televisor en donde se veían Néstor y Aramis, al costado izquierdo de la mansion, abordando un Cadillac, agregó:
— Es una lastima que Sagitario me haya ordenado no volarte los sesos nada más entrar aquí, pero te advierto

que eso es solo si no hay extremas circunstancias y yo llamo extremas circunstancias a cualquier movimiento no autorizado.

Néstor y Aramis siguieron a cierta distancia la limousine en donde iba Paolo. El tráfico había cesado un poco a esa hora de la noche, facilitando el seguimiento del auto que salía de New York hacia New Jersey. En las afueras del Bronx, la limousine se detuvo en el parqueo de un motel barato donde camas y baños limpios se anunciaban en un cartel, bajo un montón de bombillas amarillentas. Aramis pensó que ese cartel tendría más de diez años de antigüedad, anunciando lo menos que cualquier cliente podría pedir. Pasaron por frente al motel y una calle mas adelante doblaron a la derecha, bordearon la manzana para toparse con la calle ubicada al fondo del motel. Sin que el auto se detuviera del todo, Néstor se bajo de el con dos pistolas con silenciadores. Aprovechando la obscuridad salto por sobre una cerca y corrió por el patio como si de un felino se tratara, hasta lograr saltar por el otro extremo y caer en la parte trasera del motel, donde además de un contenedor grande de basura, habían dos autos abandonados cubiertos de graffiti, refugio para las inesperadas y crudas nevadas y para los viciosos y adictos a la heroína. Caminó por detrás de las habitaciones, que serian alrededor de diez y las pequeñas ventanas del baño daban hacia esa parte. Se detuvo en la primera agudizando sus oídos al máximo, tratando de escuchar la voz de Paolo pero no tuvo más que sonreír al escuchar el sonido del agua de la ducha cayendo y los gemidos de una pareja entregada al placer.

— ¡Vaya, ahí no se esta jugando! Pensó y continúo en su pesquisa.

En la otra ventana no escuchó nada, además la habitación estaba totalmente a oscuras. En la siguiente, unos padres regañaban a un niño que jugaba con la comida que le habían ordenado. Las otras tres habitaciones que seguían estaban vacías pero en la número siete tuvo más suerte, lograba escuchar, con claridad, la voz de quien le interesaba.

En aquella habitación, Paolo frente a un Bill indefenso, denotaba prepotencia al hablar.

Bill, después de salir de la zona donde había hecho sus investigaciones, se dirigió al Bronx, confiado que nadie lo seguiría hasta allí, además solo su esposa sabía las verdaderas rezones de su viaje a New York. Alquiló una habitación en ese motel y cuando estaba dispuesto a darse una ducha, forzaron la puerta y se vio acorralado sin posibilidades de salir y a merced de aquellos matones.

— ¿De verdad has creído que Sagitario puede acabar con nosotros? Preguntó Paolo.
— Si el no los derrota, otro lo hará pero yo cuento con que Sagitario lo haga y se que será implacable. La voz de Bill resonó como burla a los oídos de los guardaespaldas de Paolo y uno de ellos sin previo aviso lo golpeo ferozmente en la cabeza con el cabo de la pistola.

Bill no soportó el golpe y cayó al suelo sin conocimiento.

— ¡Este viejo es una mierda!, no creo que podamos divertirnos con el. Exclamó el que había golpeado.
— Busquen un lugar y acaben con el de una vez, no quiero cuerpos abandonados. ¿Lo han entendido? Concluyó Paolo con voz enérgica y salió de la habitación, la limousine lo

esperaba en la puerta y entró a ella sin esperar que el chofer le abriera la puerta, como de costumbre.

Aramis lo vio marcharse, salió del lugar donde estaba parqueado para volverse a parquear frente a la habitación del motel.

— Jero, ponle la ropa a ese viejo. Así no lo podemos sacar de aquí. Yo voy afuera a fumarme un cigarro. Dijo el guardaespaldas que fungía como jefe y al salir dejó al otro cumpliendo su orden.

Aramis terminaba de parquear en el momento en que el guardaespaldas salía de la habitación y se le acercó para preguntarle:

— ¿Crees que tengan habitaciones vacías aquí?
— Bueno yo creo que se va a desocupar una ahora mismo, vine a buscar a mi viejo que esta allá dentro borracho como una cuba y para colmo desplumado por una puta. Respondió alerta a cualquier movimiento de Aramis.
—Son cosas que pasan en las mejores familias. Ok, ahí nos vemos. Agregó y sin dar tiempo a nada, disparó su pistola desde dentro del bolsillo de la chaqueta que llevaba puesta. La bala alcanzó a la victima en el centro de la frente, Aramis lo sujetó por los hombros para que el cuerpo sin vida cayera con suavidad, mientras el cigarro y la fosforera se le escapaban de las manos.

Pistola en mano y sin perder tiempo, Aramis manipuló el picaporte de la puerta y entró a la habitación.

— ¡No te muevas! Dijo al hombre que frente a Bill acostado sobre la cama, intentaba ponerle los zapatos.

— ¿Donde esta Marcos? Preguntó Jero más pálido que la cera.

— Estás apartando una cama para ti en el infierno, reza para que no la tengas que usar. Dijo Aramis con una sonrisa en los labios.

Jero con rapidez increíble, trato de coger la pistola que llevaba en la cintura pero su mano nunca llego a tocar la culata, un proyectil entró por su ojo derecho, hacienda caer de espaldas. Aramis agarró una sabana y envolvió la cabeza del caído. Después fue hacia Bill y le comprobó el pulso, notando que estaba bien. Salió de la habitación y un van Chevrolet de color oscuro, parqueaba de marcha atrás, junto al Cadillac en que el había llegado, las puertas traseras se abrieron y Bruno descendió a través de ellas. En solo segundos los dos cadáveres fueron colocados dentro del van, que rápidamente abandono el lugar, con Niel al volante.

Aramis con dos toallas, limpio la sangre derramada junto a la puerta y a través de la ventana del baño le avisó a Néstor para que lo esperara frente al motel. Levantó de la cama a Bill, aun inconsciente y lo acomodo en el auto, Néstor se le unió y salieron del motel.

— Oye, yo creo que hay que llevarlo al hospital, oí cuando le dieron el culetazo y pensé que lo habían matado. Comentó Néstor y palpó la frente de Bill que empezaba a ponerse sudorosa.
— Yo hablé con Bruno sobre eso y en la mansion lo espera un doctor.

Noemi, sentada en la biblioteca junto a Jackelin y Mauricio, estaba visiblemente nerviosa. Sagitario se paro frente a ella y la miró sin pronunciar palabras.

— ¡Perdóname! Dijo ella levantando la mirada hacia el. Antes la vida me importaba un bledo pero ahora que tengo a mi niño, las cosas son distintas. Agregó tratando de justificar su estado.

— Te entiendo, Noemi y debes calmarte, tu no eres una mujer débil, aunque por mucho tiempo, te lo hicieron creer. No busques reflejos del pasado, es el presente el que tienes que enfrentar con dignidad, arrojo y valor.

— ¿Estas seguro de todo lo que dices? Preguntó ella refiriéndose a los hechos y tratando de asimilar las palabras de Sagitario.

— No hay dudas, Noemi, el hombre de las cámaras confesó a cambio de que le perdonaran la vida. Paolo cometió un grave error, no sabía que Bruno conocía perfectamente al anterior técnico de las cámaras porque se había relacionado con el para negociar lo del video que tu hermano grabó donde atacaba a un grupo para quedarse con la droga. En esté asalto muere un hijo de Bruno, de ahí, su interés por la cinta. Cuando Bruno se dirigía hacia acá, preguntó por este técnico y tu ama de llaves le respondió que había muerto en un accidente automovilístico. Por otro lado, este hombre le propuso a Paolo, por 5millones de dólares, darle todos los detalles de como bajar, entrar al sótano y abrir la bóveda. Después de sacarle toda la información, Paolo lo eliminó y lo arregló todo para que la muerte pareciera un accidente. Alan Conwell y Aurelio Santana, otros dos cabecillas del Zar, confiaron en que podían eliminarme, cuando tú y yo bajáramos al sótano y cayéramos en las trampas que tu hermano dejó instaladas ahí. Explicó Sagitario de forma sencilla los hechos.

Noemi suspiró profundamente y se puso de pie.

— Sagitario, todo esta claro hasta un punto, el técnico nunca hubiera podido sacar las cintas de videos de adentro de las bóvedas, el tuvo que hacerlo antes de que llegaran ahí. Hizo una pausa, todos estaban atentos a su conversación y continúo diciendo: Mi hermano siempre estaba ocupado. Yo me preguntaba como podía incluso pasar tantas horas sin dormir. En ocasiones dejaba los videos en mi habitación para que yo los llevara al sótano y ahí los dejaba hasta por semanas, fingiendo no darle importancia al asunto, cuando en realidad lo que yo sentía era repulsión y temor por ese lugar. Entonces cuando el estaba allí, yo corría y lo dejaba todo dentro de la bóveda. Yo se que un especialista en electrónica puede ser capaz de burlar cualquier sistema de seguridad pero en este caso, es casi imposible abrir la bóveda si no se conocen, con exactitud, todos los pasos para acercarse a ella. Concluyó ella y dio unos cortos pasos dentro de la habitación.

— ¿Acercarse a la bóveda, dijiste? Preguntó Sagitario.

— ¡Aja!, se ve que no conocías a mi hermano. Después de construir el lugar el mismo, se encargó del sistema de seguridad. El lo diseñó e instaló. El único técnico en electrónica que lo ayudó en eso, jamás volvió a salir de ese lugar. Ella luego de una breve pausa continúo: Allá bajo hay tantas bóvedas como en el campo santo. Pasado un año, mi hermano retiraba los restos de los cadáveres y en un molino los convertía en polvo, que dentro de una caja enviaba a los familiares que se habían enfrentado a el. Suspiró angustiada, notó que Jackelin se persignaba al escuchar sus últimas palabras y retomó el tema. Lo peor es la colección de partes del cuerpo de personas que aun están con vida y que el utilizaba para detener el impulso que estas pudieran tener y volver a la carga en su contra, así fuera por venganza.

— Verdaderamente es algo macabro. Reconoció Jackelin.

— Nunca supe hasta donde quería llegar mi hermano.

— Tu hermano solo quería volver al principio, Noemi, al lugar en donde apenas eras una niña y el te tomó para el. Ángel nunca se perdonó el haberte destruido, porque su deber era cuidarte y no lo hizo. El no era ajeno a tu sufrimiento, aunque tu nada reclamaste y hacías todo por verlo feliz. Hay cosas que pueden verse y sentirse sin que medien las palabras, el se convirtió en un esclavo silencioso de tu dolor y te lo dejó todo, todo te pertenece a ti porque el soñaba que podrías ser feliz después de su muerte. Sagitario hizo una pausa para abrazarla y la estrechó fuerte contra su pecho. Ella rompió a llorar, como una niña desvalida y desamparada. El, sin apartarla continuo: Ya no estas sola, Noemi, ahora somos un grupo de amigos y entre todos te vamos a ayudar a romper con ese pasado y nunca más se enturbie tu futuro.

Sergio, desde dentro del túnel, podía escuchar el movimiento que había arriba, no tenía dudas de que estarían recuperando los cadáveres y que en algún momento descubrirían la entrada al túnel. Llevaba tres horas allá abajo y sabía que cada minuto que transcurría lo acercaba mas al final. Retrocede unos pasos para buscar la salida de emergencia, este seria el ultimo combate, así que lo haría con el honor requerido.

La salida de emergencia del túnel tenia una tapa de hierro que abría hacia dentro y daba hacia la otra casa que también había sido destruida por el disparo del lanza cohetes, el sitio por donde salir estaba cubierto por una capa de tierra de un pie de alto sembrada con hierba de jardín, por lo que al abrir la tapa toda esa capa caería adentro, dejando una abertura de 70cms cuadrados. Salir de allí sin ser visto era casi imposible pero aprovecharía la obscuridad de la noche para intentar la operación suicida. Se colocó bajo la puerta y removió el cierre hasta el mismo borde del tanque del pasador, dio un paso atrás y agarro dos granadas, quitándole los seguros a los percutores, las sostuvo en las manos.

Estas granadas tienen un soporte en el lateral que sostiene el percutor en su ultima posición, el pasador del seguro se puede quitar y poner sin peligro de que la granada explote, también se pueden mantener en las manos por tiempo indefinido pero cuando se libera el soporte, el lanzador de la granada tiene siete segundos para el lanzamiento o morir con ella en sus manos.

Sergio pateo el cierre de la puerta del túnel, que se abrió de golpe dejando entrar toda la capa de tierra y hierba que la cubría y sin perdida de tiempo lanzó al exterior las dos granadas.

Muchos de los que estaban trabajando en la recogida de los escombros de las casas destruidas por la explosión, se volvieron al escuchar el sonido que produjo la puerta al abrirse y cuando vieron las dos bolas negras, saliendo del interior, no necesitaron más información para saber de que se trataba y se produjo una estampida de hombres corriendo en distintas direcciones.

Lo que aquellas personas hacían era un gran error. Las granadas de fragmentación tienen un radio de acción para sus fragmentos y balines de 200m a la redonda. Por esta razón es que solamente son lanzadas por soldados que están atrincherados o bien protegido tras una pared gruesa de concreto. La mejor maniobra es tirarse al suelo en alguna hondonada del terreno para que los fragmentos pasen por encima del cuerpo sin causar daños.

Sergio, aprovechando la confusión y el descontrol por las dos explosiones, salió con rapidez del túnel, fusil en mano, dispuesto para abrir fuego a todo lo que se interpusiera en su camino, mientras intentaba escapar. Corrió por el lateral de la casa por entre los escombros, encontró varios cuerpos sin vida en el suelo y al llegar al centro de la calle, un reflector se poso sobre el. Sin dejar de correr disparó dos veces al reflector y un terrible grito de muerte salió desde atrás del reflector en explosión. Esta acción provocó que localizaran la position de Sergio y varios reflectores giraron en su busca.

—La confusión había terminado. Pensó Sergio mientras corría a buscar amparo en los jardines vecinos.

Podía oír como las ráfagas de armas largas inundaban la noche, sintió que sus piernas se negaban a seguir corriendo porque fueron alcanzadas por los proyectiles, cayo de bruces y su cara casi golpeo la tierra, de pronto sintió que algo frio lo mojaba de pies a cabeza.

— ¡Agua! Se dijo mentalmente cuando la sintió rodar por su cara. Ya no escuchaba el sonido de las armas que disparaban contra el. Soltó el fusil y metió las manos bajo el pecho para coger otras dos granadas.
—Si así será… Pensaba. Será con honor, un ejecutor que falla en una operación debe morir en el curso de su cumplimiento.

Se llevo las granadas a la boca y con los dientes retiró las anillas del pasador de seguro del percutor, colocó sus manos ocupadas bajo su pecho, liberó el soporte.

— ¡Que cosa! ¡Tiene que llover hoy, que me voy a morir! Su último pensamiento antes de la explosión.

Todo el lugar se envolvió en una masa de fuego amarillo oscuro, llena de metralla y fragmentos de municiones. Los regadíos del jardín continuaron su paciente trabajo, a pesar de que algunos de ellos no esparcían el agua adecuadamente, soltaban chorros al aire sin ningún control. En el lugar donde había estado el cuerpo de Sergio, solo quedó un enorme agujero, señalando el lugar de la explosión.

Leny y Richard quedaron estupefactos y perplejos ante aquella visión.

— Tenemos que largarnos de aquí cuanto antes, si no queremos pasar el resto de nuestras vidas en prisión. Dijo Richard a Leny en voz muy baja y ambos se encaminaron hacia el auto Gran Victoria aparcado fuera del cordón policial.

Cuando Bill despertó, a quien primero vio fue a Sagitario que hablaba con un hombre que aunque el no conocía, supuso fuera un doctor por la bata blanca que llevaba puesta. No se equivocaba, era el medico que asistía a la familia White, a quienes conocía desde que compraron la mansion y era de toda confianza.

— ¿Ya estoy en el infierno? Preguntó con voz apenas entendible, pues no podía mover bien la boca a causa del golpe recibido.
— ¡Casi, casi! Tuviste suerte de que tu pasaje era para el último tren y mis amigos llegaron a tiempo para que no te montaras. Respondió Sagitario sonriendo.

— Hable con Paolo, el... Bill iba a decir algo, pero fue interrumpido por Sagitario que le hizo un ademan con la mano.

— Descansa y no te preocupes, nosotros estamos al corriente de todo, fue a el a quien seguimos para dar contigo. Le dijo y salió de la habitación en compañía del doctor.

— Mañana le hare un x-ray y si no hay derrames ni conmoción cerebral, estará fuera de peligro, fue un golpe fuerte y en un lugar muy sensible.

Sagitario acompañó al doctor hasta la puerta de entrada, en donde se despidieron y se encaminó hacia la biblioteca donde lo esperaban Néstor, Aramis y Sara. Todos los demás se habían retirado a descansar, el día había sido largo y agotador.

— Dentro de unas horas se hará de día. Hizo saber Sagitario a los demás mirando su reloj pulsera que marcaba las cuatro de la mañana. Yo hare la primera guardia de dos horas, no podemos confiar en los instintos de Paolo porque puede que tenga mas ojos aquí adentro de lo que nosotros imaginemos. El agregó pensando en la posibilidad de un ataque por sorpresa de parte de Paolo si llegaba a enterarse de lo ocurrido a sus hombres.

— ¿Bruno y Niel no han regresado aun?

— No, el trabajo de ellos es más complicado, ese par de gorilas pesaban más de 200 libras cada uno. Respondió Aramis refiriéndose a los dos secuaces de Paolo muertos en el motel y salió para irse a descansar. Sara lo siguió en silencio.

Todos necesitaban unas horas de sueño para los días que se aproximaban, necesitarían de toda la energía disponible en sus cuerpos. Si Sagitario atacaba a Aurelio Santana en Colombia, la lucha seria dura.

—No me he podido volver a comunicar con Sergio. Comentó Néstor, algo contrariado.

— Yo tampoco puedo evitar sentirme mal pero nosotros no lo dejamos a la estacada y eso es lo que importa, no fuimos nosotros los que rompimos el compromiso de lealtad, fue el quien nos traicionó a todos. Expresó Sagitario poniendo una mano sobre el hombro de su amigo.

La claridad del día llegó con Sagitario dando un recorrido por el jardín de la entrada, cada vez que pasaba frente a la fuente que dominaba el centro del jardín, sus ojos iban una y otra vez, de manera instintiva, hacia ella, hasta que se detuvo a mirarla con detenimiento.

La escultura del centro eran dos bellas jóvenes, completamente desnudas, que con sus brazos en alto trataban de sostener una enorme flor de campana, de cuyo interior salía el agua con grácil cadencia de discontinuos brotes.

— ¿Porque será que nunca te equivocas en tus deducciones y presentimientos? Preguntó Noemi a su espalda.
— ¿Que haces despierta a esta hora? Le hizo Sagitario la pregunta sin voltearse.
— No he podido dormir y llevo media hora observándote desde la ventana de mi habitación. ¿Que has descubierto en la fuente? ¡Si se puede saber, claro esta!
— No me cabe dudas de que forma parte del conjunto que hay allá abajo, creo que está exactamente sobre los controles del sótano. Conociendo a tu hermano, es

imposible que no haya querido ver y controlar lo que pasara aquí afuera mientras el estuviera abajo.

— Si, no estas equivocado, la fuente tiene seis cámaras, algunos micrófonos y dos grandes botellas de gas venenoso, todo puede ser operado desde el sótano con un mecanismo eléctrico.

— ¿Cuanto gastó tu hermano en construir este maldito bunker? Preguntó el interesándose por otros detalles.

— Tres millones de dólares y muchas vidas. Respondió ella con marcada tristeza reflejada en su rostro y su voz. Después, tratando de salirse del tema, agrego: Creo que debemos prepararnos para cuando lleguen los invitados.

A las nueve de la mañana, todos estaban reunidos en la biblioteca, incluyendo a dos "consiglieri" de la Familia Frauduber, íntimamente relacionada en New York con la Familia Di Marzo. A la caída de Marlon, hacía más de quince años, un primo de este, asumió ser el cabeza de la familia, el cual no se presentó a la invitación de Sagitario, alegando tener asuntos más importantes que atender. Aunque, la verdadera razón era mantenerse a cierta distancia de Sagitario, al cual todos temían y recordaban cuando quince años atrás, declarado el signo de guerra, eliminó a los capos que se habían atrevido a desafiarlo en su cruzada por el poder y el reconocimiento de ser el mejor ejecutor del mundo.

Paolo fue recibido por Sagitario, que con una sonrisa en sus labios, le estrechó la mano amistosamente.

— ¿Como esta ella? Preguntó Paolo mientras caminaba rumbo a la biblioteca, donde todos lo esperaban.

— Lo esta tomando con calma, ella es más fuerte de lo que cree.

Sagitario abrió la puerta de la biblioteca cediéndole el paso a Paolo Sebastián Di Marzo, como cuando se hacen las presentaciones en un teatro, de modo que el pudiera ver a su entrada a todos los allí presentes. El primer rostro que vio fue el de Bill y palideció, sintiendo que su cuerpo se negaba a seguir, mientras pensaba: — Sagitario, al igual que la puta de Noemi con su malaria hijo me estuvieron engañando todo el tiempo, montaron todos una comedia para que yo cayera en la trampa, ¡maldita sea! Se sintió al descubierto y trato de reponerse.

— Se acabó el juego, Paolo, nunca vine por las cintas. Empecé de atrás para adelante cortando las cabezas del Zar de la Droga, espero no lo tomes como algo personal por estar Noemi de por medio. La voz de Sagitario sonó como trueno frente al rostro de Paolo.

Ambos entraron a la estancia, Paolo sin apenas reponerse, arrastraba los pies al caminar, sabiendo que cada paso lo acercaba mas al patíbulo para recibir la sentencia de muerte, miro a Noemi quien, ni por piedad, le devolvió la mirada.

—Canallas, todavía me queda una jugada antes de morir, si mi hombre no ha sido descubierto y lo de la trampa del elevador, tampoco. Pensó saboreando la muerte de sus verdugos antes que la de el.

Noemi se levantó de su asiento y caminó hacia la puerta lateral de la biblioteca, la abrió dejando al descubierto las otras cuatro puertas en el pasillo, por donde entraron ella, Sagitario, Paolo, Bill y los dos consejeros de la familia Frauduber, el resto quedó a la espera.

— ¡Por aquí! Dijo ella abriendo la primera puerta a la derecha, entró con paso rápido directo a una pizarra de control en donde tecleo una combinación de siete números.

El brillante piso de baldosas blancas comenzó a ascender, dejando ver una perfecta urna de cristal blindado con un diminuto control electrónico pegado al costado de una de sus transparentes paredes. Cuando la urna elevador de 2m de alto terminó de ascender, se abrió por el lado que quedaba frente a la consola, quedando listo para ser abordado.

—Te espero arriba. Dijo Noemi refiriéndose a Sagitario y salió con rapidez del lugar.

— Malas noticias, Paolo, todos tus planes se los ha llevado el viento. El Zar de la Droga está acabado y Mauricio volverá al poder negociando con la familia Frauduber, aquí presente. Tu amiguito Alan esta al descubierto con las pruebas que me entregó Balzo de sus cuentas bancarias y los depósitos. ¡Adelante, Paolo! La bóveda del Ángel Blanco espera por ti. Dijo Sagitario señalando la puerta del elevador.
— Uds. no pueden hacerme esto, es un error, es imposible descifrar el código que abre las puertas de abajo. Paolo suplicaba, sabía que al entrar al elevador, este lo llevaría al sótano donde podría ver toda la creación de Ángel Blanco para después, en unos segundos morir asfixiado por un gas venenoso. Cinco hombres mandados por el, habían tratado de descifrar los códigos de los dispositivos electrónicos sin poder conseguir otra cosa que la muerte. El mismo había tratado con cámaras de video y tampoco logro nada. Por ultimo, había quedado a la espera de una

nueva oportunidad, utilizando a Noemi y estos eran los resultados.

— Si, tienes razón, nadie sale con vida de ahí. Solo el Ángel Blanco disponía del secreto de usar el elevador sin perder la vida, pero el quid de la cuestión es que todos se concentraron en la entrada de el y nadie sospechó que su hermana disponía de otra entrada con menos riesgos y tan simple como una escalera en el cuarto que ambos compartían.

— ¡Dios mío, no puede ser! Exclamó Paolo perplejo ante lo que acababa de oír. Que tan simple hubiese sido poder obtener lo que lo hubiera llevado a la cima del poder, cientos de cintas con políticos corruptos, pagos, transferencias de dinero a gobernadores de New York y otros estados, personas con influencia en el gobierno y la Casa Blanca, le daban favores al Ángel Blanco por ayudarlos a cubrir sus faltas y delitos.

— El error de un hombre está en subestimar la inteligencia y la fuerza de otro hombre. Al igual que Sansón sucumbió a los pedidos de Dalila, Ángel también lo hizo con su hermana, hacerla bajar al sótano era una tortura pero hacerlo por el elevador era una doble tortura. Hizo una pausa y antes de que Paolo pudiera reaccionar le aplicó una llave de judo inmovilizadora, empujándolo con fuerzas hasta hacerlo entrar en el elevador, la puerta se cerró con tal velocidad que casi golpea los antebrazos de Sagitario que se apartó con rapidez.

Paolo, transfigurado por el miedo, miro a los hombres que en silencio observaban como el elevador iba descendiendo hasta desaparecer frente a sus ojos.

— ¿Porque el Ángel Blanco usaba algo tan peligroso como ese ataúd del Diablo para bajar al sótano? Pregunto

Bill que aun seguía sin entender las ideas de una mente retorcida.

— Placer, el placer de desafiar al miedo, la necesidad de retar a todo lo que hallaba a su paso, simplemente porque quería morir para que su hermana pudiera ser feliz algún día. Respondió Sagitario.

Los dos consejeros se mantenían inalterables y apacibles ante todo lo que se desarrollaba en su presencia.

— ¿Que piensa hacer con el cuerpo? Preguntó uno de ellos.
— ¿Tienen alguna idea Uds.? Respondió Sagitario mirando a los ojos del que preguntó.
— Es evidente que nosotros desconocíamos lo que Paolo traumaba pero nuestras familias trabajan juntas y lamentaríamos una Guerra por algo que no pudiéramos explicar a los Di Marzo.
— No hay problemas, pueden llevarse el cuerpo junto con la cinta de video donde se ven todas mis acciones. Dijo y salió sin esperar que le dieran las gracias.

Noemi esperaba a los cuatro hombres en la puerta de la habitación que por tantos años compartió con su hermano. Sagitario notó su agitación.

— Acabemos ya de una vez por todas con esta situación.

Noemi entro a un closet y en la pared interior de un costado, destapó unos controles, marcó otra serie de números y la pared del fondo del closet se abrió hacia un costado, dejando una abertura para el paso de una sola persona; Sagitario se fue a adelantar pero ella le grito para detenerlo.

— ¡Espera! No se puede entrar sin desconectar las trampas. Los interruptores de las luces y las cajas electrónicas para todas las desconexiones están detrás de la puerta, menos la del elevador que solo era del dominio de mi hermano. Si sacaron el cuerpo y el elevador esta abajo, no se acerquen a el, de lo contrario el permanecerá arriba con el cuerpo dentro. Ella terminó de dar las explicaciones y cruzó el umbral de la puerta secreta, desde ahí fue accionando y marcando dígitos por un sin números de veces.

Sagitario estaba atento a todos los detalles, si alguien forzaba la puerta, las luces no encenderían y la persona estaría cayendo en una trampa mortal.

— ¿No cabe la posibilidad de que te equivoques con tantos números? Preguntó contrariado pensando en lo que podía desatarse abajo por un error que ella tuviera.

— No te preocupes, Sagitario, una mujer nunca olvida las fechas que son importantes en su vida y ahí están todas, hasta la de la muerte de mi hermano.
— Si claro, disculpa. Dijo el sin tener algo mejor que decir y turbado por la respuesta.

Bill lo toco por la espalda y el se encogió de hombros.

Cuando llegaron al sótano quedaron fascinados ante el espectáculo. Lo que parecía ser la sala, estaba decorada con exquisitez y elegancia. Los muebles se alineaban frente a una consola de más de diez televisores alineados unos junto a otros. Hacia el lado derecho de la pared, una chimenea tallada en piedras negras brillantes, traídas de algún lugar del mundo. A su lado las puertas del elevador, que gracias a Dios había vuelto a subir para tranquilidad de Noemi, pensó Sagitario. En la pared lateral frente a las pantallas de televisión, una enorme puerta acorazada, semejante a las de un banco. A continuación una enorme pared de cristal ahumado, que se extendía del suelo al techo, con una extraña confección a un costado, seguida por otra pared de concreto, más allá el círculo de la habitación cerraba con tres puertas, una al lado de la otra.

— ¿Que hay detrás de esas puertas? Preguntó intrigado Sagitario.
— No lo se, jamás he pasado mas allá de este lugar. Dijo ella.

Noemi avanzó hacia la puerta de la bóveda, manipuló los controles electrónicos del cierre de puerta y giro el timón que corría los cerrojos, la puerta acorazada al abrirse emitió un sonido metálico seco que retumbó por toda la habitación, perdiéndose por las escaleras por donde habían bajado.

En el interior de la bóveda había dos hileras de estantes perfectamente alineados y protegidos por un enorme cristal. Al lado izquierdo de la entrada, un terminal de computadoras sobre un buró con su correspondiente sillón reclinable para oficinas y al lado derecho un sin numero de bombillas eléctricas de diferentes colores que indicaban que algo estaba funcionando a la perfección.

— Esta es la computadora que rige y controla las trampas del sótano. Aclaró ella siguiendo la mirada de Sagitario.

Noemi se detuvo frente a la puerta de cristal que resguardaba las cintas, puso un dedo sobre el cierre y pasados unos segundos de reconocimiento de la huella dactilar, la puerta se abrió.

— Todo está a tu disposición. Dijo tratando de salir de aquel lugar pero el la retuvo, sujetándola por la mano.

— Espera, te falta abrir el otro lado. Vine hasta aquí para hacer limpieza general y no pienso salir hasta que no la haga.

Ella se volvió hacia la otra puerta en donde se podían observar muy bien organizadas las cintas con los nombres de ella y de su hermano y las diferentes fechas detalladas en el dorso de cada una. Fue a realizar la misma operación que hizo en la puerta anterior y Sagitario notó un ligero temblor en su dedo, después salió apresurada sin decir palabras.

— ¿No crees que deberíamos echarle una miradita a esos videos? Veo nombres muy interesantes ahí en los dorsos. Se atrevió a decir Bill
— Nada de eso, viejo, aquí nadie va a ver ni coger nada. Todo va a parar al fuego de la chimenea y no te pongas majadero porque te saco a patadas de aquí si no cumples mis órdenes.
— Esta bien, no te enojes, se como te pones cuando te llevan la contraria, además yo solo soy un invitado en calidad de espectador.

Los consejeros contuvieron la risa.

— Más te vale, el pasado va a quedar en eso. Estas cintas comprometen a miles de personas que han hecho manejos sucios, de un modo u otro pero, ¿que es la vida si no damos pasos compuestos de golpes y jugadas? No olvides mi lema: "Nadie debe matar a nadie pero, hay gente que debe morir para que este mundo se convierta en algo mayor." Crimen o no, la lucha y supervivencia en el hombre data desde su origen. ¿Es que han olvidado a Abel y Caín, dos personajes bíblicos? ¿Cual es la razón por la que Dios condeno a Caín a ser más oscuro que los demás en vez de quitarle la vida? Es fácil, el cielo y el deseo de supervivencia en Caín eran más fuertes que en los otros y eso se mantiene hasta hoy. Concluyó Sagitario y volteándose para la chimenea echo el primer grupo de cintas. En el transcurso de cuatro horas ya se habían quemado cerca de 200.

Noemi fue testigo silenciosa de aquella operación y vio como las cintas que la implicaban a ella con su hermano eran consumidas por el fuego. No sentía pesar, ni tristeza, pero un profundo vacio se apodero de ella y pensó si en realidad aquello podría destruir los recuerdos de un pasado para volver a comenzar una nueva vida. Sagitario se detuvo junto a ella con el último paquete de cintas para tirarlo al fuego.

— ¿Como se abre lo que queda de la colección de tu hermano? Le preguntó tirando al fuego lo que tenía en las manos.
— Tengo la combinación para desconectar las trampas que aun quedan activadas.

— Pues adelante, terminemos de una vez con todo esto.

Sagitario la siguió y la vio nuevamente marcar números en el teclado, haciendo breves pausas. Minutos después, le enseño la pantalla de la computadora donde el pudo leer la palabra "DESCONECTADO" en letras grandes de color azul con un sin fin de estrellas fugaces a su alertad, como si la palabra viajara hacia algún lugar en el espacio. Al otro lado de la bóveda quedaron apagados todos los indicadores.

— Me gustaría quedarme aquí mientras limpian todo esto. Ya las puertas no tienen trampas excepto la del elevador que pertenece a un sistema distinto del cual desconozco su funcionamiento. Dijo Noemi, permitiéndose una sonrisa por primera vez desde que estaban en el sótano.

CAPITULO XIV

"ALAN CONWELL Y AURELIO SANTANA"

Leny y Richard llegaron a la marina y pasaron la vista por los muelles. Alan salió de atrás de unos yates. Ellos dos atracados en los espigones se acercaron a el con cautela. Dada la situación, era mejor no confiar en nadie y protegerse uno a otro.

— Vamos, la avioneta esta al final del muelle. Dijo Alan cuando Leny y Richard llegaron junto a el.
— ¿Para donde iremos? ¿Si se puede saber? Preguntó Richard en estado de alerta.
— Nos iremos a Colombia por un tiempo. Después, a disfrutar de todo nuestro dinero. Contestó dándoles la espalda y dirigiendo sus pasos hacia el lugar en donde esperaba la avioneta Cessna con aéreo deslizador hidráulico.

Lo siguieron Leny y Richard, este último percibió que estaba entrando en una trampa y trató de sacar la pistola de la cartuchera de sobaquera debajo del traje, sin lograrlo. La bala de un rifle le entro por la frente, cayendo de bruces sobre el concreto. Leny intentó huir de la emboscada lanzándose al agua, pero un proyectil le atravesó el cráneo y su cuerpo cayó, perdiéndose en las profundidades del mar.

Alan se volvió hacia el cuerpo de Richard y dijo con repugnancia:

— ¡Perros incapaces, nunca hacen nada bien! Preso de una ira implacable, lanzó una patada contra el costillar del cuerpo sin vida.
— Cálmate Alan, ese tipo esta más muerto que la estatua de un faraón. Dijo una voz a su espalda.
— ¡Gracias! Álvaro y a ti también Dionisio, no sabes la soberbia que me da trabajar con estos incompetentes. Les dijo Alan mirando a los dos hombres armados con los fusiles provistos de silenciador. Ambos con un traje de ejecutor sobre el mono deportivo de color negro pertenecían a la segunda cosecha de ejecutores de la finca de Aurelio Santana, en las afueras de Bogotá en Colombia.

Años atrás, cuando Jackelin fue atacada por un pistolero al servicio de Francisco Elizalde y por orden paga de Noemi, ya Alan conocía de la existencia del "Manual de Ejecutores" escrito por Sagitario. El cual Noemi sacó una copia para su hijo Nordiel y el original permanecía guardado para Jackniel, el otro hijo de Sagitario con Jackelin. En aquel tiempo Alan dirigía al grupo de agentes del FBI encargados de investigar el caso de agresión. Y el chalet ubicado en la playa en donde vivía Jackelin y Sagitario quedó a la entera disposición de Alan cuando ellos tuvieron que moverse con urgencia hacia otra casa ubicada en Hialeah, por temor a un nuevo y sorpresivo ataque. Al tener acceso total del chalet, el aprovechó para hacerse de una copia del manual, que nunca fue guardada en los archivos del FBI, sino que fue enviado a Colombia, a manos de Aurelio Santana, quien a partir de esa información formó el primer grupo de veinticinco hombres para entrenarlos como ejecutores al estilo de Sagitario.

Alan, juntó a Dionisio y Álvaro que piloteaba la avioneta, despegaron de la marina El Cabo, ubicada en el Golfo de Biscayne. De ahí seguirían en línea recta hasta Jamaica, atravesando el corredor aereointernacional que corre sobre la Isla de Cuba, evitando la posibilidad de que aviones de combate de la base aérea de Homestead pudieran darle alcance en aguas internacionales y los derribara.

Sagitario seguido de Bill y los consejeros entraron a la habitación, varias estanterías de cristales se acomodaban en las paredes y pequeñas luces hacían resaltar los envases dentro de ellas. El lugar tenía aspecto de museo con reliquias, solo que las reliquias expuestas en esta habitación eran partes de cuerpos humanos, como si se tratara de un museo de ciencias.

— ¡Verdaderamente este tipo era un sicópata de los peores! Exclamó Bill ante tanto horror.
— El sistema le funcionaba a la perfección, eso aumentó el terror que todos sentían por el. Por ejemplo, ¿ven aquellos rizos?, pertenecen a la hija de un antiguo gobernador de New York. Poco antes de llegar al poder, la niña de siete años, amaneció en su cama con la cabeza rapada. Relató uno de los consejeros al señalar una urna y continúo: El Ángel Blanco tenía la capacidad de detectar las personas con aspiraciones al gobierno, entonces pasaba a la acción buscando algo preciado del aspirante y lo ponía bajo

sus focos. Si al llegar al poder actuaba en su contra o afectaba sus intereses, Ángel le enviaba una de estas cosas a modo de advertencia. Si con eso no se detenía, alguien de su familia caía muerto, pudiendo ser o no la persona anteriormente mutilada. Todo estaba en dependencia del revuelo que se formara con su amenaza.

Sagitario en silencio, asintió con un movimiento de la cabeza y comenzó a vaciar los estantes. Uno tras otro, fue bajando los envases que dejaban ver su contenido aún conservado gracias al formol; dedos de los pies y las manos, orejas, genitales, cabellos, ojos, pedazos de piel con tatuajes aun reconocibles y mucho más. Todo fue reunido en un envase mayor y una hora después habían sido consumidas totalmente por el fuego.

También encontraron celdas y cuartos de tortura con hileras de nichos para colocar a los que allí morían.

— Esto tiene que limpiarse más adelante. Dijo Sagitario.
—Nosotros tenemos gente que se puede encargar de eso, claro está, si la señorita Noemi lo permite. Expresó el consejero que había hablado minutos antes.
— Creo que no habrá problemas en eso. Opinó Sagitario y salió hacia el salón en donde estaba Noemi.

Al llegar, la encontró frente a los televisores. Sagitario quedó perplejo, todas las pantallas se habían encendido, dejando ver la figura del Ángel Blanco con un traje de igual color y una rosa roja en el ojal del traje, como salida de ultratumba se escucho su voz:

— "Solo yo soy culpable de tus desgracias, te condené con mis acciones durante todos estos años, pero no pienses que era ajeno a tu sufrimiento, que si ves esta cinta es porque yo abre muerto, tal vez a manos de mis propios pistoleros y no quiero que tomes venganza. Mira a tú alrededor y trata de rehacer tu vida. Espero me perdones por todo y sepas que a pesar de todo te amé mucho. Adiós hermanita, cuídate y que tengas suerte en el futuro."

El rostro desapareció de las pantallas y todo quedo en silencio.

— El sabía cuan doloroso y repugnante era para mí entrar a este lugar, dedujo que a su muerte lo haría para limpiar toda esta basura. Cuando Uds. salieron recordé la existencia de una gaveta oculta en la pared y ahí encontré el portfolio con la cinta y todos esos papeles. Dijo ella señalando hacia el sofá en donde se encontraban los objetos mencionados.

Sagitario se acerco a revisar algunos papeles, cuentas de bancos en Suiza,
Alemania y otros países del Caribe.

— Ya aquí hemos terminado por el momento, la Familia Frauduber se encargará de retirar en los próximos días todo lo que queda.

Noemi extrajo la cinta de la reproductora y después de titubear unos minutos, la lanzó al fuego mirando como se consumía, después tomo las escaleras decidida a salir del sótano.

— Bueno, no hay dudas de que ella está dispuesta a darle un nuevo rumbo a su vida. Creo que vivir con el pasado es como ir por el mundo arrastrando una pesada carga de leña. Sentenció Bill mientras sacaba una cinta que había escondido y que llevaba el nombre de un senador

Republicano del estado de la Florida. Sagitario lo fulminó con la vista y el tiró la cinta al fuego. Lo siento, prosiguió, no puedo evitar el policía que llevo dentro pero tienes razón en lo que dices, debemos perdonar y olvidar para que nosotros mismos podamos vivir en paz.

Tras catorce horas de vuelo, la avioneta aterrizó en su segunda y ultima escala del viaje, habían repostado de combustible en Jamaica y ahora lo volverían hacer en la Isla de Aruba, desde ahí Alan viajaría con otra identidad para entrar a Colombia por un aeropuerto donde no se hacían muchas preguntas.

— ¿Realmente es tan increíble ese tal Sagitario? Preguntó Álvaro mirando a Alan mientras bebía una cerveza.
— ¿Es una pregunta o una afirmación?
— Como quieras verlo, en realidad tengo mis dudas acerca de que una sola persona pueda crear un manuscrito tan complicado como ese y que en algunos puntos hay algo de exageración, al menos así creen algunos expertos. Respondió Álvaro no muy convencido de que sus palabras fueran exactas.
Alan sonrió antes de responder:
— Solo los que cumplan todos los requisitos de los entrenamientos podrán igualarse y digo igualarse porque llegar a su nivel no es fácil y después su capacidad de acción y rapidez mental es única. Concluyó.
— ¿Crees que vendrá por Ud. y por el señor Aurelio?
— De eso no tengo la menor duda, tendrás la oportunidad de demostrar lo que has aprendido o morir por tus errores. Respondió Alan con sarcasmo.

Dionisio les hizo señas de que ya estaban listos para partir.

El Cessna 500-LX de Mauricio aterrizó en el aeropuerto Internacional de Miami con Sagitario y todos sus amigos a bordo. El cruce de aduanas fue rápido ya que el vuelo era domestico y todos disponían de muy poco equipaje.

— ¡Sígueme! Le dijo Bill a Sagitario y ambos se separaron del grupo, que siguió en dirección a la salida de la terminal. Se dirigieron ellos dos hacia una puerta en donde después de unos golpecitos, asomó el rostro de una muchacha.
— Viejo, esto está aquí adentro que arde y el Diablo te espera desde que despegaste en New York con el tal Sagitario. Por cierto, ¿cuando me vas a presentar a esa especialidad de hombre?
— ¡No cambias, Vera! Lo de Sagitario lo puedes intentar tu misma, ahí esta oyendo todo lo que dijiste.

— ¡Dios mío! ¿Porque no me avisaste de que venias acompañado? Replicó y se sonrojó al ver frente a ella al hombre que solo conocía por las fotos de los archivos del FBI.
— No me diste tiempo. Agregó Bill que disfrutaba la situación ya que la joven tenía fama de ser una secretaria eficiente y discreta. El había entablado una amistad con ella cuando tuvo que confeccionar los informes de la labor de Sagitario en la operación "Radio 5." La habían pasado muy bien y Noemi era para ella como un símbolo supremo del feminismo al enterarse de que pudo retener a su lado a Sagitario durante tanto tiempo.
— No se preocupe, señorita, me honra tener una admiradora como Ud. Dijo Sagitario.
— Vamos, Henry los espera. Anunció ella.
— Así que el gran Sr. Henry Costeu, el subdirector de operaciones del FBI nos espera para recriminarnos, pero

te advierto Bill que yo soy un zoquete y no soporto las zoqueterias de nadie. Zoquete no admite zoquete, al igual que perro no come perro. ¿Verdad señorita Vera? Hablaba Sagitario en voz alta.

— Supongo que debe ser así. Respondió ella deteniéndose frente a una puerta que abrió cediéndole el paso a los dos hombres, entró tras ellos convertida en un modelo de discreción y eficiencia.

Henry Costeu se encontraba reunido con dos coroneles y los tres levantaron la vista para observar a los recién llegados.

— ¿Puede alguien darme una explicación de lo que ha estado pasando? Preguntó Henry tomando la palabra por los dos coroneles.

— Creo que Sagitario debe ser quien lo explique, pues conoce mejor que yo todo lo que esta sucediendo. Se apresuró a responder Bill mirando a Sagitario tomar asiento sin que se lo indicaran. Sagitario suspiró antes de hablar.

— Llegó la hora de negociar muchachos, (y mirando directo a los ojos de Henry siguió) Los dos estamos en bandos diferentes, no tenemos el porque compartir información pero ahora las condiciones lo requieren.

— ¿Que quieres a cambio de que? Dijo Henry mirando de soslayo a los dos coroneles que a su vez miraban a Sagitario con especial interés.

— Toda la información que poseen de Aurelio Santana a cambio de la que yo tengo de Alan Conwell. Respondió Sagitario observando las reacciones lentas de Henry, el hombre era un lagarto analítico y cuidadoso.

— ¿Que sabes de Alan que nosotros no sepamos?

— Muy simple, es una de las cabezas del Zar, junto a Aurelio Santana, Paolo Sebastián Di Marzo y Sergio mi hombre de confianza.

— ¡Trato hecho! Dijo Henry acomodándose en el sillón reclinable de la oficina para escuchar toda la historia que Sagitario empezaría a contar.

Aurelio Santana recibió a Alan frente a la pequeña terminal de un aeropuerto de vuelos interiores ubicado en las afueras de Bogotá y abordaron la limousine después de un breve estrechón de manos.

— Paolo esta muerto. Dijo Aurelio en cuanto Alan ocupó su asiento. Lo supe esta mañana por su hombre de confianza que llamó para acá. El cadáver fue entregado a petición de los consejeros de la familia Frauduber. Lo otro es que las cintas del Ángel Blanco fueron destruidas, de modo que nos quedamos sin nada para presionar a los grandes del gobierno Estadounidense. Hizo una pausa para observar el rostro desconcertado de Alan. Fue un error eliminar a Sergio y a Balzo, con ellos aquí hubiésemos podido negociar con Sagitario. Sergio se las habría arreglado para conceder una entrevista con el y evitar que nos atacara, pero ya ahora, tiene un motivo y una deuda que cobrar.

La limousine hizo un giro a la derecha para tomar un camino sin pavimentar y Aurelio sacó una pistola con silenciador, apuntó a la cabeza de Alan y sin darle tiempo a reaccionar le disparó.

— Incompetente de mierda, no se como pude hacer negocios con esta plasta sin cerebro. Dijo dirigiéndose a otros dos hombres que también iban en la limousine, uno de ellos al volante. De no haber matado a Sergio, el si hubiese sabido negociar con Sagitario.

— Ud. no se preocupe, Sr. Aurelio, ese tal Sagitario nunca podrá contra nosotros, somos muchos y estamos entrenados como el. Comentó el hombre que no iba al volante.

— A partir de ahora tengan los ojos bien abiertos, Sagitario no tardara en caer aquí, tómenlo como una orden de mayor prioridad por encima de todo lo demás. Dijo y se acomodó, recostándose al respaldar del asiento. En su cabeza miles de ideas se entrecruzaban, la suerte estaba echada, el se defendería como un león y no veía la forma en que Sagitario pudiera entrar a sus dominios. Pero tenia la certeza, algo le decía que para Sagitario no existía lo imposible.

Cuando Sagitario terminó de relatar toda la historia, Henry se inclinó sobre la mesa y clavó su mirada en el.

— ¿Hasta donde crees que nos llegó la puñalada de Alan? Preguntó reflejando en su rostro una gran preocupación, pues el papel jugado por Alan en toda esa historia ponía en juego su cargo oficial.

Sagitario no tenía la menor duda de que aquellos dos coroneles venían de la Casa Blanca con una guillotina desarmable en sus maletines, con una cuchilla bien filosa para el cuello de Henry Costeu, por lo que en tono burlón le respondió:

— El puñal te atravesó el hígado y perforó el pulmón junto a tu arteria aorta llena de colesterol. Estas vivo de milagro.

— ¿Entonces no hay solución alguna para este desastre? Preguntó Henry tratando de ignorar el tono de Sagitario.

— Si hay solución. Respondió el con desinterés.

— ¿Que dices? ¿Que solución puede haber para esto? Henry se incorporó del asiento algo motivado, como quien ve una luz al final del camino.

— ¿Nunca has vendido drogas, Henry? Sagitario preguntó sin sonreír, tomando una postura de seriedad increíble.

— No, nunca lo haría, siempre la he combatido. Respondió Henry adoptando la misma postura. En el rostro de Sagitario no había trazas de juego y sus análisis y puntos de vista no eran fáciles de entender.

— De haberlo hecho, tal vez te habría ido mejor que trabajando en el FBI.

Sagitario miró de lado a Vera y los coroneles que hacían esfuerzos por contener la risa, todos mantuvieron su compostura, pues en el rostro de el se mantuvo la expresión de seriedad.

— Mira Henry, (siguió) un vendedor de drogas se mantiene alejado de los policías que el conoce. ¿Sabes como? Muy fácil, pasa horas en las calles que están frente a la estación de policía, desde ahí los empieza a observar y reconocer. Ya después sabe de quien tiene que cuidarse, pero la cuestión es que este vendedor jamás enseña esto a los novatos en el oficio para que la policía se mantenga entretenida con ellos; lo mismo sucede con Aurelio Santana. El recibía, a través de Alan, toda la información de los agentes que el FBI y la DEA tienen trabajando en Colombia pero de seguro que esa información no la compartía con nadie más, sería un verdadero estúpido si lo hiciera.

Henry comprendió que Sagitario tenía razón. Aurelio Santana no se movería en contra del FBI. Los agentes operando dentro de Colombia no corrían verdadero peligro, por el momento, hasta tanto el FBI no la emprendiera en contra de el.

— ¿Que planes tienes para Aurelio? Preguntó esbozando una sonrisa pues dedujo lo que Sagitario estaba pensando.

— Si el FBI se mantiene al margen, el y yo podremos aclarar un viejo compromiso y no soy muy amigable con los que considero que me han traicionado. Respondió restándole importancia al asunto.

— Uno de tus hombres "se cargó" a veintiuno agentes del FBI. Intervino por primera vez uno de los coroneles.

— Es algo con lo que Uds. tendrán que vivir, además, Sergio ya no era uno de mis hombres, deben aceptar que son cosas que suceden cuando se acorrala a un verdadero ejecutor y no a un imbécil que esta jugando a ser el chico malo de la película. Toda negociación en este asunto será solo contigo Henry, nadie más puede intervenir. Finalizó como emitiendo una orden que no admite discusión.

Los coroneles no emitieron frase alguna, comprendieron que Sagitario con su conversación dejaba en claro que estaban excluidos de todo ese asunto.

Esta vez fue Henry quien tuvo que mantener la compostura para no reír. Sagitario lo había dicho todo y los coroneles nada podían decir de el ni replicar sus decisiones. Expuso con claridad la mejor forma de salvar la vida de muchos agentes encubiertos trabajando en Colombia y la única condición, actuar solo y sin intervenciones. De cierto modo Henry consideró que Sagitario lo volvía a sacar a flote, cuando el alto mando lo llamara a rendir cuentas por lo sucedido con Alan, no podrían aplicarle medidas drásticas, tenia para alegar que Sagitario solo negociaría con el al mando, el asunto de la operación. Pensar en eso hizo que Henry se sintiera muy contento aunque no exteriorizó su emoción.

Sagitario y Bill abandonaron la sala en compañía de Vera, que al llegar al pasillo estalló en carcajadas. Sagitario la miró confundido y movió la vista en derredor, buscando la causa de aquella risa.

— Ud. si que es un verdadero actor, cambia la expresión de su rostro más fácil que Brad Pitt en sus películas de acción, casi no podía seguirlo pero no me perdí un detalle. No se imagina lo que tuve que hacer cuando le preguntó a Henry si había vendido drogas alguna vez. ¿Te imaginas eso, Bill? Pues me mordí la lengua para no estallar en carcajadas. ¿Como puede lograr algo así y seguir como si nada? Iba diciendo Vera mientras se movían hacia la salida del aeropuerto.
— La mente, señorita, que puede proyectarse a más velocidad que las palabras y que el concepto de la sentencia que se está expresando. Es una técnica muy usada por los interrogadores. El interrogado es sorprendido constantemente por el cambio de la personalidad del interrogador, que lo confunde, le hace sentir miedo y lo vuelve vulnerable a cometer errores. ¿Pero, y tu como pudiste darte cuenta de mis cambios?
— Porque soy mujer y conozco cuando un hombre finge. En verdad Ud. es tal como lo imaginé, todo un artista, solo que actúa en un escenario de la vida real.
— Si, la verdad es que así es. Dijo Sagitario aceptando las palabras de la chica. Y que era la vida si no un gran teatro en el que todos estamos obligados a representar nuestro papel, día a día. ¿Pero quien dirigía y repartía los roles de los que actuaban fuera del reparto lógico de la vida,

como el? Sabía que eso era algo que tendría que meditar mas adelante.

— Sagitario, yo me quedo por aquí, tengo la seguridad de que Henry querrá hablar a solas conmigo cuando despache a los coroneles. Dijo Bill tendiéndole la mano a modo de despedida, más adelante tendrían un tiempo para estar juntos trabajando en la operación en contra de Aurelio Santana.

— No hay problemas, si no hablan mal de mí en sus misteriosas reuniones.

— No te preocupes, yo velaré para que eso no suceda, al menos en mi presencia. Dijo Vera y todos empezaron a reír.

Henry quedó en compañía de los coroneles, que desconocían lo de la participación de Sagitario en la operación "Radio 5," ya que ese expediente era de máxima seguridad y se mantuvo en secreto, solo un reducido numero de agentes del FBI tenían acceso a el. En los expedientes ordinarios se reflejó que la operación era llevada por el coronel Williams y sus hombres, que en realidad participaban pero solo dando apoyo a Sagitario en sus movimientos dentro del ejército Americano por los diferentes países árabes de gran hostilidad para el gobierno Estadounidense.

En el alto mando se crearía un gran revuelo e incertidumbre cuando estos coroneles llegaran a informar las decisiones de alto riesgo que habrían de tomar a partir de que se iniciara la operación de Sagitario.

En Colombia hay una definición para los policías encubiertos, les llaman: "F-4." Estos no son más que un grupo de asesinos con licencia bajo el amparo de la autoridad policial. Este cuerpo especializado controla la prostitución y todas las actividades ilícitas y delincuenciales que se desarrollan en las calles de las grandes ciudades Colombianas. Nada se mueve en los barrios sin que ellos lo sepan. El sustantivo corrupto es solo un término que queda corto para definir a uno de estos policías. En ocasiones sus crímenes no obedecen a obtener ganancias de dinero, simplemente matan por el placer de matar; la expresión usada para denominar un asesinato es "el hombre se fue de ajuste."

Aurelio Santana se encontraba reunido con dos de estos policías F-4.

— No se preocupe, Sr Aurelio, estaremos atentos a cualquier gente extraña rondando por los barrios de Bogotá. Enseguida vamos a poner a nuestras fuerzas en movimiento y créame que nadie quiere buscarse líos con nosotros. ¿Verdad Oliverio?
— Claro que si, Raúl. Si esa gente aparece por aquí, de seguro "que se van de ajuste." Respondió Oliverio con una amplia sonrisa dibujada en su rostro. Era un indio de piel oscura con fama de ser abusador y asesino a sangre fría, motivo por el cual se ganó el apodo de "Trinina," el nombre de un legendario veneno usado para matar ratas y perros callejeros en algunas ciudades.

— Me alegra oírles decir eso, controlando la ciudad estaremos preparados para el momento en que lleguen, caer sobre ellos. Dijo Aurelio poniéndose de pie detrás de su buró escritorio, en la oficina dónde atendía todos los negocios de la finca.

Aurelio se había alejado de su apartamento en la ciudad de Bogotá considerando ese lugar mas vulnerable por el movimiento constante de personas allí, algo favorable para un ataque por parte de Sagitario. No así en la finca que por estar más alejada y la presencia de perros rastreadores de humanos, seria más fácil detectar la llegada de cualquier extraño. Allí Sagitario tendría que enfrentar una guerra más difícil que le podía costar la vida, si no tenia conocimiento de cuan entrenados estaban sus hombres.

CAPITULO XV

"SAGITARIO SE PREPARA PARA EL ATAQUE"

Bill subió al apartamento de Sagitario en la torre Oxy acompañado por Jackniel, que lo había recogido en la garita del guardia de seguridad a la entrada del edificio. Al entrar oyó una melodía tocada por la banda Británica, Queen. Sabía que esa era la música que escuchaba Sagitario como aliciente y método de relajación cuando tenía que trazar planes complicados. Esta información estaba reflejada en el expediente de Sagitario archivado en el FBI. Sin embargo nadie había podido dar una verdadera explicación de como esa música influía sobre el en los momentos de acción o de tomar decisiones. Los expertos habían especulado con diversas teorías pero ninguna se ajustaba al modo de ser o de sentir de Sagitario.

Para sorpresa de Bill, encontró allí reunidos a otro grupo de personas, ya conocidas por el.

Sentados cómodamente alrededor de una mesa cubierta de mapas y otros papeles estaban, Aramis y Néstor a la derecha de Sagitario que se mantenía de pie, Sara y Bruno en un pequeño sofá, Mauricio en su silla de ruedas y para finalizar Jackelin en un sillón reclinable a la izquierda de su esposo. Dos sillas ubicadas detrás de ella fueron destinadas para ser ocupadas por Bill y Jackniel.

Bill tomó asiento sin siquiera dirigir un saludo a los presentes.

Sagitario apagó la radio a través del control de mando para dar inicio a su conversación.

— En cada plan de acción sobre el terreno, se necesita llevar la mente limpia y relajada para desarrollarlo con la mayor eficacia. Hizo una pausa para mirar el rostro de los reunidos y continuó. Fuerza y poder es lo que busco en Uds. en estos momentos, al igual que lo hacía Freddy Mercury en sus canciones, planteándose un reto en cada una de ellas. Uds. buscaran la fuerza y el poder que necesitamos para lograr lo que nos hemos propuesto. A partir de ahora, cualquier detalle, por insignificante que parezca, puede ser de suma importancia para el cumplimiento de la operación. Sara es la que está más actualizada respecto a Colombia, ella nos puede dar a conocer las costumbres y explicar sobre los movimientos de las personas en la ciudad de Bogotá. Terminó diciendo, para darle la palabra a Sara, que se puso de pie.

Ella habló durante dos horas, tenia dominio del tema y les pudo detallar vida y costumbres de aquellos lugares, la diferencia en el vestir entre los hombres del campo y la ciudad, el comportamiento social, como operaba la policía, la naturaleza del lugar y hasta donde podrían refugiarse en caso necesario, sin temor a ser delatados. Al concluir, Sagitario volvió a hacer uso de la palabra.

— Con el material que nos ha traído Bill podemos completar el plan de ataque. Revisaremos primero todo lo que tenemos y dejaremos los comentarios e ideas para el final cuando estemos elaborando el plan de ataque contra Aurelio Santana.

Bill se puso en movimiento y se acercó a la mesa, corrió hacia un lado todo lo que había encima de ella para colocar el portafolio que había traído.

— Siento decirles que las noticias que tengo no son muy alentadoras que digamos. Comenzó diciendo mientras abría el portafolio. Nunca sospechamos que algo así pudiera estar pasando. Nosotros tenemos la finca de Aurelio Santana bajo vigilancia, al igual que la de muchos otros narcotraficantes más. En todas se entrenan hombres con armas pero, no fue hasta ahora, con los documentos encontrados en casa de Alan, que nos dimos cuenta que en la finca de Aurelio Santana, los hombres reciben otro tipo de entrenamiento diferente al que reciben los de las otras fincas. Bill puso sobre la mesa un abultado volumen y agregó: Los hombres de Aurelio se entrenan con esto.

Nadie pasó por alto la sorpresa reflejada en el rostro de Sagitario, que durante varios segundos se quedó mirando el manuscrito, para luego preguntar:

— ¿Cuantos hombres crees que hayan podido entrenar bajo estas condiciones?
— Creemos que cincuenta, hasta el momento, pero no estamos seguros. Respondió Bill sacando del portfolio un grupo de fotos tomadas por satélite en las que se podían ver hombres entrenándose y en formación delante de la casa principal en la finca.

Sagitario fue mirando y analizando cada una de las fotos y después las pasaba a los demás, se dio cuenta que Aramis retuvo una en sus manos y la observaba con detenimiento.

— ¿Que me dices Aramis? Le preguntó.
— Calculo que quince son bastante buenos, veinte regulares y el resto unos mediocres pero este en especifico, no lo entiendo. Dijo colocando la foto encima de la mesa, donde se dejaba ver un hombre con una pequeña pistola en la mano, a la altura de la cadera. Por la concentración que reflejaba en su rostro, se podía deducir a las claras, que la estaba usando desde esa posición. Se está delatando frente al blanco, tiene las piernas muy separadas y los dedos sobre el arma están mal colocados. Así no se debe disparar con una calibre 22.
— No tienen maestro, eso es lo que pasa. El manuscrito se les ha hecho tan complicado que han buscado sus propias ideas para superar sus dificultades. Explicó Sagitario con una sonrisa entre labios.
— No creo que eso sea importante si el hombre tiene buena puntería. Argumentó Sara mirando con especial interés la foto.

Esta vez Sagitario soltó una carcajada.

— ¡Vaya! Lo había olvidado. ¿Estuviste por allí, verdad? Dijo deteniendo la risa.
— Si, ya había visto el manuscrito, lo que nunca pensé que lo habías escrito tu, muy pocos conocen de algo así. Dijo Sara y se puso de pie, para con una pistola 9mm en la mano, adoptar la misma postura del individuo en la foto. Se puede hacer un buen blanco desde esta posición, apretando el gatillo con el dedo gordo y sujetando la culata con los restantes dedos.

— Tu lo has dicho, Sara, se puede hacer un solo disparo de calidad si sujetas el arma de esa forma. El otro disparo entrara a tu cabeza, hecho por un posible guardaespaldas del objetivo que acabas de eliminar. Dicho esto, Aramis se puso de pie, tomó su pistola de atrás de su espalda, retiró el cargador y comprobó que no quedaran proyectiles en la recamara. Sujetó el mango de la pistola con el dedo gordo y el índice, el dedo del medio quedó sobre el gatillo, llevó la pistola a la altura de la cintura y apuntó a Sagitario, desde esa posición, apretó el gatillo, que sonó en seco por estar la recamara sin cartucho, a una velocidad increíble se volvió y de la misma posición hizo sonar el gatillo dos veces mas, una vez apuntando a Sara y la otra sobre Néstor, que sonreía a causa de la actuación. ¡Jaque mate!, nena, el objetivo y dos guardaespaldas. Debes tener en cuenta que entre el primer y segundo disparo, solo tienes unos cuantos segundos, que es el tiempo que tardan en reaccionar los gorilas que rodean a un objetivo. Concluyó Aramis volviendo a cargar su pistola 9mm y tomando asiento.

— Sagitario, me gustaría darte una opinión. Dijo Néstor poniéndose de pie. Yo creo que por mas mal entrenados que estén esos hombres, tenemos que evitar que se repita lo ocurrido en la finca de Francisco Elizalde, por lo tanto sugiero que el ataque por sorpresa quede descartado, no existe la sorpresa para ellos si nos están esperando.

— ¿Que sugieres, entonces? Preguntó Sagitario incitando a que Néstor fuera directo al grano.

— Tenemos que sitiarlos en la finca, negociar con los posibles sucesores de Aurelio dentro del cartel y después caer sobre ellos con un golpe demoledor, usando la táctica de acecho, "la garra del lobo." Finalizó Néstor que con sus palabras le hizo recordar a Sagitario lo efectivo de esa operación.

— Necesitamos por lo menos tres días sobre el terreno para prepararnos. Una operación con esa táctica requiere de muchos detalles complicados y gran cantidad de armamentos de alta tecnología. Dijo Sagitario mirando a Bill, solo el FBI podía ayudarlos con lo del armamento.

— Si me explican mejor, yo hasta podría adelantarles una respuesta bastante cercana a lo que responderían los del alto mando cuando les lleve la propuesta de Uds. Respondió Bill que había interpretado la mirada de Sagitario.

— Esta operación, Bill, es denominada "la garra del lobo" porque trata de imitar la conducta de este animal frente a su presa. El lobo es muy inteligente, acorrala y ataca a intervalos de tiempo. La presa trata de defenderse pero se llena de tensión por la manera en que está siendo atacada, es ahí que comete errores, que le cuestan la vida. En todos los países Árabes, en sus guerras se ha usado esta técnica incluso en la guerra de Vietnam. Los Vietnamitas se hicieron expertos desarrollándola en contra de los soldados Americanos. La base ésta en preparar de antemano el terreno. Antes de realizar el ataque programado, los Vietnamitas enviaban con antelación, a un pequeño grupo al lugar destinado, logrando no ser vistos iban cavando túneles y dejaban marcas durante la noche, que eran "azimut" de calculo para que el disparo de las granadas del mortero de 82mm hiciera blanco con facilidad en el momento del ataque establecido para todo el grupo de asalto. Sagitario hizo una pausa y con su dedo señaló un punto ubicado en uno de los mapas que estaban en la mesa. Ahí estaba localizado la finca de Aurelio, continúo diciendo: Esa operación podría resultar de éxito. El único inconveniente o contratiempo seria que recibieran refuerzos del exterior y para evitar eso, ahí entra la tecnología. Necesitamos misiles antiaéreos, ya introducidos en Colombia, que pueden ser SAM 7 o SAM

9 de fabricación Rusa. Son muy efectivos contra objetivos de baja altura. Concluyó Sagitario.

Bill se quedó pensativo durante un rato, misiles antiaéreos en Colombia. . .

— ¿Todo lanzado en plena selva, sin implicación del FBI? Preguntó sonriente sabiendo que pregunta y respuesta seria causa de diversión para Sagitario.
— Archivo treinta dos coma treinta y tres. Respondió Sagitario mientras hacía gestos con las manos simulando estar abriendo y cerrando la gaveta de un archivo imaginario.
— Ni se te ocurra ponerme a mí en eso, no pienso guardar ningún papel en mi apartamento, ya he tenido bastante con el maldito manuscrito, que no ha hecho más que traer problemas. Inquirió Jackelin en tono muy serio en referencias a las palabras y gestos de Sagitario.
— Tienes razón, Jackelin. ¿Que se ha creído este? ¿Que esto aquí es un basurero para guardar cuanto papel se encuentra en el camino? Intervino Aramis en tono burlesco.

Jackelin se volteo hacia el y su voz con tono amenazante agregó:

— Espero que estés hablando en serio.
— ¡Claro!, Jackelin, mas serio no puede ser, lo juro por mi honor de caballero. Dijo Aramis adoptando la postura de niño sorprendido en una travesura.
— ¡Mas te vale que así sea!

Todos en la sala rieron a carcajadas viendo a Aramis figurando ser un niño recatado.

En la finca de Aurelio, las actividades habían duplicado a causa de las ordenes de el.

El cuerpo de Alan ya había sido enterrado en plena selva del Amazonas Colombiano, ninguna señalización marcaba el lugar, una tumba más con un cuerpo igual que el de los miles que llenaban las selvas de Colombia a causa de la guerrilla, el narcotráfico o simplemente por los abusos y venganzas policiales del gobierno.

— ¿Álvaro, como va eso? Preguntó Aurelio al hombre que había viajado con Alan hasta Aruba y que ahora de regreso se encargaba de la seguridad de la finca.
— Las cámaras son del ultimo modelo, como Ud. pidió, pueden corregir el lente para enfocar un objetivo a mas de 100m de distancias, dando una toma bastante aceptable. Lo otro es que durante la noche pasan a trabajar con un sistema infrarrojo integrado al sistema normal de visión nocturna.
— ¿Todos los hombres disponen de buenas armas? Volvió a preguntar Aurelio con un notable nerviosismo en sus manos.
— Todo esta cubierto como Ud. lo ha indicado, no veo el motivo para que esté tan preocupado como está.
— Tu no sabes de lo que es capaz de hacer ese Sagitario, si una cobra puede entrar a este lugar, ten la seguridad de que el también es capaz de hacerlo.
— Tenemos buenos perros, cada mañana patrullamos toda la zona, diez millas a la redonda. Créame que no hay muchas posibilidades de que seamos sorprendidos por Sagitario. Después que los hombres terminen de colocar las cámaras, van a levantar una garita, donde montaremos dos ametralladoras calibre 50. Álvaro sonrió satisfactorio

para agregar: Amigos del ejército que me debían unos favores.

Después de estas palabras, ambos hombres dejaron escuchar sus ruidosas carcajadas. Si Sagitario se decidía a tirarse en suelo Colombiano, se llevaría la gran sorpresa, nadie podía contra Aurelio Santana, la última cabeza del "Dragón" llamado Zar de la Droga.

En New York crecía la fama de Taipán entre los alumnos de la escuela donde asistía. Algunos comentaban que era el niño consentido, que podía obtener lo que deseara de manos de su madre inmensamente rica.

A diario muchos de sus amigos visitaban la mansion para correr autos a control remoto.

— En verdad Taipán, no se si podré ir a jugar con tus carros. Dijo Anita buscando una excusa.
— Siempre te justificas y eres la única que no ha ido a mi casa para jugar en mi pista de carreras, estoy por tomarlo como una ofensa premeditada. Dijo Taipán sonriente y esperando la decisión de la niña que quedó pensativa y mirándolo por unos segundos.
— Esta bien, yo voy a ir a correr tus carros en tu famosa pista. Le respondió Anita cediendo al fin a la insistencia de Taipán.
— ¡Así se habla! Dijo el, lanzando un puñetazo al aire, como de costumbre cada vez que obtiene un triunfo. Con una rapidez increíble beso la mejilla de la niña y salió corriendo hacia la limousine que lo esperaba en el parqueo de la escuela, detrás de una larga hilera de

autobuses escolares. A mitad de camino se volvió hacia la chica.

— ¡Te espero hoy a las cinco de la tarde, no lo olvides! Le gritó y reanudó la carrera hacia la limousine.

— No habrá problemas con las armas, si reponen el dinero del costo. Dijo Bill al grupo reunido en torno a Sagitario, después de cerrar la comunicación telefónica con Henry Costeu, ahora jefe de operaciones especiales. Las pueden dejar caer unos minutos después de que Uds. salten sobre la selva, hasta ahí llega toda la ayuda del FBI. Hizo una pausa para aclararse la garganta y decir: Henry le da las gracias al grupo y le desea suerte a todos. Bill daba por concluida su intervención en el asunto.

— Bien, si no hay ningún asunto para hablar, dentro de tres días saltaremos sobre la selva Colombiana en busca de Aurelio Santana y su gente. Afirmó Sagitario dando por concluida su reunión y viendo como todos se ponían de pie para marcharse.

Después que todos se fueron, Sara y Jackniel se retiraron a sus respectivas habitaciones, dejando a Sagitario y Jackelin a solas. Ella se puso de pie acercándose, le entrelazo la cintura con sus brazos. El devolvió el gesto estrechándola y fundieron sus labios en un beso apasionado.

— ¿Crees que sea necesario todo esto? Preguntó ella cuando separaron los labios.

— ¡Si!, Aurelio Santana no dejará de ser el Zar de la Droga hasta que no esté muerto y lo otro es la deuda que queda entre el y yo.

— Es extraño, pero ahora tengo miedo. Dijo apretándose contra el pecho masculino.

Como movidos por el instinto natural que los unía hasta en los recuerdos, ambos se quedaron mirando, a través de las acristaladas puertas del balcón, la gran extensión del Océano Atlántico, bajo la luz de la luna.

— Diez años y nunca dejó de extasiarme con esta vista, que además me fascina. Expresó ella con melancolía.

— ¿Porque siempre miras al futuro sin temor de lo que pueda venir? Eres increíble, más fuerte de lo que muchos creen, sobre todo porque lo sabes y no necesitas demostrarlo a nadie. La atrajo por la cintura y ella apoyó la espalda en el pecho de el que siguió hablándole como en un susurro.
—Siempre supiste que estaba vivo, porque solo mueren los seres que en realidad queremos olvidar o arrancar de nuestras vidas, esa es la verdadera muerte, si el ser que queremos olvidar acepta la verdad del olvido, se iniciara una transferencia donde los principales valores del amor y la vida se pierden. Hizo una pausa y la volteo, penetrando su mirada en la profundidad de los bellos ojos de ella. Todo lo que me sostiene eres tú, mi mente estuvo antes en ti, lo está ahora y lo estará en el futuro cumpliendo con la fidelidad del amor que te tengo fundiendo con fuerzas el corazón. La distancia se hace pequeña sin importar cuanto tiempo pueda pasar para que una predicción del destino se cumpla en nombre del amor que nos profesamos. Dicho esto, Sagitario volvió a fundirse en un apasionado beso con la mujer que había soportado el destino de un hombre condenado por la fuerza de voluntad y su inteligencia.

El hombre destinado para hacer historia, nace al igual que los demás, en las mismas condiciones, solo que un hecho, una circunstancia de la vida, lo diferencia de los otros, a partir de ahí, la fuerza que lo caracteriza se hará vigente en cada segundo de su existencia, demostrando a todos que tan grande es y porque debe ser considerado y respetado como tal, todo se reduce a la existencia comprendida por Dios. —"YO SOY"—

CAPITULO XVI

"OPERACION GARRA DE LOBO"

En un hangar de la base aérea de Homestead, el grupo de Sagitario se reunió con Bill, tres días después de la reunión del apartamento donde habían acordado usar la estrategia de la "garra del lobo" para atacar la finca de Aurelio Santana. Las armas cedidas por el FBI descansaban sobre una gran mesa de metal, esperando ser inspeccionadas por Sagitario y sus amigos. Bill asedió que todos llevaran el extraño traje de las correas puestos sobre sus ajustados monos de nilón y sobre toda esta ropa de camuflaje oscuro, pero en las manos de todos se delataba la presencia de esta.

—Es extraño, no me pareció ver por ningún lado en el manuscrito la explicación del traje y sus usos en las acciones. Dijo Bill mirando a Sagitario con especial detenimiento.

—Te está fallando la mente viejo, has olvidado que el ataque a Jackelin dio un giro de 90° a nuestras vidas, el manuscrito no está terminado, falta sicología de inducción, coacción y eliminación rápida, aditamentos especiales de un ejecutor dentro de una operación, es ahí donde entraba el traje de las correas, el paquete ZX-DR-3 algo que muchos odian usar como es mi caso, pero no hay dudas de que es imprescindible para este tipo de cosas. Dijo Sagitario mirando hacia el borde derecho de la mesa de metal donde descansaban cuatro estuches de cuero muy similar a una bolsa de portar herramientas de mecánicas para autos.

Bill asistió con un movimiento de la cabeza comprendiendo las palabras de Sagitario.

El ZX-DR-3 fue un arma creada por la era de la guerra fría y el poder de la competencia de los espías en terrenos hostiles. La píldora de cianuro bajo la lengua había quedado atrás ante el ZX-DR-3. Los Rusos habían creado potentes venenos capaces de matar a centésimas de segundo de entrar en contacto con el, hasta drogas capaces de mantener en pie a un hombre con varios impactos de bala en el cuerpo y terminaran la operación que llevaba en cumplimiento al igual que con su vida. Un set de siete pequeñas cápsulas de cristal forradas en metal, una cerbatana con una gran variedad de dardos, todos alcanzaban el volumen de unos milímetros más que unos simples lápices de colores.

— ¿Fue con él como pudiste vencer a Jair Soleimán y su gente? Preguntó Bill siguiendo la mirada de Sagitario hacia los ZX-DR-3.

—Si no hubiera lanzado a Jair Soleimán dentro de la turbina del avión, me habría lanzado yo. Dijo Sagitario volviéndose hacia Bill con el rostro sin mostrar ninguna expresión, solo la frialdad y ecuanimidad de un profesional de la ejecución.

Bill sabía que Sagitario no había mentido al decir aquellas palabras, asistió con la cabeza para ver como Sagitario daba media vuelta y se unía a sus amigos que revisaban las armas amontonadas sobre la mesa de metal. Nada había cambiado en Sagitario, desde que Bill lo había conocido en la cruzada del signo de la guerra. Esa fuerza e inteligencia que siempre lo rodeaba llegaba a ser contagiosa, pero lo más importante era la pregunta que Bill siempre se hacia cada ves que tenia que trabajar con Sagitario. ¿Como podía Sagitario ver la versión original del sentir del ser humano sin temor a equivocarse?

Bill no tenia dudas de que Sagitario fuera preparado y entrenado en esta dirección. Cuando la operación "Radio 5" contra el "León del Temor," Bill había podido ver a Sagitario en plena acción. Pero sin embargo, habían cosas que solo conocía él por plena deducción. Si el verdadero sentir del ser humano no está en nuestra apariencia, ni en nuestras acciones premeditadas, como tampoco lo está en lo que decimos, el verdadero sentir del ser humano está en el corazón unido a su alma, allí es donde busca Sagitario para saber las cualidades de cada quien.

Un camión militar transportó a Sagitario junto con sus amigos a otro hangar de la base donde los aguardaba un DC-3 de fabricación exclusiva para el ejército de los Estados Unidos. Pintado de negro mate el avión DC-3 era un baluarte invencible en penetración de fuerzas especiales en la retaguardia del enemigo.

El piloto saludó a Sagitario con un estrechón de mano.
—Tendremos buen tiempo durante todo el viaje y si no hay contra tiempos, sobre volaremos la zona indicada sobre las ocho y quince de la noche. He hecho el trayecto otras veces por el corredor aéreo normal con destino a Ecuador a una base naval Americana asentada en la provincia de Esmeralda. Dijo el piloto a Sagitario, con la intención de dar un currículo de que estaban en manos de un piloto experimentado en vuelos sobre la zona. A continuación el

piloto lanzó un saludo militar a Bill y se despidió de ellos con una sonrisa para volver al avión donde los mecánicos hacían comprobaciones de última hora para dejar listo el avión para el despegue.

— ¿La vuelta corre a cargo de Luis Soler? Preguntó Bill con una sonrisa.

—Si. Respondió Sagitario mirando a los ojos de Bill y continuó: ese puede aterrizar su avión sobre una puntilla si se lo propone, es un piloto increíble.

—Si, se habla mucho de él. Agregó Bill reconociendo la habilidad de Luis Soler como piloto, el hombre era todo un experto en entrar droga al territorio de los Estados Unidos, era capas de permanecer oculto dentro de Cuba en aeropuertos para avionetas de regadíos agrícolas que abundaban a todo lo largo de la Isla, muchos de ellos en lugares que la gente frecuentaba poco. La época de la agresividad militar en Cuba era cosa del pasado al deterioro de las unidades militares. La técnica y equipos de combate era tan vigente en Cuba como la misma edad de Fidel castro.

En New York un Honda Accord con bastantes años de uso se detuvo frente a la mansión de Noemi. En él viajaban Anita Mallory y su padre Alfred Mallory. Alfred venia de una familia de clase media trabajadora. Había estudiado duro en su juventud para labrarse un porvenir en la vida, convirtiéndose en profesor de Ciencias Sociales de la Universidad de Columbia en New York, se había casado con la madre de Anita, quien era su alumna en el primer curso de la Universidad. El no había podido resistir el encanto y la belleza de Julia Maclade, a fin de curso ya se habían casado, cuando Anita llevaba seis meses haciendo crecer el vientre de su madre. Julia había dejado de asistir a la Universidad por decisión propia y después del nacimiento de Anita las cosas se pusieron tensas. Julia le reclamaba constantemente sobre su libertad y su juventud. Alfred Mallory cedió y Julia encontró su libertad en bares y discotecas de las cuales volvía a altas horas de la noche, con grandes borracheras y en ocasiones drogada. Alfred nunca le dijo nada porque la amaba y el matrimonio se había ido a pique, pero él no daría el último paso. Un día llegó a la casa en la que vivían, encontrando que todas las pertenencias de Julia habían desaparecido junto con su libreta de ahorros. Alfred no se inmutó pues sabía que aquello no tardaría en pasar. Abrió su teléfono móvil y marcó el número del círculo infantil donde cuidaban a su hija Anita, cuando le informaron de que sí estaba allí, Alfred respondió que enseguida iría a buscarla.

— ¡Gracias Julia!, por dejarme lo que mas quiero en la vida. Había dicho Alfred para él mismo, después de cortar la llamada con la trabajadora del círculo infantil. A partir de ahí, Alfred había dedicado su vida a Anita que a pesar de no poseer ninguna fortuna, la niña asistía a escuela privada y de vez en cuando él se permitía hacerle costosos regalos. Dentro del auto Alfred miró a su hija, no tenía la menor duda de que Anita había heredado la belleza de su madre y la inteligencia de él.

— ¿Estas segura que te han invitado? Preguntó Alfred con cierto tono de duda en la voz.
— ¡Claro papá! Taipán es tan exigente que ha veces es imposible decirle que no, para él las excusas no son más que un pretexto para no asistir a sus invitaciones.
—Parece que la familia de Taipán tiene mucho dinero. Agregó Alfred señalando hacia la impresionante mansión de Noemi.

—Solo son él y su mamá, Taipán llama a la casa "el castillo de los fantasmas del siglo veinte y uno." Dijo la niña con una sonrisa.

— ¿Y ahora de qué te ríes?

—De Taipán. El le cuenta historias a todo el mundo sobre los fantasmas que rondan por la casa, los gritos y las cadenas que se oyen, pero solo a mí me dice que es mentira. Le gusta ver la cara que ponen los demás al oír sus historias.

—Bueno vayamos de una vez a conocer a tu famoso amiguito. Concluyó Alfred bajando del auto, para encaminarse con su hija llevándola de la mano hacia la entrada de la casa.

Noemi bajaba las escaleras de las habitaciones superiores cuando el timbre de la puerta sonó, con sus delicadas campanadas, el ama de llaves apareció en la enorme sala procedente del comedor, donde con toda seguridad trabajaba en la elaboración de la merienda que ofrecía Taipán a sus amigos en la pista de carreas. Noemi la detuvo con una seña, indicándole que atendería la puerta ella.

— ¡Tú debes ser Anita! Dijo Noemi nada más abrió la puerta y ver a la niña frente a ella.

—Si yo soy, creo que su hijo Taipán me espera. Respondió la niña algo mas cohibida ante la impresión que le había causado Noemi, al igual que Alfred que había quedado paralizado ante la belleza y elegancia de Noemi.

—Y que lo digas, ya ha venido cuatro veces de la pista aquí para preguntar si habías llegado y puedes creerme la competencia esta bien reñida ahí afuera. Dijo Noemi cediendo el paso a la niña y su padre, ambos contemplaban el interior de la mansión atontados por el lujo y los extraños objetos que la adornaban por todas partes.

En cambio, Noemi miraba al padre de Anita, un hombre apuesto, pensó, a pesar de que el traje le quedaba algo holgado, miró sus manos pulcramente arregladas y carentes de toda joya o prendas. Noemi arrugó la frente, decididamente el padre de Anita no era como los demás padres de los amigos de Taipán que venían acompañando a sus hijos, con todo un joyero en sima de ellos y haciendo especulaciones de negocios.

— ¡Noemi White! y perdóneme no haberme presentado correctamente cuando los hice pasar. Dijo Noemi extendiendo la mano hacia Alfred Mallory.

Alfred la estrechó con suavidad aprisionando la delicadeza de las manos de Noemi contemplando el rostro de ella, esta vez bien cerca comprendiendo que Noemi era una mujer excepcionalmente bella. No necesitaba un excesivo maquillaje, como iba ahora lucía perfecta, los labios pintados de un rojo delicado y un poco de sombra sobre sus ojos. No, Noemi no era una mujer que usara su belleza para explotarla, pensó el.

— ¡Alfred Mallory! Dijo él respondiendo el saludo de Noemi, con una turbación que a Noemi no le pasaba inadvertida.

— ¡Anita ya estas aquí! Gritó Taipán apareciendo de pronto por una de las dos grandes puertas que daban al jardín trasero de la mansion.

La niña se volvió a él con una sonrisa. Ya ves que no pude escapar a tus ruegos. Dijo Anita cuando Taipán llegó junto a ella.

— ¡Vamos! Ese maldito de Mike está llevando la delantera hoy en la carrera, pero no pienso permitírselo por mucho tiempo, hemos parado por roturas, pero en unos minuticos estamos corriendo de nuevo. Dijo Taipán tomando la mano de Anita para llevarla hacia la pista.

— ¡Espera, he venido con mi papa! Dijo la niña haciendo un poco de resistencia al tirón de Taipán.

Taipán se volvió hacia el papá de Anita y Alfred le sonrió al niño sin tener nada mejor que decir.

— ¡Disculpe señor Mallory! Dijo Taipán extendiendo su mano derecha hacia él para saludarlo, después de su nombre, agregó, mi mamá lo puede atender y también nos puede ayudar a repartir las meriendas a los demás.

El niño soltó la mano de Alfred y acto seguido salió corriendo llevando a Anita casi a rastras hacia el jardín trasero de la mansión donde estaba la pista para carreras de autos por control remoto.

— ¡Un chico excepcional! Argumentó Alfred Mallory volviéndose hacia Noemi, con una resplandeciente sonrisa en los labios. Estaré encantado de ayudarla en la tarea que nos ha encomendado su hijo.

—No se lo tome a mal, pero es un muchacho con tendencia a tener todo bajo control, es algo propio del instinto personal de él. Así que: ¿Preparado para repartir la merienda? Dijo Noemi sonriendo de manera especial y cruzando miradas comprometedoras con Alfred que era presa de un nerviosismo interior que apenas podía controlar.

Dios, estas cosas solo suceden cuando uno se está enamorando, pensó Alfred echándose a reír a continuación de sus pensamientos.

De la base aérea de Homestead despega el DC-3 con Sagitario y sus amigos a bordo de él. Sus relojes pulseras marcaban las doce del medio día, con siete horas de vuelo del DC-3 tocarían la costa Colombiana a las siete de la noche, sobre volando la península de Punta Gallina en el pueblo "La Guajira." Seguirían volando en línea recta hasta sobre pasar todas las ciudades principales de Colombia, Barranquilla, Cali y Bogotá. Quedarían al oeste de la ruta, al sobrepasar Bogotá. El avión giraría hacia el oeste pasando entre la ciudad Villa Sencillo y Bogotá con el mapa puesto en dirección hacia el puerto de Guayaquil en el Ecuador. Sagitario y sus amigos saltarían media hora después de que el DC-3 girara entre las dos ciudades, cayendo en la selva a espalda de la finca de Aurelio Santana.

— ¿Todos listos? Dentro de unos minutos sobre volaremos la costa de Colombia, dijo el piloto por un altavoz colocado en fuselaje del avión.
Sagitario y sus amigos iniciaron una febril actividad comprobando todos los dispositivos para el salto que darían desde 18,000 pies de altura. Sagitario saltaría él primero detrás de la caja de armamento que abriría el salto del grupo con sus paracaídas de ejecución automática. Los demás seguirían a escasos segundos de él.

Una hora y media después el piloto anunció que faltaban solo cinco minutos para sobre volar la zona del salto. Una luz roja indicativa de preparados iluminó el fuselaje del avión, dando una impresión fantasma a los rostros de Sagitario y sus amigos. Sagitario pasó la mirada por el rostro de sus amigos. Aramis y Néstor le devolvieron la mirada con despreocupación, cada uno de ellos contaba con más de doscientos saltos con paracaídas del tipo deportivo. Para llegar a ser ejecutores, las pruebas eran duras y un ejecutor tenia que tener un amplio dominio de la técnica del paracaidismo, para poder saltar bajo cualquier condición. Sagitario mirando a Sara, era la que mas le preocupaba. La muchacha había saltado solo unas veinte veces, era poco tiempo y entrenamiento para un salto como aquel.

—Preocúpate por descender bien nada más, nosotros nos ocuparemos de la caja. Sagitario le dijo para ver como ella asistía con un movimiento de cabeza.

Después, el se volvió y entre los cuatros colocaron la caja de aluminio con reborde de goma en la puerta del fuselaje del avión. Un minuto después, la luz pasó a verde y se oyó dentro del fusilaje un pitido estridente, la caja con el armamento fue empujada por todos hacia afuera y Sagitario se precipitó tras ella, como si la estuvieran siguiendo. Los demás saltaron detrás de él con solo segundos de diferencia. A pesar de la oscuridad de la noche, Sagitario podía ver la lona de la copa del paracaídas de la caja que era redondo y del tipo militar, camuflageado de azul oscuro con hojas de azul mas claro. En un principio la caja había descendido con rapidez, pero ahora el descenso se había vuelto lento.

Sagitario tiró de la cuerda en el mismo momento en que sobre pasaba la caja por el lado derecho, al tirón del paracaídas y el abrirse, lo volvió a situar por sobre la caja en solo unos segundos. Eso era lo que necesitaba, mantenerse por sobre de ella todo el tiempo, para poder ver con exactitud donde caía porque la zona del salto estaba llena de ríos, bastante caudalosos y profundos. Ellos no podían darse el lujo de perder todo el armamento y después de unos largos segundos pudo ver como los paracaídas de Aramis y Néstor se abrirán a ambos lados del paracaídas de la caja. Aramis descendía a unos escasos cincuenta metros de ella. Sagitario sabía que el hacía alarde de exhibición, ya que en los entrenamientos en Cuba siempre fue él mas aventajado de esta clase, llegando a saltar a solo quinientos metros del suelo, algo que solo pueden lograr los verdaderos expertos del paracaidismo.

Sagitario volvió la vista hacia arriba para ver que Sara los seguía sin problemas, alejada un poco hacia el oeste, la muchacha se defendía muy bien. Pensó Sagitario. La experiencia que tendría en lo adelante la puliría como una buena ejecutora. Sagitario sabía que a pesar de todo, Sara era una buena muchacha que la vida no le había dado mucho de donde elegir. El mundo estaba revuelto y lleno de problemas por el capricho de unos cuantos. Nadie debe matar a nadie, pero no hay duda de que mucha gente debe morir en honor a una era mejor. Pensó el en su dicho, sabiendo que era una triste realidad, por duro que fuera, aceptar el capricho de un hombre puede cambiar el destino y la vida de millones de personas. Sagitario desechó todos los pensamientos y se concentró en la caída y vio como la oscura selva se aproximaba hacia él con rapidez. Momentos después, cayó entre dos enormes árboles, tocando tierra en una falda de una pequeña montaña. La caja junto a Néstor y Aramis había aterrizado más abajo de él, en un lugar bastante plano. Su paracaídas cayó sobre un árbol que tenía en frente. Sagitario lo fue recogiendo, dándole tirones del árbol en donde se había enredado, hizo todo un bulto y comprobó que no hubiera quedado ningún pedazo de tela del paracaídas enredado en la maleza de la selva, para a continuación echar a andar hacia donde habían aterrizado sus amigos y la caja de las armas.

Cuando llegó al lugar, Aramis abría la caja, sacando de ella los fusiles M-16.
—Néstor fue a dar un rodeo por el lugar por si alguien vio nuestro aterrizaje. Dijo Aramis, sin detener el trabajo que estaba haciendo, al cual se sumó Sagitario para ayudarlo. ¿Qué es lo primero que vas a colocar sobre el terreno? Preguntó Aramis volviéndose hacia Sagitario.

—Las minas de activación electrónicas junto a las de detonación óptica. Respondió el, sin un rastro de dudas en la voz y haciendo referencia a la minas antipersonales de activación con un mando a distancia, al igual que la mina de detonación óptica, que podían ser activadas en el momento deseado por quien las conectaba, o por el contrario permanecían por tiempo indefinido en el lugar sin hacer daño a nadie, hasta que su fuente de energía se agotaba y quedaba desactivada. La de detonación óptica después de ser activada, poseía un lente al igual que las luces de activación que había en los parqueos y negocios de muchos lugares en los Estados Unidos, la mina hacía su detonación al captar algún movimiento con su lente.

—Esta noche será de mucho trabajo, necesitamos preparar nuestros refugios, uno principal y un refugio complementario. Agregó Aramis amontonando las minas en cuatro diferentes grupos, uno para cada uno de ellos. ¿A qué distancia crees que pueda estar la finca de aquí?

—A unos diez o doce kilómetros de distancia no más que eso por lo que recuerdo de los mapas. Respondió Sagitario con total convicción en sus palabras.

Quince minutos después, apareció Néstor en compañía de Sara. Ahí todos se dieron a la tarea de cavar su escondrijo del tipo ninja, que es una abertura en el suelo de dos pies cuadrado en la superficie y debajo se va ensanchando como una gran bolsa. Para hacer este tipo de refugio se necesita dominar la técnica de su construcción, por la razón que nada debe ser alterado mientras se construye el refugio. La tierra que se extrae de él debe ser desmenuzada y esparcida por el lugar con sumo cuidado para que no sea descubierta por rastreadores. Los perros no representan un problema, ya que existe una buena variedad de botellas atomizadoras de líquidos que confunden el olfato de los perros. Sagitario y sus amigos se habían apertrechado una buena cantidad de estas botellas.

En Colombia la lluvia es una constante y Sagitario contaba con que antes de lanzar su ataque contra la finca de Aurelio Santana, cayeran sobre ellos un par de buenos aguaceros desapareciendo cualquier vestigio de ellos en la zona de refugio. El y sus amigos daban los últimos toques al lugar. Tras ocho horas de trabajo sin detenerse, ahora todo el armamento estaba escondido bajo tierra y la zona continuaba como si nunca hubiera sido alterada. Al llegar el día desayunaron con comida enlatada y fría. Encender un fuego estaba prohibido para operaciones como aquella, a menos que el frio fuera inaguantable. Ellos tenían que soportar cualquier condición del tiempo para que la operación fuera un éxito. También buscaron refugio en lo alto de una montaña a espalda de la que habían aterrizado. Desde allí no podían controlar todo el lugar con la vista de los binoculares, pero nadie podía llegar sin ser descubierto por ellos con anterioridad.

—Sara, para sembrar las minas debes hacerlo con mucho cuidado. Te vamos a dejar el camino que da acceso a la finca por ser el lugar menos peligroso. No te acerques a menos de doscientos metros de ella y no olvides de ocultar bien tus minas. Como son todas de detonación óptica, cuando la coloques en los árboles revisa que no pueda ser descubierta desde ningún ángulo alrededor de ella. Le dijo Sagitario haciendo una pausa y levantando frente al rostro de Sara una de las minas de detonación óptica que tenía la apariencia de un pedazo de madera rugosa, con un pequeño lente que salía por un costado de un grosor de un centímetro de ancho. No olvides que las minas tienen que pasar dos días ocultadas, hasta el ataque. Si nada les

308

revela nuestra presencia aquí, se mantendrán alerto, pero sin iniciar una verdadera búsqueda. ¿Entiendes?

Sara asistió con un movimiento de cabeza y a continuación preguntó:

— ¿Cuando nos vamos a Bogotá para hacer contacto con las gentes que nos envió Mauricio?

—Después de colocadas las minas, emprenderemos la marcha hacia los suburbios de Bogotá tú y yo. Dijo Sagitario poniéndose de pie para relevar a Néstor de su guardia de dos horas.

En la finca de Aurelio Santana, este conversaba con Álvaro Morales sobre la situación de la competencia con los otros carteles que rivalizaban con él.

—Te aseguro que el hijo de puta de Enrique Benítez está al tanto de toda la situación, no olvides que dentro de los carteles las malas noticias se riegan como pólvora encendida. Dijo Aurelio con marcado acento de fastidio desde detrás del buró de escritorio donde estaba sentado.

—Rico nunca podrá olvidar lo que le hicimos. Casi se tiene que comer toda su droga tras la caída de Mauricio. Eso sin contar los cuatro embarques que perdió, creyendo que cayeron en manos de la D.E.A, cuando en realidad fue nuestra gente la que le cayó arriba para apoderarnos de su mercancía. Dijo Álvaro lanzando una sonora carcajada a continuación de sus palabras.

—De no haber negociado con los Mexicanos, su cartel se habría ido a pique hace rato. Respondió Aurelio haciendo una pausa y reflexionando sobre todo el asunto. Pero no tengo la menor duda de que a Rico le ha interesado siempre los embarques por la Florida, son los mas efectivos dada la corrupción que hay allí.

— ¿A quién no? Allí se puede comprar todo con dinero. Pero dudo mucho que aquí Sagitario pueda ser contacto con el porque Raúl y Oliverio Mora juegan muy duro como para que Sagitario entre en los suburbios de Bogotá sin ser descubierto por ellos.

—Lo mejor es no confiarnos porque Sagitario, de por sí, es bien peligroso y aliado con Rico puede ser indestructible. Contestó Aurelio reconociendo las cualidades del ejecutor numero uno.

En New York Alfred Mallory había ayudado a Noemi a repartir la merienda a todos los amigos de Taipán. Las carreras de pequeños autos por control remoto no se habían detenido, pero ahora todos daban grandes mordiscos a una gran variedad de dulces y pasteles.

— ¿Crees que tengan deseos de una cena después de que se coman todos esos dulces? Preguntó Alfred a Noemi con una sonrisa en el rostro.

—Los chicos de esta edad consumen mucha energía y Taipán nunca se esta quieto. Si por él fuera estaría en tres lugares al mismo tiempo.

—Si, hay que reconocer que es un niño bien activo. Agregó Alfred a las palabras de Noemi con una sonrisa y buscando con la mirada los ojos de ella.

— ¿Una copa? Dijo Noemi con suavidad devolviéndole la mirada a Alfred.

— ¡Eh!, una copa. Replicó Alfred confundido y nervioso por lo que acababa de sentir su corazón hacia Noemi.

—Te invité a un trago, volvió a decir Noemi.

— ¡Ah!, si claro, perdona, era que estaba un poco entretenido pensando en el trabajo de la escuela mañana. Le dijo Alfred saliendo de sus pensamientos, en lo que Noemi lo miraba con una expresión divertida en el rostro, al ver que un sin fin de colores desfilaban por el rostro de Alfred a causa de su nerviosismo y turbación por sus sentimientos.

En Colombia Sagitario y sus amigos pasaron el día descansando, la noche seria dura y larga. Apenas había acabado de oscurecer cuando ellos emprendieron la marcha hacia la finca de Aurelio Santana. Con unas dos horas de marcha forzada llegaron a los linderos de la finca. La cerca de seis alambres de púas, dejaba claro que aquel territorio estaba vedado para el paso de los campesinos por él. A casi dos kilómetros de distancia podían verse unas ocho luces colgadas a gran altura sobre unos postes de madera.

— ¿Una idea de última hora? Sugirió Aramis a Sagitario con una burlona sonrisa en los labios.
—No entiendo a esta gente, un poco más y se ponen una bombilla en la frente para que no tengamos problemas al apuntar cuando lleguemos. Agregó Néstor moviendo la cabeza de un lado a otro, sin poder comprender el tipo de táctica que usaban aquellas gentes.

Con la operación de la "garra del lobo" Sagitario había dado un sector a cada uno de sus amigos para que colocaran las minas antipersonales alrededor de los edificios principales de la finca. La intención de Sagitario era limitar los movimientos de los hombres de Aurelio. La mina antipersonal cumple un objetivo de crear el pánico entre las tropas del ejército o de cualquier otro grupo al cual se le quiere inducir a cometer errores. Sagitario después de cercar la finca con un campo minado, en la siguiente noche la atacaría con los morteros de ochenta y dos milímetros, lanzando un total de diez y seis granadas sobre los edificios de la finca, después comenzaría la cacería de los hombres que lograran sobrevivir al bombardeo. El mortero de ochenta y dos milímetros es un arma bastante pesada para ser disparada sin su plato de apoyo para el retroceso, pero durante la guerra de Vietnam este mortero fue remodelado con un sistema para ser disparado sin el plato de retroceso, dos barras de acero corrían de las patas delanteras del mortero a la culata del cañón, la regulación para efectuar el disparo se hacia a través de las patas del mortero, que sujetaban a este a solo un pie de la boca del cañón. Las tropas regulares no usaban este tipo de mortero, por lo peligroso que resulta la maniobra de disparo con el, pero en las tropas de categoría especial y la lucha de guerrillas es un arma muy eficaz, por la velocidad con que puede ser movida de un lado a otro.

En la finca dentro de una de las barracas dormitorio de que disponía esta para el albergue de los hombres que se entrenaban allá, Álvaro Morales disponía de una pequeña oficina a la cual todos llamaban "la comandancia." Álvaro se había elegido como un líder sobre todos los demás por su inteligencia y nivel cultural. Cuando había llegado a la finca ya tenía buenos conocimientos de como pilotear un avión. Aurelio Santana no había perdido tiempo en dar prioridad a Álvaro sobre todos los demás. Pagó para que obtuviera la licencia de piloto comercial para aviones de pequeño tamaño y lo había colocado en la oficina o comandancia, donde se llevaban todos los progresos de los hombres que se entrenaban en la finca.

— ¡Álvaro!, los perros están un poco alterados yo creo que Sagitario y su gente ya esta aquí. Dijo Dionisio Rodríguez deteniéndose su mano en la manigueta de la puerta de la oficina de Álvaro y hablando de manera atropellada.

—Refuerza la guardia con veinte hombres más y no quiero errores. Que todos estén alerto. Replicó Álvaro poniéndose de pies desde detrás del buró escritorio y tomando un abrigo de camuflaje que tenia colgado en el respaldo de la silla en que estaba sentado. Voy a avisarle a Aurelio y en unos minutos estoy contigo.

Cuando Álvaro toca en la habitación dormitorio de Aurelio la muchacha que dormía con el en la cama y quien era una sirvienta de la casa, despertó a Aurelio con unas suaves sacudidas por los hombros. Acto seguido, saltó al suelo en completa desnudez, se calzó unas pantuflas en los pies, agarró su ropa de sobre una silla junto a la cama y corrió así hacia una puerta lateral de la habitación que comunicaba con la habitación continua.

— ¿Pasa algo Álvaro? Preguntó Aurelio.
—Todavía no sabemos pero mejor es que bajes al refugio. Los perros están muy alterados y eso es mala señal. Sagitario puede caer por sorpresa sobre la finca, como hizo con la de Francisco Elizalde.
—Si, Álvaro no tengas dudas de que Sagitario golpea rápido y fuerte. Ten todo preparado como habíamos acordado. Agregó Aurelio volviendo a cerrar la puerta y encaminándose hacia la habitación donde lo esperaba la muchacha, por allí bajaría con ella hacia el refugio que había mandado a construir unos años atrás, para su seguridad personal contra el ataque de los carteles rivales en la época de Pablo Escobar y su gente.
—Suelta los perros Dionisio, quiero ver que harán. Ordenó Álvaro al llegar junto a las perreras en donde lo esperaba Dionisio.
—Mira se están comportando de un modo muy extraño, miran en todas direcciones como si no pudieran ubicarse del lugar de donde les llega el olor sospechoso.

Álvaro miró lo que acababa de decir Dionisio y comprendió al instante que este tenia razón, se volvió y pasó la vista alrededor de los arboles y matorrales más cercanos a las construcciones de la finca que se hallaban a ciento cincuenta metros de esta.

—Pon a todos los hombres en posición uno, listos para la pelea, han rodeado la finca. A partir de ahora solo dormiremos de día. Dijo Álvaro y a continuación echó a correr hacia las barracas.

Sagitario y sus amigos vieron como todas las luces en la finca se apagaron de golpe.

— ¿Y así piensan ganar la guerra? Se dijo Néstor para sí mismo, trepando sobre un frondoso árbol donde instalaba y camuflajeaba una mina de detonación óptica.

El hecho de apagar las luces dejaba claro varias cosas. Los de la finca estaban nerviosos y no disponían de un plan de acción previamente elaborado como una trampa en la que pudiera caer Sagitario y sus amigos. Ellos solo esperaban pelear contra Sagitario. Este miró hacia la finca por unos largos segundos no tenia duda de que Aurelio Santana se guardaba unos cuantos truquitos en la manga de su chaqueta para ser usados durante un ataque de sorpresa de él.

—No mí querido Aurelio. Te has equivocado conmigo, cada vez que toco una puerta uso un toque distinto. Se dijo Sagitario para él mismo con una sonrisa de satisfacción en los labios, sabiendo que un ejecutor podía estar bien entrenado con las armas al disparo, pero si este ejecutor no era capaz de desarrollar planes estratégicos con eficacia, continuaría siendo un vulgar matón para el resto de su vida. La combinación de todas las artes era lo que hacía a un ejecutor saltar sobre los demás, poniendo en práctica todas sus técnicas y conocimientos en la lucha para no sucumbir en la operación que llevaban a cabo.

Cuando las minas fueron colocadas, sumaban un total de cuarenta al rededor de la finca, todas sin seguir un orden recto, pero registradas sobre un pequeño mapa de la finca que cada uno de ellos llevaba para determinar su sector de operación sobre el terreno. Sagitario y sus amigos se movían sobre el terreno como verdaderos lagartos de las selvas tropicales. Siempre atentos a cualquier movimiento y sin provocar movimientos bruscos que pudieran alertar su ubicación sobre el terreno. Cuando todos sus relojes pulsaban las tres de la madrugada, se fueron retirando siguiendo la misma ruta por la que habían entrado y roseando gran cantidad de sustancia que confundía los olores de los perros. No hubo punto de reagrupación, cada uno tenia una misión que hacer. Néstor y Aramis prepararían los morteros de ochenta y dos milímetros para el ataque a la noche siguiente. En cambio Sagitario y Sara entablarían negociación con Enrique Benítez, el llamado "Rico" por los hombres del hampa y los carteles de la droga en toda Colombia.

CAPITULO XVII

"SAGITARIO Y SARA EN BOGOTA"

Sagitario y Sara llevaban un paso redoblado, querían que la claridad del día los sorprendiera lo más lejos posible de la finca de Aurelio Santana. El primer contacto con la gente de Enrique Benítez lo harían en las afueras de la ciudad de Bogotá en casa de unos campesinos aledaños a la zona.

—A veces no puedo seguir todas las deducciones de ustedes en cuestiones de estrategia. Dijo Sara sin detener la marcha junto a Sagitario.
Sagitario sonrió a las palabras de ella y a la idea de que Sara luchaba por superar sus conocimientos sobre el terreno de los ejecutores.
—Hay cosas del comportamiento del ser humano que hablan por sí solas, digamos las acciones, los ojos asustados, todo entra en juego cuando se es un ejecutor. Nada se puede dejar pasar por alto por ejemplo observa esto: un ladrón vigila un almacén el cual quiere robar, cada noche pasa frente a él dando una mirada a las condiciones del lugar, siempre ve las luces encendidas

en el portal. Dijo Sagitario levantando su mano derecha para dar más énfasis a sus palabras con una gesticulación. En la noche que él tiene decidido entrar las encuentra apagadas. ¿Que pasa con los pensamientos del ladrón a la hora de entrar al almacén?

—Yo pienso que se vuelve más cauteloso. Respondió Sara con total convencimiento de que era la respuesta más acertada.

—Sí, no hay dudas de eso, pero lo más importante es que el ladrón se vuelve más precavido y si tiene decidido entrar al lugar, elabora un plan mas complicado para entrar en el almacén. El dueño puede sospechar de sus continuos paseos por el lugar, pero si lo quiere atrapar con las manos en la masa, el plan debe ser elaborado sin que sus acciones lo reflejen. Sara, el pensar y la calidad del enemigo se define por sus acciones. Acabó de decir Sagitario con una sonrisa.

— ¿Que habrías hecho tú en su lugar? Preguntó Sara a su vez.

—La cerca Sara, mis hombres estrían fuera de los dominios de la finca esperando que "Sagitario" se introdujera en ella y quedara rodeado. El podía esparcir sus hombres en estas selvas y cuando llegara el ataque, correrían hacia él desde diferentes puntos, algo que muy difícilmente nosotros podríamos controlar. Le contestó Sagitario dando un pequeño bosquejo sobre el plan que él trazaría si estuviera en la posición de Aurelio Santana. Elaborar planes Sara, es la parte más difícil de un ejecutor. El manuscrito no ha sido terminado por la razón que es muy complejo dar una técnica eficiente en un tema tan amplio como las operaciones sobre el terreno, donde el más mínimo detalle puede dar al traste con los planes que se llevaría a cabo.

Después de dos horas de camino dentro del departamento del Nariño, avistaron la Ciudad de Pasto a lo lejos.

—Ya no debemos estar muy lejos de la casa del contacto. Dijo Sara mirando el lugar con especial detenimiento.

Sara tomó la delantera de la marcha ya que era la que mejor conocía el terreno. Después de atravesar un pequeño bosque de árboles de algarrobos lleno de enredaderas colgantes, salieron a un caserío de campesinos de solo unas diez viviendas, todas construidas de madera y bastante deterioradas por el pasar del tiempo. Sin salir de las malezas Sagitario y Sara llegaron a la parte trasera de una de las casas. Los dos con las pistolas 9mm en las manos entraron por la puerta trasera que estaba abierta de par en par. La casa estaba en penumbras y el lugar por donde habían entrado era la cocina, sobre el fogón de leña había puesto una enorme tetera para calentar agua. Sagitario no dudó del propósito de aquello, era para hacer café. El y Sara siguieron de largo y después de pasar por una puerta hecha de semillas de varios tipos llegaron a la sala, dos ancianos sentados en una mesa de aspecto sencillo le devolvieron la mirada sin un solo gesto en sus caras.

— ¿No tienen un buen café Cubano ahí para unos viajeros que van de paso? Preguntó Sagitario que a su vez era la contraseña para entablar contacto con el objetivo.
—No es Cubano, pero Colombiano, esa no falta. Respondió el anciano a las palabras de Sagitario y quedó a la espera del último paso de la contraseña.
—Hágalo bien cargado y endulzado con miel de abeja. Agregó Sagitario para ver como el señor le hacía una seña a la señora y esta desaparecía por la puerta que habían entrado ellos a la sala, para hacer el café en la cocina.

—Los estaba esperando, sobre las doce del medio día vienen por ustedes, así no pueden pasar por pasto. La ciudad está hecha un hervidero, Aurelio Santana tiene buenas conexiones. El viejo hizo una pausa para mirar bien a Sagitario y después continuó. Desde la caída de Mauricio, a mi hijo no le ha ido muy bien, Aurelio controla todo el mercado, si no se embarca con él se pierde la mercancía y nadie tiene explicación para eso.

—Yo la tengo. Dijo Sagitario devolviendo la mirada al viejo.

— ¿En realidad eres Sagitario?

— ¿Esperabas a alguien mas acaso? Respondió Sagitario al anciano haciendo otra pregunta.

—Cuesta creer lo que hizo con Francisco Elizalde, pero no hay dudas de que usted es un hombre con dotes especiales... El anciano hizo una pausa al ver que su esposa aparecía en la sala, con una vieja bandeja y tres vasos de cristal cargados de café cuyo aroma invadió el lugar.

—Tomen asiento. Dijo el viejo cuando la señora puso el vaso de café frente a él y después de darle un buen sorbo continuó. Siento decirle que Aurelio Santana se ha preparado para su recibimiento, sobre todo ha tenido buen tiempo para prepararse contra usted.

Sagitario dio un pequeño sorbo al café, haciendo oídos sordos a la advertencia del viejo y dijo:

—Cuando salga de Colombia, Aurelio Santana estará muerto al igual que todos sus hombres.

El anciano miró a Sagitario como sorprendido por la calidad de hombre y el valor de este. Convenciéndose de lo que había oído hablar de él. El padre de Rico asistió con un movimiento en la cabeza, acabando de dar el visto bueno a las negociaciones con su hijo, entre Sagitario y Aurelio Santana. Solo uno quedaría vivo y él iba a apostar por Sagitario. La suerte estaba muy bien echada, solo quedaba esperar.

—Debes sentirte muy feliz viviendo en una casa como esta. Dijo Alfred con una copa de jerez en la mano y pasando la vista por la biblioteca donde él y Noemi bebían unos tragos.
— ¿Por qué no me cuentas algo de tu vida? Replicó Noemi ignorando el comentario de Alfred sobre la mansion.

El se volvió estupefacto ante la petición que ella acababa de hacerle y mil preguntas estallaron en su mente en un segundo, ¿Podía aquella bella mujer estar interesada en él, tendría él alguna esperanza de entablar una relación con Noemi White?, Cada ves que oía el nombre le venia a la mente que la conocía de algún lugar.

— ¡Bueno!, la verdad es que no hay mucho que contar sobre mi vida, a parte de una relación fallida que me dejó el tesoro de mi hija. Comenzó diciendo Alfred con una sonrisa en los labios para a continuación contar su propia historia a la joven.

Un rato después, entraron en la biblioteca Taipán y Anita. Ya casi era de noche cuando la carrera había terminado. Los padres de los amigos de Taipán, al ir a buscar a sus hijos, habían preguntado por Noemi. Pero Taipán los despachaba alegando que ella estaba muy ocupada con los negocios. Al rato, Taipán la vio en la biblioteca. Ella sonreía de manera relajada y por primera vez el hijo vio a su madre lejos de aquel lugar donde ella parecía estar siempre.

—Tu mamá es muy bonita, Taipán. Le dijo Anita en voz baja junto a él.

—Lo sé, como también lo eres tú. Agregó el niño volviéndose hacia ella y los dos rompieron a reír alegremente.

— ¡Vaya!, ahí llegan los campeones, dijo Alfred Mallory volviéndose hacia los niños.

—Tenlo por seguro que hoy he ganado unos de ellos, aunque debo reconocer que mis amigos han mejorado mucho, ya van conociendo bien la pista. Agregó Taipán con satisfacción ante los resultados de las carreras. A continuación se acercó a su mamá y le dio un ligero beso en la mejilla.

—Bueno llegó la hora de la despedida. Dijo Alfred Mallory poniéndose de pie y virado hacia su hija.

Todos abandonaron la biblioteca oyendo los comentarios de Anita y Taipán sobre los accidentes de las carreras de autos dirigidos a control remoto. En el jardín de la casa las dos familias se despidieron con la promesa de volver a repetir la visita.

Momentos después que se fueron de la mansion los Mallory, Taipán le preguntó a su madre que le había parecido ellos y con una sonrisa picara se viro hacia ella agregando, "quiero que Anita sea mi novia." Noemi no tuvo menos que reír a las palabras de su hijo, avanzó hacia él y le tendió la mano sobre los hombros. Con nueve años ya Taipán tenía un gran tamaño, sobre pasaba los hombros de Noemi.

—Has elegido muy bien, por lo que veo Anita es la niña más bonita de la escuela. Dijo Noemi y echaron a andar hacia la entrada de la mansión.

En el auto de los Mallory, Anita hizo la misma pregunta a su padre.

— ¿Que te pareció la mamá de Taipán? Dijo ella volviéndose hacia su padre en el asiento del pasajero del auto.

—Una señora muy agradable y lamento no haberme informado de ella con antelación a esta visita. Debe ser alguien muy famosa porque su nombre me suena de algún lugar lo que no sé de donde.

—Sí que es famosa, en la escuela dicen que es hermana de un mafioso que llamaban el Ángel Blanco. Dijo Anita a su padre con despreocupación, repitiendo lo que había oído decir en los pasillos de la escuela a sus amigos.

— ¡Dios mío, no pude ser! Replicó Alfred dando un pequeño timonazo al auto ante la turbación y al desconcierto que habían causado las palabras de su hija. Ahora podía recordar a la perfección el nombre de Noemi White, los titulares de los periódicos lo habían dicho: "Vuelve a New York la hermana del Ángel Blanco." Alfred no pudo evitar que un escalofrió le recorriera la espina dorsal, ante los recuerdos de los periódicos que había leído hace quince años en la época que el Ángel Blanco dominaba las calles de New York.

En la finca de Aurelio Santana, Álvaro conversaba con Aurelio. Habían pasado toda la mañana en busca de algún indicio de la presencia de Sagitario y sus amigos por los alrededores de la finca sin encontrar nada.

—Eso es imposible, algo me dice que ya están aquí acechando la finca. Rezongó Aurelio con frustración al oír las palabras de Álvaro. ¡Esto no me gusta nada!, Estoy seguro de que Sagitario tiene información de lo que se hacía aquí en la finca, eso lo ha vuelto cauteloso.

—No debe perder los estribos señor Aurelio, la serenidad y la calma son los sinónimos de la victoria en estas situaciones. Lo otro es que usted está bien protegido, no olvide de pasar la noche en el sótano. Es imposible que Sagitario descubra ese lugar. Dijo Álvaro para a continuación hacer una pausa de unos segundos y tomar aire en sus pulmones. El ambiente junto con el tiempo se estaban volviendo pesado y la humedad se estaba haciendo sentir en todos lados. Los hombres se mantienen en posición uno toda la noche, listos para la pelea.

—¡Discúlpame Álvaro!, no puedo sentirme alterado con lo de relación a Sagitario, las últimas noticias de Florida y New York no son buenas, ya la derrota del Zar de la Droga es un hecho que han dado por sentado, ¿Entiendes? Dijo Aurelio contrariado con la situación en la que se encontraba metido.

— ¿Que me dice de los agentes del FBI que tenemos circulados aquí en Colombia? Tal vez si eliminamos a unos cuantos podemos hacer que ellos presionen a Sagitario para que salga de Colombia.

—Álvaro se ve que no conoces a Sagitario, ni el FBI lo puede controlar cuando quiere algo. Si eliminamos a los agentes del FBI es la justificación que tendrán para acosarnos, perseguirnos y entonces las penas serian dobles. ¡No! Dijo Aurelio con energía y poniéndose de pie continuó. Lo que hace falta es eliminar a Sagitario. Con un golpe de suerte podremos volver a tomar el control en el sur de los Estados Unidos, ya que Mauricio desprotegido y en una silla de ruedas muy poco podría hacer sobre nosotros.

—No se preocupe Aurelio, todos estamos dispuestos a dar la vida por usted y nuestro cartel. Agregó Álvaro, poniéndose de pie con su patrón.

Sagitario y Sara en compañía del anciano y vestidos de paisanos abandonaron el lugar en un jeep Explorer por el camino de tierra que conducía al caserío. Después de hacer un giro en U, se pusieron rumbo a la ciudad de Pasto la cual cruzarían de largo para llegar a Bogotá. Cuando el jeep Explorer los dejó frente a un edificio de tres pisos de una barriada de los suburbios de Bogotá, Sagitario miró que su reloj marcaba las dos y treinta de la tarde. El sabía que aunque la entrevista fuera rápida llevaba tiempo explicar algunas cosas. Rico había perdido mucho tiempo con los envíos fallidos a Mauricio que habían ido a parar a manos de Alan y Sergio. Una parte se podía recuperar, pero no del todo. Aunque, era mejor que nada. Pero algo que daban por perdido era, diez millones por restaurar la conexión con Mauricio, cinco de los cuales ya estaban en manos de Sagitario con la captura del Delfín de Aurelio Santana.

Sagitario siguió al anciano a través de una de las entradas al edificio sin decir una palabra. Sara los seguía en silencio también. Llegaron a un patio donde tomaron un pasillo que apenas una persona cabía por él. Después de andar por varios minutos desembocaron a otro patio con suelo de concreto. Sagitario se percató que había gente cuidando las ventanas y no tenía dudas que estaba bajo el punto de mira de varias armas. El viejo se detuvo frente a una puerta de hierro, que se abrió de golpe sin necesidad de llamar. Dentro, subieron por una escalera hasta el segundo piso, donde frente a una puerta los esperaba un hombre armado con un fusil AK-47 en las manos.

— ¿Armas? Preguntó el hombre de Rico a Sagitario y Sara.

—Sí, pero no las entrego a nadie. Replicó Sagitario con voz constante.

El hombre se movió de forma sospechosa para contestar con una bravuconada. Pero cuando las dos pistolas nueve milímetros aparecieron en las manos de Sagitario, quedando a la altura de la cadera y apuntando a la cabeza del guarda espalda, el viejo se interpuso entre los dos.

— ¡Conrado, este es el caso especial! Gritó el viejo mirando a los ojos del guarda espaldas.

— ¡Esta bien Román!, pero no olvide que el que está ahí dentro es su hijo. Dijo el guarda espalda bajando el fusil.

—Yo respondo por esto. Replicó el viejo, tomando la manivela de la cerradura de la puerta para abrirla.

Todos entraron en la habitación y Sagitario cruzó miradas con Conrado antes de traspasar el umbral de la puerta. Enrique se hallaba sentado en un cómodo sofá hablando en voz baja con dos hombres que Sagitario supuso que serían los

Lugartenientes de él. Rico se puso de pié con una afable sonrisa en los labios, avanzó hacia Sagitario tendiéndole la mano para saludarlo.

Sagitario se la estrechó de igual manera y ambos hombres se miraron a los ojos en busca de las verdades que solo se podían decir a través de ellos.

— ¡Increíble!, no te puedes imaginar el gusto que me da conocerte en persona Daniel. Dijo Rico con mucha serenidad en la voz.

—Lo mismo digo yo. Replicó Sagitario con una sonrisa recordando la característica de los capos de Colombia. Eran hombres que habían tenido que sobrevivir a muchas guerras para llegar a donde estaban, pero provenían del pueblo y perdían el don de ser sociables con todo aquel que se considerara un enemigo. Sagitario fue al grano de la cuestión que los había llevado allí y Rico prestó atención a las palabras de el en silencio.

— ¡Es increíble! Musitó Rico cuando Sagitario terminó de relatar toda la historia del Zar de la Droga y su costa.

Hubiera sido un buen plan si hubiera incluido a Mauricio aunque fuera como una figura decorativa.

— ¿Por qué dices eso? Preguntó Sagitario sin comprender el por qué de las palabras de Rico.

—Porque lo único que hizo caer a Mauricio fue confiar a ciegas en Sergio. Por ti claro está, pero de aquí le advertimos varias veces que algo no marchaba bien alrededor de él. Pero al resultar yo un proveedor de escala menor, nunca me creyó.

— ¿Entonces aceptas los diez millones de retribución por los treinta perdidos de tu mercancía? El control del cartel de Aurelio Santana queda de parte de las jugadas que des para hacerte con él, después de su muerte. Dijo Sagitario poniéndose de pie de la silla en donde estaba sentado frente a Rico.

— ¿Qué garantía hay de que Aurelio caiga? Preguntó Rico mirando a Sagitario de manera calculadora desde el sofá donde estaba sentado.

—Mi primer Delfín llegará a Colombia dentro de una semana. Asegúrate de llenarle la barriga como es debido y lo demás queda de mi parte.

— ¡Trato hecho! Dijo Rico poniéndose de pie y extendiendo su mano derecha a Sagitario para despedirse de él.

En un cuartel de la policía, un fumador de Bazuco pasó frente a la puerta de este donde Raúl Velázquez y Oliverio Mora conversaban entre ellos mientras fumaban un cigarro, los dos policías F-2 vieron pasar a su informante.

— ¿Qué llevas ahí Caco? Dijo el indio Olivera simulando que el informante se le hacia sospechoso.

—Le juro que nada mi teniente, estoy quieto de todo. Respondió el aludido Caco levantando las manos en alto y volviéndose frente a los policías F-2.

— ¿Que nada? Tú siempre dices lo mismo. Respondió el indio acercándose a Caco y cachando de arriba a bajo.

—En el edificio de los Valdez hay gente extraña que va con Ramon Benítez el papá de Rico. Replicó en voz baja Caco para informar con el soplo a los F-2. Despúes dijo en voz para que todos en la calle lo oyeran: "Se lo dije mi teniente estoy limpio".

—Pues lárgate de aquí que la próxima vez que te agarre te ajustaré, ¿esta claro?

— ¡Seguro mi teniente! Dijo Caco echando a andar casi que a la carrera. El soplo había sido pasado delante de las narices de todos.

En Colombia es diferente el trato que se le da a un delator. En Cuba y Estados Unidos los colman de medallas y favores, pero en Colombia un delator es considerado la raza de peor especie de la tierra, el cual debe pagar con la muerte el día que es descubierto.

Los dos policías F-2 salieron a la carrera hacia la dirección que les había indicado Caco, conocían el lugar a la perfección, como también sabían que allí era el centro de operaciones de Rico y sus gentes. Nunca pudieron imaginar que eran seguidos de cerca por uno de los hombres de Rico. Cuando llegaron al edificio de los Valdez se apostaron en él para ver como después de unos minutos de espera salía el viejo Ramon en compañía de una mujer y un hombre que no eran de la zona. Por la calle avanzaba el jeep Explorer con suavidad.

— ¡Eh!, ¿Se puede saber a donde van con tanto apuro? Gritó el indio Olivero llevando la voz cantante por sobre su jefe Raúl.

Sagitario, Sara y Ramon se detuvieron en seco en la acera ante la voz que les había gritado.

—Policías F-2. Dijo Sara en un susurro y vio como las manos de Sagitario tomaron posición elevándolas con dirección a la altura de la cintura.

—Todas las manos en alto. Volvió a decir Oliverio llevando su revolver del calibre treinta y ocho por delante y apuntando a Sagitario.

— ¿Tú no eres de esta . . . Empezó a preguntar Raúl cuando la enorme explosión de un disparo lo sorprendió sin saber de donde venía. Cuando aún sin poder creerlo, vio como el hombre que había detenido Oliverio avanzaba hacia este tomando las manos con el treinta y ocho y girándolo hacia él. Después, pudo ver las dos enormes llamaradas que escaparon del cañón del revolver, con la turbación solo llegó a tocar la culata de su pistola antes de caer sin vida. Con el cráneo destrozado, Raúl cayó al suelo y Sagitario soltó las manos del indio Oliverio quien dejó el arma y se desplomó sin vida.

Sagitario echó a andar hacia el jeep Explorer con paso rápido en lo que guardaba la pistola del veinte y dos en el bolsillo del pantalón de donde la había sacado. Sara se volvió hacia el cuerpo de Oliverio en el suelo sin comprender lo que había pasado, pero el ojo derecho de este había desaparecido de su cuenca y un torrente de sangre purpura salía por el lugar en que había estado el ojo.

— ¡Vamos de aquí que estoy apurado! Gritó Sagitario abriendo la puerta del jeep para montar en él.

Sara y Ramon se pusieron en marcha al oír la voz de Sagitario. Después de los tres abordar el jeep, partieron a la carrera confundiéndose en el trafico de las calles principales de la ciudad.

—Llevo mucho tiempo guerreando en las calles de Bogotá y nunca he visto algo como esto. Dijo el viejo Ramon aún estupefacto por los hechos de los que fue testigo. Eran policías ¿sabe? Agregó Ramon mirando a Sagitario.

—Usted lo ha dicho. Eran policías ahora son mártires. Tal vez le dediquen hasta una placa como todos unos héroes del pueblo. La respuesta de Sagitario fue dicha de manera apacible, miró su reloj y volvió hacia Sara que asintió con un movimiento de la cabeza dando a entender que aún quedaba tiempo para el ataque a la finca de Aurelio Santana.

— ¿De dónde sacó usted la pistola? Preguntó el viejo Ramon contrariado al no haber visto ningún movimiento de Sagitario sacando el arma.

—No la saqué de ningún lado, siempre la llevo en la mano cuando voy caminando, como ahora. Dijo Sagitario y volviendo la mano izquierda hacia el viejo Ramon que pudo ver la pistola del veinte y dos sujeta por la pulsera del reloj y el dedo meñique de Sagitario. Cuando llevé las manos a la altura de la cintura lo hice para que me ordenara que las levantara, algo que como usted pudo ver yo necesitaba con urgencia, lo demás espero que sus ojos lo hayan captado así me ahorro las explicaciones.

—Usted es algo increíble de verdad. Dijo el chofer del jeep permitiéndose un comentario sobre el incidente y mirando a Sagitario por el espejo retrovisor.

Al siguiente día de la visita de Alfred y Anita a la mansion de Noemi, éste en la universidad no podía coordinar sus ideas, había dado cuatro clases y en todas había errado al dar una fecha de un acontecimiento social e histórico. Todo lo que venia a su cabeza era la mafia de Ángel

Blanco. Sentado en el escritorio de su cátedra de Ciencias Sociales miró al teléfono. "¿Bueno, y que le diría si la llamara?" Pensó Alfred con fastidio ante la situación. El tenia deseos de explotar porque una parte de él le decía que se alejara de Noemi White y sin embargo el corazón le decía a gritos que la amaba con todas sus fuerzas.

— "¿Pero que estas haciendo Alfred Mallory? Ya no eres un chiquillo." Se dijo en voz baja para inspirarse más confianza y tomar una decisión sobre lo que podía ser su vida.

—Eso lo sabe todo el mundo, dijo una voz desde detrás de la puerta de su oficina. "¡Vamos Ann!" No empieces de nuevo, replicó Alfred a una de sus colegas de trabajo, con la cual tenía una gran amistad, ya que era el decano de la clase y la mayor de todo el grupo de profesores.

—Está bien, pero no olvides que detrás de estas paredes se oye todo. Dijo Ann abriendo la puerta y plantando su enorme cuerpo en el quicio de ella. Venia a invitarte a una hamburguesa de Mc Donald.

—Gracias, pero hoy no tengo apetito. Tengo muchas cosas en que pensar.

— ¡Ah si!, como la bella señora que está ahí preguntando por ti. Dijo Ann como quien no quiere las cosas.

— ¿Qué Noemi está aquí? Preguntó Alfred saltando del asiento reclinable que se encontraba detrás del escritorio y saliendo a la carrera en busca de Noemi.

— ¿Así que se llama Noemi? Dijo Ann para ella misma con una sonrisa de satisfacción en el rostro. Ella apreciaba a Alfred como un hijo de verdad, había visto su vida desde que llegó a la universidad sintiendo pena por él y por el refugio que había buscado en la soledad de su vida. Alfred no tenía ojos para ninguna mujer, pero sin embargo le había llegado su hora, como dicen todos los hombres, (no me vuelvo a enamorar más nunca), solo que eso es algo muy difícil de creer. El amor golpea a la vuelta de la esquina. Cuando menos lo esperamos, viene y se va en dependencia de como lo cultivamos. Unas veces nos vuelve niños otras fuertes e indomables, pero aun así no deja de ser el amor.

En la finca Aurelio Santana volvía a estar reunido con Álvaro Morales hablando de los últimos toques que se daban a los preparativos de la finca para repeler el ataque de Sagitario, cuando el teléfono móvil de Aurelio comenzó a sonar dentro de la chaqueta del traje, lo sacó y entabló conversación a la vista de Álvaro que no podía captar todo lo que se decía, pero sabía que era algo relacionado con Sagitario ya que el rostro de Aurelio había palidecido con la conversación.

—Sagitario acaba de eliminar a Raúl y Oliverio en plena calle de Bogotá a la vista de todos. Allí no se habla de otra cosa. También encontraron a un tal Caco degollado en el callejón, roseado de polvo de Bazuco de pies a cabeza, todos dicen que era un informante de los F-2. Dijo Aurelio después de cortar la comunicación con uno de sus hombres instalado en Bogotá.
— ¿Dónde nos deja esto ahora? Preguntó Álvaro contrariado por lo que acababa de oír sobre Sagitario.
—Esos estúpidos lo abordaron como si estuvieran abordando a un cura para contarle sus pecados y él los absolvió mandándolos al infierno. Aurelio hizo una pausa para ubicar sus pensamientos. Sergio era el único que podía negociar con Sagitario y el estúpido de Alan lo atacó eliminándolo.
— ¿Pero por qué tuvo que hacer eso?
—Por viejas historias y rencillas entre ellos. Sergio nunca aceptaba a Alan por creerlo un estúpido engreído de la peor especie. Hablé con Pablo muchas veces sobre

el asunto pero nunca entró en razón, ni le hizo caso a Sergio, ahora todos están muertos y nosotros esperando a enfrentarnos con Sagitario.

— ¿Pero quien iba a saber que Sagitario estaba vivo? Preguntó Álvaro como dando a entender de que nadie era adivino.

—Ahí te equivocas, yo creo que de alguna forma Sergio sabía que Sagitario estaba vivo, por esa razón se puso como una fiera cuando hirieron a Mauricio, esa fue la única forma en que él había traicionado a Sagitario, ¿entiendes? Contestó Aurelio Santana, sabiendo que ahora quedaba una cosa, enfrentarse a Sagitario y luchar por su vida hasta el final. El nunca seria considerado un cobarde en su propia tierra y se enfrentaría a Sagitario usando todas las fuerzas para defenderse.

CAPITULO XVIII

"EL ATAQUE A LA FINCA"

Sagitario y Sara se reunieron con Néstor y Aramis cuando el reloj de todos marcaba las siete y media de la noche. El ataque a la finca había sido programado para después de la media noche. Ellos tardarían dos horas en trasladar todo el cargamento hasta la finca. Ahora cargarían sobre ellos el tubo del cañón del mortero con el aditamento especial junto a dos granadas de mortero y un fusil M-16, uno de veinte y dos con silenciador, ocho granadas de fragmentación F-1 colgadas en el traje de las correas sobre el pecho. Sagitario abrió la marcha seguido por Sara, Néstor y Aramis. Llevaban media hora de camino, el cielo comenzó a oscurecerse con nubes negras, en unos segundos la claridad de la luna desapareció sobre de ellos y los relámpagos no tardaron en hacer su aparición, rasgándolo de una manera caprichosa en todas direcciones.

—La verdad es que ese Aurelio es un tipo fatal. Dijo Néstor acercándose a Sara y descolgando de la espalda de ella las dos granadas de mortero que colgaban junto al tubo del cañón, para aliviarla con el peso de la carga.

— ¡Gracias musitó! Sara apenas audible, sintiéndose culpable por no estar a la altura de la situación.

—No hay de que nena. Soy todo un caballero aunque no lo parezca y no te sientas mal, otras veces he tenido que hacerlo con Sagitario. Respondió Néstor echándose a reír a continuación de sus palabras. Sara y Aramis se unieron a él, solo que con mas discreción.

— ¡Bah!, es lo único que puedes sacar contra mí. En cambio yo te he sacado de tantos líos, donde el pellejo tuyo valía menos que el de un conejo. Dijo Sagitario deteniéndose y volviéndose hacia ellos con una sonrisa en el rostro.

—Bueno algo siempre hay que tener contra ti para anotarse un punto y sentirse uno mejor. Agregó Néstor pasando junto a Sagitario sin detenerse y tomando la cabeza de la muchacha. Sara y Aramis también pasaron frente a el sin detenerse y Sagitario los siguió cerrando la marcha tras ellos. Todo el hecho se debía a que Néstor era más competente descubriendo y siguiendo huellas en el terreno.

La lluvia se precipitó sobre ellos cuando les faltaba media hora para topar con la cerca que delimitaba los territorios de Aurelio Santana. La marcha no se detuvo ni un segundo a pesar del temporal. Al llegar a la cerca, el grupo tomó un descanso y después de este se regaron sin decir una palabra para tomar las posiciones, desde las cuales bombardearían la finca. Los relojes marcaban las doce y veinticinco de la noche con la lluvia aun cayendo sobre ellos, los cuatros habían montado sus morteros y las seis granadas descansaban junto a ellos, cuatro traídas la noche anterior y las otras dos traídas junto con el mortero esa noche. El campo de minas se extendía frente a ellos rodeando la finca y completamente activado en espera de que alguien se aventurara por el. A las doce y veintiocho de la noche Sagitario tomó la primera granada.

En la finca, todos los hombres se habían refugiado de la lluvia al amparó de techo y los otros recorrían la finca de un lado al otro llevando capas de lonas plásticas. Álvaro en su oficina hacía unos apuntes en los libros, cuando oyó el primer silbido del estabilizador de la granada de mortero que andaba de prisa por la finca. Saltó hacia delante con todas sus fuerzas sobre el buró sin importarle lo que pudiera derribar de este. Cuando logró salir frente a la barraca dormitorio pudo ver con horror como la casa principal de la finca, donde se alojaba Aurelio Santana, desaparecía de su vista a causa de cuatro explosiones simultanea con solo unas centésimas de segundo unas de las otras. Álvaro rogó a Dios que las granadas no hubieran dado de lleno sobre el refugio de Aurelio, pero lo que pasó a continuación lo dejó más atontado aun. En solo unos segundos la cantidad de silbidos en el aire se había duplicado y las explosiones dentro de la finca apenas se podían contar, pudo ver como varios de los hombres volaban por el aire a causa de ellos, las barracas dormitorio se hundieron sobre algunos que todavía quedaban rezagados dentro de ellas.

— ¡Todos afuera! Gritó Álvaro echando a correr hacia las barracas para auxiliar a algunos de los hombres que se veían tendidos frente a ellas en el suelo.

Las explosiones cesaron de la misma forma que habían empezado, se hizo silencio y solo se oía uno que otro disparo de fusil hecho por sus hombres hacia la maleza de la selva.

—Oye, han caído una pila de hombres y otro tanto están heridos. Dijo Dionisio al llegar junto a Álvaro con las manos y el cuerpo bañado en sangre a causa de ayudar a los hombres heridos.

Cuatro explosiones sonaron en la selva en diferentes puntos alrededor de la finca, Álvaro se volvió como por instinto al oírlas, al no comprender de que se trataba gritó: ¡apúrate que ya vienen! Reúne un poco de hombres para hacerle frente.

Dionisio salió a la carrera para cumplir con la orden de Álvaro sin saber que aquellas cuatro explosiones eran otra cosa que Sagitario y sus amigos habían hecho dejando fuera de combate los morteros de ochenta y dos milímetros lanzándole una granada de mano F-1 por el tubo del cañón y hacerlos reventar dejándolos inutilizables.
Sagitario y sus amigos volvieron a reunirse en el punto de reunión de la cerca, después de hacer reventar los morteros.

— ¿Cuantos calculan ustedes que hayan quedado tendidos en el campo? Preguntó Sagitario mirando el rostro de sus amigos.
—Calculo que unos veinte hombres perdieron la vida en este ataque. De siete a diez lo harán en las minas. Por lo tanto, nos quedan unos veinte para la casería de mañana. Dijo Aramis quien de todos era el que mejor visión había tenido de los destrozos de la finca.
— ¡Andando, tenemos que estar de vuelta al amanecer con el otro armamento! Anunció Sagitario y todos echaron a correr en hilera llevando los fusiles M-16 listos para cualquier sorpresa.

En New York Noemi y Alfred se habían decidido por un restaurante de comida Italiana en la cuarenta y siete avenida.

—En realidad he estado sintiéndome un poco mal esta mañana. Creí un deber al venir a hablar contigo, puesto que a estas horas ya sabes quien soy. Dijo Noemi mirando a los ojos de Alfred esperando una reacción adversa a sus palabras. Creo que deberías saber algunas cosas de mi vida para que no vayas a ciegas en nuestra amistad.

—Noemi no es menos cierto que me han preocupado algunas cosas al saber quien eres, pero no es un deber tuyo hablarme de tu vida pasada, al menos que el hecho de hacerlo te haga sentir bien. Le respondió Alfred poniendo su mano derecha encima de la de Noemi sobre la mesa para demostrarle comprensión por las cosas que seres humanos deben enfrentar en la vida.

—Sí, me va a ser mucho bien el hablarte, porque vas a ser el amigo que he necesitado en mucho tiempo. Agregó Noemi convencida que así seria. A continuación empezó a relatar su vida desde la llegada de ella junto a su familia a New York.

En la finca de Aurelio Santana, Álvaro junto a otros hombres ayudaban a retirar los escombros del techo de sobre el refugio de Aurelio, ya que habían comprobado que seguía con vida a pesar de todas las explosiones de mortero que habían caído sobre la casa. Cuando ya casi alcanzaban la entrada del refugio, sonó una explosión dentro de las malezas que rodeaban la finca. La lluvia caía aun con una fina insistencia que la hacía mas molesta sobre los cuerpos. Álvaro se volvió hacia el lugar de donde había provenido el ruido de la explosión en busca de una explicación al hecho. Oyó otra explosión en dirección opuesta a la primera. "granadas de mano o minas," se dijo en voz alta para sí mismo, deduciendo la procedencia de las explosiones.

—Ya señor Álvaro, creo que podemos abrir la compuerta del refugio ahora. Dijo uno de los hombres llamando la atención de Álvaro hacia el lugar en que estaban trabajando.

Aurelio Santana salió del refugio junto a la muchacha que era su sirvienta a tiempo completo. Algunos hombres vieron con discreción ante el hecho, ya que con toda seguridad Aurelio triplicaba la edad de la muchacha que no pasaba mas allá de los quince años, relación que duraría hasta que el se aburriera de ella y la enviara a los suburbios de Bogotá para ejercer como prostituta. Para él las mujeres eran como el dinero, necesitaban cambiar de mano para tener un verdadero valor, lo otro era que tenia un buen proveedor de muchachas llegadas a la ciudad desde el campo en busca de trabajo como criadas.

—Por lo que veo no dejó nada en pie. Dijo Aurelio pasando la vista alrededor de los edificios que componían el complejo de su finca.
—Yo creo que es mejor que se resguarde de nuevo en el refugio, hasta ahora es el único lugar seguro de la finca. Replicó Álvaro al comentario de Aurelio.
— ¡No Álvaro! No voy a volver al refugio, ahí dentro he comprendido una cosa, los hombres mueren luchando y dando el frente a los errores que han cometido. Yo falté a mi palabra a Sagitario de que la paz seria con Mauricio Palmieri por siempre. Ahora él está aquí reclamando ese compromiso.
—No sabía que usted había hablado con Sagitario con anterioridad. Comentó Álvaro algo sorprendido de las palabras de Aurelio Santana.

— ¡Si! Respondió Aurelio mirando hacia las malezas de la selva que rodeaban su finca. Hace once años, cuando atacó a los Elizalde en su finca, el sabía que yo había recibido el pedido de Noemi para un pistolero y aun sabiendo que era para atacarlo a él, no alerté a Mauricio sobre el asunto.

Ahora, reúne a todos los hombres que puedan pelear. Cuando llegue el día, saldremos a buscar a Sagitario como sea. Álvaro asintió con un movimiento de cabeza, entendía los deseos de su jefe. Dionisio llegó junto a Álvaro a la carrera y llevando en las manos los restos de metal de lo que parecía ser el tubo del cañón de un mortero ochenta y dos milímetros.

—La finca está rodeada de minas que explotan hasta desde sobre los arboles, esa fue la razón que no las encontramos con anterioridad, perdimos otros cinco hombres, pero logramos cruzar del lado de allá de lo que creemos sea el campo minado. Informó Dionisio a Álvaro y Aurelio mostrándole los restos del mortero.

El sol despuntaba por el horizonte cuando Sagitario y sus amigos llegaron a los linderos de la finca de Aurelio, ahora Sagitario y Aramis cargaban sobre sus espaldas un SAM-7 misil tierra aire auto dirigido. El SAM-7 es un misil que sigue cualquier fuente de calor que sea ubicada en sus radales, el equipo es de fácil trasportación, ya que su apariencia es similar a la de un lanza cohetes de peso ligero. En cambio, Sara y Néstor portaban dos lanzas cohetes anti tanques RPJ-7 todo de fabricación Rusa y de fácil obtención en el mercado negro de la mafia y los carteles de la droga. Sagitario y sus amigos permanecieron ocultos en la selva frente a la cerca que rodeaba la propiedad de Aurelio Santana, esperaban que los hombres de Aurelio salieran en su búsqueda. Sara y Néstor controlarían el camino de entrada a la finca, ningún vehículo podía entrar o salir por allí. Sagitario entraría a la finca respaldado por Aramis. Sagitario dudaba mucho que Aurelio hubiera sucumbido en el bombardeo de los morteros. La retornada estaba prevista para esa noche sobre las tres de la madrugada en un aeropuerto clandestino cerca del lugar en donde estaba el refugio. El aeropuerto corría a cargo de Luis Soler y su avión DC-4. El era antiguo amigo de Sagitario desde la época de su acenso dentro de la mafia, juntos habían dado muchos golpes. Luis podía aterrizar el DC-4 en terrenos y bajo condiciones que podían parecer imposibles para otros pilotos.

La marcha del grupo de los hombres de Aurelio Santana la abría Dionisio, quien apareció con cautela desde dentro del grupo de malezas, pasando la vista por unos minutos en todas direcciones y volviendo a desaparecer. Sagitario y Aramis se abrieron hacia la izquierda y Néstor y Sara lo hicieron hacia la derecha dejando el camino libre a la expedición que aparecía en unos minutos. El ejecutor y sus amigos necesitaban conocer por donde los hombres de Aurelio habían superado el campo minado como todos esperaban. Unos minutos después apareció la columna de hombres. "Dieciocho" contó Sagitario en total sintiéndose algo contrariado por la cantidad.

—Parece que los morteros no dieron el efecto deseado. Dijo Sagitario a Aramis con un susurro, ya que Sagitario nunca podía imaginar que el cuarto hombre que pasaba frente a sus ojos en la columna era el propio Aurelio Santana, vestido de camuflaje, con una gorra de orejas calada hasta los ojos y un fusil AK-47 en las manos. La cantidad de hombres contrariaba al ejecutor, por la razón que hacía a Aurelio Santana protegido en la finca por al menos una docena mas.

Al pasar la caravana de hombre, Sagitario y Aramis esperaron varios minutos para desplazarse hasta la cerca, a rastras pasaron por debajo de ella, entrando a continuación en el sendero que acababan de dejar los hombres de Aurelio Santana.

Frente a las ruinas que quedaban de la casa principal de la finca, una limousine mal techada a causa de la cantidad de fragmentos de granada de mortero que habían golpeado por todos lados, esperaba una orden de Álvaro para lanzarse por el camino que daba acceso a la finca y abrir una brecha en el campo minado, para poder sacar el jeep que contenía las dos ametralladoras de calibre cincuenta que Álvaro había obtenido con los favores que le debían algunos amigos del ejercito. La limousine abriría la marcha detonando unas minas del campo y como era blindada tenía muchas posibilidades de llegar hasta el final del campo minado.

— ¡Todo listo! Ya estamos sobre las huellas de ellos, cambio y fuera. Dijo la voz de Álvaro por una radio trasmisora instalada en el jeep.

El chofer del jeep hizo una seña al chofer de la limousine, que de inmediato se puso en marcha. Una metralla dora del calibre cincuenta había sido instalada sobre un trípode en la parte trasera del jeep, con una cajuela de una cinta de quinientos tiros. Un hombre se situó tras ella, aló el mecanismo recuperador y montó una bala en el directo. Después hizo una seña al chofer junto a una sonrisa de satisfacción.

En los primeros cien metros la limousine tomó velocidad sin que ocurriera nada, llegando casi a las setenta millas por hora. La primera explosión lo sorprendió en los ciento noventa metros, a pesar de ser blindada la explosión magulló la parte trasera por el costado derecho. Todas las luces traseras junto al cristal de la ventanilla de ese lado reventaron en mil astillas. Explotando el neumático hizo perder el control de la limousine al chofer que se atravesó en el camino. Néstor y Sara saltaron fuera de las malezas de la selva con los lanza cohetes RPJ-7 listos para disparar.

—To the limousine. Gritó Néstor al tiempo que los primeros disparos de la ametralladora de cincuenta se dejaban oír en dirección hacia ellos.
Néstor apoyó la rodilla izquierda en el suelo y disparó el lanza cohetes que hizo el sonido característico de esta arma, muy similar al descorchar una botella de champagne. Una línea de humo blanco marcó la trayectoria del cohete hacia el jeep que saltó por el aire envuelto en una bola de fuego a causa de la explosión y el impacto del cohete contra él. Otro tanto hizo el cohete de Sara al impactar en el centro de la limousine, entró dentro de ella explotando en el interior de esta, al encontrar el vacio, el techo saltó por los aires formado por una bola de fuego rojo amarillento.
— ¡Maldición! Una de las balas de la cincuenta me rozó en la pierna derecha. Gritó Néstor a Sara cuando esta se volvió hacia él. Vamos no podemos esperar, busca las minas de detonación óptica con la mira del fusil y dispara sobre ella.
Sara ayudó a Néstor a andar unos trescientos metros y desde allí disparó a la primera mina, haciéndola saltar por los aires con el impacto del proyectil del
M-16 sobre su lente detonador. Ella avanzó otros veinte metros y volvió a repetir la operación sobre el lado contrario de la carretera haciendo detonar la otra mina de detonación óptica.

—Ahora podemos llegar a la finca manteniendo la marcha por la cuneta derecha de la carretera. Dijo Sara a Néstor cuando volvió junto a él para ayudarlo a Caminar.

Sagitario y Aramis oyeron todas las explosiones de la carretera identificando cada una de ellas, cuando se hizo el silencio y unos minutos después oyeron los disparos haciendo detonar las minas comprendieron que tenían problemas.

— ¡Rápido Aramis! Tenemos que llegar primero que ellos a la finca por si los esperan allí. Gritó Sagitario avanzando con paso rápido hacia su destino.
Al llegar Sagitario y Aramis a la finca, salieron de los matorrales que lo rodeaban y se sintieron decepcionados al no encontrar hombre alguno en ella. Solo a una muchacha en medio del camino, que llevaba un vestido de sirvienta y tenia la vista clavada en la limousine y al jeep que ardían en medio del camino, levantando hacia el cielo una cortina de humo negro que podía verse a varias millas de distancia.
— ¡No te muevas! Le gritó Sagitario y ella al volverse palideció al ver que no eran los hombres de su patrón los que volvían a la finca. ¿Donde está Aurelio Santana? Preguntó Sagitario al llegar junto a ella. No me mate señor yo no he hecho nada malo. El se fue con sus hombres por el mismo camino por el que usted acaba de llegar. Respondió la muchacha con verdadero pánico en el rostro, conociendo como eran las cosas en su tierra. Estar en el lugar equivocado a la hora equivocada podía ser la causa de una muerte segura.
— ¡Ahí vienen Néstor y Sara! Dijo Aramis en voz alta al verlos aparecer por el camino. Néstor está herido. Agregó y a continuación echó a correr hacia ellos.

— ¿No hay hombres en la finca? Preguntó Sagitario a la muchacha agregando: no temas por tu vida que no te vamos a hacer daño, solo me interesa Aurelio Santana no su gente.

—Hay seis hombres heridos dentro de un refugio que hay allí. Respondió la muchacha apuntando hacia los escombros de la casa principal de la finca.

—Espero no me hayas engañado en lo referente a Aurelio Santana. No pienso abandonar Colombia hasta que no acabe con él, pero me irrita quien miente para interrumpirme. Dijo Sagitario a la muchacha con un rostro de verdadera amenaza. No le haría daño pero necesitaba ganar tiempo en descubrir la posición de Aurelio.

—No le miento señor, es algo que usted mismo puede comprobar en unos segundos. Replicó la muchacha clavando su mirada en sus pies calzados con unos zapaticos baratos.

—Ve a reunirte con ellos y explícales que Sagitario ha tomado la finca y si se mantienen tranquilos donde están sin causarme problemas, salvarán sus vidas. Dijo Sagitario a la muchacha que echó a correr al refugio como el le había indicado, volviéndose hacia él a intervalos como si esperara los disparos del fusil sobre ella en cualquier momento.

—Pobre gente, esta maldita lucha los está desbastando, desde el más pobre al más humilde. Musitó Sagitario entre dientes, viendo como la muchacha entraba al refugio y bajaba la puerta que cerraba la entrada de este.

En la selva, la columna de dieciocho hombres que comandaba Álvaro se había detenido en espera de los resultados que tendrían la limousine y el jeep, necesitaban las metralla doras del calibre cincuenta. Era un arma potente, que sabiéndola usar podía dar al trasto con los planes de cualquiera. Pocos tenían el valor suficiente para sacar la cabeza cuando una de estas armas escupía su carga mortífera a diestra y siniestra.

— ¡Dios mío!, acaban de disparar dos lanzacohetes. Gritó Álvaro reconociendo el sonido del RPJ-7 al disparar.
— ¡Vamos rápido!, están atacando la limousine y el jeep. Volvió a rugir Álvaro reaccionando ante los hechos.

La columna se puso en marcha con rapidez hacia el lugar en donde se habían oído las explosiones en un intento desesperado de Álvaro por evitar que las metralla doras de cincuenta pudieran caer en manos de Sagitario. Pero todas las cosas sucedían a una velocidad que escapaban de sus manos.

Sagitario estaba calmado a pesar de que sus planes habían fallado ante la decisión de Aurelio Santana de hacerle frente junto a sus hombres. La intención de Sagitario era eliminar a Aurelio Santana en el momento en que tratara de recuperarse del bombardeo de los morteros, ya que no esperaría un ataque de Sagitario a plena luz del día.

—Debió ser muy terrible para ti vivir todo lo que me acabas de contar. Dijo Alfred a Noemi por sobre la mesa con la cena servida y dando parte de ella. Noemi le había hecho la historia de su vida en un resumen que hicieron cambiar su vida por completo y Alfred se sentía verdaderamente conmovido ante el dolor y el sufrimiento que había tenido que vivir una mujer tan bella como Noemi.
— ¿Aún sigues enamorada de Sagitario? Preguntó Alfred con la voz que a penas era un susurro, temiendo por la respuesta que podía dar ella y que significaba mucho para el por lo que estaba sintiendo por ella.

—No sé, pero aún lo veo como algo especial en mi vida y creo que siempre será así. Respondió ella mirando directamente a la profundidad de los ojos de Alfred.

—Es posible que no sea así, él fue quien cambió tu vida sin saberlo. Casi eras la esclava de tu hermano. Aunque no tengo duda de que te quería mucho, tú eras su refugio. El mundo era el malo y tu hermano luchaba en contra del mundo de manera despiadada, destruyendo a todo aquel que tratara de cortarle el paso. Dijo Alfred haciendo una pausa para darse un trago de vino blanco de la copa que tenia junto al plato con sus spaghettis napolitanos.

—Sagitario es algo muy distinto, lo puedo deducir como un soldado del nuevo mundo a la espera de lo que está por llegar a causa de los errores de los demás. El no mata por odio, lo hace para mejorar las condiciones de los demás, algo así como un justiciero con una causa que pocos pueden entender.

—Sí, así también yo lo veo, solo que nunca he podido entender que lo mueve. No le interesa el dinero ni simpatiza con ninguna causa política o religión. Dijo Noemi con la mente concentrada en el pasado recordando todas las cualidades de Sagitario.

—"Observa." Noemi, eso es lo que Sagitario está haciendo. Replicó Alfred atrayendo la atención de Noemi sobre sus palabras, que respondían a un esquema de análisis de conducta socio psicológico. Hombres que observan el mundo sin mostrarse a favor o en contra de la conducta o decisiones de los que hoy gobiernan el mundo, ellos llegaran al final porque son soldados elegidos por Dios.

CAPITULO XIX

"LA CAIDA DEL ZAR DE LA DROGA"

— ¿Cómo vas a hacer las cosas? Preguntó Aramis a Sagitario cuando todos se hallaban reunidos para abandonar la finca hacia la selva, al saber que Aurelio Santana y sus hombres no tardarían en llegar a la finca.
—Aramis tú vas a ayudar a Néstor a salir de aquí abriendo una brecha en tu campo minado. Sara los seguirá a ustedes en lo que yo me refugiare dentro del campo minado mío. Entonces, desde allí podre eliminar a Aurelio Santana. Marchen a paso rápido hacia el refugio yo los alcanzaré después. Dijo Sagitario dando la espalda a todos sus amigos y encaminándose hacia el campo minado que él mismo había sembrado en un sector alrededor de la finca de Aurelio.

Álvaro le pasó los binoculares a Aurelio. Desde la entrada a la finca por la carretera miraban como aún las llamas devoraban algo de la limousine y el jeep mas allá, se veía completamente carbonizado.

—A este paso nos va a destruir a todos. Ese maldito campo minado nos ha quitado toda libertad de movimientos, no tengo dudas de que ellos están ahí dentro ahora mismo. Rezongó Álvaro con verdadero fastidio ante su incapacidad de destruir la superioridad de Sagitario sobre él.

— ¿Que te parece si le echamos el guante al helicóptero que vimos en la pista cuando llegamos de Florida hace unos días? Dijo Dionisio a modo de recomendación a Álvaro.

—Para llegar allá necesitamos un vehículo que no tenemos, lo otro es que no sabemos si aún está allí en el aeropuerto. Replicó Álvaro mostrando los contra tiempos que podían tener para hacerse de el helicóptero.

—Aún está ahí, lo tienen rentado unos científicos que estudian las plantas para hacer medicinas, pero es más lo que beben que lo que usa el helicóptero. Dionisio agregó con una sonrisa y continuó: con esta maldita lluvia no tengo dudas que se han ido a Bogotá en el jeep Explorer que tienen.

— ¿Cómo sabes todo eso? Preguntó Aurelio viendo una posibilidad de hacerse del helicóptero y atacar a Sagitario desde el aire.

—Porque tengo una novia en el pequeño caserío que está a un costado del aeropuerto que me lo cuenta todo y solo hace dos noches que no la he visto. El día que descubrí los perros alterados me disponía a ir a visitarla, cuando al pasar frente a la jaula pude ver que presentían algo. Dionisio hizo una pausa tomando aire en sus pulmones con delicada calma, para dejar claro que la brillante idea le correspondía a el solo. En cuanto al trasporte, el hijo de los Sosas tiene una moto todo terreno y no tengo dudas que por unos pesos te lleve al aeropuerto en una hora. Si te apuras, puedes estar en su casa en unos veinte minutos como máximo.

—Sí que es buena idea, la gente que cuida allí me tiene confianza, además solo están armados con un viejo fusil M-1, de la segunda guerra mundial nada que deba preocuparme, vuelvo dentro de unas dos horas. Dijo Álvaro entregando su fusil AK-47 a Dionisio y echando a correr por la carretera en dirección contraria a la finca y en busca de la casa de los Sosas.

Sagitario empezó a preocuparse cuando no vio aparecer a los hombres de Aurelio Santana por la brecha que habían abierto en el campo minado. Esto lo hizo pensar que Aurelio se había vuelto más cuidadoso, pero también le favorecía a él ahora. Néstor y Aramis disponían de más tiempo para llegar al refugio pensó Sagitario y miró su reloj pulsera que faltaban quince minutos para las doce del medio día. Ahora la fina lluvia había cesado, pero continuaba nublado sin dejar ver el sol. Sagitario oyó el primer disparo seguido de una explosión, era la señal de que sus amigos acababan de entrar al campo minado y Aramis hacía saltar las minas de detonación óptica con su fusil. Sagitario volvió a oír dos más unos minutos después, pronto sus amigos estarían del lado de allá de la cerca que rodeaba los terrenos de la finca de Aurelio Santana.

— ¿Puedes luchar por olvidar tu vida pasada? Preguntó Alfred a Noemi con un tono de comprensión y amabilidad en la voz.
—Es lo que mas deseo en esta vida, quiero empezar una verdadera vida con todos los requisitos de una verdadera · familia. Respondió Noemi con total sinceridad en sus palabras, tenía total seguridad que junto a Alfred le llegaría la felicidad. "Dar pasos," había dicho Sagitario, dar pasos sin temor a fracasar en ellos, así es la vida un camino que se recorre a golpe de suerte, unos llegan a

alcanzar la felicidad, otros mueren sin conocerla nunca, todo es cuestión del destino.

El aeropuerto en que Álvaro aterrizaba su avión era sin pavimento, la torre de control era un viejo edificio de dos pisos en condiciones ruinosas, junto a la torre un viejo hangar de concreto era todo lo que componían los edificios del aeropuerto, el helicóptero estaba estacionado frente a este hangar.

Álvaro despidió al hijo de los Sosa dándole unos dos mil pesos Colombianos, que equivalían a unos ciento cincuenta dólares. El helicóptero Bell 427 se veía bastante nuevo. Álvaro avanzó hacia el viejo hangar, no tenía dudas de que el guardia estaría allí durmiendo la mona después de haber almorzado. Lo mejor sería eliminarlo de una vez, su avioneta estaba detrás del hangar bajo un techo que había mandado a construir Aurelio para ella. Álvaro se dirigió a paso rápido hacia las destelladas puertas del hangar.
— ¿Quien anda ahí? Gritó el guardia al oír la puerta del hangar cerrarse de golpe y saltando de la vieja cama en donde estaba durmiendo una siesta.
—Benjamín soy yo Álvaro, vengo a darle una vuelta a la avioneta, no hace buen tiempo que digamos. Respondió Álvaro al guardia con voz tranquila como otro de los días en que acostumbraba a pasar por ahí.
—Y que lo digas, no ha parado de llover desde anoche. Dijo el guardia dejando el fusil M-1 sobre la cama al reconocer a Álvaro como un amigo.
— ¿Un poco de café? Preguntó el guardia con sincera sonrisa.
—Bueno como están las cosas no hay nada mejor para calentar el cuerpo que un buen café acabado de colar.

—Seguro que sí Álvaro. Replicó el hombre dando la espalda a Álvaro que con movimiento rápido avanzó hacia él, tomándolo por el cuello por sorpresa con el brazo derecho y con el izquierdo tiró de la quijada del guardia en una dirección que las vertebras de la columna no obedecieron al giro en esa dirección. Los huesos del cuello del guardia crujieron al las vertebras romperse, el hizo el amago con su mano para defenderse, pero la acción de Álvaro fue tan rápida que la muerte fue instantánea.

Álvaro dejó el cuerpo sin vida del guardia en el suelo y avanzó a paso rápido hacia un cuarto que hacia de oficina del aeropuerto. Allí encontró las llaves del helicóptero junto al casco de piloto y unos guantes de piel, agarrando todo y salió del hangar dando un vistazo al rededor del aeropuerto por si había la posibilidad de que hubiera algún testigo de sus acciones. Diez minutos después volaba en el helicóptero con rumbo al encuentro con Aurelio Santana y sus hombres.

Sagitario prestó atención al débil sonido que se oía, unos segundos después no tenia dudas, ¡un helicóptero! Musitó para el mismo en voz baja, bueno al fin y al cabo los SAM-7 no estarían de mas, pensó Sagitario mirando su reloj que marcaba las dos y media de la tarde. A partir de ahí se dio a la tarea de preparar el SAM-7 para el tiro, ya que esta arma posee varios aditamentos. El principal es la fuente, una especie de batería que se coloca bajo el misil para el funcionamiento del radal de calor. El SAM-7 tiene la peculiaridad de no disparar el cohete si el objetivo está fuera de su alcance, solo obedece al lanzador si este coloca el disparador del gatillo en posición para el disparo controlado por él. La otra peculiaridad del SAM-7 es que es un misil desechable, después del disparo lo demás puede ser abandonado por el tirador.

Álvaro aterrizó el helicóptero en medio del camino que llevaba a la finca de Aurelio, cuatro hombres armados con AK-47 subieron al helicóptero que emprendió la marcha enseguida.

Aurelio Santana lo vio despegar y por su mente pasó que todo aquello era una terrible locura.

— ¡Sagitario no es tan tonto! Dijo Aurelio volviéndose de pronto hacia Dionisio.

— ¿Por qué dice eso señor Aurelio? Preguntó Dionisio con la vista clavada en el helicóptero que se perdía en el horizonte.

—Porque Sagitario antes de atacarnos estudió todas las posibilidades, estamos actuando dentro del plan que él creó para atacarnos. Respondió Aurelio convencido de que su deducción era la acertada.

— ¿Crees que puedas seguir las huellas hasta el final de a donde nos llevan?

—Seguro que sí Don Aurelio, todos nuestros hombres son buenos rastreadores de huellas y conocen muy bien toda esta selva. Respondió Dionisio con total convencimiento en sus palabras.

—Pues adelante, es allí donde tenemos que esperar a Sagitario. Replicó Aurelio abriendo la marcha hacia el lugar de la cerca que rodeaba la finca, en donde habían encontrado las huellas de pisadas de Sagitario y sus amigos.

Sagitario oyó como el helicóptero sobre volaba la zona a buena altura y alejado de los linderos de la finca. El no tenía dudas de que pronto iniciara el acercamiento a la zona de los edificios de la finca para buscar una ruta a seguir sobre sus amigos. Sagitario no tenia preocupación por Néstor y Aramis porque disponían de un SAM-7 para su protección contra el helicóptero, pero Sara era otra cosa. Si el piloto era un tipo entrenado en lo militar volaría en contra del viento todo el tiempo, evitando así que sus aspas pudieran ser oídas por los hombres en la tierra. Sara cubría la retirada de Néstor y Aramis a un kilometro de distancia por detrás de ellos.

Álvaro maniobró el helicóptero haciendo el primer acercamiento a los linderos de la finca manteniéndose fuera de la cerca que la rodeaba. Dos hombres peinaron el lugar en busca de algún indicio que delatara la presencia de Sagitario y sus amigos.

— ¡Allí dentro de aquellos arboles se ve uno caído a causa de una explosión! Le apuesto que por ahí abrieron la brecha de su campo minado. Gritó uno de los hombres que recorría el lugar con los binoculares, para dejarse oír por sobre el ruido del helicóptero.
— ¿Todos los fusiles listos? ¡Tiren a lo que se mueva allá abajo! Gritó Álvaro haciendo descender el morro del helicóptero en picada sobre la selva.

Sara se refugió sobre las malezas, apuntando el fusil M-16 hacia el cielo en busca de ver aparecer el helicóptero sobre ella en cualquier momento, esperó unos minutos y el ruido se perdió en la distancia. Ella se empezó a mover con lentitud por dentro de los matorrales, cuando el helicóptero apareció de golpe por sus espaldas. Sara echó a correr con todas sus fuerzas, después de recorrer unos metros avistó un montículo de rocas, saltó sobre el sin importarle como caería del otro lado, cuando una lluvia de proyectiles de fusiles AK-47 se abatió sobre ella. Álvaro giró el helicóptero para volver a sobre volar el lugar donde habían visto a Sara.

— ¡Ahora no pueden fallar! Gritó Álvaro a sus hombres para dejarse oír sobre el ruido de las aspas del helicóptero.

Sara desde detrás del montículo de rocas vio como el helicóptero avanzaba hacia ella con lentitud, no podía moverse de donde estaba sin poder ser descubierta, levantó el fusil hacia el helicóptero que aún se hallaba fuera de su alcance, todo era cuestión de suerte y un poco de puntería y ella siempre había tenido las dos cosas. Si el helicóptero lograba sobre volar podía darse por muerta, en cambio si lograba aniquilar al piloto con un disparo certero en la cabeza las cosas podían mejorar para ella.

Néstor y Aramis vieron como el helicóptero giraba para dar la vuelta antes de llegar al lugar en donde ellos se encontraban escondidos. Por los disparos supieron que habían descubierto a Sara. Aramis saltó fuera de la escondite llevando el SAM-7 sobre su hombro, corrió unos cincuenta metros dentro de las malezas de la selva, hasta llegar a un pequeño claro que desde allí pudo ver el helicóptero que se movía con lentitud sobre las copas de los arboles. Aramis levantó el SAM-7 hacia él y el ojo o radar anunciaba que había captado una fuente de calor. Después apretó el gatillo del disparador sin dudarlo un segundo, el misil saltó saliendo del tubo describiendo un arco de unos veinte metros y acercándose peligrosamente a la tierra. A solo un metro de esta se oyó una explosión y una luz blanca salió en dirección al helicóptero. El SAM-7 necesitaba dar este primer salto para a continuación encender sus motores de propulsión a alta velocidades. Este misil pudiera matar al lanzador si prende sus motores a menos de cinco metros de él, es tan rápido que puede alcanzar una velocidad de cero a quinientos kilómetros en solo unos dos o tres segundos y tiene una duración de propulsión de once minutos en el aire, pasado este tiempo, si el misil no da alcance a su objetivo se auto destruye en el aire.

Álvaro en los controles del helicóptero pudo ver como la pantalla del radar lanzaba un destello luminoso.

— ¡Dios mío!, no puedo . . . . , fueron las últimas palabras de Álvaro. Reconociendo lo que se acercaba a ellos, los radares de la aviación civil lanzan estos destellos cuando otro cuerpo volante se acerca a ellos con demasiada peligrosidad.

El misil SAM-7 entró por la tubería de la turbina del helicóptero haciendo picar el moro a la tierra por el impacto, apuntando directamente hacia donde se encontraba Sara escondida, que echó a correr ante la visión demoledora que se abría ante sus ojos. Las aspas del helicóptero dieron contra la copa de los arboles haciéndose añicos. El fuselaje del helicóptero tocó tierra dando un giro fatal al chocar contra esta, para a continuación caer sobre las rocas donde unos minutos antes había estado Sara, explotando en una bola de fuego amarillenta que lo envolvió por completo. La onda expansiva de la explosión lanzó a Sara varios metros, ya que solo se había podido alejar unos pocos metros, cayó al suelo y golpeándose la cabeza perdió el conocimiento.

Sagitario en su escondite pudo oír la explosión que provocó el helicóptero al ser derribado, unos segundos después vio la cortina negra de humo elevándose hacia el cielo.

— ¡Pájaro al suelo! Musitó Sagitario con una sonrisa de satisfacción en el rostro y miró su reloj. Faltaban diez minutos para las cuatro de la tarde, soltando una maldición decidió cambiar los planes. Ahora iría detrás de Aurelio Santana, calculando que quedarían junto a él unos diez o doce hombres no le seria difícil eliminarlo. Después atravesó el campo minado que el mismo había sembrado, haciendo explotar dos minas de detonación óptica con su fusil M-16, moviéndose con cuidado y prestando atención a todos los movimientos de la selva llegó a la cerca que rodeaba la finca, no vio ni rastros de hombres de Aurelio Santana. Con sumo cuidado y a rastras pasó por debajo de la cerca, cortando con el aditamento del fusil el último alambre de la cerca, al llegar a las malezas de la selva caminó semi agachado protegiéndose con los arboles para no resultar ser un blanco fácil para un posible tirador. Llegó al lugar por donde él y sus amigos habían abordado los linderos de la finca de Aurelio Santana. Sagitario no necesitó mucho tiempo para inspeccionar el lugar y llegar a la conclusión de que Aurelio iba en busca de su refugio. No está mal, pensó ante el plan que estaba desarrollando su enemigo.

Aramis encontró a Sara a unos treinta y tantos metros del helicóptero, aún continuaba sin conocimiento en el suelo, en una posición tan incomoda que Aramis temió que ella se hubiera roto el cuello. La chequeó y al ver que no tenía nada, le dio unos golpes en la cara con la palma de la mano derecha. Sara despertó revolviéndose con rapidez sobre su cuerpo y tratando de defenderse de la figura que veía ante sus ojos.

— ¡Vaya nena!, tienes una forma muy extraña de dormir que yo no te la recomendaría para tu columna vertebrar. Dijo Aramis sonriéndole a Sara al ver la reacción de esta al despertar de su desmayo.

—Me salvé por un milagro, me tiraste el trasto ese arriba. ¿Es que no ves donde botas la basura? Dijo Sara con verdadero enojo en el rostro y poniéndose de pie para señalar el helicóptero aún en llamas.

—La verdad que fue una descortesía de mi parte. Debí preguntarles primero antes de derribarlos si venían con verdadera intención de quemarte el culo a tiros o era pura broma los disparos que te hicieron en el primer pase. Dijo Aramis con un marcado tono de burla en la voz.

— ¡Ese es mi problema! No el tuyo. Replicó Sara de manera desafiante frente al rostro de Aramis, para a continuación echar a andar por dentro de los matorrales en la dirección en donde había quedado Néstor esperando por el regreso de Aramis.

Aurelio Santana miraba con unos binoculares frente a él la cortina de humo negro que se levantaba a lo lejos, desde dentro de la selva.

—Han derribado el helicóptero. Dijo pasando los binoculares a Dionisio.

—Sí ese humo no puede ser otra cosa, pero al menos nos dice donde está Sagitario y sus gente. Replicó Dionisio sin dejar de mirar con los binoculares hacia el lugar en donde se levantaba el humo.

— ¿Estas seguro que aquí esta el escondite de Sagitario y sus gente?
Preguntó Aurelio de repente sorprendiendo a Dionisio con la pregunta.

___Seguro, lo que se dice seguro, no lo estoy, pero en el único lugar que se han tomado el trabajo de disimular sus huellas es en esta ladera. Así que por algo lo han echo.

— ¡Caballeros vengan!, que aquí hay algo enterrado. Gritó uno de los hombres de Aurelio Santana, que pinchaba el suelo con una vara de madera cortada de un árbol y afilada con un machete en la punta para comprobar la tierra.

Dionisio y Aurelio Santana corrieron hacia el lugar desde donde el hombre les había gritado.

— ¿Que has descubierto? Preguntó Dionisio al hombre de la vara de madera.

—No creo que sea una mina, suena como madera. Replicó el hombre dando unos golpes más fuertes a lo que había topado bajo tierra con la punta de la vara.

Dionisio se agachó y sacando un cuchillo de edición especial para comandos, empezó a cortar alrededor de la vara que el hombre aún sujetaba con sus manos. Al levantar la capa superior de hierba pudo ver que había sido cortada con anterioridad, con tal perfección que pasando sobre ella jamás seria descubierto el corte. Dionisio sonrió al ver aquello y unos minutos después dejaba al descubierto el primer refugio de ninja o refugio personal para comandos de fuerzas especiales.

— ¡Bingo! Gritó Dionisio sacando toda la tierra que cubría la entrada de madera del refugio. Sigan buscando que aquí tiene que estar todo el arsenal de Sagitario y su gente. Volvió a gritar Dionisio con el rostro lleno de satisfacción por el descubrimiento de la retaguardia de Sagitario.

Poco después todos los refugios fueron puestos al descubierto y desde dentro de ellos fueron sacando las restantes armas de Sagitario, que eran otras dos SAM-7, dos lanza cohetes RPJ-7, diez granadas de morteros y varios paquetes de municiones para fusiles M-16. Todo fue tendido en el suelo uno al lado del otro para ser contemplado con satisfacción por todos.

—Ahora si podemos tender una trampa a Sagitario y a su gente. No tengo dudas de que van a volver aquí. Dijo Dionisio volviéndose hacia Aurelio Santana con una sonrisa.

Lo que no podía saber Dionisio era que Sagitario observaba la ladera de la montaña trepado sobre un árbol a más de tres millas de distancia de ellos. Sagitario pudo ver desde su posición como eran sacadas todas las armas de los refugios. El sonrió al pensar lo estúpido y poco profesional que se portaba el que podía ser el mejor hombre entrenado por Aurelio Santana. Pronto caería la noche y Sagitario se convertiría en el lobo resbaladizo que solía ser y caería sobre ellos haciéndole pagar caro sus errores, ya que se habían despreocupado de encubrir todas sus operaciones. Sagitario y sus amigos habían cavado los refugios durante la noche, por esa razón no fueron observados por nadie de la zona.

—Un profesional debe comportarse como un profesional todo el tiempo en una misión. Este error será la causa de tu muerte Aurelio Santana. Se dijo Sagitario mirando su reloj y sabiendo que dentro de una hora y media empezaría a oscurecer. Ya sin lluvia y fresca la noche pensó, bajándose del árbol, que tenia que prepararse para el combate de esa noche.

Aramis, Néstor y Sara habían detenido la marcha al encontrarse con la vivienda de un campesino abandonada, que tenia un poso frente a la casa.

—Llegó la hora de curar bien esa herida. Dijo Aramis a Néstor señalando la pierna con el torniquete improvisado para poder huir con rapidez de dentro de la finca de Aurelio Santana.
—Voy a echar una ojeada por los alrededores para por si acaso, pero estoy segura de que no nos siguen. Dijo Sara poniendo el M-16 a punto y saliendo con paso apurado hacia las malezas de la selva.

—Si, no está mal pero no te alejes que por lo que veo Sagitario tuvo que variar sus planes. De aquí en lo adelante tenemos que ser mas cuidadosos en nuestro avance sobre el terreno para no estropear el plan que él haya tenido que trazar. Agregó Aramis alertando a Sara de los proyectos que seguirían a continuación.

— ¡Vuelvo enseguida! Replicó Sara con voz cortante y demostrando experiencia.

—Está un poco herido su orgullo con lo del helicóptero. Dijo Aramis viendo como Sara se alejaba de ellos hacia los matorrales de la selva con paso rápido.

—Tal vez el helicóptero la sorprendió orinando, tú sabes que esas cosas suceden. Replicó Néstor para a continuación estallar en carcajadas a las que se unió Aramis. Ambos se divertían a costa de Sara pero en realidad el trabajo por equipo en operaciones como aquella era fundamental para enfrentar a un enemigo dos veces superior que ellos en hombres y armamentos. Los golpes rápidos eran las únicas cosas que podían obtener resultados positivos en estas situaciones. Golpear al enemigo y no hacerle frente cuando este se repusiera para pelear, creando la incertidumbre entre la tropa y dejándoles saber que debían apuntarse al hecho como su primera derrota es algo que inducia al soldado a cometer errores al estar preso de una furia interna que no podía descargar sobre nadie.

—Te espero esta noche en casa para la carrera de Taipán. Dijo Noemi a Alfred cuando este bajó del auto Mercedes Benz en el parqueo de la Universidad para volver a las clases.

—No tengas dudas de que allí estaré. Dijo Alfred con una sonrisa y viendo como Noemi daba marcha a tras para salir del parqueo.

Cuando Alfred entró en el edificio de las cátedras de la Universidad iba silbando una tonadilla de la canción "Reyna del Caribe" de Billy Ocean. Al tiempo que avanzaba por el pasillo, el almuerzo con Noemi lo había cambiado por completo. Ahora se sentía seguro de lo que quería y buscaba, el amor y ese amor tenia el nombre de Noemi White.

—Pareces un hombre muy contento. Al menos se te ve lleno de felicidad. Dijo Ann desde un lateral del pasillo en donde hablaba con una alumna de su clase.
— ¡Eh! ¿Qué dices? Preguntó Alfred sorprendiéndose del inesperado comentario. Venia tan concentrada en sus pensamientos que no había visto que su jefa de cátedra hablaba con una alumna en el pasillo dándole la espalda a él.
—Que lo disfrutes tanto. Ya me tenias preocupada con eso de no quererte volver a casar, pero se ve que te has tomado tu tiempo para elegir. Te llevas un diez muchacho con tu elección. ¿Puedes decirme como se llama ella? Preguntó Ann con una verdadera sonrisa de agrado en el rostro, al compartir la felicidad de Alfred a quien quería como a un hijo.
—Noemi de la Rosa. Respondió Alfred al insomnio de la pregunta de Ann y ocultando el apellido de Noemi ante lo que podía desatarse al relacionar el apellido White con el Angel White.
—Sabes Alfred, juraría que la he visto en alguna parte, lo que no recuerdo de donde. Agregó Ann mirándolo con la frente ceñida por la interrogante y en busca de extraer alguna información sobre la mujer que se había enamorado el.
—Seguro que la has visto en las páginas de sociedad. Ha salido mucho en ellas. Respondió Alfred volviendo a echar a andar por el pasillo. Tenía el tiempo justo para

recoger el material de la clase en su escritorio y llegar al aula.

— ¡Egoísta!, ahora te lo reservas todo para ti. Gritó Ann a su espalda y a continuación estallo en una sonora carcajada, simpatizando con los secretos que se guardaba Alfred de su nuevo amor.

Sagitario descendió del árbol cuando solo faltaban unos minutos para que la noche se cerrara sobre él. Buscó unas rocas donde poder prepararse para el ataque decisivo contra Aurelio Santana. Sobre las rocas abrió el estuche de XZ-DR-3, primero montó la cerbatana acoplando los dos pequeños tubos de seis pulgadas cada uno, tomó el bulbo del veneno neuro paralizante, echó a partir del tabum un gas mortal utilizado en las bombas químicas, tomó una caja que contenía cuatro pequeños dardos del tipo avispa, que se llamaban de esta manera por su forma alargada y pintados con toda la apariencia a una avispa amarillo y negro. Esto no era una simple coincidencia. Los expertos en este tipo de armas sabían que los humanos lanzan manotazos a las avispas cuando estas rodean su cuerpo o se posan sobre ellos. Si el tirador fallaba el tiro y el dardo quedaba colgado de la ropa, no había dudas de que el objetivo se sacudiría de e lanzándole un manotazo, acción que le costaría la vida.

Sagitario cargó los cuatro dardos y uno a uno los fue devolviendo a la caja con sumo cuidado. A continuación tomó el polvo de reactivar su energía, lo contempló por unos segundos. Aunque detestaba usar aquello que era en realidad como una droga, no podía vivir a espaldas de la realidad. Era fundamental duplicar la fuerza del cuerpo cuando la situación lo requería y esta lo era. Aurelio Santana tenía que morir. Sagitario tomó en sus manos la pequeña jeringuilla que no sobre pasaba el grosor de una pluma de escribir, cargándola con varios miligramos del liquido, se buscó la vena de sobre el puño de la mano izquierda, después de insertar la aguja en la vena, empujó el embolo de la jeringuilla sin dudarlo un segundo. Cuando el líquido entró en el torrente sanguíneo del cuerpo de Sagitario dio una reacción como si miles de filosas púas quisieran salirse por los poros de la piel, todas al mismo tiempo. Frente a sus ojos estallaron miles de luciérnagas con luces blanco incandescente haciendo perder la visión de el por unos segundos. Simultáneamente, Sagitario apretó sus dientes con todas sus fuerzas, hasta que las venas de la frente se marcaban bajo su piel, como si estuvieran a punto de estallar. La primera reacción del cuerpo pasó y aflojó el tranque de su mandíbula.

— ¡Aurelio Santana ahora estas muerto! Dijo Sagitario con una voz brutal y volviendo la cabeza hacia el lugar en donde se encontraba el Señor Santana con los hombres.

Sagitario se untó un betún negro verdoso en la cara para cubrir el brillo de esta. Comprobó el fusil calibre veintidós con mira telescópica y silenciador dejándolo listo para disparar a continuación el M-16 y el SAM-7. Así emprendió la marcha por dentro de las malezas de la selva. Cuando Sagitario entro en la zona del refugio, hacia una hora que era de noche. Se desplazaba a rastras como un lagarto acechando a la presa. Se acercó al primer hombre de Aurelio Santana y la operación de acercamiento duró casi media hora. Romper el cerco era la tarea más difícil de todas. Sagitario miró la posición del hombre tras unas rocas, con el fusil apuntó para disparar sobre cualquier cosa que se moviera dentro de la selva y siguió su avance buscando la posición lateral del hombre. Cuando lo tuvo a su alcance, introdujo el dardo en la cerbatana y llevándolo a la boca apuntó y disparó.

— ¡Malditos bichos de mierda! Dijo el hombre dando un pesado manotazo sobre el costado del cuello en donde se le había clavado el dardo. Trató de decir algo más pero ninguna de sus facultades le respondieron a sus esfuerzos. La lengua le saltaba como una rana dentro de la boca, sin poder articular palabra alguna. Todas sus extremidades se habían vuelto tan rígidas y pesaban una tonelada para moverlas. Cayó al suelo de lado y sintió que alguien lo estaba volviendo boca arriba. Se esforzó por ver sobre la nube que le empañaba la visión y vio al diablo vestido de negro, que le sonreía con los ojos lanzando llamas. No, pensó, no me puedes llevar. Ahora se abría una luz del lado opuesto a donde estaba el diablo, el paraíso, si allí estaba el paraíso para el y el diablo no lo podría alcanzar en su viaje de muerte hacia la eternidad. Sagitario volvió el cuerpo para recoger el dardo y devolverlo al estuche. El hombre le devolvió la mirada vidriosa de los efectos de la neuro parálisis que le había causado el veneno del dardo para el cual no había antídoto sobre la tierra.

Sagitario continuó su avance hacia dentro de la trampa que le había tendido Aurelio Santana. En unos minutos pudo ver de dentro de las malezas de la selva, que todos los refugios habían sido descubiertos. Cuatro hombres se agrupaban alrededor del armamento esparcido por el suelo. Sagitario no podía reconocer cual de ellos era Aurelio Santana, por la distancia y la oscuridad de la noche. Tampoco podía aventurarse hacia la ladera porque no abundaban las malezas en ella. Entonces fue cambiando de posición para rodear el grupo, cuando el brillo de algo entre el armamento le llamó la atención.

— ¡Jaque Mate! Dijo Sagitario con suavidad, acababa de hallar una solución a su problema. Levantó el fusil del calibre veintidós hacia la granada de mortero que relumbraba en la noche con especial encanto. Apretó el gatillo del fusil que escupió el proyectil en completo silencio, dando de lleno sobre el percusor de la granada de mortero de ochenta y dos milímetros. Los cuatro hombres sintieron el impacto de la bala contra el percusor de la granada. Sin comprender de que se trataba, reaccionaron atolondrados y con lentitud cuando la granada dentro del grupo empezó a dar vueltas en todas direcciones con el propulsor activado.

— ¡Corran que va a explotar! Gritó uno de los hombres al tiempo que echaba a correr en dirección hacia las malezas de la selva, pero nunca llegó a ella. La explosión lo alcanzó a solo quince metros de ella haciéndolo saltar por el aire unos cinco metros, al tiempo que miles de metrallas se le incrustaban en el cuerpo a causa de la explosión de la granada. Los otros tres hombres desaparecieron de la vista de Sagitario envueltos en la bola de fuego de la explosión de la granada. A continuación el lugar se convirtió en un verdadero infierno. Por el suelo daban vuelta todas las granadas de mortero como locas con el propulsor encendido sin tener dirección ni guía para donde coger. Las explosiones fueron simultaneas una de las otras causando un ruido ensordecedor y poniendo el lugar como plena luz del día. Dentro de la selva se desató otro infierno, los fusiles AK-47 empezaron a disparar con su sonido a ráfaga tan peculiar.

—Disparan en todas direcciones. Se dijo Sagitario.

— ¡Por aquí señor Aurelio! Tenemos que salir de este lugar o nos caerán arriba los morteros. Gritó una voz dentro de las malezas, mas allá de donde había sido la explosión, en el pequeño bosquecillo en donde se habían refugiado Sagitario y sus amigos durante el día y desde donde podían ver todo lo que se acercara a la ladera con claridad.

— ¡Maldición! Rugió Sagitario al oír lo que acababan de decir, miró en varias direcciones. Ahora los disparos de fusiles se concentraban hacia la selva. Los muchachos se habían retirado y cubrían la retirada de Aurelio Santana. Sagitario vio como dos siluetas de hombres aparecían en el claro que daba a la ladera de la montaña. Esto le hizo pensar que aún no se habían dado cuenta de lo que había pasado en realidad. Las dos siluetas permanecieron en el borde de las malezas por unos minutos para a continuación salir hacia la ladera de la montaña, con el fusil presto a disparar a cualquier cosa que se moviera dentro de la selva.

—Estos comemierdas picaron el percutor de una de las granadas de mortero. Dijo uno de los hombres después de analizar el terreno, encontrando restos humanos esparcidos por donde quiera.

—Este tuvo que haber sido Padrón. Cuando lo sacamos del hueco lo tuve que regañar varias veces, porque lanzo las granadas hacia afuera sin que las sujetara nadie. Agregó el hombre con verdadero pesar por los hechos, ya que habían perdido cuatro hombres a causa de las estúpidas de ellos.

—Voy a avisarle al señor Aurelio sobre lo sucedido. Dijo el otro hombre dando media vuelta y encaminarse en dirección hacia el montecito que había un poco más arriba de la ladera de la montaña.

Sagitario desde su posición pudo oír retazos de la conversación ya que de vez en cuando sonaba un disparo en la selva y el ruido ahogaba las palabras.

Sara volvió a la carrera junto a Néstor y Aramis cuando oyó las explosiones a lo lejos. Aramis había curado a Néstor y le había tenido que coser la herida. El proyectil del fusil de cincuenta lo había rosado por sobre la rodilla, a mitad del muslo de la pierna derecha haciéndole una herida de casi cuatro pulgadas de largo por una de ancho.

— ¡Oye!, vas a tenerle que poner algo a San Lázaro, es la segunda ves que te hieren en la pierna. Dijo Aramis dando por concluida la labor de medico cirujano que había hecho en la pierna de Néstor.

— ¡Bah!, la primera vez fue en Angola en el mil novecientos ochenta y nueve, hace veinte años de eso y te empiezas a poner supersticioso. Respondió Néstor que bajó los pies del viejo camastro en que estaba acostado quedándose sentado en él. Tomó en sus manos el pantalón del mono negro que llevaba puesto bajo el traje de las correas cuando empezó a ponérselo agregó: El problema es que si le pongo algo a San Lázaro cabe la posibilidad de que dirija los proyectiles hacia mi cabeza o mí estomago y eso si seria un verdadero problema. ¿No crees?

—No lo creo, el mundo se vería libre de una pesadilla como tu. Respondió Aramis con marcada calma en su voz y con cierto tono burlón en el rostro, se volvió hacia Sara.

—Se oyeron un montón de explosiones hacia el lugar de nuestro refugio. Pude contar como seis, pero creo que fueron más. Dijo Sara haciendo una pausa al ver que Aramis continuaba apacible a toda la información que ella le estaba dando. —Estoy segura de que fueron nuestras granadas las que explotaron allí. ¿Es que no piensas hacer nada? Preguntó Sara algo irritada por el comportamiento indiferente de Aramis.

—No veo que pueda hacer nada nena, los hombres de Aurelio Santana no tienen morteros para disparar esas granadas y por lo que puedo deducir, Sagitario se las arregló para hacérselas estallar en las manos a ellos. Así

es nuestro amiguito de impredecible. Respondió Aramis
con una sonrisa en los labios, para a continuación apagar
el viejo farol que cargaba de la pared junto a la cama
donde había curado a Néstor.
—Vamos a ponernos en marcha hacia el aeropuerto
clandestino, allí esperamos a Sagitario. Acabó de decir
Aramis tendiendo su brazo derecho por debajo de los
hombros de Néstor para ayudarlo a salir de la casa.

Sagitario miró su reloj pulsera, tres horas para que el avión
de Luis Soler sobre volara el aeropuerto clandestino. Ese
era el punto de recogida que habían acordado para salir
de Colombia con rumbo a Ecuador, donde los esperaba el
Cessna 750, para llevarlos en vuelo directo hacia Miami,
en Florida. Sagitario volvió su atención a la ladera de
la montaña. Ahora habían aparecido dos hombres más
junto al que había salido a buscar a Aurelio Santana.
Todos llevaban AK-47 en las manos y se cubrían la cabeza
con una gorra provista de orejeras. Sagitario levantó el
fusil de calibre veintidós con silenciador hacia el lugar en
donde avanzaban los tres hombres al encuentro del otro
que se encontraba de guardia en el centro de la ladera de
la montaña. En cuanto lograra definir cual de ellos era
Aurelio Santana, apretaría el gatillo.

— ¿Estas seguro que fue un error de estos estúpidos?
Preguntó Dionisio llevando la voz cantante como jefe del
grupo. Con la muerte de Álvaro quien mejor lo secundaba
era él, nadie podía discutir su posición.
— ¡Si Dionisio!, desde la selva no nos han respondido
con un solo disparo. Estos estúpidos hacían algo con las
granadas y por accidente hicieron detonar una de ellas,
desatando un verdegal sobre las demás granadas con la
explosión.

Desde las malezas de la selva, Sagitario oyó como el hombre le decía el nombre a su interlocutor identificando. Ahora Sagitario podía definir quien era Aurelio Santana. Giró el cañón del fusil hacia el hombre que a espaldas del mencionado Dionisio seguía toda la conversación de sus dos hombres en silencio. Sagitario desde su posición solo podía ver la cabeza de Aurelio Santana por sobre el hombro izquierdo de el tal Dionisio. Seria un disparo arriesgado, ya que un movimiento inesperado de Dionisio podía entorpecer la trayectoria del proyectil cubriendo la cabeza de Aurelio Santana. Sagitario oyó un murmullo de voces a su espalda. Acababan de descubrir el cadáver del hombre aniquilado por el con el dardo envenenado. Ahora el tiempo empezaba a correr cronometrado.

Sagitario apretó el gatillo del fusil en el mismo momento en que Dionisio se volvía hacia Aurelio, por la izquierda, frente a Sagitario, para ver como debajo de la visera de la gorra de Aurelio aparecía un punto negro y este echaba la cabeza hacia atrás. Con los ojos tan abierto que parecían salírseles de dentro de sus orbitas, Dionisio dio un paso hacia delante y con una rapidez de acto reflejo sujetó el cuerpo de Aurelio Santana. La última cabeza del Dragón del Zar de la Droga acababa de morir a manos del mejor ejecutor del mundo. Todas las cosas y los esfuerzos llegan a ser en vano, si no se mantiene una línea que fuerza la razón de la hombría y la dignidad. Aurelio Santana moría a causa de la traición que marcaron sus acciones contra Mauricio Palmieri. El traidor de este mundo nunca puede olvidar que un enemigo lo acecha desde la oscuridad y esperará la oportunidad que cobrará el precio de la muerte.

CAPITULO XX

"EL MEJOR EJECUTOR"

Alfred y Anita Mallory fueron recibidos por Noemi en la puerta de la mansion de esta. Alfred había estado dando las clases de la tarde con verdadero entusiasmo. Todos sus alumnos hacían comentarios a espaldas de el ya que se veía su cambio de personalidad a causa de su nueva relación sentimental. Noemi por otro lado se sentía igual. Ahora sabía que de seguro se iba a alejar de muchas cosas de su pasado del cual había sido esclava por muchos años.

—Ya sabes donde Taipán arma sus guerras, así que no te detengas. Ya conoces el camino. Le dijo Noemi a Anita haciendo referencia a la pista de carreras para autos a control remoto de su hijo Taipán.
La niña con una sonrisa de complicidad en el rostro dedico una mirada a los ojos de Noemi. A continuación echó a andar hacia las puertas traseras de la mansion que daban al jardín trasero, donde Taipán había construido la pista de carreras.

—Creo que debo mostrarte la mansion. Dijo Noemi buscando los ojos de Alfred, que brillaban con intensidad cuando las miradas de ambos se encontraron. ¡Vamos! Agregó ella colgándose del brazo izquierdo de Alfred.

Juntos echaron a andar hacia las escaleras que conducían a la segunda planta de la mansion. Noemi codicia a Alfred cuando este se detuvo de golpe al pie de las escaleras dobles que ascendían hacia cada ala de la planta alta de la mansion.

—No me has explicado la historia de ellos. Dijo Alfred señalando las tres armaduras medievales que hacían guardia al pie de las escaleras.

—Esta casa tiene muchas cosas más importantes que mostrar que estos hombres de latón. Dijo Noemi desde el tercer escalón de la escalera, donde se había detenido y vuelto hacia Alfred al ver que el no la seguía. Los ojos de Noemi brillaban a causa de la insinuación de sus palabras dichas con doble sentido.

Alfred pasó la mirada a ambos lados de la sala para cerciorarse de que nadie estuviera oyendo la conversación que ambos sostenían.

—Luchas por tu felicidad que tanto mereces y yo te voy a corresponder con un amor incondicional del cual no tendrás duda jamás. Dijo Alfred para a continuación reunirse en el escalón junto a Noemi a quien tomo por la cintura atrayéndola hacia él. Ella echó la cabeza hacia a tras y separo los labios en espera de un beso que consolidaría la relación que acababa de nacer.

Ambos se fundieron en un beso olvidando todo lo que ocurría a su alrededor, sabiendo que el amor viaja por el alma de los seres humanos con una nueva y renovada energía, haciéndonos volver al punto de nuestra juventud donde un beso dado por amor era mas importante que todas las palabras de acusación que pudieran decir aquellas personas que nos rodean. El amor simplemente nos devuelve a los tiempos en que nunca queremos olvidar. Ese lugar de nuestras vidas en que hemos sido felices, a pesar de todos los contratiempos y dificultades, si el amor es verdadero prevalece sustentado por la fuerza del alma.

Después de eliminar a Aurelio, Sagitario dio por concluida su misión, abandonó su posición en los primeros segundos de la confusión que había causado la muerte de Aurelio Santana sobre sus hombres. Esta vez no necesitó romper el cerco de la emboscada, porque los hombres de Aurelio habían abandonado sus posiciones a causa de las explosiones de las granadas de mortero.

— ¡Todos detrás de él, no puede escapar de aquí con vida! Gritó Dionisio con todas sus fuerzas a todos los hombres que aún continuaban dentro de la selva, después de tender el cadáver de Aurelio Santana en el suelo.

Sagitario se detuvo de golpe al oír aquellas palabras, se refugió detrás de un árbol donde cargó la cerbatana con otro dardo. Por delante de él oyó varios ruidos de hombres moviéndose con rapidez, querían cerrarle el paso.

—Bueno ustedes se lo han buscado, pensó Sagitario desconectando del taje de las correas una de las granadas de mano F-1 de fragmentación. Soltó una de las correas del taje con un cierto parecido a un cordón de zapatos. Quitó el seguro de la granada hasta el ultimo punto mismo amarro el cordón a la anilla, colocó la granada dentro de las raíces al pie del árbol, extendiendo el cordón en toda su extensión atravesando en medio del corredor echo por la naturaleza dentro de las malezas de la selva. Acababa de fabricar una mina antipersonal en solo cincuenta y dos segundos. Después, echo a andar con cuidado en dirección a donde se encontraba el hombre que había dado aquellas órdenes, volviendo sobre sus pasos enrosco la fuente de energía al SAM-7. Tomando posición espero dentro de las malezas los movimientos de los hombres de Aurelio Santana en su búsqueda. La explosión de la granada convertida en mina antipersonal por Sagitario no tardó en dejarse oír, retumbando con un sonido seco dentro de los arboles. Sagitario pudo ver la bola de fuego rojiza que despidió la granada con la explosión por dentro de los arboles, oyó varios gritos de cuidado y a continuación se desató un vendaval de disparos de AK-47, en todas direcciones.

—Dos hombres mas ha caído Dionisio, tenemos que salir de aquí o esa maldita maquina nos va a liquidar a todos. Dijo uno de los hombres de Aurelio Santana a Dionisio.

— ¿Que estas insinuando cobarde? Gritó Dionisio preso de una furia incontrolable y agarrando al hombre que había hablado por la camisa y retorciéndola con fuerza volvió a decir: De aquí no sale nadie hasta que eliminemos a ese hijo de puta. ¿Queda claro lo que acabo de decir?

Ninguno de los hombres que acompañaban a Dionisio replicó a las palabras que este acababa de decir, pero en sus miradas se podía ver el miedo que reflejaban sus ojos. Casi podían ver la muerte llegándole de cualquier dirección.

Las cosas con Sagitario funcionaban de muy distinta manera a las guerras normales. Sagitario solo atacaba cuando las condiciones estaban dadas y el resultado daba un efecto deseado.

Ellos habían estado bajo la mira del fusil cuando eliminó a Aurelio Santana y sin embargo Sagitario no había hecho un tiro sincrónico sobre ellos para eliminar a dos más. El hecho les había dejado claro que el solo buscaba la muerte de Aurelio Santana. Y si ya estaba muerto no había sentido alguno ir tras Sagitario en busca de una muerte casi segura.

— ¿Cuantos crees que queden de nosotros regados aquí dentro de la selva? Preguntó Dionisio volviendo a recuperar la calma, para dirigir el control sobre sus hombres, porque fuera de control solo iba a conseguir una muerte segura a manos de sus propios hombres.

—Por lo que calculó, quedamos ocho, si no es que los demás han puesto pies en polvorosa de aquí. Respondió el hombre ahora arrepentido de no haber tomado la decisión de huir cuando se topó con los dos cadáveres despedazados a causa de la explosión de una granando lanzada por Sagitario.

—Nos vamos a regar en un peine para revisar el lugar palmo a palmo, quiero los ojos bien abiertos y atentos a todo lo que se mueva dentro de esta selva. Dijo Dionisio a sus hombres con voz exigente para ver como todos se desplazaban por dentro de las malezas de la selva, quedando separados unos de otros a unos escasos quince metros, pero aún así el esfuerzo era inefectivo. La vegetación de las selvas Colombianas es tan tupida que a solo unos metros de distancia se pueden perder la visión de cualquier objetivo. Los hombres junto a Dionisio se habían formado dentro de aquellas selvas y no tenían miedo de avanzar por dentro de ellas, pero no tenían dudas de que Sagitario dominaba aquel ambiente a la perfección y podía convertir la selva en un arma muy eficaz.

Aramis, Néstor y Sara se encontraban próximos al aeropuerto cuando oyeron la explosión de la granada que Sagitario había convertido en una mina antipersonal, para a continuación oír los disparos con un murmullo apagado casi inaudible a causa de la distancia.

—Le quedan tres horas. Dijo Aramis mirando su reloj. El piloto Luis Soler sobre volaría la zona a las doce de la noche con exactitud. Después de las señas acordadas con la linterna laser de color rojo, lanzaría un pequeño paracaídas con las baterías y las luces para el aeropuerto clandestino. A partir de ahí, cuarenta y cinco minutos seria suficiente para el aterrizaje y despegue del DC-4.

— ¿No crees que deberíamos ir en su ayuda? ¿Tal vez está en apuros? Volvió a preguntar Sara algo preocupada por la situación de Sagitario y la superioridad de hombres contra el.

Aramis sonrió a Sara antes de decir:

—Sara, Sagitario es un caso especial de dedicación a la preparación de la ejecución profesional, el sabe que ni Néstor ni yo estamos a la altura de hace diez años atrás, se acabó para nosotros. La edad junto al tiempo no perdona, pero él nació con eso en la sangre. Cuando supe que aún podía correr las veinte millas en tres horas, comprendí que aún estaba en plena forma a pesar de su edad. Aramis hizo una pausa para agregar con una sonrisa colgando de sus labios. Es Cierto que lo estamos apoyando, pero en realidad no nos prohibió venir para no herirnos en nuestro orgullo, como en los viejos tiempos. ¿Verdad que sí Néstor? (Y que no lo digas si no nos montamos rápido en el barco nos deja mi querida amiguita.) Replicó Néstor confirmando las palabras de Aramis.

— ¿Están seguros de lo que dicen? Preguntó Sara aún con cierta duda en las palabras de Néstor y Aramis.

—Claro que sí Sara. Dijo Néstor poniendo cara de fastidio por el hecho de que no creyeran en sus palabras.

—Míralo de esta forma Sara, aquí solo había que eliminar a Aurelio Santana y cayendo él toda su cuadrilla se dispersaría hacia otros grupos. El podía entrar y eliminar a Aurelio Santana sin nuestra ayuda, pero Aramis y yo descubrimos sus planes y no tuvo manera de darnos el esquinazo. ¿Lo entiendes ahora?

— ¡Sí! Reconoció Sara al final las palabras de Néstor quedando pensativa ante la manera de actuar de Sagitario. La mayoría de los ejecutores trabajaban por una causa o por dinero como ella, pero nunca había oído hablar de nadie que practicara el oficio como un medio de recreación o juego de muerte, no podía entender muchas cosas de Sagitario.

—Los desafíos, la aventura y el hecho de crear una leyenda, son muchas veces los motivos que mueven al hombre a desafiar a los demás, para probar las fuerzas sobre un ring de boxeo, una pista de carrera, etcétera. En todos los casos se necesita un entrenamiento o preparación. En el choque se decide quien es el mejor. Dijo Aramis para dar por concluida todas las especulaciones sobre Sagitario. A continuación volvió a abrir la marcha hacia el aeropuerto ayudando a caminar a Néstor.

Sagitario se arrastro con lentitud hacia el borde de la ladera de la montaña, desde allí podía ver toda la planicie sin vegetación de la ladera. Después de estar unos minutos allí miró el SAM-7 y un plan se forjó en su cabeza en cuestiones de segundos.

—Asunto resuelto. Se dijo en voz baja. Tomó una de las cuatro granadas de fragmentación F-1 que le colgaban del pecho. Sin dudar un segundo le quitó el seguro al detonador y la lanzó hacia el lugar en que se encontraban Dionisio y sus hombres peinando la zona. Detrás de la explosión de la granada se volvió a desatar un tiroteo que duró por varios minutos. Sagitario sonrió, no tenia dudas de que los muchachos estaban nerviosos y volvió a cambiar de posición buscando un claro entre las malezas de la selva. Si el plan le daba resultados necesitaba disparar el SAM-7 desde un lugar que no hubiera la posibilidad de que chocara con las ramas. La cabeza del SAM-7 es de cristal con un radar bien sensible dentro, capas de captar la energía de calor que desprende un cigarro normal a seis pulgadas de él. Ya pasaron cinco minutos de la explosión de la granada. Sagitario se puso alerta, bajó el seguro del SAM-7 hasta la posición de disparo mecánico, quedó pendiente de todos los ruidos que producía la selva en su estado natural.

— ¿Dionisio has visto algo? Gritó una voz desde el otro lado de la ladera de la montaña, que no obtuvo respuesta del mencionado.

Sagitario sonrió ante el hecho, levantó el fusil con silenciador, apunto hacia el lugar desde donde había provenido la voz y disparó dos veces. Unos minutos después la respuesta no se hizo esperar, el AK-47 sonaba en ráfagas cortas hacia diferentes direcciones. A solo unos metros de Sagitario apareció una silueta de un hombre. Sagitario la observo por unos segundos sin mover un solo musculo del cuerpo. La silueta se movió con lentitud hacia el pequeño claro de la selva desde donde él había pensado disparar el SAM-7. Sin alejar la mano del cuerpo ni hacer movimientos bruscos, llevó la cerbatana a la boca. Unos segundos después lanzó el dardo con su carga fulminante de veneno. Sagitario oyó como el hombre se daba un manotazo en el muslo de su pierna izquierda, lanzaba una maldición por lo baca, a penas entendible y caer sobre el suelo, donde después de mover las manos por unos segundos, quedó quieto con las manos aferradas a la vegetación.

—Mala suerte esa. Dijo Sagitario entre dientes y para él mismo. Inmediatamente después volvió a concentrar toda su atención en el plan que llevaba a cabo. No tenia dudas de que aquel era uno de los hombres que acompañaba al tal Dionisio.

Dionisio desde su posición observaba la ladera de la montaña, sabia que aquello era un juego de fuerzas entre el y Sagitario.

—No ha vuelto el hombre que salió hace unos minutos, lo cual puede ser que Sagitario se lo cargo. Dijo Dionisio a los dos hombres que continuaban junto a él.
—No estés tan seguro de eso, puede ser que a estas horas este saliendo de algún camino de la selva para huir de aquí, como alma que lleva el diablo. Replicó uno de los hombres junto a Dionisio.

Una vez mas mirando al reloj, Sagitario pensó que tenia que hacer algo o de lo contrario no podría llegar a tiempo al aeropuerto clandestino. Miró al hombre caído en el suelo, para encontrar la solución al problema. Avanzó hacia él y tomó el AK-47 en sus manos, preparándose para la sincronía de movimientos que tenia que hacer, abrió fuego con ella a ráfagas cortas hacia la maleza y en varias direcciones. ¡Ahí va Dionisio!, va rumbo a donde tú es. . . Gritó Sagitario, dejando caer el fusil AK-47 al suelo con un golpe seco que se oyó con claridad en la selva y cayendo al suelo agarró el SAM-7 para usarlo con rapidez.

Dionisio y los dos hombres que estaban junto a él abrieron fuego en la dirección de donde le había llegado la voz de aviso. Sobre Sagitario pasó una lluvia de proyectiles, que de no haber tenido como refugio frente a él un tronco de árbol se abría visto en apuros ante la enorme balacera.

— ¡Jack Mate! Gritó Sagitario, que después de calmarse el tiroteo saltó fuera del claro de la selva con el SAM-7 sobre su hombro derecho, apuntó al lugar donde provenían los disparos y apretó el disparador del SAM-7. El misil salió desde dentro del tubo con un salto de unos veinte metros, cayendo en el borde de la ladera de la montaña y el comienzo de la selva. La explosión al encender su segundo motor se dejó oír en toda la selva. Con un golpe seco el misil dio un pequeño giro, describiendo una curva, entró en la selva, donde explotó con una enorme bola de fuego de color lila incandescente, envolviendo unos cincuenta metros cuadrados de la selva y quemando vivos a Dionisio y sus dos hombres, que apenas tuvieron tiempo de reaccionar ante la explosión que los envolvió con una rapidez increíble. Sagitario se puso de pie y miró hacia el lugar en donde las llamas aún devoraban las malezas de la selva, volvió la cabeza hacia el otro lado de la ladera de la montaña. A continuación echó a andar dentro del humo que lo envolvía todo. No se topó con nadie más en la selva. La operación de cortar la ultima cabeza al Zar de la Droga ya había concluido, como también su carrera como ejecutor. Ahora su esposa Jackelin exigía el retiro de aquella vida. Tal vez no seria nada mal volver a la finca de Australia por una temporada junto a ella y reafirmar tanto el amor como el tiempo de sus vidas que habían perdido en los últimos diez años.

—Rico, hemos perdido un jeep con dos hombres tratando de entrar a la finca de Aurelio Santana. Dijo uno de los guarda espaldas de Enrique Benítez (el rival de Aurelio Santana.)
—Mañana todo aquello será un hervidero de la policía y la D.E.A. Nos encontramos con una de las criadas de la finca que venia en busca de ayuda por la carretera. Hay muchos heridos pero la mayoría de la gente está muerta y la finca está en el suelo.
— ¿Entonces no hay dudas de que Sagitario cumplió con su parte del trato? Preguntó Rico formulando la idea de

los planes que tendría que llevar a continuación para observar el cartel de Aurelio Santana.

—Nadie sabe nada de Aurelio, la muchacha lo vio partir por la mañana de la finca con todos sus hombres y no han vuelto a regresar desde entonces.

—Quiero que corras la información de la caída de Aurelio Santana. Si los grupos no aceptan la unión con nosotros, atácalos y destrúyelos. Dijo Rico haciendo una pausa con una sonrisa de satisfacción en el rostro y agregó: No olviden de preparar el embarque para cuando llegue el Delfín de Sagitario. Negocios son negocios, no lo olviden. Concluyó de decir Rico estallando en una sonora carcajada.

El DC-4 de Luis Soler dio el primer paso volando a baja altura, captó las señales del lazer de Aramis que le hacia desde la tierra, dio la vuelta a la redonda y en el segundo pase dejó caer la extensión eléctrica con las luces para la pista de aterrizaje. Sara y Aramis extendieron el cable a todo lo largo de la pista y Néstor conectó la batería a la extensión para ver como aparecían dos líneas de luces a todo lo largo del aeropuerto clandestino. El DC-4 entró en la pista a poca velocidad, pasándose con suavidad sobre el terreno para detenerse al final de la pista donde hizo un giro en "U" quedando otra vez de frente a la pista. Con una marcha lenta volvió al otro lado, deteniéndose junto a donde esperaban Néstor, Aramis y Sara. Después de apagar los motores el piloto Luis Soler descendió a tierra saludando a todos con un estrechón de manos.

— ¿Dónde está Sagitario? Preguntó intrigado al no verlo junto a ellos. Eran grandes amigos desde la época que Sagitario se había declarado el signo de la guerra desafiando a las familias de la mafia de New York.

—No debe tardar en llegar, él es muy puntual para estas cosas. Respondió Aramis con una sincera sonrisa en los labios. ¿Nunca cambias el avión?

— ¿Cómo puedes creer que yo pueda hacer una cosa así a Lucy? Ella y yo nos casamos para toda la vida, hasta que la muerte nos separe. Agregó Luis Soler volviéndose hacia el DC-4 que relucía en la noche como si fuera nuevo, al cual le había dado el nombre de Lucy. Porque cuando lo compró llevaba este nombre grabado con una cuchilla sobre el tablero de mandos. Nunca pudo saber a que dueño del avión o piloto pertenecía el nombre de "Lucy" y el se lo había quedado para denominar con cariño al avión ya que su pasión como piloto lo había llevado a combatir como un verdadero profesional en este tipo de aviones.

—Cada año me gasto unos cuantos miles en ponerle nuevo todo lo que necesita, por eso luce como nuevo. Terminó de decir Luis Soler, sintiéndose orgulloso de su avión.

A espalda de ellos y dentro de las malezas Sagitario contempló el avión con una sonrisa. No tenia dudas de la puntualidad de Luis Soler. Caminó despacio por dentro de las malezas de la selva hasta situarse justo detrás de la cola del avión. Se tendió en el suelo y a rastras llegó hasta debajo de la panza del avión. Desde allí podía ver como Luis Soler sostenía una animada conversación con Aramis en lo que Néstor y Sara pasaban la mirada constantemente hacia la selva en espera de la llegada de Sagitario. Este con un rápido salto, entró en la cabina hacia la pizarra de mandos, se dejó caer en el asiento del piloto. Apenas aguantando la risa, puso en marcha el motor y solo lamentaba no poder ver las caras de sus amigos cuando oyeran que el motor del avión se ponía en marcha, sin saber quien lo había hecho. Luis dio un salto cuando el motor arrancó sin un fallo, se volvió hacia su avión con el rostro pálido por la sorpresa.

—Ahí lo tienes haciendo de las suyas. Dijo Aramis con una amplia sonrisa en el rostro y sabiendo que no podía ser otro que Sagitario el que había puesto el motor del avión en marcha.
— ¡Vaya!, que me ha dado un susto de muerte, creí que se trataba de otra cosa. Replicó Luis Soler reponiéndose de la impresión con una sonrisa.
Todos se encaminaron hacia el avión con paso rápido y lo abordaron uno detrás de otros empezando por Luis y cerrando la marcha con Aramis, que pasó la mirada alrededor de las selvas Colombianas, sabiendo que tal vez nunca más tendría que volver por aquellos lugares en una operación como la que habían llevado a cabo.
—Pensé que habían decidido quedarse en Colombia. Dijo Sagitario con una sonrisa y volviéndose hacia sus amigos en el fuselaje del avión que buscaban acomodarse lo mejor posible para el viaje a Ecuador que duraría varias horas, donde a continuación tomarían el Cessna de Mauricio que los llevaría en vuelo directo a Miami en la Florida.

En el apartamento de Jackelin en Miami Beach, el teléfono sobre la mesa del comedor empezó a sonar. Ella se volvió, dejando de contemplar el Océano Atlántico como hacía cada noche antes de irse a la cama, para ver como su hijo Jackniel levantaba el auricular llevándolo a la cara. Jackniel habló por unos segundos con la oreja pegada al auricular y sonriendo de vez en cuando.

—Es papá, todo ha salido bien, solo Néstor está herido y no es de gravedad. Dijo Jackniel con una sonrisa y extendiendo el teléfono hacia Jackelin.

— ¿Cómo has estado? Fueron las primeras palabras de Sagitario para la única mujer que amaba de verdad y a quien había jurado en más de una ocasión poner fin a su carrera como ejecutor.

—Creo que a todo uno se adapta. Ya es mucho tiempo. ¿No te parece? Contestó ella sin muchos preámbulos. Quería oír una decisión de una vez y por todas, esperaba cambiar el rumbo de su vida con un giro de noventa grados.

— ¡Se acabó!, esta va a ser mi última operación. ¿Sigues pensando que un tiempo por Australia nos vendría bien a los tres? Replicó Sagitario sabiendo cual sería la respuesta a su propuesta.

—Sí, creo que es lo mejor para los tres.

—Pues dalo por hecho. Nos iremos en cuanto dejemos todo arreglado por aquí. Te veo dentro de unas horas. Terminó diciendo Sagitario dando por concluida la conversación.

En New York, Noemi y Alfred habían hecho el amor con una lujuria sedienta, como sucede con las parejas que se desean en silencio por mucho tiempo y cuando llega el momento de hacer el amor ambos se entregan decididos a saciar sus deseos en el cuerpo del otro.

— ¡Vamos! Nuestros hijos ya deben estar acabando con sus carreras de autos. Dijo Noemi saliendo de la cama como Dios la trajo al mundo.

Alfred la contempló así desnuda mientras ella se ponía la ropa con especial cuidado.

—Te juro que solo los niños me detienen para no seguir aquí mirándote toda la vida, me pareces perfecta. Dijo Alfred desde sobre la cama aun cubierto por una sabana hasta la mitad del vientre.

—No te preocupes lo podemos arreglar para que pases la noche aquí. Te aseguro que a Taipán le va a encantar la idea de que Anita se quede aquí esta noche, al igual que a mí. Replicó Noemi mostrando una seductora sonrisa en el rostro.

— ¿Te quieres casar conmigo? Preguntó Alfred tan de golpe, que la pregunta dejó tan sorprendida a Noemi que por unos segundos no supo que responder.

— ¿Lo dices en serio? Preguntó ella pensando que todo podía ser en broma.

—Más en serio no puede ser. Sé perfectamente cuando quiero algo y cuando puedo amar sin condición con amor de verdad y ese eres tú. Contigo he perdido el miedo a fracasar porque junto a tú no dejaré de luchar para encontrar en nuestras vidas la felicidad.

—Entonces no hay escapatoria, ¿Verdad?

—No, no la hay. Replicó Alfred desde la cama mirando a los ojos de Noemi que brillaban con intensidad a causa de todas las emociones que ella sentía en su interior.

—Acepto casarme contigo, si no dejas de besarme como lo has echo esta noche., replicó Noemi con una seductora sonrisa en sus labios y viendo como Alfred saltaba de la cama, loco de alegría y en total desnudes para correr hacia ella y fundirse ambos en un apasionado beso.

En el Cessna 750 quedaban veinte minutos para aterrizar en Miami con vuelo desde Ecuador.

— ¿Niel, entonces el hombre es un tipo de los llamados Santos? Preguntó Sagitario a Niel el detective privado sobre la situación de Noemi. Después de lo Paolo, Sagitario había encargado a Niel que siguiera cerca a Noemi por motivos de seguridad tanto de su hijo como por ella misma.

—Como se lo digo señor Sagitario, ese hombre no tiene mas historia que un matrimonio fallido que dejo una hija y su trabajo como profesor de Ciencias Sociales de la Universidad.

— ¡Perfecto! Es lo que ella necesitaba, mantente por allí un mes más para que me tengas al tanto de como va todo. Mañana entra un buen depósito a tu cuenta y gracias por todo. Dijo Sagitario para dar por terminada la conversación telefónica desde su móvil con Niel. Ahora estaba seguro que todo con respecto a Noemi marcharía a pedir de boca. Nada menos que un maestro, pensó Sagitario, bien satisfecho con la elección de Noemi.

Sagitario estaba sentado en el último asiento en la cola del avión, necesitaba un poco de privacidad para hacer unas llamadas y desde allí podía ver como Néstor y Aramis bebían tragos, en lo que Sara aguantaba la charla de ambos con una cerveza a medio vaciar frente a ella. Al ver que Sagitario había concluido de hacer llamadas telefónicas se levantó de su asiento y fue hacia él.

— ¿Así que en realidad no nos necesitabas a nosotros en la operación? Preguntó Sara directo al grano. Que tanto dolor de cabeza le había causado las últimas horas.
Sagitario se volvió hacia ella sin mostrar alguna expresión en el rostro.
—Un ejecutor a la hora de actuar en una operación sobre el terreno para eliminar un objetivo, necesita crear cinco diferentes planes de acción para eliminarlo. ¿Pero cual de ellos usa el ejecutor? Dijo el haciendo una pausa de unos largos segundos para dar tiempo a Sara a pensar y reaccionar sobre la pregunta, al no obtener respuesta continuó. Todo depende de los resultados que el ejecutor quiera obtener con sus acciones. A ellos hace unos meses se les consideraba acabados, por así decirlo, fuera

de entrenamiento y dados a empinar el codo más de lo debido. Después de esto, no todos pensaran como antes de ellos y la razón es que son ellos quienes van a seguir junto a Mauricio en lo que yo permaneceré a la sombra en algún lugar del mundo mirando todo desde allí y sin dejar saber a nadie lo que hago en aquel lugar.

— ¡Gracias Sagitario! Me convencen tus palabras sobre todo esto. Replicó Sara mas aliviada al encontrar el verdadero punto de vista de la operación de Sagitario.

—No les hagas caso, ellos saben también como yo el porque de la operación con un ataque masivo. Solo te dieron unas de las versiones de las jugadas que se podían hacer, con diferente resultado claro esta. Pero en realidad lo que buscan es divertirse a costa tuya. Son un par de pesados incorregibles. Dijo Sagitario con una sonrisa de sinceridad en el rostro, de simpatía por Sara por la superioridad de preparación mental a Néstor y Aramis.

—Eres muy bueno trazando planes, ¿verdad?

—El mejor, inclusive el más fabuloso de la vida de un hombre. Concluyó de decir Sagitario volviendo la cabeza hacia la ventanilla del avión, para ver como sobrevolaban los Everglades del estado de Florida.

CAPITULO XXI

"OCHO AÑOS DESPUES"

En el poblado de Kowanyama ubicado en la península de Cape York, Australia, Jackniel (Camaleón) y Nordiel (Taipán) eran los dos jóvenes mas cotizados por las muchachas del pueblo. La diferencia entre los dos hermanos era como de la noche al día. Jackniel era serio y reservado, en cambio Nordiel tomaba la vida como llegara sin desperdiciar nada de ella, siempre sonriendo y corriendo detrás de cuantas muchachas le sonriera. Pero la apariencia de los muchachos era indiscutible. Los dos habían heredado los rasgos de Sagitario, mandíbula firme ojos inquisidores, coronados por unas cejas bastante pobladas que las remataban acentuándolas más el negro cabello de ambos.

—Vuelves a llegar tarde hermanito. Le dijo Jackniel con una sonrisa a Taipán y mirando como este se ajustaba las pistolas nuevas en el traje de las correas a la altura del pecho.
—El viejo está que arde, supo que llegaste al aclarar del pueblo. ¿Se te olvidó que hoy teníamos una prueba

de entrenamiento? Preguntó Jackniel con una sonrisa sabiendo cual seria la respuesta de su hermano, entre ambos había nacido una fraternidad de verdaderos hermanos.

—Lo que tiene que entender el viejo es que estoy como caballo entero y no puedo oler a yegua alborotada, porque así rompo la cerca para ir detrás de ella. Respondió Taipán con una sonrisa picara colgando de sus labios, para a continuación empezar a colocar las dagas o cuchillos en las correspondientes posiciones del traje.

— ¿Crees que tienes un buen día hoy, como para derrotarme sobre el terreno? Preguntó el Camaleón haciendo una reflexión con todo el armamento colocado sobre él. Su pregunta buscaba picar de la lengua a Taipán, que llevaba menos tiempo preparándose que él, pero entendía lo que decía Sagitario, el papá de ambos. Taipán avanzaba muy de prisa a pesar de todas sus indisciplinas.

— ¡Sabes hermanito! Dice Amarilis que si pasas la noche en su cama, ella no le va a decir nada a nadie al otro día, todo quedará entre ella y tú, ¿entiendes verdad? Replicó Taipán ignorando la pregunta de su hermano y sacándole los colores a la cara ya que Jackniel estaba comprometido con Christie y permanecía fiel a su relación con ella, echo que Taipán usaba para defenderse de los ataques de su hermano. También sabía que no obtendría respuesta alguna al recado de Amarilis por eso continuó diciendo: He tratado de hacerte el favor hermano, pero esa chica esta convencida de que tu eres el tipo que le gustas. No hay manera que oiga mis ruegos. Concluyó Taipán volviéndose hacia su hermano con una sonrisa divertida en el rostro.

—Te creo. Agregó Jackniel. Con una sonrisa y moviendo la cabeza de lado a lado y dándole la espalda a su hermano salió del cobertizo donde guardaban las armas y los demás aditamentos para los entrenamientos como ejecutores.

El Polígono de instrucción para ejecutores había sido diseñado por Sagitario con el apoyo de los hombres de la finca. El Polígono tenia similitud con un campo de triatlón para militares que se extendía por longitud de dos kilómetros en la cual blancos móviles sorprendían a los corredores desde detrás de las piedras y simuladas construcciones de edificios, el marcaje de puntuación se recogía de forma electrónica marcando los números al final del campo.

—Esto del sexo es algo que desbarata a uno de verdad. Dijo Taipán situándose junto a su hermano en la entrada del Polígono.
—Puedes ponchar el tiempo cuando gustes. Agregó Jackniel levantando el M-16 que llevaba en sus manos para empezar el entrenamiento.
—Te vas a hacer viejo antes de tiempo. Replicó Taipán y golpeando con fuerza el botón que hacia correr el tiempo, salió desprendido a una velocidad que sorprendió a Jackniel.

Los dos jóvenes entraron en el Polígono a la carrera recorriendo a toda velocidad los primeros cien metros, de pronto se detuvieron en seco, apoyaron la rodilla izquierda sobre la tierra y llevaron el fusil hacia sus rostros en posición de tiro. Frente a ellos fueron apareciendo los blancos con una diferencia de segundos unos de otro y según aparecían, eran batidos por los disparos de los dos jóvenes con los M-16. Después de terminar cinco blancos cada uno, volvieron a echar a correr, dejando el fusil M-16 en el suelo y tomando los dos nueve milímetros que llevaban a la cintura colgando del traje. Entraron en una mini pared, desde ahí batieron los blancos situados en el lateral de la pared, volviéndose a un insomnio con sus armas en alto, acabaron con otros dos que aparecieron en las ventanas de un simulacro de edificio. Jackniel tenía que reconocer que su hermano Taipán iba a tener un buen día hoy. Atravesaron a la carrera un simulacro edificio y lanzándose contra el suelo disparaban sus armas contra los otros cuatro blancos que aparecieron frente a ellos. Las pistolas nueve milímetros quedaron en el suelo cuando ellos volvieron a ponerse de pie para emprender carrera. Treparon por una escalera fija al suelo y de diez metros de altura. Se volvieron de espalda en la punta de las escaleras y trabaron sus piernas en un carro que corría con lentitud descendiendo por el borde de las escaleras. Las pistolas nueve milímetros que llevaban en el pecho pasaron a sus manos con una rapidez increíble. Cuando los carros fueron descendiendo, cuatro blancos por debajo de ellos saltaron desde sus posiciones ocultas y ellos arremetieron con sus armas batiéndose sin ninguna dificultad, a pesar de la posición, se descolgaron de los carros antes de que llegaran al final y volvieron a colocar las nueve milímetros en el pecho a la carrera. Este fue el momento en Jackniel aprovechó para aventajar a su hermano Taipán. Entró en el bosque artificial y los dos cuchillos aparecieron en sus manos al dar un salto y sus manos llegan al dorso de la baja pantorrilla en donde estaban sujetos los cuchillos dentro de sus vainas. Se volvió hacia la izquierda dentro del bosque artificial sin dejar de correr y batió otros dos blancos con los cuchillos. Al volver a mirar a Taipán pudo ver que este había reducido la distancia que el le había sacado antes de entrar al bosque. Jackniel apretó el paso y cuando salió del bosque pudo ver la silueta de su padre, Sagitario a unos treinta metros de él. Apretó el paso aun más pero Taipán lo seguía a solo unos seis metros detrás de él. Sagitario levantó la mano cuando a ambos le faltaban unos cincuenta metros para llegar junto a él. Jackniel llegó primero y Sagitario empezó a volverse hacia los blancos al tiempo que Jackniel lo imitaba y ambos llevaban sus manos a las dos pistolas nueve milímetros que colgaban del traje sobre el pecho. Lo que pasó a continuación los dejó tan estupefacto como sorprendidos. El cuerpo de Taipán llegó a ellos pero por el aire, dio una vuelta de carnero en el aire y calló frente a ellos con las dos pistolas nueve milímetros en las manos, disparando contra los blancos que acababan de levantarse frente a ellos y abriendo fuego unas centésimas de segundo antes que Sagitario y Jackniel. Los doce blancos que se habían levantado frente a ellos volvieron a posición de batidos. Sagitario miró hacia el reloj que marcaba la cantidad de blancos batidos en el ejercicio. El número veinte y tres relucía en los dos relojes, tanto en el de Jackniel como el de Taipán.

—Has estado realmente bien en ejercicio. Dijo Sagitario mirando al rostro de su hijo Taipán con una verdadera sonrisa de satisfacción.

Sin que Taipán lo esperara Sagitario lanzó su mano derecha con la pistola en ella hacia el rostro de Taipán, que dio un paso hacia atrás y esquivó el ataque de Sagitario golpeando con el dorso de su pistola la de Sagitario, desviándola hacia un lado para apuntar al rostro de Sagitario de manera amenazante.

—Viejo dentro de poco te voy a soltar una pila de nietos para que los cuides y al igual que yo te van a patear el culo en este lugar. Dijo Taipán para a continuación soltar una carcajada a la que se unieron Jackniel y Sagitario. Así abrazaron a Taipán, dándole sus felicitaciones por sus rápidos progresos.

— ¡Verdaderamente algo increíble! Dijo una voz junto a ellos. Los tres se volvieron para ver como el ex agenté del

FBI Bill, salía de una trinchera desde donde había podido presencial todo el ejercicio, en compañía de Jackelin la esposa de Sagitario y madre de Jackniel.

—Dentro de un año estarás en completa disposición combativa. Dijo Sagitario sonriendo a Bill a quien consideraba un viejo amigo.

—No pueden esperar, los necesitan ahora, por no decir ayer. Replicó Bill, clavando la mirada en el rostro de Sagitario en espera de una decisión.

Sagitario miró el rostro de sus dos hijos. No hubo risas ni palabras juguetonas ante esta mirada. Los dos jóvenes le devolvieron la mirada fundida en acero.

—Mañana a primera hora entran a tu servicio. Solo tú eres responsable de ellos, no responden a nadie después de dado el objetivo de la misión. Deben ser ejecutadas con acciones propias que solo correspondan a ellos decidir. Dijo Sagitario al rostro de Bill con la voz más alta de lo normal.

—Condiciones aceptadas. Replicó Bill de igual manera y extendiendo la mano derecha a Sagitario el cual la estrechó con fuerza y a continuación todos estallaron en risas. La orden estaba dada bajo las reglas de los ejecutores.

El mundo llegará al borde de una nueva era donde podría precipitar el fin de la humanidad.

¿Por qué? . . . . Por el odio injustificado y el deseo de hacer daño sin que te lo hayan hecho a ti. Es el fin de tu libertad y derechos a manos de unos pocos que odian a su propio pueblo, a su gente, sin razón. Los débiles no tienen cavidad en este mundo. Para ellos su sangre los alimenta sin que puedan saciarse nunca.

Al borde del final nacerán sobre esta tierra una nueva clase de soldado que no obedecerá a gobierno alguno. Ellos son los elegidos para que la humanidad no llegue al final.

Sagitario, Nuevos Soldados Universales.